時代の息吹

はじめに

「俺も八十八歳、米寿かあ」

そう思った時、ふっと一抹の寂しさと同時に、長かったような短かったような人生路がしみじみと脳裏に浮かんできました。

妻の前でひとり言のように、

「俺も生きてきた証拠を何らかの形で残したい気がするんだよなあ」

妻が即座に言いました。

「だったら、あんたは結構たくさん小説を書いているじゃない。一冊の本にしたら」

私もそれは考えていました。金はかかるし、作品の良し悪しも気になったし、言い出しにくかったのです。妻の言葉で自信を得ました。

「そうだよな。そうなんだよな。金なんか、あの世じゃ使えない。思い切って自費出版してみるか」

決まった。いや、決めました。講読しているしんぶん赤旗と東京新聞、両方に「自費出版お手伝いします」と広告が載っていたので、すぐに電話をしました。

東京都池袋の東銀座出版社、すぐ丁寧に対応してくれたのが猪瀬盛氏でした。早速、二十冊ほどの同人誌を送ると、二日後に猪瀬氏から電話が来ました。

「読んでみたけれど、なかなかおもしろい、いい作品だよ」

お世辞でも褒めてもらえるとうれしい。

私が二十編に及ぶ作品が書けたのも、日本民主主義文学会埼玉西部支部の同人誌があったればこそです。一九九一年創刊号『冬芽』を出版したことが始まりです。

中心になってがんばってくれた山城正秀さん、ありがとう。また、その後に北部支部と合併し、埼玉西北支部となり、山城さんが家庭の都合で横浜の方へ引っ越してしまいましたが、引き継いで力を注いでくれた千葉鉄男さん、この両氏のおかげで生まれたのが私の作品です。感謝、感謝。また、出版社も親切丁寧、そして力のある編集。私はここでも恵まれた。猪瀬盛さん、ありがとう、本当にありがとうございました。

私の作品は、私の人生と大きく関わっています。

戦前は十歳までの少ない期間ですが、大きく影響を与えました。

最後になりましたが、前からの知り合いの埼玉平和美術会の根岸君夫さんには、カバーの絵や挿絵を快く受けていただき、ありがとうございました。

目次

オコサマ

小学校二年生（正式には国民学校初等科二年生）の真人がこんな夢を見るようになったのは、いつ頃だったか定かではない。真人は夜が訪れることが怖かった。

近所の家の庭で友達と遊んでいる。なにをしていたのかなどということは覚えていない。気がつくと、それまで一緒に遊んでいた友達がいない。あれっ、どこへ行っちゃったのかなあ、と思ってキョロキョロしていると、辺りが急に薄暗くなる。あっ、どうしよう。早く家に帰らなくちゃ、と思って走り出そうとすると、足がもつれて動かない。焦れば焦るほど足の裏が地面にくっついてしまうようになる。……と、どこから出てきたのか、一匹の、いや、一人と言った方がいいのかもしれない。魚籠《びく》のようなものを頭からすっぽりかぶり、顔がまったく見えない化物（そう、この言葉が一番ぴったりしている）がヒョコヒョコ身振りもおかしく踊りながら現われてくる。真人から三メートルくらいのところで、祭りの時のお神楽のように踊り続ける。全身は上も下も羅紗《らしゃ》の下着のようなもので覆われている。

怖い、逃げよう。逃げようと思うのだが、どうしても足が動かない。同時に、真人の全身は何千、何万のミミズが這い回るようなむず痒さに襲われる。うわあ、痒い、痒い、助けてくれえ。叫ぼうとするのだが、声はかすれてる。

その時である。右足の脛《すね》に異様さを感じ、ひょいっと見ると、なんと二十センチもあるかと思われる芋虫がべったりくっついているではないか。うわあ、気持ち悪い。思いっきり足を振って落そうとするのだが、びくともしない。

背に腹は代えられない。右手でぎゅっと掴んで引き離そうとした。芋虫の体はぐにゃッとして、その気味悪さと言ったらない。我慢してなんとか引き離そうとするのだが、芋虫はべったりとくっついていて少しもはがれない。その間も、体全体は痒くて痒くて仕方がない。助けてくれえ、助けてくれえ、出ない声を無理にふりしぼって叫ぼうとするが、全然声にならない。死んじゃうよう、死んじゃうよう……、ハッと目が覚める。体中、びっしょりの汗。心臓は大きく高鳴っている。隣には祖母が静かな寝息をたてている。またこの夢か……。真人はほっと溜息をつくのであった。朝がしらじらと明けはじめていた。

もう、この夢は二度や三度ではない。だから、現実世界でも遊んでいて急に辺りが薄暗くなると、あの恐ろしい化物が出てくると感じるようになってきた。しかし、夢だから平気だとはとても思えなかった。

その後、夢に例の化物が出てきて、全身が痒くなるのも、右足の脛にべったりと芋虫がくっつくことも、まったく変わらない。そして、その恐ろしさは前にこそ優れ、決して弱まりはしないし、目が覚めることも早くなりはしない。

目が覚めれば、ああ、またこの夢だ、と思う。心臓の高鳴りと汗がびっしょりなことは毎度のことだ。この悪夢に襲われなかった朝はほっとするほどだ。

あれは五月の上旬か中旬だったろうか。春蚕《はるご》がまだ蚕室に入っていた頃だから、確かに間違いない。

現金収入の少ない農家にとって、養蚕は短期間にそれなりの金になるので、大変だがありがたいものであった。だから、大抵の農家が自分の家の桑畑の許す範囲の量をはいた。蚕の量は卵の重さ、グラムで表わされる。大農家は百グラム、二百グラムとはいた。こういう農家は母屋とは別に蚕をするための大きな別棟を持っているのが通例であった。

この辺りでは蚕のことを「オコサマ」と言う。だから養蚕することを「オコサマを飼う」とも「オコサマをはく」とも言う。「はく」というのは、小さな卵からまっ黒な幼虫が産まれ、それを柔らかい羽毛の刷毛《はけ》でやさしくなでるように刷いて落すので「はく」というのであろう。

真人の家には別棟の蚕室はない。普段、家族が生活している部屋が養蚕のために供される。ということは、たくさん「はく」ことはできない。せいぜい三十グラムくらいが最高であった。

秩父と接している真人の住んでいる地域は、四月下旬や五月上旬はまだ寒い。時には霜が降りることさえある。そのため、暖かい部屋を用意しなければならない。その部屋のまわりは目張りして、室中には火鉢を入れて暖房する。

真人の主な活動の場である一室が蚕室になってしまう。真人にとってうれしいはずはない。オコサマの時季、彼にとって憂うつであった。

晩春の光には、もう灼熱の夏を彷彿させる輝きと暖かさがあった。そんなに急いでいたわけではないが、走ってきた真人の額にはうっすらと汗が滲んでいた。

その日は日曜日、彼の家から西へ約二百メートル、その間には二軒の家があるが、通称、岩田という屋号で呼ばれている家の、一級下の文平のところへ遊びに来たのだった。

太陽はもう大分高く上がっていた。

「文ちゃん、遊んべ」

真人は家の中まで聞こえるほどの声で文平を呼んだ。

文平の家は部落一の大きな家で蔵も二つあった。母屋も瓦屋根の大きな二階屋の家であった。別棟の蚕屋や物置も大きなものがあった。敷地はゆうに五百坪はあり、南側と西側は格好いい小さな瓦屋根を上に載せた板塀に囲まれ、道に面している北側はすっかり生け垣になっていた。東側の半分はやはり生け垣であり、残りの半分は大きな物置の壁になっていた。そしてそれに沿って庭へ続く七十メートルほどの道になっていた。道は物置をめぐるように右へ折れ庭へと続く。その庭に入るところに大きな柿の木があった。

真人は何度呼んでも返事がないので、どうしようと思いながら何気なく柿の木に両手を後ろに組んで寄りかかった。

なにか柿の木に触れた途端、手がむずむずした。変だな、と思ってひょいっと後ろを振り返って、手の触れた辺りの幹を見た。

肝をつぶした。そこには百匹は超すと思われる小さな毛虫が寄り集まっていた。黄色と黒のまだら色をした毛虫は、突然、人間の手に押しつぶされて驚いたのか、頭をもたげて騒いでいた。

その気持ちの悪いのなんの、彼はすっかり仰天し、なにもかも忘れて駆け出していた。

一気に自分の家の前まで来ると、流れている堀のような小さな小川の水で、何度も何度も手の皮がむけるほど砂利でこすった。

それから何日か経ったある日、真人は休み時間に校庭で一人、桜の木の下にしゃがんでいた。庭には無数の桜の実が落ちていた。これが食べられるさくらんぼならなあ、などと無意味なことを考えながら、どうということはなくそれを拾っていた。

左の手のひらにいっぱいになった時であった。首筋あたりがむずむずするので、右手でそのあたりを触って見た。手にぐにゃりとする感覚があった。背筋に戦慄が走った。それがなんであるか見なくてもわかった。

いくら気持ち悪くても、そのままにしておくわけにはいかない。右手の人差し指と親指でつまむとそれを地面にはたきつけた。

五センチもある青い毛の中に、赤と黄の鮮やかな色の毛が縦に線を引いている毛虫であった。身の毛がよだっていた。思わず上を見た。なんと何千何万という毛虫が桜の葉にたかっていた。そして、バリバリバリバリと葉を食っていた。

なぜ、今まで気がつかなかったのか。彼は教室に逃げ帰った。まだ休み時間で、教室には何人もいなかった。

「まあちゃん、どうしたんよ。そんなにへーハーへーハーしてよ。誰かに追われてるんか」

「なんでもない」

真人は首を振った。

「でも顔色もよくねえよ」

「……」

真人は黙っていた。まさか「毛虫が……」なんて言えない。「なんだ、毛虫の一匹や二匹ぐれえで」と、馬鹿にされるのが関の山だ。

「あれっ、まあちゃんの背中に毛虫が這ってらあ」

誰かが頓狂な声を挙げた。

真人はドキリとした。あわててシャツのボタンをはずして脱ぐと床に放り出した。さっきと同じ色の毛虫がシャツの肩の辺りで大きく首を振りながら、もっくりもっくり這っていた。

五月も下旬になると、目張りをした蚕室もすっかり解き放たれて、オコサマは座敷いっぱいに広げられる。

「オコサマも広々して気持ちよかんべ」

大人達はそんなことを言いながら手際よく作業をする。養蚕のために作られた畳一枚ほどの平たい籠が並べられ、その上にオコサマが平均にまかれる。まだ二〜三センチくらいのものである。その上に桑の葉が置かれる。ザワザワザワザワというかポツポツポツポツというか、時には雨の降る音ではないかと聞きまごう音をたてて、オコサマはひっきりなしに桑を食う。上から下へポリポリポリと首を動かして上手に食う。食いながら緑色の丸い糞を次から次へとする。

オコサマは日増しに大きくなる。

五、六日ごとに何枚かずつ広げられたオコサマの籠は、三回目くらいで部屋いっぱいになる。そうなると、真人は気が滅入る。そして不愉快になる。ちょっとしたことでもふてくされたくなる。朝飯を食べているすぐそばまでオコサマは来ている。ザワザワザワザワと音を立てて桑を食っている。慣れてくると、そんなに気にもならなくなるが、蚕糞《こぐそ》独特の幼児の糞に牛乳を混ぜたような匂いが辺り一面にたちこめている。あまりいいものではない。

父も母も朝飯を急いで食べて、そそくさと立ち上がり、父はすぐ桑取りの準備をはじめ、母は食事の後片つけをする。祖父も祖母もあまり口をきかずに動き出す。子どもの身のまわりのことは祖母がする。兄は中学（旧制）二年生。姉は真人より三つ上の小学校（国民学校）五年生だ。二人とも自分のことは自分でする。真人だって、そんなに世話をやかせるわけではないが、時には「ほらほら、そんな汚れたシャツを着ていくんじゃない」とか「帽子をかぶらなきゃ霍乱《かくらん》（日射病）するじゃないか」などと、祖母に言われる。

結構広い土間から座敷まで、本当に寝る部屋と食事をする場所以外は家中全部をオコサマが占めている。母と祖母が左の腕に持てるだけの桑をかかえ、右手でせわしく、しかし、平均にオコサマの上に載せていく。

「ただいま……。ああ腹減った……、かあちゃん、なにかある」

これが学校から帰ってきた時の決まった文句である。

母は真人の方を見向きもしないで言う。

「いつもの釜に冷飯があるだんべ。戸棚ん中になにかしょっぺえもんがあるだんべから、自分で食いな」

「むすび作ってくんなあよ。むすびが食いてえ」

「こんな忙しい時にそんな暇はねえ。自分で食いな」

「やんなっちゃうなあもう……。オコサマなんか、やんなきゃいいのに……」

「なに言ってんだバカヤロウ……、オコサマやんなきゃなんも買えねえ」

そんな会話が時々繰り返される。

真人の悪夢は蚕が忙しくなればなるほど、その頻度が高くなる。こんなことは誰にも話せない。とにかく、昼間は忘れることもできるのだが、夕飯が終わり、そろそろ寝る時刻が近づくと、彼の頭の中には、あのべっとりと腟にくっついた大きな芋虫が、その輪郭をはっきりとさせてくるのだ。

しかし、必ず夢に出てくるとは限らない。いや夢を見る晩の方がずっと少ない。「今夜はぜひ、あの夢を見ないように……」と、彼は祈りながら眠る。すぐそばに、祖母の安らかな寝息を耳にしながら……。

そうこうしているうちに約一か月で蚕も終わりになる。つまり「お蚕《こ》あげ」になる。オコサマは桑を食わなくなり、青白かった体は多少小さくなって、のどのあたりに光を透かして見ると、金色に透き通って見える。

やたらに首を振る。つまり「しきった」のであり、その蚕のことを「しきり」と言って手早く拾い上げないと、そこで繭を作ってしまう。何万匹というオコサマがほぼ一斉に「しきる」のだから、忙しいことこの上なしである。だから小学校も高学年になったり、その上の高等科の生徒になると、学校を休まされる子も珍しくはない。

まだ小さい真人も学校から帰ると手伝った。家中の人間が「しきった」オコサマを拾い、その拾ったものを木鉢一杯にすると、空の木鉢と取り替えてまわった。「しきった」オコサマは、平たい例の蚕用の籠の上に広げられた蔟《まぶし》の上に平均にまかれる。そして、一つ一つ材木と竹で組んだ棚に差し入れられ、また蚕室に収められる。

蚕をしていない近所の家のおじさんやおばさん達が二、三人手伝いに来ていた。

その人達はどこんちの誰さんがどうしたのこうしたのと、真人にはよくわからない話をしてはゲラゲラ笑っていた。

オコサマが上蔟《じょうぞく》（蚕に繭を作らせるため蔟《まぶし》に入れること）すると、とにかくほっとする。一部屋は完全にそのためにとられるが、あの桑をくれるわずらわしさもない。後は十日後あたりの繭掻き、そして農協へ繭出しをしてしまえば、家の中はすっきりする。そして大人達は大急ぎで田んぼへ出て行く。田植えの仕事が待っているのである。

繭出しが終わって一週間もすると夏蚕《なつご》が出てくる。六月の中旬である。しかし、真人の家は田が五、六反（約千五百坪〜千八百坪）もあるので、田仕事が忙しい。それで夏蚕は省くのが通例であった。桑の量も夏蚕をやらないくらいが丁度いいのだ。

その年により、桑畑のたくさんある家で病人などが出ると、その桑を譲ってもらって無理をして夏蚕をやることもあるのだが、そんな年はこっちが病人になってしまうほど忙しい。真人も子どもながら見ていてわかる。まるで戦争である。

今年は「やらない」と言う。真人はほっとした。少なくとも秋蚕が出る七月の下旬まで一か月と少し、家の中で伸び伸びとできる。

夏になると、この辺の農家の多くは、座敷の畳や薄べりをはいで床を剥き出しにする。これが結構ひんやりして気持ちいい。真人はそこへ仰向きに昼寝するのが好きであった。

一か月はまたたく間に過ぎる。夏休みの四、五日前、七月十四日と十五日の二日間は、農休みと言われる日であった。つまり、一応は田植えも一段落し、田の草取りなど農家の仕事に休みはないが、地域全体で申し合わせて、みんなで休もうという日である。

その日は祭りでもあった。

天王様と言って、真人の村に一つしかない神輿が出た。と言っても、真人の家からは遠く離れた神社なので、真人の家の方までは来なかった。ただ、夜に母に連れられて行くことがなにより楽しかった。そこで食べたかき氷一杯が、こんなにもうまいものがこの地球上にあったのかと思うほどであった。

七月二十一日からは夏休みがはじまる。

こんなうれしいことはないはずだが、真人にとって憂うつなことがあった。オコサマがはじまることである。夏休みに入ると、すぐ家の中はオコサマのための準備であわただしくなる。物置からはそのための籠が引っぱり出され、あの小さなまっ黒い、卵からはやけた（産まれた）ばかりの幼虫のための部屋が準備される。でも、春蚕とは違って暖かく、部屋を目張りする必要はない。かえって空気をよく通す方がオコサマのためによいのだ。だから、ただ普段の居間にオコサマ特有の棚が置かれるだけである。

しかし、とにかくそれだけでも真人の活動の場は狭められることであり、いつもその部屋の隅に置いてある真人の勉強道具は、違うところへ持っていかなければならない。

八月に入ると、オコサマの居座る面積は家の中の相当の部分を占めることになっていた。

真人が寝転んで本を読んだり、昼寝などをする八畳間は、完全にオコサマでまっ白になった。籠は三列に並べられ、二本の通路が東西に走り、南北には一本の通路があった。つまり二つの十字路が部屋の中央部分にできたことになる。その通路を、胸いっぱいの桑をかかえ、首を振っているオコサマの上に平均に置いていくのである。その桑は切り落とした枝にたくさんの葉がついていた。

　真人は川遊びから帰って来た。まだ昼には少し間があった。水遊びをした後の心地よい気だるさが全身にあった。お気に入りの板の間にひっくりかえりたくも、今はオコサマに占領されている。しかし、オコサマの間には東西に二本、南北に一本の通路があった。小学二年の真人が仰向けに寝るには、十分とは言えないまでも可能であった。

　十字路になっている真ん中に真人は頭を置き、天井のくもの巣のゆらぐ姿を確認すると、目をつむった。ひんやりとする床板の心地よい冷たさを感じながら、いつの間にか、うとうととまどろんでいた。

　ざわっざわっという音に目が覚めた。一瞬、自分がどこにいるのかわからなかったが、すぐそばに人の気配を感じた。

母がオコサマに桑をやっているのだ。「ああ、どかなくちゃ」と思った瞬間、母は、ばさっと彼の顔をまたいだ。そして、そのままじっとして、右と左のオコサマに腰をかがめながら桑をやっていた。

真人の目前に異様な場面が展開した。下着をつけていない母の股間には大きな割れ目があった。赤い腰巻きを一つしかつけていない母のその中は、割と明るかった。とにかく彼はどきりとした。その大きな割れ目は二匹の大きなナメクジにも思えた。そしてそのまわりは黒々と毛に覆われていた。

もちろん、真人は母と風呂に入ったことは何度もあり、そこを見たことがないわけではない。しかし、前から見たのと、下から見たのでは大違いであった。前から見た時はこんもりとした黒い毛しか見えない。

彼はいつだったか忘れたが、たしか小学校へ上がるちょっと前の頃だったと記憶しているが、母に……だったと思う。答えたのは祖父だったので、その点が定かでないが……「赤ちゃんはどこから生まれるん？」と聞いたことがある。その時、そばにいた祖父が、「かあちゃんのお腹から出てくるんよ……。へその下に筋があって、そこがパカッと割れて、そこから出てくるんよ」と言った。

それから真人は母と風呂へ入った時など、それとなく母のへその下を見た。祖父の言うとおり、うっすらと筋があるようでもあり、そんなにパカッと割れるような筋はないようにも思えた。

しかし、祖父の言うことは疑わなかった。かあちゃんはそういう時、痛くないのかなあ、とは思った。しかし、今、真人は、そうか、へその下の筋というのは、こんな下にあったのかと、つくづく思った。

決して気持ちよいものではなかった。二匹の毛につつまれたナメクジは、彼の夢に出てきて、脛にべったりくっつくあのいまわしい芋虫にも似ていた。

母の足が動いて、真人の顔の上は急に明るくなった。彼はパッと目をつむり、いかにも眠っていたかのように装ったが、心臓はドキドキ大きく波打っていた。見てはいけないものを見てしまった感もしないではなかった。

母はだんだん遠のき、桑くれを終えると、新しい桑を取りに土間の方へ行った。彼は大きく欠伸をすると、いかにも今、目が覚めたようなふりをして起き上がった。母はそんなことにはまったく関係なく、新しい桑を持って来ると、次の桑くれに余念がなかった。

それからというもの、彼の頭の中に母の股間の様は焼きついて離れなかった。そしてもう一度見ようと、母が桑をくれそうになった時、あのオコサマの籠の中の十字路に眠ったふりをして仰向けに寝ていた。

しかし、母は二度と彼の顔をまたいで桑くれをすることはなかった。さっとまたいで次の列に移ってしまったし、「ほれっ、じゃまだ。向こうへ行ってろ」と、軽く足で蹴った。

例の悪夢は続いていた。一週間に一、二度は必ずあのいまわしさに苛まれた。

オコサマはすっかり大きくなり、あと二、三日でしきる（蚕が繭を作る前兆）という時になった。この頃が一番桑を食う。それこそ、くれてもくれてもすぐ食ってしまうという感じである。だから言うまでもなく忙しい。朝から晩まで畑へ行って桑を採り、家の中で桑くれに明け暮れる。

床の間のある奥の部屋のことを出居《でい》という。そこは正月や物日《ものび》の客間である。しかし、普段は祖父母、それに兄と真人の寝室である。そこに行くためには、食事をする居間から普通部屋と言われる父母と姉の寝室である一番奥の一室を通って行けなくはないが、土間から行く一番の近道は、オコサマの中の通路を通って行くことである。

この通路はオコサマの籠から落ちる塵で汚れている時が多かった。あのオコサマの糞、蚕糞などはすぐ通路に散乱した。時々、母や祖母が掃除するのだが、すぐに汚れてしまう。だからそこを通って出居に行くことは御法度であった。一番大事にしている部屋、出居を汚すからである。出居は夏場でも畳か薄べりが敷いてあった。真人もその御法度はやたら破りはしない。いや、家族の誰かがそばにいる時は絶対にである。

その日、真人は外に出る時、帽子が出居にあることを思い出した。周りには誰もいない。さっと上がり端から通路に飛び上がった。二、三歩通路を進んだ時、ビシャッと足の平に不気味な感触があった。籠からこぼれたオコサマを踏んでしまったのだ。

すっかり成長した五、六センチもあるオコサマは、彼の足の下で無残にも破れた腹の中から緑色の汁を出していた。足を上げると、小さく首を振っていた。このままにしておくわけにはいかない。見つかれば真人がそこを通ったことがばれてしまう。他にオコサマをつぶしてしまうような人はいないからである。

一つ一つの繭がお金にすればいくらということを知っている大人達は、絶対と言っていいほどオコサマを大事にした。自分が歩く前にオコサマが落ちているかどうか、確かめないで歩くことはしない。

真人はその緑色の汁を出したオコサマを、顔をしかめてつまみ上げ、たくさんのオコサマがバリバリ桑を食っているその下へさっと突っ込んだ。汁で濡れた指には、べっとりと蚕糞がくっついた。

その夜、真人は今までにもない悪夢に苦しめられた。

辺りが急に薄暗くなって、魚籠をかぶった化物が踊りながら出てきて、体中が痒くなり、脛にべっとりと大きな芋虫がくっついているまでは同じだが、その芋虫が首をもたげてむっくりむっくり這い出したのだ。

一方の足の脛にも、いつの間にかより大きな芋虫がべっとりとはりついている。

「うわぁ、助けてぇ」

声を出そうとするのだが、喉はかすれて少しもその役をしない。

目が覚めると、いつものことだが汗をびっしょりかいていた。心臓は大きく鳴り、呼吸は荒かった。

「どうした、まあ坊。なんだか、うんうんうなっていたで」

添い寝の祖母が眠たげな声で言いながら、真人の方へ手を伸ばしてきた。そして額に触った。

「あれっ、ひでえ汗だ。どうかしたんか？　まあ坊。頭でも痛えか？」

眠たげな声が急にはっきりした声になった。

今まで、彼はこの夢のことを祖母に話してみようかと思っていた。でも、なぜか話せなかった。話すこと自体、恐ろしかったのだ。しかし、もう我慢できなかった。

「おばあちゃん、俺、おっかねえ夢見たんだ。今夜べえじゃねえ。もう何回も見たんだ」

真人は祖母にしがみつくようにして言った。

「そうか、どんな夢だ。おばあちゃんに話してみろ」

真人はぼつりぼつり、つっかえつっかえ、夢の一部始終を話した。

「おっかねえんだよ、おばあちゃん。おっかねえんだよ、おばあちゃん」

真人はますます強く祖母にしがみついた。祖母は真人の背にまわした左手でやさしく撫でた。

「そうか、そうか、そりゃあおっかなかったんべのう。だけんど、もうでぇじょうぶだ。安心しな、おばあちゃんがいいこと教えてやっかんな。……あんなあ、まあ坊。明日お諏訪《さあ》様を拝んべえ。そうすりゃあ、お諏訪様が助けてくれるかんな……。でもなあ、そりゃあまあ坊にも悪《わり》いとこがあんだぞ」

真人はぎくりとした。どこが、どこが悪いんだ。

すっかり目が覚めてしまった。

「俺の……、どこが悪いん？」

暗い五燭《ごしょく》の電灯の明かりの中で、目をつむったままゆっくりと話す祖母の顔を、真近からじっと見つめながら次の言葉を待った。

「あんなあ、まあ坊はよう、オコサマが嫌《きれ》えだんべ。オコサマは大事《でえじ》な大事なもんだ。嫌っちゃあいけねえ。それに、まあ坊はオコサマをいじめたことがあんべえ」

真人はハッとした。前にも、外へこぼれていたオコサマを庭の遠くの方へ放り投げてしまったこともある。

「うん、ある。おばあちゃん、どうしてそれ知ってるん？」

真人は不思議だった。誰も見ていなかったはずなのに。

「そりゃあ、まあ坊のことならなんでも知ってるよ……。さあ、今夜はゆっくり寝な。もう大丈夫《でえじょうぶ》だから」

真人は安心した。明日は、お諏訪様を拝みに行くんだ。

真人の部落には村社にもなっている諏訪神社があった。境内は結構広く、部落の会合などにも使われる立派な社務所と床の高い神楽殿もあった。

　真人は祖母に連れられて、神社の大鳥居に来た。根元は直径一メートル近い大きなセメントの鳥居である。太い注連縄《しめ》に大きな幣束《へいそく》が風になびいていた。

「そら、まあ坊。ここで一回よく拝むんだで」

　祖母はそう言うと、こうするんだというように、両手を喉のところで合わせ、目をつむってじっと拝んだ。真人もあわててそれと同じことをした。祖母が二回、ゆっくりと柏手を打ったので彼もそうした。そしてまた手を合わせて拝んだ。

「よし、まあ坊。じゃ、いくべえ」

　そこから二十メートルも歩くと石段になる。二十段ほどの短いものだ。上り切ると広い境内になる。そこにも小さくはあるが赤い鳥居がある。ここでも、さっきと同じように拝んだ。

　油蝉、ミンミン蝉などの声が頭の芯までつき刺さるように響いていた。そこから十メートルほど敷き詰めた石畳の上を歩くと、鈴から太い布の縄が下がっている拝殿に来た。

「いいか、まあ坊。よく拝むんだで。今日はお百度参りをするんだからな。ほら、まあ坊も昨年中内出《なかって》（親戚の屋号）のおじさんが兵隊にいく時したんべ。何回もこんなところを行ったり来たりして拝んだがな。あれだよ。あれを今日はまあ坊とおばあちゃんの二人でするんだで。まあ坊がおっかねえ夢を見なくなるようにってな……。それから、もう絶対にオコサマをいじめません。オコサマを好きになりますってな」

拝殿の脇にはお百度参りの時、数を数えるための板木がある。小さな四角の板を百枚、くるっくるっとめくれるように貼りつけてあり、一回拝むごとに一つめくるのである。

「じゃあ、まあ坊、一回目を拝んべえ。ようく拝むんだで」

あの鳥居のところで拝んだのと同じようにした。ただ違うのは、垂れ下がっている鈴の縄を力一杯引っ張ってジャラジャラ鳴らしたことだった。そして祖母は、板木の小さな板を一つめくった。

「二人でやると百回の半分で五十回だ。おじいさんの時は十人くらいでやったから、確か十回ぐれえだったんべけんど、今日は大変《てえへん》だで」

祖母はそう言って真人の手を握った。

赤い鳥居のところまで来ると、また神社の方へ向きを変え、手を合わせて柏手を打った。

二回、三回、四回……。五十回は結構な回数であった。とは言え、十メートルくらいのところを往復するだけだから、距離そのものが大変なわけではない。拝殿と鳥居でゆっくりと手を合わせ柏手を打つ、そのことが多少時間をくうだけだ。

真人は真剣に拝んだ。

「あの恐ろしい夢を見ませんように……。神様、お諏訪様、これからは絶対にオコサマをいじめません。絶対に絶対にオコサマを嫌いません。お手伝いも喜んでします」

と、何回も何回も誓った。祖母もお百度参りをしている間は、あまり口をきかなかった。本当に神様にお願いをしているようであった。

「ようし、まあ坊、よくがんばった。あと一回で終わるで」

真人もうれしかった。これであの恐ろしい悪夢から救われると思うと、自分の持っているベーゴマもビー玉も全部投げ出してもいいと思った。

「さあ、まあ坊、よっく拝むんだぞ。最後だから……」

祖母は両手を合わせると指の先を額にくっつけるようにして目をつむり、じっとしばらく拝んでいた。真人はもういいだろうと思って頭を上げると、まだ拝んでいるので、あわててまた目をつむり、じっと拝んだ。

祖母は最後らしく、鈴の縄を前よりも強く四、五回振った。

「まあ坊、よかったな。まあ坊、よかったな」

と言いながら、回数表示の板木のところへ行き、一枚一枚もとに戻した。

「おばあちゃん、本当《ふんと》にもう大丈夫だね。本当だね」

と、真人は帰り道、何度も何度も確かめた。

そのたびに祖母は、顔の皺をゆるめて
「ああ、本当だよ」

と言った。

真人はそれから二度とあの悪夢に悩まされることはなかった。

藁草履

「あちいなあ」

誰からともなく口に出る言葉であった。

「往還は日陰がねえかんなあ」

「見てみ、ほら、往還から湯気が立ってるで」

曲がりくねった道ではあったが、ところどころ二百メートルくらい、まっすぐになることがあった。と、百メートルくらい先の道路の上に、チョロチョロと湯気のような、煙のようなものがかすかにのぼっていた。

「ありゃなんだんべなあ」

真人、利治、伸行、和正の四人は、その時に目に見えるもの、感じたことをいつものように、適当にしゃべりながら学校帰りの道を歩いていた。

七月に入ったばかりの暑い日であった。道端の雑草までが、心なしかだらりとしているように感じられた。

田舎道、といってもこの村の中央を通っている県道である。しかし、時々リヤカーを引いたおじさんなどが気だるそうにのろのろ行く程度であった。

と、利治が顔を前に突き出すようにして、頓狂な声を出して言った。

「ありゃ、向こうを歩いて行くのはおケンじゃねえか」

真人はいやな予感がした。

和正は、そんなにふくらんでもいないカバンを左の肩にかけなおしながらが、陽炎の向こうを歩いていく一人の女の子を指差して言った。
「そうだ、そうだ。かまってやるかあ」
「ああ、よかんべ」
四人は一斉に駆け出した。四人の足につっかけられている藁草履は、パタパタと軽い音を立てながら、乾ききった道路から小さな土埃をあげていた。真人は一番後ろから少し遅れて連いて行った。
四人はすぐ追いついた。「おケン」と呼ばれたその子は、足音に後ろを振り向き、一瞬逃げようとしたが、すぐあきらめたように歩き出した。
おケンも、真人達四人と同じ小学校（当時は国民学校初等科）六年生であった。
四人はおケンに追いつくと、すぐ後ろで大声で歌い出した。
「ケン、ケン、おケン
お前のおヘソは出ベソ
おヘソのまわりも垢だらけ
お前の足はキジの足
山でキジ鳴くケーンケン」
おケンはいつも一人であった。細面で目はぱっちりとしていたし、なにかの拍子でにこっとした時などは、本気でかわいいと思える顔立ちであった。しかし、櫛を入れていない髪の毛は雀の巣のようであり、着ているものはいつも汚れていた。カバンも持っていないで、汚い風呂敷で教科書やノートをくるんで持っていた。だから、学校ではいつもみんなから「汚い」だの「臭い」だのと言われていた。そんなことを言うのは男達だが、女の子もほとんど一緒に遊ばなかった。学校の行き帰りも、今日のように一人のことが常であった。

四人はおケンをとりまくようにした。和正などはおケンの前に行き、くるりと後ろ向きになると、おケンと顔を向き合わせる形になり、自分では後ずさりをしながら、例の「ケン、ケン、おケン……」と歌っていた。

おケンは下を向き、そんなことには一切かまわないという風に歩いていた。その顔はくやしさと悲しさにゆがんでいた。口はきっと結ばれていた。涙こそ流してはいなかったが、その目にははっきりと憎しみの色が浮かんでいた。

利治や伸行はおケンの両脇からわざと傍らに近づき、「臭い、臭い」と離れてみせたりした。

真人は心の中でこんなことはしたくないと思った。

おケンは真人の近所の子であった。近所と言っても百メートルは離れているが、その間に他の家はない。おケンの家は、真人の家が所有する掘っ建て小屋であった。もともとは人が住むために作った家ではなく、脱穀の終わった稲や麦を保管しておいたり、稲を干す時に立てかける棒などを入れて置くのに建てられたものであった。

そこにおケン父子が住むようになったのは、真人が一年生になった六月、田植えが終わって一息ついた頃であった。

真人の家の庭でおケンの父が倒れ、その傍らでボロに包まれたようなおケンが大声で泣いていた。真人の父は、すぐに警察に知らせた方がいいと言ったが、祖父は、手当が先だと言って家に入れた。父子の着物はシラミだらけだった。味噌などを作る時に使う大きな釜にぐらぐらと湯を沸かし、父子を素裸にして着物を煮て、まずシラミ退治をした。倒れたと言っても、特にひどい病気に冒されていたというわけではなく、残り物の食べ物を与え、古い着物を着せ、座敷で休ませていたら元気を取り戻した。

真人の祖父は為三郎《ためさぶろう》と言ったが、日露戦争で金鵄《きんし》勲章をもらい、酒を飲んではそのことを威張りちらしていた。酒を飲んだ時の為三郎はまったくいやな人であった。しかし、普段は非常に人情の厚い、いわゆるできた人であった。たくさんあった田畑や山の大半を人手に渡してしまったのも、酒飲みと性格が災いしたのであろう。つまり人にだまされたのである。

そんなことから、為三郎の計らいで、おケン父子は真人の少し離れた所にある家の物置として使っていた空家に住むことになった。おケンの父の名は源さんと言った。源三郎だか源助だか、その名前を詳しく知っている人はいない。

遊び相手のいないおケンは、真人の家の庭へ来て黙って立っていることがよくあった。真人が出て行くと、にこっと笑った。その笑顔が真人を引きつけ、遊ぼうという気持ちを起こさせた。

遊びと言っても、庭の隅で土を掘ったり、盛ったりするくらいのものであった。時には二人で家のすぐ前を流れている堀のような小さな川で水遊びをすることもあった。

しかし、三年生になった頃から、真人はおケンと遊ばなくなった。学校で「まあちゃんは、家に帰るとおケンと遊んでいるんだろう」と言われたからである。

おケンが真人の庭で黙って立っていることは、それからもよくあった。しかし、真人は決して出て行かなかった。おとなしく、柔和なおケンを真人は嫌いではなかった。遊んでいるところを誰かに見られ、学校ではやし立てられるのが我慢できなかったのである。

その日だってそうであった。

心の中ではおケンに対して、おケンのいやがるようなことを言ったりすることはしたくないと思っていた。しかし、どうしても「やめよう」などということは言えなかった。ただ、おケンの後ろで小さな声で、みんなの声に唱和していた。

太陽は容赦なく照りつけていた。誰の額にも、汗の玉が光っていた。おケンの左右の頬をつうっと流れる汗を、真人は後ろから見ていた。

それから五、六分のあと、分かされに来た。四人のうち、真人以外の三人は右の道へ行く。真人とおケンは左の道へである。三人は真人にひやかしながら言う。

「まあちゃん、いいな。おケンと二人きりになれて。仲良く行けよ」

「いいな、いいな、まあちゃんはいいな」

三人は合唱をはじめる。そして三人肩を組み、真人の方を見ながら足並みをそろえ、後ずさりして行く。真人にとってこれが一番いやなのである。

「おケンなんかと行くかい」

真人はカバンを右の脇下にかかえると一目散に駆け出した。ありったけの力を出して駆けた。百メートルも行った時であった。右足の藁草履がプッツリと切れた。

「アッ」

転びそうになったのをやっと踏みとどまり、どうしようかと迷った。ここにいればおケンが来る。裸足で行っちゃおうかと思ったが、百メートルも力いっぱい駆けてこのように止まると、汗が一度に吹き出し、畑の上を渡ってくる風がさわやかに頬をなぜた。もう走りたくなった。そうだ、やはりここで藁草履の鼻緒をたてようと思った。おケンはやりすごせばいい。

鼻緒をたてるといっても、布切れを持っているわけではないので、道ばたにある桑の木の皮を代用する。真人は道の上へ伸びている桑の木の枝を一本折った。そして上手にくるくるっとその皮をむいた。皮をむいた棒は、藁草履の鼻緒を通す部分に突き立て、桑の木の皮を通しやすくするのに使う。

真人は道ばたにしゃがみ込み、近づいてくるおケンを気にしながら、知らんふりをして作業していた。おケンも藁草履を履いていた。その音が乾いた響きを立てて近づいてくる。

その足音が真人の傍らへ来て、ぴたりと止まった。真人は振り向かなかった。しかし、意識はそっちへ行っていた。いくら鼻緒を通そうとしてもうまくいかない。「なにしてるんだよう。早く行け。バカ。みんながこっちを見るじゃないか」と、真人は心の中で叫んだ。

あの分かされで三人は向こうの道へ行ったが、向こうの道は離れたとは言え、ちょっと高い。こちらを意識的に見ようと思えば見える。おケンと二人でじっとしているところなどを見つけられたら……、真人はあせった。

「まあちゃん、これ。わたし、布切れ持ってるからあげる」

おケンの声である。真人はしゃがんだまま振り向いた。左の脇の下にカバン替わりの風呂敷包みをかかえ、右手に赤い布切れを持って前に差し出し、にこっと笑ったおケンの顔があった。真人は立ち上がった。もうすぐ聞こえてくるであろう、三人のはやし立てる声が彼の頭の中を占領した。

「いらねえよ、バカヤロー。おめえなんかの物が使えるかよう。汚くてしょうがねえや」

まだ桑の木の皮の鼻緒もうまく通っていない藁草履を、左手から右手に持ちかえると、二メートルとも離れていないおケンの顔をめがけて思いっ切り投げつけた。藁草履はパシッという音を立てて、無防備のおケンの顔に当たった。顔を両手で覆い、しゃがみ込むおケンを後に、真人はあの分かされで駆け出したように、思いっきりの力を出して、片方の藁草履も脱ぎ捨て、走り出した。そのまま家までの二、三百メートルの距離を走り続けた。家に飛び込むと、土間で母が一人でジャガイモを俵につめていた。

「なんだよ。そんなにへーハー、へーハー、して……。汗がびっしょりじゃねえか……。それに裸足で……。藁草履どうしたんだ?」

「鼻緒が切れたから捨てちゃった」

「立てれば、もう少しぐれえは履けたんべに」

「もうだめだよ。ありゃあ……、ああ腹減った。なにかくれよ」

「帰ってくりゃあ、すぐこうだ」

母はそう言いながらも、丁度仕事が一区切りついたらしく、お勝手のほうへ歩き出した。


次の日の朝早くであった。

「おケンがいねえんだよ。おケンがいねえんだよ」

という源さんの声で真人は目を覚ました。すぐに跳ね起きて縁側へ出た。源さんが着物の前をはだけて、ひげだらけの顔をくしゃくしゃにして庭に立っていた。すっかり露出している胸の肋骨は、一本一本がくっきりと見えた。源さんを囲んで祖父、父、母が対応していた。

源さんが言うには、昨晩、おケンは「夕飯はいらない」と言って早く寝たという。源さんは腹の具合でも悪くしたんだろうと思って、構わなかったという。朝起きたら、おケンの寝床はもぬけの殻。いくらかあったはずの小銭も見当たらないという。

とにかく、おケンはそれきり帰ってこなかった。村の駅を五時頃出る一番の電車に、そのような子が乗ったようだという話はあった。しかし、戦後のどさくさの中、おケンの居場所は皆目わからなかった。

その年の秋、源さんは黒い液体を吐いて死んでいた。その葬式にもおケンは来なかった。

おケンがいなくなってから、

「おケンのバカヤロー、おケンのバカヤロー、どこへ行ったんだよう」

と、源さんは言いながら、着物の前をはだけ、すり切れた藁草履を履いて夢遊病者のように、ふらふら歩いている姿を時々見せていた。

真人はそれ以後、

「まあちゃん、これ。わたし、布切れもってるからあげる」

赤い布切れを差し出したおケンの、にっこりと笑った顔が頭から離れなくなった。

「おケン、ゆるしてくれ」

青梅

「みなさん！　静かにして！」

　担任の田野道子先生の声が、ワイワイしている国民学校初等科三年、男組の教室の中を突き通すように響いた。

　掃除も終わり、帰りの会である。今日は土曜日、半日、それだけでも子ども達ははずんでいた。田野先生の声が凛として子ども達に通ると、急に静かになった。

「いいですか。よく聞きなさい。今日はみなさんに一つ注意をしておきます。今、梅の実がいっぱいなっている時季です。でも、あれには毒があるのです。青酸カリといって、ほんの少しでも人間が死んでしまうほどの毒物がありますが、それと同じ毒が入っていることがあるのですよ。だから、食べてはいけません」

「本当ですか？　おら、食ったことあるけど、だいじょうぶだったよう」

「俺も……」

　誰かが言った。急にまたがやがやしだした。

「静かに！」

　田野先生の一声で、再び教室は静かになった。

「どの梅にもみんなあるというのではないのです。あることがあるのです。目で見たのではわかりません。だから食べてはいけないというのです。わかりましたか」

「ハーイ」

この「わかりましたか」、「ハーイ」は一つのスタイルになっている。授業でもそうだ。先生が説明をして「わかりましたか」というと、みんな一斉に「ハーイ」と言う。しかし、本当にみんなわかったのではない。口癖なのである。でも、不思議とわかったような気になるのである。

「わかったら、今日はこれでおしまいです。道草を食わないで早く帰りなさいよ。今日は暑いから、あまり日向で長く遊んでいると霍乱しますよ」

と言い終えると、いつも号令をかける級長の真人の方に目配せをした。すかさず真人は大声で怒鳴った。

「起立!」

みんな反射的にぴょこんと立った。

「礼!」

頭を下げながら、みんな一斉に大声をあげた。

「さようなら!」

外は太陽が情け容赦なく照りつけていた。この間、梅雨入り宣言があったばかりなのに、どういうわけか、ここ二、三日カンカン照りの日が続いている。これが本当の五月晴れというのだろう。七月下旬から八月にかけて、あのうだるような暑さとは違って、なにかすっきりしたさわやかさがある。

子ども達は、それぞれ自分の家の方に向かって三三五五と散っていく。学校は村の中央部にあり、校門を出るとすぐ県道が通っている。この道を村の人達は往還と言っている。

学校の東側には原川、笠原、靫負《ゆきえ》という部落があり、学校の前に広がっている木部という部落は、学校を中心とすると、ちょうど東と西に半分ずつくらいだろうか。西側には下勝呂、上勝呂、そして木呂子という部落がある。

真人は笠原という部落に住んでいる。ここには和正、伸行、利治という同級生がいる。いつもこの四人は、学校の帰りは一緒に行動する。

校門を出た時は、左（東）と右（西）に二、三十人集団で分かれる。もちろん、女子は別である。

「なあ、カア坊（和正）よ。あした飯田の沼へフナ釣りに行かねえか」

伸行が和正に話しかけた。

「ああ、いいよ。とっさん（利治）、まっさん（真人）はどうなんよ」

飯田の沼とは隣村であるが、笠原部落と隣接していて、山合いにある沼で上下二つからできている割と大きな沼である。

「行くべえ」

利治がすぐ返事をした。

「ああ、俺も行くよ」

真人も賛成した。

「ようし、決まった。九時頃、とっさん家《ち》の前に集まんべえや」

原川部落の子達は原川部落の子達で、明日の相談だかなんだかわからないが、大声で話し合いながら、往還を歩いていく。

ほとんどの子ども達の足には藁草履がつっかけられている。いわゆるズック靴を履いている子は二、三十人のうち三、四人しかいない。その他に二、三人が下駄を履き、残りはみんな藁草履である。歩くたびにパタッ、パタッと小さな土埃があがる。

「ウー、ウー、ウー」

長い呼吸を置いて消防署のサイレンが鳴った。

「あっ、警戒警報だ！」

誰かが叫んだ。

「うん、そうだ」

でも、もう誰もそんなに驚きはしない。毎日のように鳴るサイレンに慣れっこになってしまったのだ。

「でも、本当に敵の飛行機が爆弾落としたら、おっかねえな。東京なんか、もう焼け野が原だってえがな」

「だいじょうぶだよ。そのうちきっと、日本軍ももり返すさあ」

「そうだよな。日本が負けっこねえよな。先生もこの間、神風が吹くって言ってたもんな」

真人も藁草履を履いていた。パサッ、パサッと歩くたびに乾いた音が足元にからみついていた。

「なあ。今日はすうじを行かねえか」

いつも新しい提案をするのは、背が低く、体格だって四人の中では一番ちっちゃい伸行である。こういう時、誰も反対はしない。

すうじとはどんな字を書くのか誰も知らない。しかし、その意味はよく知っている。というより、この道がすうじというのだと子ども達は頭に入っている。要するに近道なのである。「すぐ路」が「すうじ」と訛ったのであろう。

校門を出てすぐぶつかる県道は東西に走っている。それと平行に、その南側を八高線が並んでいる。と言っても、それは東へ行く方であり、西の方はすぐ県道が線路を横断し、東方とは南北があべこべになる。

すうじと呼ばれるその細道は、校門から東へ二、三百メートルほど行ったところで、線路を跨いで行くのである。

線路を越すと、「そとあど」という屋号を持つ大きな家の背戸にぶつかる。その家は、真人達の同級生の家でもある。五十メートルほど黒塀が続く。屋敷の中には大きなケヤキが六、七本あり、ふさふさとした緑の葉をいっぱいつけ、折りから吹いてくるすがすがしい風にざわざわと鳴っていた。それを過ぎると小さな田んぼが両側にあり、堀のような小さな川にぶつかる。川にはそんなに太くもない丸太が、二本並べて渡してあるだけである。いかに人通りが少ないかがわかる。

川の両岸は篠薮《ささやぶ》になっている。

真人達は大声で、たわいのない話をしながら歩いていた。そして先頭の伸行が、丸太に足をかけた時であった。どこからか、ググゲッという声が聞こえてきた。四人とも足を止めた。と、また、ググゲッと低い不気味な声が橋の下流の方から聞こえてきた。

「ありゃあ、蛇に蛙が飲みこまれている時の声だで」

和正が言った。和正が言うまでもなく誰にもそれはわかっていた。

「どこだ、どこだ」

四人は川に覆いかぶさっている両岸の篠の下を、腰をかがめて覗き込んだ。今は田植えの準備で川の水を田に引いてしまうせいか、水の量は極端に少なかった。下流に向かって右側の土手に、ひっつくようにして流れていた。左側の半分以上は石ころだらけに干上がっていた。もっとも川幅は二メートルくらいしかありはしないが……。川は左側にゆるくカーブしているので、土手の下は洞《うろ》となり、篠の根がいっぱい垂れ下がっていた。中に鯰でもいそうな雰囲気である。

「あっ、あそこだ」

指を差しながら一歩手前にいた利治が頓狂な声をあげた。

大きな青大将が、これまた大きな殿様蛙を今、飲み込もうとしていた。殿様蛙の後足の一本はすっかり青大将の口の中に入り、片方の後足は折れてしまうのではないかと思われるように、ぴんと体と平行になって口からはみ出していた。

殿様蛙は時々目をパチパチし、思い出したように前足を動かし、前へ這い出そうとするのだが、もうどうしようもなかった。青大将がちょっと首をすぼめるようにするたびに、殿様蛙の体は間違いなく少しずつ口の中に入っていくのだった。

「すげえなあ。あんなでっかい蛙を飲み込んでしまうで」

真人は異様なほど大きくなっている青大将の口に驚きの声をあげた。

みんな固唾を飲んで残酷と言えば残酷な、この自然の摂理を見守っていた。

青大将は真人達が見ているのを知っているのか知らないのか、慌てる様子もなく、時々体全体をくねらせながら殿様蛙を飲み込んでいった。

六分、七分……、どのくらい過ぎたのだろう。ついに殿様蛙の体は全部、青大将の口の中に入ってしまい、喉のあたりがゴムまりのようにぷっくりふくらんでいた。

青大将はいかにも満足したように、一つ大きくくねるとゆるやかに動き出した。

その時、伸行が、

「おい、あの蛙、もう一度出してみるか」

と言った。

「どうやって……」

利治が聞いた。

「棒でこくのよ」

言うがはやいか、伸行は二メートル先の蛇のそばへ駆け寄ると、さっと蛇の尻尾を持った。

青大将は慌てて前へ行こうとした。しかし、いくら前へ行こうとしても、伸行の右手にぎっちり尻尾をにぎられてしまったては無意味な抵抗であった。喉のあたりのふくらみが心なしか下へ動いている。

「誰か、棒持ってこいよ」

伸行が怒鳴る。和正がそばにあった棒を拾った。

「これでいいかな」

と言った。

「なんでもいいさ。折れねえかな。誰か尻尾を持つのを交替してくれや」

利治が「うん」と言って、青大将の尻尾を持つ。伸行は和正から四、五十センチの、太さ直径二、三センチの棒をもぎとるように受けとると、さっと蛇の喉のあたりの、ふくらみの下あたりに棒を押し当てた。そしてゆっくりと頭の方へ向かってこいだ。

青大将は尻尾を利治ににぎられ、首のあたりを伸行に棒でおさえられて、上にこきあげられているので、体をくねらせるのだが思うようにはいかない。苦しそうに大きく口を開けた。

「あっ、蛙が蛇の口の中から顔を出した」

伸行は力いっぱい棒を押しあて、手打ちうどんを作る時の、麺棒でのすように上にこきあげている。

「ググッ」

奇妙な声とも音ともつかぬ響きが起こった。

青大将の口から、さっきの殿様蛙がにょっきりと出てきた。

「あっ、出た」

四人の目は、ぴょこっと吐き出された殿様蛙をいっせいに見た。

殿様蛙はぴょこぴょこと二、三度動いた。しかし、それっきり動かなくなった。

「やっぱり死んじゃった」

「あったりめえよ。血をみんな吸われちゃったんだんべから」

せっかく飲み込んだ殿様蛙を、無理に吐き出さされた青大将は、まだ力いっぱい棒で喉のあたりを押えつけられていて、苦しそうに体をくねらせていた。しかし、尻尾も握られているので、ただ腹のあたりがもこもこ、くねるだけであった。

「トッさん、棒を離すで」

仲行が言った。

「ああ、いいよ」

利治は仲行が棒を離すと、自分の身長ほどもある青大将を高だかと持ち上げ、目の前にぶらさげた。青大将は力なくぶらさがったが、ゆっくりと頭を持ち上げはじめた。

利治は自分の目の前で、青大将を振り子のように二、三度振ると、大きく腕を振り回し出した。青大将はゆっくりと大きく回転した。狭い川幅なので青大将の頭は周りの篠の葉に触れて、時々サラッ、サラッと音をたてた。

利治のすぐそばにつっ立っていた真人の顔に、今少しでぶつかりそうになった時には、さすがに肝をつぶして、慌てて転げるように後ずさりした。

「いいか、投げるぞ」

利治は六、七回振り回すと大声で怒鳴った。ぱっと青大将を離すと、回転の遠心力でひゅうと一本の筋となって四、五十度の角度で上昇していった。そして篠藪の中から生えている、一本の大きな梅の木の太い枝にぶつかり落下した。そして、真人達から五メートルほど先の狭い川原の上に、どさりと落ちた。

青大将は白い腹を上にして、かすかに体をふるわせるように動くだけで、背を上にする力はなかった。

「死んじゃったかな」

和正が言った。

「わかんねえ。蛇は強えからなあ」

仲行が青大将から目を離さずに言った。

四人は誰からとなく青大将のそばに駆け寄って行った。

青大将はかすかに動いていた。首のあたりに痛々しげな傷ができていた。仲行が棒でこいだ時にできた傷であろう。三センチほど皮が切れてピンク色の肉が見えていた。

青大将はゆったりとした動きではあったが、白い腹と、青く光るまだら模様の背とをあべこべにしていった。そして静かに体をくねらせながら前進をはじめた。水際まで行くと、ちょっとためらったように止まったが、するすると水に入り、いくらもない水の上をにょろにょろと身をくねらせながら向こう岸へ泳いでいった。そのすさまじい生命力に真人は感嘆していた。

その時であった。

「おっ、梅がすげえなってるで」

仲行がさっき青大将を投げつけた梅の枝を見上げて言った。

なるほど、今年は梅は豊作なのか。細い枝がしなるほどたくさんの実をつけていた。

「すっぺえけんど、うんめえで……。あれっ、少し黄色くなっているんもあるで、ほら……」

伸行は仰のきながら指差した。

「ありゃ、虫が食ってるんだよ、きっと」

真人が言った。伸行はそれには答えずに、

「採って食うかあ」

と言った。

真人は言った。

「だけんど、今日先生が言ったで。青梅には毒があるって」

「そんなこたあ、あるもんかい。ありゃあ嘘よ。うんめ（梅）を採らせねえための嘘よ」

伸行は吐き棄てるように言った。

「採るべえ、採るべえ」

和正も利治も、もう梅の木の根元に向かって歩き出した。しかし、根元は篠藪の中であった。

「そんな木に登らなくったって、垂れ下がってる枝に手が届くところがあるだんべ」

伸行はそう言いながら周りを見回した。

「ほら、あの辺なら手が届きそうだで」

確かに右手の方に、実をたわわにつけて垂れ下がっている枝があった。

「ほんとだ。行ってんべえ」

そこも多少、篠に邪魔されはしているが、割りと採りやすいように見えた。

土手に少し足をかけ、一足登っただけで一番背の高い和正には楽に手が届いた。

「採れる採れる。いくらでも採れるよ。少しちっちぇえ、枝をぶっかくかあ」

ぽきりと小さな音がした。

「ほれ、そっちへ放るで」

和正は左手で垂れ下がっている梅の枝をにぎりながら、今かいた枝を肩の上にあげて直人達をの方を見た。

「ようし、たのむよ」

伸行が言った。五十センチほどの梅の枝には、三十個あまりの梅の実がなっていた。

「うわあ、うんとなってるなあ。カア坊、もうこれだけでいいよ。そんなに食えっこねえから」

「そうかあ、まだ、いっくらでも採れるけんど」

和正はいっぱいになっている梅の実を、惜しそうに横目で見ながら、土手からぴょんと飛びおりた。

利治、伸行、それに今、梅の枝を投げた和正は、争うように梅の実をもぐと半ズボンのポケットに押し込んだ。

「あれっ、まっさんは採らねえんかよ。ほれやるよ」

仲行はぼんやり立っている真人に気づくと、自分のもぎ採った梅の実を三つほど掴んで、真人の目の前に差し出した。

「う、うん……。だけど、先生は食うなって言ったで。毒があると言ったで」

「なんだ。まっさんはそんなことを心配してるんかよう。あんなの嘘に決まってらあな。大丈夫だってば」

仲行は梅の実を掴んでいる手をゆするようにして、はやく受けとれと言わんばかりにぐっと突き出した。

真人はそれに押されるように受けとった。

「ほれもう少し」

また、三個の梅の実が真人の手に移った。

カリ、カリ、青梅をかじる音がこぼれはじめた。

「すっぺえけんど、うんめえよなあ」

和正が言った。

「歩きながら食うべえや」

次の行動を言い出すのは常に仲行である。

仲行が先頭で歩き出した。次に利治、続いて和正、それから少し離れて真人は歩き出した。丸太の橋を渡り、両側が桑の木畑の細道を歩いて行った。カリ、カリ、カリ、快いリズムが、吹いてくる風に乗って流れた。その音を聞きながら真人は、食うか食うまいかと迷った。しかし、彼は決心した。ポケットにしまってあった青梅を一つ一つ道端の草の中にこぼしながら、三人から少し離れて歩いた。

次の日の日曜日から天気は崩れた。梅雨時なのだからあたり前と言えばそれまでだが、どんよりとした空からは、ひっきりなしに雨がこぼれていた。

月曜日もやはり雨であった。から傘をくるくる回しながら、真人は裸足で歩いていた。今年になってからはまだ、あまり裸足になっていないせいか、足の平が小石を踏むと痛かった。

四人のうち、一番の財産家である利治だけが長靴を履いていた。他の三人はみんな裸足である。

「おらあ、昨日も、うんめ（梅）を五っ粒も食っちゃったい。そうしたら歯が浮いちゃったんよ。でも、うまかったで」

伸行が先頭を歩きながらくるりと振り向き、後ずさりをしながら、傘を肩に背負うようにして言った。

真人はおととい、みんなの後からついていきながら一つ一つ青梅を道端に捨てて行ったことを思い出した。そして黙っていた。

授業開始前の朝の会の時、田野先生はガヤガヤしている子ども達をニコニコしながら見回し、いつもの透き通る声で言った。

「みなさん、静かに。ハイ、手を後ろに回して」

これが生徒を自分の方に引きつける手段である。もう習慣化している生徒達は、そう言われるとくるっと両手を後ろに回し、腰の上で両手を結ぶ。すると、どうしても姿勢がよくなり、先生の方を向く。そして静かになる。

「ハイ、ではみなさんに聞きますよ。先生はおとといの土曜日、帰りの会で言ったことがあります。覚えていますか」

真人はすぐ思った。青梅を食うなということだなと……。誰かが大声で言った。

「うんめを食っちゃいけねえってえことだ」

「そう、そうです。そこで聞きます。いいですか、正直に答えるんですよ。別に叱りはしませんから……。ハイ、では、おとといの土曜日、それから昨日の日曜日に、つい青梅を食べてしまった人、手をあげてみてください。正直にね」

「おら、食っちゃったあ」

などと言いながら、十二、三人の生徒が手をあげた。もちろん、和正、利治、伸行も手をあげた。手をあげた生徒は、やはり同じ仲間がどのくらいいるのか気になるらしく、周りをきょろきょろ見回した。中には手をあげながら、立ち上がってきょろきょろしている者もいた。

伸行が大きな声で言った。

「あれ！　まっさんよ。おめえだって食ったじゃねえか。なんで手をあげねえんよう」

真人は「うん」と言って手をあげようかと思った。

右手のこぶしが胸のところまで上がった。しかし、彼の口はこうしゃべっていた。

「おらあ、あん時、食っちゃいねえ。みんなの後ろから歩きながら、全部捨てちゃったんだい」

「うそべえ言ってらあ。まっさんは確かに食ったんだ。俺がちゃんと手渡したんだから」

伸行がつっ立って怒鳴った。

「うん、もらったよ。でも食わないで捨てたんだ」

「うそだ、うそだ、うそだ！」

利治も和正も立ち上がって怒鳴った。

この様子に田野先生もしばし、きょとんとしていた。他の生徒もあっけにとられていた。

「ほらほら、なにを言い合ってるんですか！　おととい、なにかあったんですか」

先生は真人達の言い合いを制すように言った。伸行は先生の言葉が終わるのももどかしそうに、

「あったどこじゃねえよ。だって先生ね、まっさんはおとというんめを食ったんだよ。俺が手渡したんだから……。それなのに、今、食ってねえって言うんだよ」

そして真人の方に向きを変えて言った。

「先生の前じゃいい子になって。まっさんは、ずりいよ。ずりい、ずりい」

「おらあ、嘘なんか言うもんか。本当に捨てたんだよ。捨てた場所だってだいたいわかってるから、拾って見せるよ」

「出まかせ言いやがって」

仲行はほっぺたをぷーっとふくらませて、真人を睨みつけた。

真人は確かに嘘を言っているわけではない。しかし、仲行の炯々《けいけい》とした眼にたじろいだ。

先生の声が響いた。

「そう、真人君は仲行君にもらった梅を食べないで捨てたの。えらかったねえ」

級長の真人に対して、ひいきともとれる言葉であった。

仲行は先生に対してもとがった口をし、不満の気持ちをあらわにして、どかっと腰をおろすと小さな腕を力いっぱい大きく組んだ。


その時から、真人は例の三人から完全に仲間はずれにされた。真人がいくら自分の正当性を説明しようとしても、三人は聞く耳を持たなかった。

俺が嘘をついていた、わるかった。先生にもそう言うから勘弁してくれ、とでも言って頭を下げてあやまらないかぎり、絶対に真人は許してもらえそうになかった。

事実、真人は何度もそうしようかと思った。しかし、先生の前へ行って「俺は嘘をついていた」とはどうしても言えなかったし、心の片隅に「俺は嘘をついていない。三人だって、本当に食っているところを見たわけではないじゃないか」という気持ちが宿っていた。だから、いつかはわかってくれるだろうという淡い期待があった。

しかし、それは無理な願いであった。時間が経てば経つほど、三人の結束は固まり、真人に対して強い敵意を持ちはじめていた。

三人は真人のそばに絶対に近寄らなくなった。席が真人と一人置いてすぐ左にある和正などは、故意に真人の方に背を向けていた。たまにちらっと真人の方を見る時の眼は、上目づかいの三白眼であった。

学校帰りにも真人は無視され、三人でどんどん駆けていってしまった。そして五十メートルも離れたと思うと、三人くるっと振り返って肩を組み、

「うそつきまあ公、うそつきまあ公！　先生にひいきされてうれしがってるバカヤロー！」

と怒鳴った。

もう、どうしようもなかった。

真人はぐっと歯をくいしばり、

「負けるもんか、負けるもんか、俺は嘘をついてるんじゃない」

と、心が叫んでいた。

馬鹿シン

「あっ、馬鹿シンが来た」

庭先で種芋にするため、祖父の切るジャガイモの切り口に灰をこすりつけていた国民学校初等科の三年生になった真人は、二百メートルほど離れている前山からの道を、猫背でがに股で降りてくる馬鹿シンを見つけて立ち上がった。

「シンちゃんが来たか……、馬鹿などつけるでねぇ」

手も休めずに祖父が言った。

馬鹿シン……。年齢は五十を越しているのだろうか。真人の家から南へ四キロほど行ったところの坂下という部落の古いお堂に、いつの間にか住み着いていた。かれこれ二十年くらいは経つだろうか。最初の頃は、近所の人にいやがられて、ずいぶんいじめられたようだが、お堂の近くに住んでいる源さんというおじいさんが、「悪い人じゃない」とかわいがったので、そのまま居着いたのだという。

確かに、絶対に悪いことはしなかった。どんなに腹が減っていても、道端のキュウリ一本、トマト一つ、柿一つ盗んで食うことはしなかった。

どこから来たのか誰も知らない。聞いたって「ウウッ……、あっちの方から」と適当な方角を指差すだけである。聞いた方も「アハハハ……」と笑って終わりになる。

馬鹿シン……。もちろん馬鹿だから、みんながいつの間にかそう呼ぶようになったのだが、シンというのも、本人が「おらぁ、シンちゃんと言うんだ」と言ったから、そう呼んでいるだけである。真一だか、信太郎だか、伸介だかその名前を正確に知っているものは誰もいない。誰もが「馬鹿シン、馬鹿シン」と言うから、ここでも馬鹿シンと言うが、真人の祖父だけは馬鹿をつけたことはない。

祖父は、日露戦争で金鵄勲章をもらった。当時、千円もあれば、建坪八十坪もある大きな二階屋が建ったというのに、年間百五十円も恩給として支給されていたのだから、この金鵄勲章がいかに価値あるものかがわかる。

そして祖父は大の酒好き、というよりかは酒豪であった。飲ませれば一日に三升は飲んだ。さらに、酔うと威張り出す。「俺ほど偉い者がいるか。いるなら連れてこい」と怒鳴り出すと、もう手がつけられない。機嫌が悪い時には、奥の部屋の戸棚の中から日本刀を持ち出し、「切腹とはこうするんだ」などと自分の腹に突き立てる真似などして見せる。父母達は、またかと素知らぬ顔をしているが、真人など子ども達にとってみれば、恐ろしいという以外何物でもない。

そんな祖父ではあるが、素面《しらふ》の時にはまったく別人であった。いわゆるできた人であり、「仏の為さん（本名・為三郎）」とさえ言われていた。とにかく偉いところは、人を平等に扱うことだった。だから、みんなが「馬鹿シン」と言っても、祖父は決して「馬鹿」をつけない。「シンちゃん」と呼ぶ。近所の子どもにも、柿が熟れればとってくれるし、トウモロコシなども焼いてくれたりした。なかなかできないことである。

だから、馬鹿シンは真人の家に来る回数が多くなるのは当然である。

馬鹿シンの馬鹿さ加減、人の良さを現すのに、首から下げている木札がある。その木札は横一五センチ、縦三〇センチほどのものであるが、そこには「この人は低能ではありますが、決して人に危害は加えません。かわいがってやってください。坂下地区区長」と、達筆な字でしたためてあった。

「これを区長さんが書いてくれたんよ。おらぁわりい（悪い）人じゃねぇって書いてあるんだんべぇ」

と言って誰にでも見せる。

「うん、うん、そう書いてあるよ。でぇじ（大事）にしなよ」

と、それを見せられた人は苦笑する。

着ているものは汚いぼろぼろのものである。時には祖父が着古しの着物などくれてやることもあるが、そうするとそれを何時までも着ている。履き物はたいてい藁草履であった。夏などはほとんど裸足の場合が多かった。

馬鹿シンには一つの芸があった。横笛である。いつも一本の横笛を腰に差していた。

「おい、馬鹿シン、笛を吹いてみろよ」

と言うと、

「うん、うん」

と言って笛を吹く。上手なのか下手なのかはわからないが、とにかくピーヒョロピーヒョロと曲になっているのである。

馬鹿シンが、今、真人の家の前山からの道をゆっくりと歩いて来る。大きな榊の束を大事そうに抱えていた。いつもの姿である。榊などは、近くの山に行けばいくらでもある。それをとったからといって怒る人はいない。馬鹿シンは、その榊を適当にとって、あちこちの家に持っていく。どこの家にも神棚や氏神様があって、枯らせないように取り替えるのが習わしだから、榊は欠かせないものである。

神棚の榊が枯れはじめると「そろそろ、馬鹿シンが来る頃だな」などと言うことがよくある。そうすると、噂をすれば影とはよく言ったもので、ひょっこり馬鹿シンが榊を持って現れるのである。どこの家でも、子どもの小遣いにも満たないような、一銭、二銭の端金か、食べ物の残り物、冷や飯のおにぎりなど作ってやるのである。それが馬鹿シンの目当てでもあるが、家によっては「今日はなにもねぇ、今度来た時な」などと言って、榊だけもらってなにもやらない家もなくもないのだ。

「うん、うん、おらぁいいんだよ」

馬鹿シンは、にこにこしながらそう言って帰る。しかし、そういう時の馬鹿シンの後ろ姿は寂しげであった。

「シンちゃん来たな。榊をでぇぶ（大分）とってきたな。少しもらうべぇ。冷や飯があんべぇよ。食って行きゃあいいさ」

祖父はジャガイモを切る手を休めずに言った。

「いつもわりい（悪い）なあ」

馬鹿シンは例の首から下がっている木札を邪魔そうに振り回した。

「まあ、縁側にでも掛けてない。種芋切りもすぐ終わるから」

真人は、種芋に灰をつけながら、馬鹿シンを時々ジロジロ見た。

馬鹿シンは、陽当たりのいい縁側に、抱えていた榊を大事そうに置くと、その傍に腰をおろした。時々、手を腹の中に突っ込むとぼりぼりと掻いた。

祖父はそこにあったジャガイモを全部切り終え、真人がその切り口につけている灰をいっぺんにかけると、両手でかき回した。

「真人、もういいや。そろそろお茶休みの時間だんべ。シンちゃんとお茶でも飲むかぁ」

祖父は腰を伸ばしながら立ち上がった。

「暑さ寒さも彼岸まではよく言ったもんだ。彼岸にへえったらすっかり、ぬくくなったなあ」

そう言いながら、縁側にぽかんと口を開けて、だらしなく腰掛けている馬鹿シンの方へ歩き出した。

「おい、シンちゃんよ。馬鹿にポリポリあっちこっち掻いているけんど、シラミでもいるんじゃねぇか。ちょっと見せてみろ……。ほれ、帯を解いてみろよ」

馬鹿シンは、のろのろとよれよれの汚い帯を解きはじめた。ぷーんと生臭い匂いがした。薄汚い着物の下には半袖のシャツと猿股一つしか着けていなかった。どのくらい洗わないのだろうか、すっかりねずみ色に変わっていた。

「ほれ、今日は天気もいいし、ここなら寒くもなかんべ。シャッツも猿股も脱いでみろ」

祖父はきつい言葉で言った。

「猿股もかい……」

馬鹿シンは多少躊躇したが、あきらめて素っ裸になった。

でかい……、真人は驚いた。馬鹿シンの股間にぶらさがっている一物は、馬のそれを思わせた。

「なかなかいいもん持ってるじゃねぇか。使い道はなかんべけんど……、ハハハハ……」

祖父は笑いながら馬鹿シンのシャツと猿股をつまむようにして受け取ると、

「臭えなあ」

と言いながら、両手の指で広げ、陽に晒すようにして目を近づけた。

「いるいる、こりゃあすげえや。シラミの行列だあな。真人、見てみろ。おめえはシラミってえもん見たことねえんでねえか」

真人は、シラミを見たことがなかった。ノミはまだこの時季には出ていないが、毎年夏になるとお目にかかっている。というより悩まされている。猫などは、毛の中のノミを歯で噛んで上手にとらえるが、真人が指で押さえつけて捕まえようとしても、ピョンピョン逃げてしまいなかなか捕まえられない。体のあちこちには、ノミに喰われた跡がいつも赤く残っているのが当たり前であった。五月も半ばにもなれば、そろそろそんな時季に入るのだが、まだ大丈夫だ。シラミというものは、一年中いるものなのか。真人は、まだ見たことがなかった。

真人は、おそるおそる祖父が目の前に広げて示した馬鹿シンのシャツや猿股を、鼻をつまみながら覗き込んだ。よく見ないとわからないが、確かに縫い目の辺りに蠢く小さな白いものが見えた。これがシラミというものか。一ミリか二ミリの小さなものだ。

「これがシラミ?」

真人は小さな目を大きくまるめて言った。

祖父は、シャツと猿股を庭の真ん中に放り出すと、

「こりゃあなんとかしなくちゃな……。ちょっと待て、古着を持って来てやるから」

家の中に駆け込むと、野良着で使用したものだろう。でも、洗濯のしてある着物を持ってきた。

「ほれ、これでも着ていろ。今、このシラミを茹で殺してやるから……」

そこへ畑から母が帰ってきた。

「丁度いいところへ来た」

祖父は、母に今までのことを簡単に説明し、

「しょうがねえ、大釜にちっとんべえでいいからお湯を沸かせや。おらあ、お風呂をたててやらあ。まだゆんべのお湯がちったああったかかんべから、少し燃しゃあ沸くだんべ」

真人の家にはかまどが三つある。普段使うのはその内の二つ。一番右にあるのが大かまどで、

年に二、三度しか使わない。味噌や醤油を作る麹を作るため、麦や大豆を蒸すのに使うのである。一度に一俵もの麦や大豆を蒸すことができるかまどだから、なからでかい。そこにかける釜も人間一人くらい楽に入れる大きさである。日常生活に使う釜や鍋で、馬鹿シンの汚いシャツや猿股を茹でるわけにもいかない。年に二、三度しか使わない、しかも味噌や醤油を作る時や、麦や大豆を蒸す時にだけ使う釜ならいいだろうと祖父は考えたのだ。

母は祖父の言うことだ、仕方ないと思ったのだろう。大かまどに火をつけた。祖父は風呂をたきはじめた。

水を少ししか入れない大釜は一五分もするとぐらぐら煮え立った。祖父は馬鹿シンの着ているものすべて、といっても、汚い着物とシャツと猿股しかないが……、を、つまむようにして大釜の中に放り込んだ。

「ちっとんべえ煮りゃあいいんだ。シラミなんざあすぐ死なあ」

四、五分もたった頃、そう言いながら祖父は、釜の中から、棒の先に馬鹿シンの着物を引っかけ、ガラガラかき回してから、持っていったバケツの中に放り込んだ。

祖父は、ぬれ雑巾で大釜の両端を持つと「よいしょっ」と、かけ声をかけながら持ち上げ庭に運び出した。

「ほれ、見てみろ、真人、シラミがこんなに浮いていらあ」

真人は大釜の中を、なにか怖いものでも見るように、そっと覗き込んだ。春の陽射しの中に、湯気がもうもうと立ち上っていた。その湯気の中のお湯の表面に、白いゴミのかたまりのようなものがたくさん浮いていた。これがシラミなのか。すごい、何匹くらいいるのだろう。何百、何千……、わからない。

「ほれ、シンちゃんも見てみろ。おめえの血い吸ってたシラミだあな」

「ああ、いるいる、うんといらあ」

馬鹿シンは、人ごとのように言いながら、大釜の中を覗き込んだ。

「ほれ、シンちゃん、自分でよく絞って干せ」

祖父は茹でた着物の入っているバケツを持ってきて、いつまでも大釜を覗き込んでいる馬鹿シンに荒っぽく渡した。

「干したら風呂にへえりな。もうそろそろ沸くだんべから。その垢だらけの体をよく洗え。お風呂の中でいくら洗ってもいいで。どうせ今夜は新しく沸かすんだから」

「すまねえ、すまねえ。あんがとよ、あんがとよ」

馬鹿シンは祖父に、何度も何度も頭を下げた。


桜の花もとうに散り果て、野山は若葉に萌えていた。今日は四月二九日、天長節、学校は式だけであった。君が代を緊張の中で歌わされ……。でも、君が代は短いからまだいい。次が『天長節の歌』だ。これも歌だからそんなに長いわけではない。その次からが低学年の真人達にとっては我慢以外の何物でもない。訳のわからない勅語を気をつけの姿勢のまま聞かされ、やっと休めになって、つまらない校長の話でも、いくらか楽かと思いきや、時々一段と大きな声で「畏《かしこ》くも」と言われると、あわてて気をつけをしなくてはならない。その次には必ず「天皇陛下にあらせられましては」と言う言葉が来る。しかし、なんといっても、式だけで家に帰れるのはありがたい。

それに今日は真人にとって非常にうれしいことがあった。

前田政則という二級上の先輩に、前々から懇願していた漫画『のらくろ』を貸してもらえたことだ。今、さわやかな緑の風の中で、縁側に寝転がって『のらくろ』に夢中になっているところである。まさに、幸せいっぱいである。

「こんにちは……、おじいさん、いるだんべか」

急に庭の方からしゃがれた、弱々しい声が聞こえた。首だけひねって見ると馬鹿シンであった。いつものように一束の榊を抱え、左の腰には横笛を差していた。もちろん、首からは例の木札がふら下がっている。ただ少し違うとすれば、榊と一緒に、古新聞にくるんだ小さい長細いものを持っていることであった。真人の頭には、この前のはじめてみたシラミのことが、鮮明に浮いてきた。

「家ん中……」

真人はぶっきらぼうに答えた。そして、すぐ『のらくろ』に目を落としたが、あの湯気の中に固まりとなって浮いていたシラミが思い出されて、本を伏せて縁側から座敷に入った。

馬鹿シンは、なにかしてはいけないことをするように、そっととぼ口の障子を開けた。

「こんちは……」

亀のように首だけ家の中に出した。

「なんだ、シンちゃんか。まあ中にへえれ……。そう言やあ、シラミはどうした。今日もまたいるんじゃあ、やだで」

祖父は囲炉裏にぼやをくべながら、馬鹿シンの方を見もしないで言った。

「おらあ、今朝、自分で鍋でシャッツや猿股を煮たよ」

「煮たはよかったたな……。そりゃあ偉い、偉い。その鍋でなにか煮て喰えば出汁が出てうまかんべ……、ハハハハ」

馬鹿シンは祖父にほめられて、よほどうれしかったんだろう。皺だらけの顔をくしゃくしゃにした。

祖父は手を軽くはたきながら馬鹿シンを見た。

「ほう、また榊を取ってきてくれたか。丁度ほしいと思っていたところだ。ありがとよ……、そりゃあなんだい」

祖父は、古新聞の長細い包みを見て言った。

「うん……、頼みがある……」

馬鹿シンの頼みというのはこういうことだった。

馬鹿シンがある農家で、一日田掘りを頼まれた。その礼として乾麺二把もらったのだという。いくら馬鹿シンの仕事がのろいと言っても、一日働かせて乾麺二把とはひどい。祖父は怒っていた。ともあれ、馬鹿シンの頼みは、この乾麺の煮込みを作ってくれ、ということであった。

「ああ、そんなことけえ。そんなこたあ、わきゃあねえや。じき嫁（真人の母）もけえってくるだんべから作らせらあ」

本当に母はすぐ帰ってきた。祖父から話を聞いた母は、台所の野菜を適当に入れて、結構大きい鍋に、煮込みうどんを作った。

そんな乾麺二把なんて、一度に食えっこないから一把だけにしたらどうだ。残りは家に持っていけばいいじゃないかと、祖父と母とで何度も言ったが、馬鹿シンは、今腹が減ってるから食えると言ってきかない。

「持ち主がそう言うんじゃ、全部作ってやれやれ。残ったら鍋ごと持たせてやればいいさ」

祖父の一言で決まった。

乾麺一把で、煮込みにすれば大人三人分から四人分はある。ということは、六人分から八人分はあるということだ。

「ほれ、シンちゃん、食えや。うんめえど。食えるだけ食ってみろ」

そう言いながらおじいさんは、両手で鍋の弦《つる》を重そうに持って、上がり端にちょこんと腰掛けている馬鹿シンの傍へ持って行った。

「鍋敷きだ、鍋敷き。ほれ真人、そこにある鍋敷き持ってこい」

祖父は、首で鍋敷きのあるところを示しながら、真人に命じた。

真人は急いで鍋敷きを馬鹿シンの傍に置いた。

「どっこいしょと」

祖父はかけ声をかけながら、藁で編んだ鍋敷きの上に置いた。母がすぐ盆の上に箸とどんぶりとお玉杓子を載せて持ってきた。

「シンちゃん、たあんと食いなよ。シンちゃんのもんなんだから」

「すんまねえなあ。じゃあ、いただきます」

馬鹿シンが鍋のふたを開けると、ふあっと真っ白い湯気が顔を覆った。それをよけるようにして、どんぶりにうどんを盛った。

さっき畑から帰ってきた父は、うさんくさそうにこれらの様子を黙って見ていた。父は祖父とは違って、馬鹿シンのことなどはほとんどかまわない。百姓仕事一筋である。帰って来たって馬鹿シンの方などはただ一瞥しただけで、顔や手を洗いにさっさと裏の井戸端へ行ってしまうので

あった。

「シンちゃんべえじゃあねえや。俺だって腹が減ってらあ。早く飯にしろい」

投げやるように父が言った。

「すぐ、お汁も暖まるよ。真人、みんなのお膳を持ってきて並べな」

お玉杓子で味噌汁の鍋をかき回しながら母が言った。

真人は仏壇の脇のお膳置き場から、みんなの箱膳を釜の周りのそれぞれ決まっている場所に置いた。中学校と女学校に通っていて、天長節の今日もまだ帰っていない兄と姉のお膳だけ残して並べた。

家族の昼食もはじまった。真人は、熱い煮込みうどんをふうふう言いながら、ずうずう音をたてて食っている馬鹿シンが気になって仕方がなかった。

驚いた。食うは食うは、馬鹿シンの大食いには驚いた。家族全員が食べ終わっても、先に食べはじめた馬鹿シンは、六杯、七杯、八杯と大きなどんぶりに盛って食べ続けた。

「馬鹿の大食いとは、よく言ったもんだ」

父は馬鹿シンに聞こえるのもかまわずに、お茶を飲みながら、馬鹿シシを横目で言った。

ついに二把の乾麺を全部食べてしまった。

「よく食えたなあ。たまげた、たまげた。驚き桃の木山椒の木だ……。そりゃあそれとして、シンちゃん、でえじょうぶか……。少し横んなってた方がよかんべ、ほれ、枕にしな」

祖父は大黒柱のそばに、四、五枚積んであった座布団の一枚を馬鹿シンに渡した。

「すんまねえ、すんまねえ、食った食った」

そう言いながら、馬鹿シンは腹をさすり、上がり端に仰向けになって寝た。その腹は西瓜の二つも飲み込んだようにぷっくりと膨らんでいた。


六月に入った。太陽も夏らしい輝きを見せはじめていた。緑の野山をわたって来る風は、すがすがしいものであった。しかし、真人にとっては、いやな時季であった。なぜなら、家の中が蚕で占領されてしまうからである。いつでも寝転がって漫画を読もうと、なにをしようと自由だった座敷が蚕の住み家と化す。家中の者が、蚕に追いまくられる。真人のような子どもも、結構その犠牲になる。寝るところさえ蚕に奪われ、部屋の隅に追いやられる。寝ているすぐ傍で、蚕がざわざわ、雨でも降っているのかと思わせるような音を立てて桑を食っている。蚕の匂い……、ではなく、蚕の糞、蚕糞《こぐそ》の匂いが、いつも部屋中に蔓延している。いよいよその時季になったのだ。

真人が学校から帰った時、家には誰もいなかった。みんな桑取りに行ったのだ。家の中は蚕一色だから、鞄を放り投げてすぐ外へ出た。家の前を流れている堀のような小川に入ってドジョウ捕りをはじめた。大きなものは少し場所を選ばないといないが、大きささえ気にしなければ、数は結構いる。たくさん捕ることを目的にするなら、ぶったい（竹で編んだ魚を捕獲する道具）を使うのだが、今は時間つぶしの遊びだから、手づかみが一番おもしろいのだ。

「あのう……」

急に弱々しい、しゃがれた声が後ろでした。真人が振り返ると、そこには例の木札を首にぶら下げている馬鹿シンがいた。なんだ、馬鹿シンか、おどかすない。心の中でそう思った。

「おじいさんは、いなかんべか」

その声には本当に力がなかった。もともと、馬鹿シンの声はか細く、どこか消えてしまいそうな声なのだが、今日の声は、それに輪をかけて弱々しいものだった。

「今日はいねえ。畑だんべ」

真人はぶっきらぼうに答えると、再びドジョウ捕りに没頭した。

「そうかい、そうかい……。それじゃあ、しっかたねえかあ……。あんちゃん、あばよ」

馬鹿シンは、しばらくもじもじしていたが、あきらめたようにそう言うと、よたよた歩き出した。

真人は、普段の馬鹿シンとは違うものを感じたが、なんにも話しかけなかった。

「シンちゃん、どうかしたん?」

出かかった言葉を飲み込んでしまった。馬鹿シンは危なっかしい足取りで自分の家に向かって歩き出した。真人はドジョウ捕りも忘れて、馬鹿シンの後ろ姿を目で追った。

「シンちゃん、休んで行きなよ」

心の中でそう思ったが、真人の喉からは声が出なかった。

「馬鹿シンが、馬鹿シンが死んでる」

隣の富次郎さん（通称・富やん）が、青くなって前山からの道を駆け下りてきたのは、真人がよたよた歩いて行った馬鹿シンを見送った次の日の朝であった。

その時、真人は起きたばかりで、小便をしに庭に出たところであった。

真人の脳裏に、昨日のあのよろよろ歩く姿の馬鹿シンが浮いてきた。

「富やん、どこ、どこに死んでるん」

真人は反射的に聞いていた。

「前山、前山のおらんちの桑畑の中よ」

真人は駆け出していた。体がひとりでにそう動き出したのだ。

「まあちゃん、子どもの行くところでねえ。行くな、行くな」

富やんの声を後に、真人は坂道を思い切り走った。富やんちの桑畑は知っている。その桑畑のどの辺に死んでいるのかはわからない。しかし、行かなければならない義務感のようなものが、真人の体を走らせているのだ。

真人には長い長い道のりに思えたが、実際は五、六分だったろう。桑畑に着いた。そんなに大きな畑ではない。とはいっても……と、一か所畑の端に、なにかにけつまずいて転んだような跡があった。真人はそこから桑畑に入っていった。

馬鹿シンがいた。汚い着物の裾もはだけて、仰向けになって死んでいた。その口端には、蚕糞がいっぱいくっついていた。真人の頭の中には、昨日の、あのよろよろ歩いていった馬鹿シンの姿、そして「あんちゃん、あばよ」と、真人に弱々しく言った言葉が浮かんできて仕方がなかった。決して見たいものではない。いやだ、帰りたい。そう思うのだが、足が動かない。目は大きく開いて、馬鹿シンの死体をじっと見つめたままだ。

心の中で真人は叫んでいた。

「馬鹿シンを殺したのは、この俺だ。あの時、『少し待ってれば、おじいさんも帰ってくるよ』と止めていれば、こんなことにはならなかったんだ」

どのくらいたったのだろうか。せいぜい十分くらいだったのだろう。「どこだ、どこだ」という祖父の声、「こっち、こっち」という、富やんの声と一緒に数人の人の来る気配がした。

「なんだ、真人か、もうお前は帰れ」

祖父に促されて、真人は後ずさりしながら、馬鹿シンの死体の傍を離れた。

そして、一気に坂道を駆けおりた。真人は顔をゆがませ、しゃくりあげて泣きながら走った。涙が頬を流れ落ちるのをかまわずに走った。

富やんが朝仕事の桑取りに前山の畑に行って、なんの気なしに桑を切っていると、桑と桑の間に捨てた蚕糞の上に、仰向けになって死んでいたということであった。

真人は前日のことは絶対に誰にもしゃべらないと心に誓った。馬鹿シンの死体は、変死体ということで、すぐ解剖にふされた。馬鹿シンの胃袋には、蚕糞がいっぱい詰まっていたという噂が広まった。

君が代

「まわれ、右！」

高等科の担任で、体育にかけては右に出る人がいないと言われている宮田先生。太い、大きな声が、晴れわたった空の下を心地よく吹いてくる春風の中に響き、すっかり若葉に衣替えしたまわりの山々に木霊《こだま》した。

今日は四月二十九日、天長節である。

「半ば左向けー左！」

号令に合わせて約五百人の生徒の足がサッサッという、履物（ほとんど藁草履）が土と擦れ合う音とともに動く。ほとんど体はふらふらしない。よく訓練したものである。

「最敬礼！」

運動場は校舎の南側にある。朝礼台は校舎側、つまり運動場の北側にあるのだから、子ども達は北を向いている。「まわれ右」で南を向く。「半ば左向け左」で南東を向くことになる。この方向が東京、つまり宮城（皇居）のある方向だということになる。

子ども達は深ぶかと頭を下げる。指先は膝の下までいっていなければならない。そしてその時間の長いこと。初等科三年生の真人達にとっては、大変なことであった。しかし、ここでいい加減な動作をして見つかったら、ただならないことをよく知っているから、じっと我慢する。

「直れ！」

やっと、お許しの号令が出た。ほっとして頭を上げるのだが、体はぴーんとしていなければならない。

「半ば右向けー右！」

「まわれ右！」

　そして、もとの位置に戻る。

「国歌、君が代斉唱」

　宮田先生の太い声が少し間をおいて、再び響いた。

　なんの模様なのか遠くからだとわからないが、地味と言えば地味な色とも言える、明るい紺色を主にした晴れやかな長袖に、鳩尾《みぞおち》のあたりで、きりりと紐を結んだ臙脂《えんじ》の袴をはいた田野美知子先生が朝礼台の上に立った。右手には三十センチほどの指揮棒を持っている。田野先生は真人達の担任でもあった。

　田野先生は細面で痩身《そうしん》であった。話が上手で、雨の降った体操の日には必ずと言っていいほど話をしてくれた。もともと体操の苦手な真人は、体操のある日は雨が降ればいいといつも思っていた。

　額にちょっと手をあて、話の筋を思い出すような仕草をして話し出す田野先生の顔が真人は好きだった。

　田野先生は軽く一礼すると、朝礼台の右、五メートルくらいのところで、すでにオルガンの鍵盤の上に両手を置き、田野先生の方を見ている山口先生の方へタクトをぐっと押し出すようにして、ピタッと停止した。そして、タクトをさっとあげた時であった。オルガンが、君が代の伴奏の最初の音を「ブー」と出しはじめた。

「あっ、チダミ、チダミ」

という子ども独特の高い声が響いた。

オルガンは止んだ。タクトを振りはじめた田野先生も驚いて声の方を見た。

声の主は三年生の男子、つまり真人の組の福井幸一であった。彼は背が小さいので前から三番目にいた。彼はまだ幼児語でしかしゃべれない。言うなれば発達障害児であった。算数も十以上の足し算も引き算もできなかったし、自分の名前以外の文字は、ほとんど書けなかった。

号令をかけていた宮田先生は、丁度三年生の前にいた。すぐに宮田先生は幸一のところへ駆けて行った。

「バカヤロー」

という大声と一緒に、握り拳が宮田先生の腰ほどにもない幸一の左頬をとらえていた。

幸一は右にふっ飛び、隣りの四年生の女の子にぶつかった。その女の子もまた、隣りの子にぶつかり、三、四人が倒れた。

幸一の口からは血が吹き出していた。

「ゴメンナチャイ、ゴメンナチャイ」

幸一は口から血をだらだら流しながら宮田先生の前で、頭を地面にこすりつけて謝っていた。

「畏《かしこ》くも」

宮田先生は直立不動の姿勢をとって言った。

「天皇陛下の御代の永遠なる弥栄《いやさか》を願った国歌を、歌いはじめようとした時に、なんたることか！このバカヤロー」

口から血を吹きながら、地面に頭をこすりつけている幸一の襟首を、左手でわしづかみにして持ち上げると、また右手の握り拳を振り上げた。

「ヒー」

幸一は、恐ろしさに悲鳴をあげた。

宮田先生も次から次へと流れ出している血を見て、さすがに気が引けたのか、右手の握り拳をあげたまま、左手で幸一を地面にたたきつけた。

幸一は顔から地面に落ち、口のまわりは流れ出ていた血に土がつき、そのうえ鼻を強く打ったものだから、おびただしい鼻血も流れ出していた。頬には擦り傷ができ、糸を引いたように血が滲んでいた。それでも幸一は「ゴメンナチャイ、ゴメンナチャイ」と泣きながら宮田先生の前に、頭を地面にこすりつけて謝っていた。

まわりの生徒達は恐ろしいでき事にただ怯えて、じっと固唾をのんで見ていた。ほとんどの生徒にはその様子が見えないのだが、あの喋り方からして、三年生の福井幸一が宮田先生に殴られているということはわかっていた。

宮田先生に殴られたり、蹴られたりした生徒は数知れなかった。生徒の誰からも恐れられ、怖がられていた。

田野先生も、朝礼台から降りてきた。

「幸ちゃん、幸ちゃん、大丈夫？」

田野先生は、そのはいている袴が地面につくのもかまわず幸一のそばにしゃがみ、両手で両肩を持った。

幸一は田野先生の顔を見ると、「わー」と大声をあげて泣いた。

そこへ、女の先生が、

「どうしたの」

と言って寄ってきた。

田野先生は、ちらっと宮田先生を見てちょっと頭を下げると、

「お願い、先生、どこかで幸ちゃんの顔を拭いてやって……。私、指揮をとらなくちゃ、だから……」

宮田先生は、腕組みをしてその様子を見下ろしていたが、

「ったく、なっとらん。どんな教育をしているんだ」

と言うと、くるっと踵を返し、大股に歩き出した。

ことの起こりは、幸一の「チダミ、チダミ」の声だが、彼は「シラミ、シラミ」と言ったつも

りなのである。

並んでいる列は学年ごとに男二列、女二列である。幸一の左側は同じ三年生の女の子の列であった。

彼のすぐ前の女の子、つまり一つ左前にあたる女の子が山田ミツという子で、貧しい家の子であった。

母親は小さい時に死んでしまっていた。下に弟が一人、一年生にいた。二人はいつも垢だらけの、どこか必ず破けたところのある衣服を身につけていた。いつ、風呂に入ったのだかわからないほど、皮膚は黒くよごれていた。耳の後ろや首のあたりは、はがせばペロリとはがれるのではないかと思われるほど垢が積もっていた。

いたずらっ子は、ミツのそばを通る時などわざと鼻をつまんだりした。そして、「臭い、臭い」と言って逃げたりもした。それだけならまだいい。何人か揃うと、

ミツちゃん耳垂れ、目がやんめ
頭の横ちょに禿げがある
そこは虱《しらみ》の運動場

と声を合わせて言ってからかうのである。また、

ミツちゃん道端うんこひって
紙がないとて手でぬごって（ぬぐって）
もったいないとてなめちゃった

これを学校帰りなどに男の子が五、六人、時には十人くらいで合唱するのである。真人も、その合唱に加わることもあったが、心の中で「悪いことだ」とは思っていた。しかし、「よそう」とは言えなかった。小さい声ではあっても、唱和しているのであった。

ミツの頭は、いつ櫛を入れたのだかわからないほど、もじゃもじゃしていた。まさに、雀の巣という表現がぴったりであった。

時々、かゆいらしく、ポリポリと掻いた。事実、その頭には虱がたくさんいた。虱の卵のことをこの地方ではキシャジと言うが、そのキシャジの脱け殻が、毛の中に白々と浮いていた。

その日、幸一はミツの頭をじっと見ていた。「君が代」のことなど幸一の頭にはない。ミツのもじゃもじゃの頭には、白いものがいっぱい浮いている。じっと見ているとその白いもののいくつかが動くではないか。そして、ぽとりとミツの襟首に落ちた。そこで、幸一は声を出してしまったのである。

「チダミ、チダミ」

それが、まさに君が代を歌い出そうとしていた時なのである。

「改めて国歌君が代斉唱！」

前にも増して宮田先生の大きな声が、うららかな春の日の中の空気を震わせた。

すでに朝礼台の上に戻っている田野先生の顔は、心なしかさっきより緊張しているように見えた。しかし、動作は少しも変わらず、オルガンの方を向くと、さっとタクトを挙げた。そして、タクトが動き出すと同時に、君が代の伴奏がはじまった。田野先生のタクトが生徒に向けられ、強く振り下ろされると同時に、生徒の口は一斉に開いた。

キーミーガーアーヨーオーワー
チーヨーニーイー、ヤーチーヨーニー
サーザーレー、イーシーノー
イーワーオートーナーリテー
コーケーノー、ムースーウーマーアアデー

国民学校三年生の真人も、もう何回もその意味は聞かされているから、「天皇陛下の御代が永く永く続きますように」という意味だくらいのことは知っていた。

しかし、小さいながらも真人には疑問があった。

「さざれ石の巌となりて」というところである。小さい石がだんだん大きくなるというのがどうも解せなかった。でも、国歌、しかも現人神《あらひとがみ》の天皇のことを歌っているなのだから、間違いはないだろうと思うことにした。

君が代が終わった。しかし、いやなものが続く。あの意味の全然わからない教育勅語を、校長先生が読むのである。

「教育勅語奉読！」

宮田先生の声がますます冴え渡って、辺りの空気を震撼させた。

校長先生がこういう式の時にだけ着る燕尾服の、その燕の尻尾の部分を後ろにひらひらさせながら、真白い手袋をしてゆっくりと朝礼台に上る。

朝礼台の上には、すでに小さなテーブルが置かれ、その前に校長先生が直立不動の姿勢で立つ。「青大将」という渾名《あだな》を持つだけあって、背は大きく、丸坊主は青く光り、目はギョロリとしている。確かに言われてみれば「青大将」を彷彿させる容姿である。

教頭先生が黒塗りの漆のお盆の上に、長方形の箱に入れた教育勅語を載せ、それをすっぽりと紫の布で被い、両腕をピンと伸ばし、目の位置よりも高く掲げ、しずしずと朝礼台の前に来るのであった。

朝礼台の前で、くるっと直角に方向転換をして校長先生と向き合う。そして一旦停止し、重々しく校長に近づく。それからぐっと勅語を突き出す。校長先生は朝礼台の上から、小さなテーブル越しにそれを受けとり、この世の中にこんな大事なものはないといった風に、それをテーブルの上に置く。そしておもむろに紫の布を取り、丁寧に四つ折りにして傍らに置き、長方形の箱の紫の紐を、これまたゆっくりと解いていく。実にまだるっこい。箱の中に巻いてある教育勅語を取り出すと、額の上にこすりつけるようにしてうやうやしく拝み、やっとそれを広げはじめた。

「礼！」

宮田先生のドラ声が響き渡った。

全員下げている頭の上を青大将の荘重な声が、春風に乗って流れていく。

「チンオモーニワガコーソコーソー、クニヲハジムルコトコーエンニ、トクヲタツルコトシンコーナリ、ワガシンミン、ヨクチューニヨクコーニ、オクチョーココロヲイツニシテ、ヨヨ、ソノビヲナセルワ、コレワガコクタイノセイカニシテ、キョーイクノエンゲンマタジツニココニソンス……」

わけのわからない言葉が次から次へと続く。小学校（初等科）低学年の真人達にとっては、我慢以外のなにものでもない。

「ギョメーギョジ」

どんな意味だかわからないが、真人は、この「ギョメーギョジ」という言葉が好きだった。ほっとするからである。

「直れ！」

宮田先生の声でみんな頭を上げる。この時「あーあ」などという、声を漏らそうものなら大変である。さっきの福井幸一と同じ目に合うこと請合いである。

やり方はすっかり逆ではあるが、その速度は変わらない。教頭先生が持って帰るまでには相当の時間を必要とした。

そして校長先生は、宮田先生の号令で礼を交わすと朝礼台を降りた。と、また宮田先生の声があたりの空気を震わす。

「校長先生、訓話！」

再び青大将はゆっくりと朝礼台の上に上る。真人の頭の中では「すぐ上ってくるのなら、さっき教育勅語を読んだ後、そのまま話せばいいのに」という当然の考えが浮かんできた。同時に、ただただ校長先生の話が、少しでも短くてすむように願わずにはいられなかった。

「気をつけ！」

「礼！」

校長先生が朝礼台の上に昇り、生徒と向き合うのを見計らって、宮田先生の声が響く。

「休め！」

ああ、やっと少し楽にできるか。真人はそう思いながら、右足をちょこんと斜め前に出し、左足に体重をかけた時であった。

「かしこくも！」

校長先生は朝礼台の上でぴーんと背筋を伸ばした。

こういう時は生徒も普段の気をつけよりも、もっときちんと素早くしなければならない。この後、必ず校長先生の口から「天皇陛下」という言葉が出るのである。

「天皇陛下がお生まれあそばされた、本当におめでたい、ありがたい日が今日なのです。天皇陛下にあらせられましては、いつも我々臣民のことをお考えあそばされているのであります。私達がこうして、毎日御飯が食べられるのも、天皇陛下のおかげなのであります」

校長先生は宮田先生の方を向くと、軽く会釈した。

「休め！」

宮田先生の声が、また抜けるように響いた。反射的に生徒全員の右足がさっと斜め前に出る。

校長先生の話は続く。

「今、戦地においては、強い日本の兵隊さん達が、悪いアメリカ人やイギリス人と戦っているのです。それで私達はこうして、安心して毎日勉強していることができるのです」

校長先生が、また急にぴーんとなった。そしてひときわ大きな声で、

「かしこくも！」

と怒鳴った。

全生徒、全職員がさっと気をつけの姿勢になる。

「天皇陛下の大御心《おおみこころ》は、たとえてみれば、日本一高い富士山よりも高く、一番深い海の底よりも深いのであります。私達は、この御恩を一時たりとも忘れることなく……」

青大将の話は延々と続く。

かしこくも……、ピチッ。かしこくも……、ピチッ。話の途中で何回かこんなことが繰り返された。

やっと校長先生が「では」と言った。

この一言をどんなに待っていたことか。

「今日は、天長節をみんなで心からお祝いしましょう。これで、おめでたい天長節の言葉といたします」

「気をつけ！　礼！」

「天長節の歌！　斉唱！」

春風に乗って、青い空を流れている雲が揺れるかと思われるほど、びんびん響く宮田先生の声、である。

真人はほっとした。この歌を歌えばこの長ったらしい式も終わりになる。そうすれば、今日はもう帰っていいのだ。

真人達の担任の田野先生がまた朝礼台の上に上がった。きりっとした細面の顔が、本当にきれいだと思った。

タクトが動き出した。ちょっと前奏があり、大きくタクトが振られ、「ここから歌うのですよ」

というようであった。

一斉に歌がはじまった。

今日のよき日は大君の
生まれ給いしよき日なり
……

とにかく式は終わった。いや、この後に、教頭先生の閉会の言葉があるが、こんなものは短い。

しかし、なんで今日はあんなにのろく歩くのだろうかと思うほど、ゆっくりゆっくり歩く。

朝礼台のたった三つの階段さえ、一歩一歩、壊れるのではないかと心配しているみたいに、静かに上る。そして朝礼台の上に立ち、ゆっくりと深く礼をして、またまた、右、左、右と見まわしてから、

「これをもちまして、昭和十九年度、天長節の式を終了いたします」

と言い、再び深々と礼をする。もちろん、この行動のたびにあの宮田先生の大きな声が、運動場いっぱいに鳴り響いた。

教頭先生がゆっくり降壇した後、のっし、のっしと大股に歩き、胸を張り、肘を少し曲げ、大きく揺すりながら、今まで号令をかけていた宮田先生が朝礼台に上がった。ぎょろりとした大きな目を、ことさら大きく開いて左右を見まわした。その目が真人の方を向いた時には、なにか自分が睨みつけられたような気がして首がすくみ、ぶるるっと身震いした。

「休め」

宮田先生の声らしからぬ小さな声で言った。しかし、全員の動作は機敏であった。と、すかさず天地が裂けるのではないかと思うほどの雷鳴がとどろき渡った。

「気をつけ！」

生徒全員、びくっとするとともに両足の踵がぴしっとくっつき、直立不動の姿勢になった。

「今日のおめでたい天長節の式典は、一人の不埒な馬鹿者によって汚された。絶対に許せないことだが、まだ低学年なので今回だけは許してやる。いいか！　みんな！　これからはこのようなことが絶対にないように……。返事はどうした！」

最後の「返事はどうした」という声は、周りの山々が、がらがらと崩れ出すのではないかと思われたほどである。

「ハーイ」

という声が春の柔らかな空気の中に流れた。

「よーし、わかったか。では今日はこれで終わりにする。今日一日、ありがたい大御心を思い、落ち着いた生活をするように……」

「姿勢を正して……、礼！」

終わった。堅苦しい式が終わった。子ども達は一斉に動き出した。もう校門に向かって駆け出している者も少なくない。その中の一人に真人もいた。血だらけになった幸ちゃんのことも気にはなったが、宮田先生も「許す」と言ったのだから大丈夫だろうと考えた。

校門から三十メートルほどのところにある往還に出た。

いつの間にか同じ部落の四人が集まっていた。

「幸ちゃん、かわいそうだったな、ありゃあきっと、すげえ痛かったで」

いつもこういう時、最初に話し出すのが伸行である。

「うん」

「そうだよなあ」

三人とも口々に静かに言った。

「でも、やつも馬鹿なんだよ。あんな時、あんなことをでっけえ声で言うからよ」

「……でも、幸ちゃんは本当（ふんと）に馬鹿なんだからしょうがねえよ。勉強だってからっきしわかりゃあしねえんだから……」

利治、和正が次々に言う。

「でも……、幸ちゃんは……本当（ふんと）に気持ちのいいやつだよなあ。やつが人の悪口言ったのを聞いたことねえや」

真人はひとり言のように言った。誰もそれに反論する者はいなかった。

往還は、八高線と平行に走っている。

校門から二百メートルも行ったところで、兜川という小さな川を渡る。そこには、この村の中では一番大きく立派なコンクリートの橋がかかっている。その橋を渡るとすぐ、八高線と東上線が立体交差している。もちろん、往還も八高線と並んで東上線の下を通る。その東上線をくぐる手前に、八高線の線路を渡って右へ曲がる細い道がある。この道は当然左側に高い東上線の土手が続くことになる。

その東上線の線路を通って行くと、真人達の部落へはぐっと近道だ。丁度三角形の一辺を通ることになるからだ。しかし、言うまでもなく、線路を通ることは学校から厳しく禁止されていた。

「禁止される」ということは「通る」ことであり、真人達も月に二、三度はこの線路を通る。

電車は一時間に一本くらいしか通りはしない。とは言え、途中に一か所だが、高い鉄橋がある。その長さはたかが二十メートルくらいのものだが、高所恐怖症とまではいかなくても高いところの嫌いな真人は、ここを渡るのが一番嫌いであった。

「怖い」と言うと馬鹿にされるから、なるべく下を見ないで、枕木の一本一本に足の平をぴちっとくっつけるようにして渡った。

こんな時、電車が来たら……、と思うと冷汗が出た。もちろん、電車の来ないことは十分確認した上で渡りはじめるのだが……。

「おい！　今日は線路を帰るかあ」

いつものように伸行が声を小さくして提案した。彼の意見に反対することはない。形（なり）も小さく勉強だって中以下……、ただ非常に器用なのである。メジロを入れるサシコ（この地方の鳥籠の呼び名）を作る技などは天下一品である。自分の履く藁草履も下駄もみんなその手で作ったものであった。そんな彼はいつもこの四人の中心人物であった。

四人はパラパラと駆け出して、さっと往還から右の細道へと入った。すぐ東上線の土手には登らない。線路を通ってはいけないということは誰も知っている。だから、往還を歩いている大勢の仲間に見られることはまずい。ほとんど先生に言いつけるなどというやつはいないが、なにかの拍子に言われないとも限らない。学校に知れれば、怒られるに決まっている。

四人は、東上線の土手がゆるやかに左へカーブし、往還から見通しがきかなくなったところで七、八メートルほどの土手を登った。

土手には、たんぽぽが黄色いランプをいっぱいつけて春風に揺れていた。可憐なすみれも小さな紫の花を「私もここに咲いているのよ」というように、春の日の光をいっぱいに受けていた。真人はそういうものにふっと目の向く少年であった。

線路の土手は急斜面であった。四ツん這いになって登るようであった。線路の上に登りきると汗ばんだ顔を、春風が気持ちよく撫でていった。

「高えところは気持ちいいな」

誰かが言った。あの高い鉄橋はすぐそこにあった。こういう時、真人はいつも一番最後から行く習性があった。

先頭は伸行、続いて利治、和正、少し遅れて真人の順で鉄橋を渡った。鉄橋の上は、他のところより春風を強く受けるような気がした。下から枕木の間を抜けて、ひんやりした風が上がってくる。ザアザアと水音が聞こえてくる。

真人は心の中で一種の戦慄を覚えながら、いかにもなんでもない風を装い、向こう側に渡り終わった時、安堵の胸をなでおろした。

その時であった。成績も真人とどっこいで、話の方は真人の数倍も達者な利治が、誰に言うともなく言った。

「だけんど……、天皇陛下っちゅうもんは本当に神様だんべか。幸ちゃんがあんなにぶたれたのも、天皇陛下の歌の君が代を歌いはじめるところだったたからだんべ」

しばらく誰もなんとも言わなかった。

神様と言えば、真人はすぐ村で一番大きな神社でもあり、笠原部落の鎮守様でもある諏訪神社を思う。

近所の人達は病人が出たり、家の人が出征したりすると、必ずお百度参りをした。真人もその中に加わったこともある。

天皇と言えば、真人の脳裏に浮かび上がる場面がある。

彼の家の便所は外にある。使用する紙はほとんど新聞紙である。それも養蚕の時季には、蚕の下に一度敷いた、石炭などがこびりついているものである。

思いきり息張って太い健康そのものを下に落とした時、その落下物がどしんと落ちたところに、あの白馬に跨って凛とした天皇の写真の載った古新聞があったのだ。

真人はぎくっとした。

しかし、考えてみれば、家族の誰かがあれでうんちを拭いたのだ。そうでなければ下にあるはずがない。そのことを彼は誰にも話していない。

「あれだけ先生が怒るんだから、きっとなにかあるんだよ。どの先生だって、みんな天皇は現人神だって言うんだもん。幸ちゃんに罰が当たらなけりゃあいいけんどな」

和正が神妙な顔をして言った。

「うん、そうだいなあ」

利治が相槌を打った。

「おらあ、そんなことねえと思うな」

中心人物の伸行は否定した。

「天皇陛下だって、人間だんべ。だって普通に話したり馬に乗ったりしてるんだもん」

真人も百万の味方を得た気になって言った。

「俺も罰なんか当たんねえと思うよ。だって、天皇陛下の写真が載っている新聞なんかが、そこいらに散らかってることだってあるけんど、誰も罰が当たるなんて言わねえもん」

真人は自分の家の便所の話はしなかった。そして、彼は、冗談のつもりで突飛もないことを言った。

「君が代歌いながら小便したら、ちんぽが曲がるか腐るかしちゃうかなあ。アハハハ……」

しかし、誰も笑わなかった。

そのかわり、伸行がまた新しい提案をした。

「ようよう、四人で君が代歌いながら小便してんべえよ。面白《おもしれ》えがな」

誰もすぐ「うん」とは言わなかった。少し間をおいて和正が
「だけんど……、本当に大丈夫だんべか」

と言った。

「せわぁねえさ。曲がったって四人いっぺんに曲がるんだからいいがな」

伸行はあっけらかんと言った。

これも伸行が提案したことだから、実行に移すことになった。もし、伸行が反対の側だったら、おそらくこの勇敢な人体実験は、日の目を見ずに終わったことは請け合いである。

「ようし、決まった。じゃやるべえ。みんな小便でらいなぁ。うそ言いっこなしだで。指切りすべえ。指切り」

伸行が右手をぐっと突き出し、ぴょこんと小指を立てた。三人はそれにつられるように同じ仕草をして、線路の真ん中で小指をからませた。

四人は声をそろえて言った。

「指切りゲンマンうそついたら針千本飲ます！　指切った！」

そしてパッと指をはずした。

線路の端の土手の上に四人は並んだ。

真人は罰なんか当たりっこないと信じていた。

しかし、心の隅のどこかに「でも、もしかしたら」という不安があった。「あれだけ強く先生が言うからには」というのがその理由であった。和正や利治などは、顔も青白く、決死の覚悟のようであった。

四人は土手の上に並んだ。そよ風がここちよく吹いているのだが、誰もそんな気分ではない。もしかすると、明日の朝、ちんぼが曲がるか腐るかするかもしれないのだ。

「ようし、いいか、誰もうそつくなよ。みんな小便出らいな！」

伸行が念を押した。

「ああ」、「うん」それぞれうなずいた。そしてそれぞれ、ズボンのボタンをはずした。四つのさなぎが春風の中で小さく揺れた。

真人は自分の持ち物が一番小さく思えた。伸行の物などはただ大きいだけでなく、先の方が少しむけていた。真人は子どもながら劣等感さえ覚えた。

「ようし、歌うぞ。歌いはじめたら小便《しょんべん》出すんだで。一、二、三！」

仲行の合図で四人は歌いはじめた。同時に小便をするための努力をはじめた。

「キーミーガーアーヨーオーワー」

まず、仲行の一番大きなさなぎが水を吹きはじめた。次に真人。やはり、罰が当たるのを恐れてか、利治や和正のさなぎからは出てこない。

「チーヨーニーイーイ、ヤーチーヨーニ」

まだ出てこない。真人は裏切られはしないかと心配であった。

「サーザーレーイーシーノー」

やっと利治と和正のさなぎが苦しそうに水をはきはじめた。真人は安心した。

「イーワーオートーナーリーテー、コーケーノー」

仲行と真人のさなぎは、シャッシャッと切れを入れて出水を止めた。

「ムースーマーアーアデ」

歌い終わった。とにかく、小便をしている間は、特になんの変化もなかった。さなぎが痛かったわけでもない。

「ようし、競争だ。行くぞ！」

仲行は言うと、もう線路の端の土手の上を思いっ切りのスピードで駆け出していた。

続いて三人も、「よし」、「よし」と言って駆け出した。足の遅い真人は少し遅れて走った。

四人はなにかにとりつかれたように、えいっ、えいっと言って、時々腕を振り回しながら陽春の中を走り続けた。

ダッピ先生

「今日の綴り方は手紙だ。戦地の兵隊さんに書くのだ。お前達がこうして、安心して勉強していられるのも、戦地で戦っておられる兵隊さんのおかげなのだ。〝兵隊さん、ありがとう〟と、真心こめて書くんだぞ。いいな。もし、お父さんやお兄さん、また、おじさんなどが戦地へ行っている人は、そういう人宛に書けばいい。肉親に兵隊に行っている人がいない場合は、戦地の兵隊さんを頭に描いて書けばいい。慰問袋でまとめて送るから。いいな」

山田先生の大きな声が、暑苦しい教室の空気をぶち破るように響いた。

「どんなことを書けばいいんですか」

誰かが言った。

山田先生は両手を教卓の上に置き、質問をした人の方を向いて、ぎょろりとした目をさらに大きくして言った。

「どんなことって……、戦地で戦っておられる兵隊さんが喜ぶような手紙を書くんだ。ようし！本気で戦うぞ！　敵軍のやつらを、片っぱしから殺してやるぞって、勇気が湧いてくるような手紙を書くんだ」

生徒達の机の上には、藁半紙が一枚ずつ配られていた。

「それから……、わかっているな。書く時は藁半紙を上手に折って、一センチくらいの筋をつけてから書くんだぞ。そうしないと字が曲がってしまって、下手な字がなお下手に見えてくるからな」

（いやな言い方をする。下手な字がなお下手に……。そうじゃなくて、上手に書いても下手に見えるから……、とか言えばいいじゃないか。それにしても、原稿用紙に書くんなら、どんなに書きやすいことか。せめて、縦線だけでも引いてある紙ならなあ）

真人は思った。しかし、この頃は原稿用紙など見たこともない。まっ黒けの藁半紙、下手に消しゴムでごしごしやろうものなら、ビリッといってしまう代物だ。

（さて、誰に書こうか）

真人は考えた。

真人の父も昨年の暮れ、年齢が四十にもなろうというのに、補充兵として出兵していた。しかし、外国には行っていない。千葉の方だと聞いている。どっかで穴掘りでもしているのだろうと真人は思っていた。

というのは、今、真人のいるこの国民学校にも、兵隊が五十人ほど寝泊りしていて、毎日、学校から一キロほど離れた、いわゆる里山の麓に穴を掘っていた。

そのために、高等科の生徒は、二クラスが一つの教室に押し込められて、身動きもできない状態で授業をしていた。もっとも、ほとんどまともな授業はしていない。天気さえよければ、運動場の固い土をほっくり返して開墾をしているか、学校からちょっと離れたところにある学校所有の畑仕事をしているかだった。

時には半分になってしまった運動場で、竹やりを持って「ヤアー、ヤアー」と敵を突き殺す練習をしていた。高等科になると、あんなことをやらされるのか。いやだな。授業を受けながら、横目でそんな情景を見ていた。

真人達の初等科四年生だって、草刈りだとか縄ないだとかやらされることは珍しくなかった。兵隊達が、なんのために穴を掘っているか定かではないが、防空壕だとか敵が上陸した時、兵隊が穴に隠れていて敵が攻めて来た時、穴から飛び出して敵をやっつけるのだとか、地下に大きな工場を造るのだとか、まあいろんなことがあっちこっちでささやかれていたが、国の秘密事項だから絶対に他所の人に言ってはいけないと言われていた。「壁に耳あり障子に目あり」どこにスパイがいるかわからないから……、などとまことしやかに吹聴されていた。

真人は思った。敵が攻めて来た時、兵隊が敵をやっつける……。そんなことになったら、その前に俺達はどうなる……、心配してもはじまらない。俺だけじゃない。友達もいっぱいいるのだから……、まあその時はその時だ。

そう諦めるしかない。

さあ、手紙、誰に書く……。

父に書くのが当然なのか。時々、Ｂ29などが飛んでくると、警戒警報や空襲警報のサイレンが鳴る。ウー、ウーというサイレンの音を聞くと、自然に真人の頭には父の顔が浮かんでくる。口を開けば小言しか言わないような父を真人は嫌っていた。家の中でも、父が右に行けば左の方に、左の方に行けば右の方にと、なるべく避けるようにしていたが、やはり、死んでもらっては困ると思っていた。その父に手紙を書く気にはなれなかった。

〝お父さん、お元気ですか〟

そんな文を書けるはずがない。体中に毛虫が這いまわるようなむず痒さを覚える。

（それでは、誰に書くか……。そうだ。叔父さんだ。康夫叔父さんだ）

この叔父さんとは、真人の母の弟である。

この叔父は苦学して大学に行き、昨年、学徒動員の一人として戦地に行っていた。確か北支（現在の華北）とか聞いていた。その叔父さんに手紙を書こうと思った。

真人にとっては、大好きな叔父さんであった。叔父さんが出兵する前、自分だって苦学して大学に行っているのだから、そんな余裕はなかっただろうに、時々本を送ってくれた。時には兄に、時には姉に、そして真人に……。それぞれの学年に見合った内容を考えてのことである。

真人宛に本が送られてきた時、それはもう、天にも上る気持ちであった。この言葉は、この時のために作られたものだろうと思った。

この叔父さんに、もしものことがあったらそれこそ大変だ。

ざわざわしていたまわりの友達も、「ほらほら、いつまで無駄口をきいているんだ。早く書け！」という山田先生の怒鳴り声が何度か響くと、自然に静かになり、そのうちにさらさらと鉛筆が藁半紙とすれ合う音が立ちはじめた。時々、鉛筆をなめ、天井をにらみつけているやつもいた。

真人もそうと決まると早速書きはじめた。

「おじさん、お元気ですか。ぼくは毎日元気に学校へ通っています。母も兄も姉もおじいさんも、みんな元気です。

こちらも毎日のように、空しゅうけいほうのサイレンがなっています。でも、いなかですから、ばく弾は落とされませんから安心してください。

おじさん、戦争はこわくありませんか。敵の弾が飛んでくるんでしょう?　おじさん、敵の弾にあたらないようにしてください。死んじゃいやです。戦争がおわるまで元気でいてください。

敵の弾が飛んでくるような時は、もし、近くにほりっこでもあったら、その中にかくれていてください。そうして、戦争から帰って来たら、また本を送ってください。

運動場は半分は開墾してしまって、今はさつまいもが植えられています。だから今年の運動会はないそうです。ぼくはかけっこがのろくて、いつもビリですから、運動会がなくなってほんとうにうれしいです。ではおじさん、くれぐれもお体を大切にしてください」

真人は我ながらうまく書けたと思った。この手紙を読む康夫叔父さんの姿を頭に描いてみた。背はそんなに低いとは言わないまでも、決して高くはない。痩せ形のほっそりとした体。いつもにこやかに微笑んでいる顔……。

真人はいつの間にか、微笑んでいた。

カラン、カラン、カラン。

小使いさんの鳴らす鐘の音が、授業の終わりを知らせた。

第四時限の終了だ。真人の腹がグーッと鳴った。待ちに待った弁当の時間である。

「ようし、出せ。一番後ろの人は集めてこい」

「先生！　まだ書き終わりません」

誰かが言った。

「そういう人は、今日、放課後、書いて行け！　書き終わったら、職員室の先生の机の上に出していくんだ。書き終わらない人、手を挙げてみろ」
六、七人の手が挙がった。その中の一人が言った。
「お昼休みに書いてもいいですか」

山田先生はつっけんどんに言った。

「当たり前のことを言うな！」

それからつけ足した。

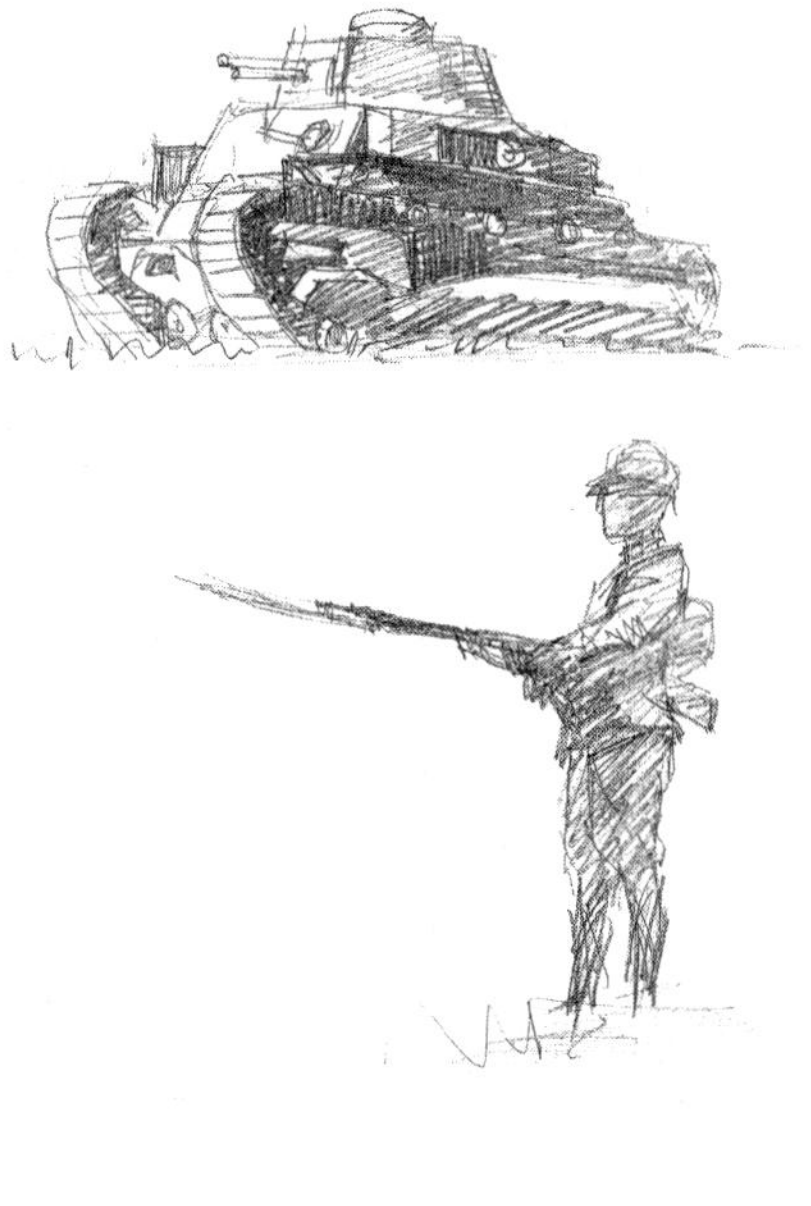

「先生は今日は、放課後出張でいないから、黙って机の上に出していけばいい。必ず今日中に出しておくんだぞ。いいな。では終わり！」

「起立！　礼！」

級長の真人の凛とした声が、教室中に響き渡った。


今日は金曜日、授業は五時限、午後は唱歌、音痴の真人にとってはいやな教科だった。でも、教えてくれる先生は、真人達が二年、三年の時の担任だった田中という若い女の先生で、好きな先生だった。よく綴り方では褒められた。

五時限が終わると掃除の時間であった。真人は教室の掃除当番だったから、机や椅子を教室の後ろに寄せていた。

「おい！　まあちゃん。山田先生が呼んでるよ。職員室へ来いと。なにかおっかねえ顔してたぞ。ありゃあ、ただごとじゃねえぞ」

同級生のひょうきん者の吉川道雄が駆け寄って来て、軽く真人の肩をたたきながらおどけるように言った。

「またまた、道っちゃんはおどかして……。なんで俺が先生に怒られなけりゃなんねえんだよう。なにも悪いことなんかしてねえもん」

「そんなこと、俺が知るもんか。だって、本当におっかねえ顔してたんだもん。行ってみろいな」

（ふざけんぼの道雄のことだ。嘘っぱちに決まってる）

真人はそう思って職員室に向かった。

（こんな掃除中に呼ぶなんて……）

一抹の不安が真人の胸をよぎった。しかし、その不安が現実のものになろうとは、その時の真人は、まったく予想もしなかった。

職員室は、真人達四年男組の教室からは、一番遠いところにあった。高等科と特別教室のある後ろ校舎（今、三教室は兵隊の宿舎）は別として、前の平屋の十二教室は、二宮金次郎の銅像が立っている植え込みを囲むようにコの字になっている。コの中の直線のところが八教室、向かって右側が四教室その一番はずれが、真人達の四年男組、向かって左側に職員室と宿直室がある。職員室に行くにはコの字の端から端まで行くことになる。真人は宿直室の前を過ぎ職員室の前に立った。胸の高鳴りはどうしようもない。静かにガラス戸をあけて職員室に入る。

「失礼します。四年、男組、牧野真人、山田先生に呼ばれて参りました」

職員室に入ると、真人はきちんと一礼して、職員室中に響き渡る声で言った。声が小さければ、どこからともなく、「声が小さい！　もう一度！」と怒鳴りつけられるに決まっている。

「真人か、こっちに来い」

職員室の真ん中あたりにいた山田先生が立ちあがって言った。その言い方もどすの効いた言い方だが、その顔が普通ではなかった。口をへの字に結び頬は引きつり、目は大きく見開かれ、つりあがっていた。そして、両手は腰にあてがわれていて、腹を前に突き出すような格好をしていた。

真人は、ただごとではないことを悟らざるを得なかった、その原因がわからなかった。

（なにを先生は怒っているのか）

真人は頭の中で、あれこれと考えてみたが、これといったことは思いあたらなかった。「こっちへ来い」と言うのだから、そばへ行かなければならない。

生徒を叩くことで有名な山田先生である。真人の足はすくんだ。恐る恐る真人は山田先生に近づいた。掃除中なので先生方の数は少なかった。校長はいなかったが、教頭が襟の大きい開襟シャツを着て、なにか書いていた。教頭は上目使いに真人の方を見たが、私は関係ないというように、またペンを動かしはじめた。他に三人ほど先生がいたが、素知らぬ風であった。一人はそそくさと職員室を出て行った。

真人の足は、山田先生の二メートルほど前で止まった。

「もっと前に来い！」

山田先生は怒鳴った。

（殴られるな）

真人はそう思った。

真人が山田先生に一メートルくらいのところに来た時、山田先生が一歩前に出た。山田先生と真人の間は五十センチもあるかないかの距離になった。真人は無意識に一歩下がった。

「なんで下がるんだ！　前へ出ろ！」

真人は仕方なく一歩前へ出た。また、山田先生の腹が真人の目の前に迫った。

「真人、お前、なんでここに呼ばれたかわかるか！」

真人は本気で考えた。しかし、わからなかった。

「わかりません」

おずおずと答えた。

「そうだろうな。わかるくらいなら、あんな手紙は書かないだろうからな」

山田先生はそう言うと、力のこもった声で言った。

「歯を喰いしばれ！」

真人はガチッと奥歯をかみしめた。

山田先生の右手の平手打ちが、真人の左頬をとらえた。真人の体がぐらりと右へよろめいた時、今度は山田先生の左手が、真人の右頬を思い切り叩いていた。

パチン、パチン。

二発の平手打ちは、乾いた音を職員室の中に残した。

教頭をはじめ、二人の先生はただ黙っていた。真人の両頬はみるみる真っ赤になった。

（そうか、あの叔父さんに書いた手紙がいけなかったのか）

しかし、真人にはどこがいけないのか、わからなかった。

山田先生が、気をつけの姿勢をした。真人も頬の痛いのをこらえてぴちっと気をつけをした。こういう時は、必ず「畏《かしこ》くも天皇陛下……」とくる。この時、「気をつけ」をしないものなら気絶するほど叩かれる。そらきた。

「畏くも、天皇陛下に召されて、戦地に赴いた叔父さんに対して、お前はなんということを書いたのだ。〝死んじゃいやです〟だと。いいか、兵隊に出たからには……」

山田先生がまた、気をつけの姿勢をした。真人もあわてて気をつけをした。

「畏くも、天皇陛下のためにになら、命を投げ出すのが本望でなければならないのだ。それを励ましてやるのが私達の任務なのだ。それをなんだと……お前は…… 〝敵の弾が飛んでくるような時は、ほりっこにでもかくれていろ〟だと……、そんなことがよく言えたものだ。お前は……」

山田先生は、また気をつけの姿勢をとった。真人もあわててした。

「畏くも、天皇陛下の大御心に背いたのと同じなのだ。不敬罪と言ってもいいくらいだ」

驚いた。真人は驚いた。あの手紙がそんなに悪いことだったとは、少しも思わなかった。

真人は本当に叔父さんに死んでもらいたくないと思っている。だからそう書いたのだ。先生はいつも綴り方を書かせる時は、〝思ったことをそのまま書けばいい〟と言うではないか。真人はわからなかった。

「いいか。よく反省しろ！　まあ、お前もはじめてのことだから、今回だけは許してやる。しかし、今日は罰として放課後、草むしりをやっていけ。中庭の井戸の周りに大分草が生えている。きれいにむしっていけ。きっちり一時間だぞ。先生は四時間目に言ったとおり、これから出張で出かける。明日見て、いい加減だったらやり直しをさせるからな。一時間むしれば、どのくらいむしれるか先生にはわかっているんだからな。今度こんなことがあったら、ただじゃすまないぞ。この手紙は先生が破くぞ」

山田先生は、机の上から真人の書いた手紙を無造作につかむと、びりびりといかにもにくらしげに破り、ぽいっと下のゴミ箱に捨てた。

真人の両眼から涙が流れた。ゆるんだ唇の端から、生ぬるいものがつつっと垂れた。それを左手の甲でぬぐった。血であった。口の中がひりひりすると思ったら、やはり切れていたのだ。

「気がたるんでいるからそんなことになるんだ。歯をきちんと喰いしばっていなかったんだろう。井戸端へ行って口をすすげばすぐ直る。行け！」

山田先生は右手で真人を追っ払うように、胸のあたりで手を振り払った。

「ハイッ！　牧野真人、帰ります」

泣きじゃくりながらも、真人は職員室を出る時、言わなければならない挨拶を大声で言って職員室を出ると、そのまま井戸端へ飛んでいき、何度も何度も口をすすぎ、じゃぶじゃぶ顔を洗った。

「まあちゃん、山田先生に呼ばれたって、なんだったたん」

教室に戻ると、同じ部落の利治が寄って来て言った。真人は泣いたことを悟られないように、なるべく明るい顔をして言った。

「うん、ちょっとなあ。今日書いた手紙の内容が悪いって怒られちゃったんよ。それで、罰として井戸端の周りの草をむしって行けと言うんだ。一時間だよ、一時間。やんなっちゃうよ、まったく。カッピーにかかっちゃかなわねえなあ」

山田先生の渾名《あだな》を真人はでっかい声で言ってやった。

すでに掃除も終わり、山田先生が出張でいないというので、帰りの会もいい加減にして、ほとんどの生徒は教室を出て行ってしまっていた。

「ぶたれたんべ。まあちゃんのほっぺた赤いもん」

さっき、山田先生が呼んでいると教えに来た道雄も、まだ教室に残っていた。というより、真人が必ず怒られると思っていた道雄は、真人の戻って来るのを待っていたのだ。

「カッピーだもん、怒る時にぶたねえはずがなかんべや」

利治が言った。

「そりゃあそうだ」

道雄もすぐ同意した。

「まあちゃんよ。待っててやるよ。俺、今日の手紙がまだ書き終わっていねえんだ。誰に書こうかと迷っていたら、書く時間がなくなっちゃったんよ」

「そうかい。悪《わり》いなあ。一生懸命むしって、四十分ぐれえで一時間分くれえやってきちゃうからよう。じゃあな」

真人は下駄箱の方へ跳んで行った。

真人が汗を流しながら、二十分くらいむしったころだったろうか、利治がやって来た。

「早《はえ》えなあ。ずいぶんむしったじゃねえか。よし、俺も手伝ってやるよ」

「ほんとう。ありがてえ。恩にきるよ」

利治は肩掛け鞄をひょいと下ろすと、無造作に足元に放り投げ、真人のそばに来てしゃがんだ。

それから二十分もむしったころ、利治が立ちあがって言った。

「もうよかんべ。一時間やったって言ったって、わかりゃしねえよ」

「うん、むしり過ぎたくれえだな」

真人も泥だらけの手をばたばた叩きながら立ち上がった。

二人はすぐそばの井戸で、代わる代わる泥だらけの手を洗った。

「うんめえ」

二人は冷たい水をごくごく飲んだ。

もう四時はとっくに過ぎているだろうに、七月中旬の太陽は、容赦なく照りつけていた。

「あっちいなあ」

「さっきの草むしりしたところも、でっけえ木の下だったからよかったけんど、この天道様の下じゃまいっちゃうでなあ」

二人はこんな会話をしながら、乾いた運動場を歩いていた。吹いてくる風もただ熱い空気を動かしているようにさえ感じられた。

「まあちゃんよう、あそこで少し休んで行くべえや」

利治が指を指したのは、校庭の南西端にある奉安殿の方であった。

奉安殿の前には大きな欅があり、涼しい日陰をつくっていた。そこには五坪ほどの小さな池があり、いつも数匹の緋鯉や真鯉が泳いでいた。

「うん。そうすべえ」

放課後の運動場には誰もいなかった。運動場の半分は開墾されて、さつま芋が植えられ、蔓がだいぶ伸びていた。と言っても、肥料は学校の便所の下肥《しもごえ》だけ。土だって運動場をひっくり返しただけだから、痩せていることこの上なし。普通の畑のさつま芋と比べたら、半分も伸びていないというのが事実だった。

二人はそのさつま芋畑の中の細い通り道を、利治を先頭に歩いていった。

「あっ！　鯉が浮いている」

利治が頓狂な声を挙げた。

本当だ。真っ赤な緋鯉が二匹と、真鯉が一匹、腹を上にして浮いていた。

「どうしたんだんべ」

「水が普段の半分もねえよ。ここんとこ日照り続きだかんなあ。きっと、酸欠だよ、酸欠。酸素不足さ。ほれ、理科で習ったがな。魚だって水の中で酸素を吸って生きているんだって」

理屈っぽいことの得意な利治が言った。

「酸欠かあ。死んでるんかなあ。今浮いたばかりなら助かるかもしんねえで。井戸水にでも入れれば……」

真人もそう言いながら水の上に腹を出して、ふらふら浮いている三、四十センチもある大きな鯉をじっと見つめた。

時々、かすかに吹く風によってか、まだ残されている小さな命の灯がそうさせるのか、鯉は静かに浮き沈みしていた。しかし、腹は完全に上を向いたままだった。

どちらからともなく二人は小石を拾った。鯉に投げてみるためである。真人の投げた小石は鯉にはあたらず、すぐ傍に落ちてしまった。利治はふざけて大きなモーションをしたが、投げる時はそっと投げた。緋鯉の腹にその石はあたった。鈍いかすかな音がしたが、鯉は少し揺れが大きくなった程度で、背と腹をひっくり返すことはなかった。

その時であった。「こらあ！　なにをしとる」

大きな声が五十メートル先の職員室の方から聞こえてきた。

二人はびくっとして声のした方を見た。そこには高等科の宮田先生がいた。これはまずいと二人は思った。

宮田先生と言えば、この学校きっての体罰教師であった。殴る、蹴るは日常茶飯事。高等科の生徒に一番恐れられているのが、この宮田先生であった。

しかし、もうどうしようもない。逃げるわけにもいかず、二人はただ呆然と立ちすくんでいた。

「今、そっちへ行くから待ってろ」

職員室の窓から大声で怒鳴ると、窓から宮田先生の姿が消え、一分とたたないうちに、職員室の玄関から現れた。宮田先生はさつま芋畑の中の細道を、つっかけ下駄を履いた足でとっとと駆けて来た。

「なにをしとる、お前ら！　見たぞ、先生は見たぞ。お前ら二人が池の中に石を投げ込むのをな。それも力いっぱい……」

と言いながら、宮田先生は池をのぞき込んだ。

「あっ、お前ら、あの鯉に石をぶつけて遊んでいたんだな。鯉を殺したのはお前らか」

宮田先生の目は大きく見開かれ、爛々と輝いていた。

「ち、違います。俺ら、ただ、石をそっと投げただけです。俺ら、今来たばかりです。その時、もう鯉は死んでいました」

「嘘ばっかり言うな。なにがそっとだ。大きく振りかぶって、なにがそっとだ」

「た、確かに振りかぶりましたが格好だけです。そっと投げたんです」

真人もつけ加えた。

「俺のなんか、あたりもしませんでした。鯉は死んでいたんです」

二人は必死になって、自分達はただ鯉が死んでいるのかどうかを確めたかっただけだと必死に主張した。

「ふざけるな。この大嘘つき野郎。ここをどこだと思っているんだ」

宮田先生が、ぴちっと気をつけをした。あわてて真人と利治も気をつけをした。(必ず畏くもとくる)もう慣らされてきた。

「畏くも天皇陛下のお写真を御奉《おんたてまつ》りしてある奉安殿の前なのだぞ。その奉安殿の前で、鯉に石を力いっぱい投げつけるなんて、とんでもないやつらだ」

「ち、ち、違います。俺らは……」

「なにをぬかすか、この馬鹿もの」

宮田先生の右手がまず、利治の左頬をとらえていた。バシッという音とともに利治は真人の足もとにひっくり返った。次に真人の左頬にも宮田先生のビンタは容赦なく飛んだ。利治の殴られる姿を見て、多少、身構えることのできた真人は倒れることこそなかったが、二時間ほど前に山田先生からも叩かれた上に、また叩かれたので、その痛さは激しかった。

「お前らを許すわけにはいかない。こっちへ来い」

宮田先生は右手で利治の襟首を、左手で真人の襟首をつかむと大股に歩き出した。

襟首をつかまれている二人は、恐ろしさに震えながら、時々さつま芋畑の盛り上がった土や、さつま芋の蔓に足を取られて転びそうになりながら、引きずられるようにして連れて行かれた。二人の横っ腹のあたりでは、肩にかけられている布製の鞄がばたばたと揺らいでいた。

二人は職員室の玄関から上がらされた。こんなところから上がったことははじめてであった。職員室の隣の宿直室前の薄暗い廊下に来ると、宮田先生はいかにも邪魔者でも突き放すように、つかんでいた二人の襟首を力いっぱい振り払った。二人は危うく倒れそうになった。

「お前ら四年生だな。しょうがねえ餓鬼どもだ。今日は担任の山田先生は出張か……。今日はここに立ってろ。先生がいいと言うまで動くなよ。いいな」

そう言うと、宮田先生はゴツン、ゴツンと二人の頭にげんこつをくれ、職員室へ入ってしまった。

三十分……、四十分……、一時間……、二人は黙って立っていた。

二人、三人と連れ立つようにして、先生方が帰りはじめた。ちらっと二人の方を見る先生もいたが、宮田先生のやったこと、誰もなんとも言わないで帰っていく。

まだ、外は明るいようだが、この宿直室の前の廊下は、周りに光の差し込むところがないので、薄暗かった。ただ、職員室の玄関の方からだけ外の光が入ってくるような場所だった。

出て来た。宮田先生が職員室から出て来た。真人の体はガチガチになった。利治も同じである。二人はじっと立っていた。ちらっと宮田先生がこちらを見たように真人は感じた。体がギュッとなった。しかし、宮田先生は何食わぬ顔をして下駄箱から靴を取り出すとそれを履き、真っ黒な皮鞄を左脇に抱えるとさっさと帰ってしまった。

確かに宮田先生は言ったのだ。「先生がいいと言うまで、ここに立っていろ」と。また、先生は戻って来るのだろうか。そうかもしれない。それとも、明日の朝まで立っていろというのだろうか。まさか……。

夕方が近づくと、この薄暗いところには藪蚊が時々、小さな羽音を立ててやってきた。二人とも足のふくらはぎなどに蚊に刺された跡ができ、数か所が赤くなっていた。そこをぼりぼり掻きながら真人が言った。

「宮田先生はなんとも言わないで帰っちゃったようだけど、どうしたんだんべ」

「そうだいなあ。おらあ、しょんべんが出たくなっちゃたよ」

と利治が言った。

「俺もだ」

その時であった。職員室から、誰かが出てきた。二人はびくっとした。緊張のため体がこわばった。

夕方とは言え、夏の日長のことである。まだ、あたりは多少暮色がかったといったところであった。人の判別をつけるのには十分の明るさはあった。

「ダッピだ」

利治が小さな声で言った。

ダッピ……、この奇妙な渾名を持つ先生は、五十がらみの、いつも不精髭をはやしている風采の上がらない先生、千倉先生であった。その上、ひどい出っ歯で、首をいつも右に傾けていて、目は豚の目そっくりであった。

あまりにも出っ歯がひどいので、大きな声を出す時は、発音がうまくいかない時がある。体操の時間の行進の時、先生が生徒の足の運びをそろえさせるために、「左、右、左、右」と号令をかけるのだが、この先生の号令は「ダッピ、ダッピ」と聞こえる。そこで〝ダッピ〟という渾名がついたのだった。

今は県立M中学校の四年生になっている真人の兄、信一が六年生の時に担任をしてもらったのがこのダッピ先生だった。

兄の言うには、ダッピ先生は非常に頭はいいそうだ。先生は仙台にある第二高等学校という優秀な人しか入れない学校に入学したが、卒業間際に結核になってしまい、療養が長期にわたったため、退学せざるを得なくなり、療養傍ら国民学校の先生になったのだということだった。

真人が初等科に入学してまだ間もない頃、運動場でぼんやりしていた時、ダッピ先生が近づいて来た。

「お前が信一の弟か、よく似ている。お前のあんちゃんは勉強がよくできたんだぞ。お前もがんばれよ」

そう言うと、千倉先生は大きなざらざらした手で、小さな真人の頭や頬っぺたを撫でたかと思うと、両手を真人の脇の下に突っ込み、軽々と抱き上げ、その不精髭の生えている顎や頬っぺたを、真人の顔にごりごりとこすりつけるのだからたまらない。痛いのなんのって……、真人は両手を突っ張って足をばたばたしたことを覚えている。その出っ歯と豚の目と不精髭が、真人に気味悪い印象を与えたことは事実であった。

そして、家で兄にそのことを話した時、兄が千倉先生について説明してくれたのだった。

しかし、真人にはどうしても千倉先生には馴染めず、先生が近づいてくると、さっさと逃げることにしていた。

そのダッピ先生が、今、職員室から出てきたのだ。

ダッピ先生が二人を見て、「あれっ」という顔をした。

相変わらず首を右にかしげ、大きく前に出ている出っ歯が薄暗い夕闇の中に異様に見えた。豚の目そっくりの両眼は、よく見るとユーモラスで可愛らしさを持っているようにも見えた。

ズーパタン、ズーパタンと革のスリッパを引きずりながら、ゆっくりと二人に近づいて来た。

「なんだい、お前達は？　そんなところに立っていて」

ダッピ先生は、真人達が宮田先生に叱られて立たされていることを、まだ知らなかったらしい。

「それは……、宮田先生に……」

しどろもどろに二人は、立たされたいきさつを説明した。

「そうかい、そうかい」

ダッピ先生は右に傾いている首をさらにかしげて、腕組みをした。そして豚の目を上に向けて、ちょっと考えていた。そして、話しはじめた。

「こんなことはお前達に話すことでもないが、宮田先生にとって今日はうれしい日なんだよ。ほれ、知ってるだろう。宮田先生と長田和子先生が仲のいいことは。今日はその長田先生の誕生日で、宮田先生は呼ばれているんだよ。だからお前達を忘れていたか、忘れていなくても自分が帰るのを見ていれば勝手に帰るだろうと思ったか……。そりゃあ、どっちだかわからないけれど……」

と言って、ダッピ先生は少し間を置いて再び言い出した。

「うん、じゃあな、お前達はとにかく家に帰れ。もう時間も遅い。でもなあ、家に帰っても、宮田先生に叱られたことは言わなくてもいい。学校で先生に作業を手伝わせれていた、とでも言え。千倉の名前を使ってもいい。それでな、明日の朝、みんなが学校に来る前に来て……、そうだな、七時には来い。そしてまた、ここに立っているのだ。いいな。それで、宮田先生が来たら、私が〝二人はここに一晩中立っていた〟と言うから、お前達はいかにも疲れたような格好をしてろ……。どうだ、できるか」

二人は顔を見合わせた。やるしかない、真人はそう思った。

「はいっ、そうします」

「します」

二人は大きくほっくりをしながら答えた。

「よしよし、そうとなりゃ、早く帰れ」

二人は外へ出た。夏の暮れは遅いとは言え、もう薄暗くなり、空には一番星が東南の空に輝きはじめていた。

突飛もないことに発展したこの成り行きに、二人の心臓はドキドキしていた。

我慢していた小便は今にも出そうで、身内の筋肉がぶるぶるしてきた。

「歩きながらここにすべえや」

利治が提案した。

「よし」

小さなおちんちんを半ズボンからひっぱり出すと、開墾されず、さつま芋畑にならずに残っている運動場の真ん中に、思い切り放出した。そして、歩き出した。歩くたびに小便が左右に揺れ、夕闇の中で白く乾ききった地面に、黒々と蛇行線を残した。

二人は、どちらからともなく足の調子を合わせ号令をかけた。

「ダッピ、ダッピ、ダッピ……」


次の日の朝、二人は家の者が怪しむのをよそに、六時半には神社の境内で待ち合わせて学校に向かった。

「どうなるんかなあ」

「大丈夫かなあ。宮田先生に帰っちゃったことがばれて、うんと怒られるんじゃねえかなあ」

「せわあねえよ。だって、ダッピの言うとおりにするんだから」

二人の胸の中には、不安と期待、恐怖と歓喜の相反する感情が入り混じった複雑な気持ちでいっぱいだった。

学校に着いた。

誰もいない運動場はそれほど広くはないのだが、こころなしか広々と感じられた。

運動場の真ん中に高々とそびえたっているポプラの木は、青々と茂る葉を朝風にそよがせていた。運動場の半分に植えられているさつま芋の葉は、しっとりと朝露に濡れ、それが朝日に反射して、たくさんの宝石が輝いているような錯覚を抱かせた。

二人は勇気を奮って、職員室の入口に立った。ガラス越しに中を見たが誰もいなかった。

「宿直室でねえか」

利治が言った。

二人が宿直室の入口の前に立つと、中でコトコト音がしていた。朝飯の用意でもしているのだろう。

二人は小さく、一、二、三と呼吸を合わせて、

「おはようございます」

と大声で言った。

「おう、来たか来たか。まあ入れや」

中からダッピ先生の声がした。

「はい」

二人は宿直室の中に入った。硬くなって気をつけの姿勢で立っていた。

小さな卓袱台《ちゃぶだい》の上には、今盛りつけたばかりのどんぶり飯とみそ汁、それに三匹の目刺しと何枚かのたくあんが載っていた。

「俺はこれから朝飯だ。まあ、少し待ってくれや。先生方が来るのには、まだ三十分ぐれえあらあな。まだ時間が早い、ほれ、お茶でもいっぺえ飲め」

先生が自分のことを〝俺〟と言うのをはじめて聞いた。生徒の前では自分のことを〝先生〟と言う。今朝のダッピ先生の話し方には、先生とは思われない親しさと柔らかさがあった。

二人はダッピ先生の注いでくれたお茶を「すいません」と言ってすすった。

先生がお茶を入れてくれる。こんなことは真人にとって、もちろん利治にとってもはじめての経験であった。一杯のお茶をこんなにうれしく飲んだことはなかった。二人は黙ってかしこまって飲んだ。

「真人よ、お前のあんちゃん、ほれ、信一はどうしてる？　元気に中学校へ行ってるか？　そうか、今は中学校も勤労動員で工場にやらされてて、勉強どころじゃねえか」

ダッピ先生は自分で聞いたことに、勝手に自分で答えて、真人に返事を求めるでもなく、ただむしゃむしゃとどんぶり飯を口の中に放り込んでいた。

そう言えば、兄はこの頃、勤労動員とかで、五つ六つ向こうの駅のK市にある軍事工場へ毎日行っている。国防色というのだそうだが、黄土色の軍服のような服を着て、足にはゲートルとは言わない脚絆を巻いて、頭にはこれまた国防色の戦闘帽を被り出かけていく。先生はそんなことはよく知っているのだ。真人は思った。

十分足らずでどんぶり飯とみそ汁を平らげると、どんぶりに半分ほどお茶を注ぎ、ごくごくと飲んだ。そして、卓袱台に両手をつき、腰を上げ、膝立ちになって、多少緊張気味に語気を強めて言った。

「よし、それじゃ、二人とも昨日のところに立っていろ。もうすぐ生徒も早いやつは来る。いいか、にやにやしたりしているなよ。友達がなんとか言っても黙っていろよ。そして昨日言ったとおりするのだ。いいな。あとは先生に任せろ。うまくやるから。なるべく下を向いて神妙にしていろよ」

真人には神妙という言葉がよくわからなかったが、要するに黙って下を向いていればいいのだろうと思って、質問もしなかった。

二人は昨日の場所に立った。

足元には肩掛け鞄を置いて、まじめな顔をして立っていた。

少し経つと、下駄箱の方にがやがや生徒達の声が聞こえてきた。

昨日は遅かったので、ほとんど友達には見られなかったが、今日はすっかり廊下に立たされているのを見られてしまうのだと思うと、恥かしいと思わないわけにはいかなかった。

しかし、幸いなことに、真人達の四年男組の教室はここから遠く、下駄箱も全然違うところなので、登校してきてすぐ見つかるということはなかった。だが、すぐそばの教室は六年生で、同じ部落の遊び仲間、というより餓鬼大将とでもいうべきいやな奴が二人もいる。彼らに見つかってしまうのは諦めなければならない。

二人が立たされている宿直室の前の廊下は、教室の前の廊下と続いているとは言え、少し離れているのと、宿直室の隣は職員室なので、生徒達が二人の前を通ることはなかった。

しかし、六年生の教室の前の廊下からはすっかり見えてしまう。

「なんだよ、おめえらは。朝っぱらからそんなところに立ってて……。ふうん、そうか、なにかやらかしたんだな。なにやったんだよう」

六年生の中では一番の性悪《たちわる》で通っている体つきも頑としたのが、三、四人の子分を連れて登校してきて、寄って来たのだった。

二人は身の竦《すく》む思いがした。ただ下を向いて身を縮めていた。

その時であった。

宮田先生がいつものように黒い皮鞄を小脇に抱えて、職員の下駄箱にやってきた。

二人の方から丸見えなのだから向こうからもよく見えるはずである。

宮田先生ははっとしたように二人を見た。あわてて靴を下駄箱に突っ込むと足早に二人に近づいてきた。

真人の心臓が早鐘を突くように鳴りだした。

「お前らは……」

宮田先生が驚いたように大きな目を、さらに大きくして言った。

すぐ後ろの宿直室のガラス戸が開いた。ダッピ先生が出てきた。そして、静かにではあるが気力のこもった言い方で言った。

「宮田先生、少しひどいじゃありませんか」

宮田先生は周りをキョロキョロ見て、近くに幾人かの六年生達のいるのを見ると、

「お前らは向こうへ行ってろ！　関係ない！」

と怒鳴った。

宮田先生がどんな先生であるかよく知っているから、あわてて教室に入ってしまった。

「と、とにかく宿直室で……、早く、二人とも宿直室に入れ」

宮田先生は二人の背中を押すようにして、宿直室に入れた。

「お前達は昨日からずっと、あそこの廊下にいたのか」

上擦った言い方で言った。

「そうだよ」

真人達が黙っていると、ダッピ先生は強い調子で言った。

「宮田先生がいいと言うまで立ってろと言ったからってね……。家の人が心配して学校に来たさ」

真人はダッピ先生の顔を見た。先生はすまし顔で話を続けた。

「まあ、私から親達にはよく言っておいたよ。この二人の親はよくできた人でなあ。子どもが悪いんだからよろしくお願いしますと言って、帰って行ったよ。でも先生、少しひど過ぎやしないかね。こんな小さい子を一晩中立たせておくなんてねえ。そりゃあ、夜中には廊下で少しは寝たかもしれませんがねえ。もしものことがあったらどうするんだねえ。この子ども達も」

その時、ダッピ先生が声を張り上げて言った。

「気をつけ！」

あわてて宮田先生も気をつけをした。もちろん真人達も気をつけをした。次に出る言葉は決まっている。

「畏くも、皇命《すめらみこと》大元帥陛下の赤子《せきし》ではありませんか、この子達は。将来は天皇陛下のために命をささげる大切な赤子ですぞ。その赤子に、もしものことがあったら、それこそ大御心《おおみこころ》に反するのではありませんか。宮田先生！」

「まさか、まさか一晩中……、廊下に立っているとは思いませんでした」

「そりゃあ先生、勝手な言い分ですよ。いいと言うまで立ってろと言っておいて、帰ると思ったとは。特に宮田先生の言ったことは、子ど達にとっちゃ閻魔さまの命令よりおっかないでしょうからねえ」

首を右の肩に載せるようにして、ゆっくりと力を込めてしゃべる言葉は、真人達に小気味よく響いた。それはあの恐ろしい宮田先生を真人達の目の前で、真人達二人を種にして、抑えつけていく小気味よさであった。

「二人を、二人をどうすればいいでしょうか」

「そりゃあなんと言っても宮田先生、二人に謝らなくちゃいけませんよ。とにかく、一晩中立たせておいたんだから……」

宮田先生はちょっともじもじしていたが、思い切ったように、

「ごめん、悪かった」

と言って、二人の前でがくっと頭を垂れた。

真人達二人もあわてて頭を下げた。

「それから、今日はちょうど土曜日でよかったけど、すぐ帰した方がいいんじゃないですか。昨夜、眠っていないんだから……。担任によく話して……」

「はい、そうします。じゃ、山田先生に話してきます」

宮田先生はそう言うと、ここにはもういたくないとでもいうように、そそくさと宿直室を出ていった。

ダッピ先生は急に声を落として言った。

「いいか、すぐ家に帰るなよ。学校の裏の山にでも登って半日過ごせ。そして授業が終ってみん

ながが帰る少し前に帰れ。みんなに見つかるなよ」

驚いた。真人と利治は、まさかこうなるとは夢にも思わなかった。

間もなく宮田先生が来て言った。

「山田先生に言ってきました。山田先生も快く了解してくれました」

「そうかい、そうかい。それじゃ二人の四年坊主、家へ帰ってゆっくり休め。よかったな」

ダッピ先生は宮田先生にはわからないように、片目をつぶってにやりとした。


二人は裏山に登ることにした。

学校の裏に出て、三十メートルほど桑畑の中の道を行くと山道にかかる。低い山といっても、標高二百メートルはある山だから、真人達の足で三十分はかかる。

二人は息をヘイハア、ヘイハアつきながら、少しも休まず頂上に着いた。体中が汗びっしょりになった。

「今朝はおもしろかったなあ」

「うん、おもしろかった」

「なあ、ここまで来りゃあもう大丈夫だんべ。二人で〝ダッピ先生バンザイ〟をやるべえや」

真人が提案した。

「いいな、やろう、やろう。聞こえたってかまうもんか。でっかい声でやろう」

「一、二、三！　ダッピ先生バンザーイ！　ダッピ先生バンザーイ」

何度も何度も二人は叫んだ。七回、八回……、なんとなく止まった。

「はっ、はっ、はっ、はっ……」

二人は腹を抱えて大笑いをした。

利治が大声を張り上げて怒鳴った。

「宮田のバカヤロー！」

続いて真人も怒鳴った。

「宮田のバカヤロー！」

そして二人は声をそろえて思い切り怒鳴った。

「宮田のバカヤロー　バカヤロー」

縁の下

時々吹く風には秋の薫りがあった。

しかし、照りつける太陽の光には容赦ないものがあった。まさに「あかあかと日はつれなくも秋の風」である。

「あっちいなあ」

ずんぐり頭をなぜながら利治が言った。

「だけんど、たまに吹いてくる風は気持ちいいんなあ」

四人の中では一番背の高い和正が、後ずさりに歩きながら左手でシャツの襟を持ち、右手でうちわを扇ぐ真似をしながら言った。

いつもの部落の四人、真人、利治、和正、伸行達は、放課後、学校の裏の沼に大きな鯉がいるという話を聞いて、一緒に見に行って、今、学校に戻ったところである。

真人は国民学校初等科四年生。戦争が終わってまだ一か月と経っていない九月の初旬だった。

運動場の半分は開墾され、サツマイモが植えられていて、時々吹く弱い風にかったるそうに揺れていた。

今年は運動会がない。そのことは徒競走ののろい真人にとっては天国であった。このままいつまでも運動場を畑にしておけばいいと思った。

いつもなら、今頃はもう気の早い連中が運動会の練習だと言って、真ん中に大きなイチョウの木のある、そんなに広くもない運動場を駈け回っていたであろう。

足が早く、運動会こそが生き甲斐のような子どもにとっては、今年はなんとつまらない年であろうか。時々、教室の窓から外を眺めながら「あーあ、今年は運動会がねえーんかあ」とひとりごとを言っている友達を真人は見ていた。そんな時、真人は一人ほくそ笑んでいた。

「あの鯉、けっこうでかかったなあ……。こんなくれぇあったんべか」

仲行が両手を広げ、ちょっと手の指を曲げて長さを示した。

「もっと、でかかったかもしんねえな」

真人も一応、会話に加わった。濁った泥沼の葦のそばでバシャリと跳ねた鯉は、確かに大きく見えたが、本当の大きさなどはわかりはしない。

「ちょうど切りのいいところで、もう帰んべえや」

運動場の隅っこの大きな桜の木の下の方から声がした。隣り部落の連中四人であった。四人は放課後、ビー玉遊びをしていた。

「おめえら、どこへ行ってたんよう」

ビー玉をポケットに入れながら晴男が言った。あの仕種から察すると、大分勝ったらしい。

こっちの四人組は三十メートルほどはあるその距離を縮めながら、仲行がまた両手を広げて言った。

「裏の沼に鯉見に行ったんよう。こんなくれえあったで……。でっけえもんだ」

「うそべえ言ってらあ。そんなでっけえ鯉がこの辺にいっこねえだんべや」

親分肌の千一が言った。

「あったよなあ」

伸行が振り返ってみんなの同意を得ようとした。

「うん、うん」

「あった、あった」

三人はそれぞれ首を縦に振りながら答えた。

「うそべえ言ってらあ」

太一は反発したが、それ以上言い合いにはならなかった。こっちだって、本当にそれだけあったかどうかわからないが、相手側は全然見ていないのだから勝負にはならない。

「ようよう、みんな」

そばに置いてあったカバンを肩に掛けながら、ビー玉で勝ったらしい晴男が自前の大きな声で言った。みんなが晴男の方を見た。

「どうせ遊びついでだい。みんなで隠れっこ（かくれんぼ）でもやんねえか」

すぐに返事はなかったが、

「ああ、よかんべ。どうせ家《うち》い帰ったって、草むしりさせられるぐれえのもんだから……。ちったあ、怒られたっていいや」

と伸行が言った。

これで決まりであった。伸行は背も小さい方だし、勉強だって別にできる方でもないが、どういうわけか中心的存在であった。機転がきくとでもいうのであろうか。次の行動を起こす時は、いつも彼の提案であった。そして、それには逆らえないなにかがあった。今の話し方の中にも最後の〝ちったあ、怒られたっていいや〟という、人を圧するものがあるのだ。

「俺は怒られるのを覚悟でやる。お前らも賛成しろ」と言っているのと同じである。

確かに伸行はよく家の仕事をする。そんなに裕福な農家ではない。いや、貧しいと言った方がよいだろう。一番上の兄は兵隊にとられて不在だ。戦争は終わったが、まだ帰って来ていない。父は病弱で寝たり起きたりで、母とすぐ上の兄とよく働いている。真人の家の前を通って、その三人がよく畑へ行く。それを見ている父は真人によく言う。

「伸ちゃんを見ろ。あんなに働くじゃあねえか。真人だって一生懸命やれ!」

真人は友達と比較されて、こんな風に言われるのが一番いやであった。

二つの部落、合計八人で隠れんぼをすることになった。

「中庭に行くべえ」

太一が言った。

駈け足でみんな中庭に行った。前校舎と後ろ校舎との間は、三十メートルはゆうにあった。真ん中を渡り廊下でつないでいた。

中庭には、植え込みがいくつもあり、けっこう大きくなった松の木、さるすべり、なつめ、柿、梅などの木が植えられていた。別棟になっている便所や物置小屋などもあり、隠れんぼをするには好都合の場所であった。

渡り廊下のほど近いところにある、格好よく曲がりくねりながら枝を四方に伸ばしている、直径二十センチほどのさるすべりの木のところに来た。

隠れんぼなどは、今日初めてというわけではない。オニの止まり木にするには、このさるすべりが一番いいということは誰もが知っている。各々が肩に掛けていたカバンを、そのさるすべりの根本にまとめて置いた。午後三時はとっくに過ぎている時間だが、陽はまだ高い。みんな額にはうっすらと汗を浮かべていた。

「よし、オニを決めべえ。ジャンケンだ」

誰かが言った。

「ジャンケンポン、ジャンケンポン」

四度、五度繰り返したが勝負はつかなかった。

「二手に別れべえ」

四人ずつに別れた。どちらからもすぐオニの候補、つまり負けた者が出て、二人でジャンケンしオニが決まった。隣り部落の一郎であった。

彼はひょろりとした体で、と言ってもそんなに長身ではないが、何しろ徒競走は早かった。ただ勉強の方はちょっと……、という奴である。素直ないい性格の持ち主である。

「オニは一《いっ》ちゃんだ。隠れろ！」

一郎がさるすべりの幹に顔を伏せ、「一、二、三、四……」と数えはじめた。百まで数えるうちにどこかへ隠れなければならない。

真人は、もともとこういう遊びは好きではなかった。しかし、「俺は先に帰る」などと言う勇気はさらさらなかった。仲間はずれにされる恐ろしさは二年ほど前、ちょっとしたことで、いやというほど味わわされた。

真人は二、三年前、叔父さんに買ってもらった本『良寛さま』を思い出す。良寛さんが春の暖かい日、子ども達と隠れんぼをする。良寛さんは物置に隠れ、うとうとと眠ってしまう。夕方、薪を取りに来た人に起こされる。子ども達は見つからない良寛さんを放って置いて帰ってしまっていた、というたわいない話である。真人は思ったのである。良寛さんは、本当は隠れんぼなんか好きではないのだ。そうでなければ眠ってしまうなんていうことはないだろうと。

とにかく、真人も隠れなければならない。良寛さんのように絶対見つからないところはないか。オニに見つからずに、オニの止まり木に触ればいいのだが、だいたいその前にオニに見つかって名前を呼ばれてしまう。そんな危険を冒してまで出る必要はない。要はみんなと一緒にいて時間を過ごし、仲間はずれにされなければいいのだ。だから真人はなるべく見つからない場所を捜したかった。

　良寛さんは物置に隠れて見つからなかったというが、ここではだめだ。鍵もかかっていないし、中に入れれば農機具や跳び箱など運動器具も入っているから、その陰に隠れることもできるが、いつものパターンですぐ見つかってしまう。便所の中というのもあるが、あそこは臭くてかなわない。それに一つ一つ開けられればそれで終わりだ。

　多くの人は植え込みに入る。オニの動きを植木の間から見ながら、自分の体を移動させ、あわよくばオニの止まり木にタッチするのだ。その時の気分は何とも言えないものなのだ。しかし、そのことをオニになる奴はよく知っているから十分注意している。


　さて、真人はどこに隠れたらよいか考えた。特別いい考えも浮かんでこない。前校舎沿いにいいところはないか目をやってみた。すると前校舎の腰板のところに、一枚の古い戸板が横に立てかけてあった。あの戸数の陰にでも隠れるか、見つかればそれまでよ。真人はそこまで急いで行ってみた。

　時間がない。ひょいと右手で戸板を腰板から離してみた。驚いた。そこは腰板が破れていて、ぽっかりと穴があいていた。縁の下の暗闇が覗き見できた。ここだ。真人は直感した。戸板を横に引くと、その穴に首を突っ込んでみた。上から下がっていていてじゃまだった板の一部分が腐っていたのだろう。肩に当たってぽきりと折れた。

多少痛みを覚えたが、そんなことにかまっている暇はない。無理に体をもぐり込ませて右手で入る時に引いておいた戸板を、またすっぽりわからないように被せた。

今日は藁草履でなく、破れてはいるが古い配給のズック靴を履いてきたことが、ここでこんなに役立つとは思わなかった。まず、音がしない。こういう狭いところをくぐる時などは、ひっかからないですむ。もし藁草履だったら、もうここでぽろりと外に置いてくるところだったろう。中は真っ暗であった。思いのほか涼しかった。

「うっ」、真人の頭から顔にかけて埃だらけのくもの巣がべったりとくっついた。それを両手で払った。周りを見ると、ところどころに腰板の隙間や節穴が小さく細く光っているだけであった。しかし、慣れてくると、その小さな光が辺り一面にぼーっとほのぼのとした明るさに変化していった。周りが見えるようになってきた。たくさんのくもの巣がかすかに揺れていた。

縁の下は割合に高かった。歩くというわけにはいかなかったが、這って歩かなくても、こごめば何とか歩くことができた。ただ、蜘蛛の巣には参った。両手で払いながら前に進んだ。払うための棒でも持ってくればよかったと思ったが、そんなことはここに来なければわかるはずがない。

この辺は、何年何組の教室の下なんだろう。真人は外の景色を頭に浮かべながら考えてみた。西から三番目の教室か。すると、五年一組の辺りだな。そんなことを考えながら、ゆっくりと運動場の方へ進んでいった。腰板の節穴から外を見てみようと思ったのである。

上からも弱くはあるが光が漏れてくるのに気づいた。それは教室の床の隙間からのものであった。けっこう大きな節穴もあった。教室の中から見たのではわからなかったが、こんなに大きな隙間が床にあるのだとつくづく思った。と、暗闇に慣れた目に、きらりと弱くはあるが光るものがあった。

何だろう？　と思って、一メートルほど先のそれに近づいてみた。それは二等辺三角形の定規であった。これはいい拾い物をしたと思った。こうなると、まだ何かあるような気がして、周りを注意深く捜してみようと試みた。あった、半分くらいに減ってはいるが鉛筆が一本あった。暗さに慣れた目は、割合と細かい物まで見ることができるまでなった。

ちょうど南側の腰板の大きな割れ目から差し込む光の中に、小さな丸い物が見えた。一銭銅貨であった。今では何も買うことはできないが、真人が学校へ上がる頃なら、アメ玉が一、二個は買えたのだ。いつ、誰が落したのかは知らないが、落し主はきっと困ったことになったのかもしれないと思った。真人はそれを大事にポケットの中に収めた。その時であった。

「あーあー」と、あくびをする女の声が急に上から聞こえてきた。

真人はびっくりした。

五年一組の先生……、長田和子先生……、そうだ。あのあくびの声は長田先生の声だ。

これはいけない。外に出なくちゃ。

真人はゆっくりと入ってきた方向に進みはじめた。拾った三角定規、鉛筆、一銭銅貨を落さないように気をつけながら……。

ガラガラ、教室の入り口の戸の開く音がした。

「あらっ、先生！」

長田先生が椅子から立ち上がりながら驚いたような、それでいてどこかうれしそうな声で言った。

真人は進むのを止めた。誰か他の先生が入ってきたのだ。真人がここにいることなどわかるはずがないのに、何だか真人の胸は高鳴りだした。とにかく、少し動かないでいようと心に決めた。その方が安全だと思った。

「カコちゃん、遅くまで頑張ってるね。何してるんだい」

あの声は……。

真人は自分の耳を疑った。確かに生徒から恐れられているあの怖い宮田先生の声ではないか。あんな柔らかい、やさしい声が同一人物から出せるものなのか。

一学期の終わり頃、殴られたほっぺの痛さは、今も忘れはしない。何が「カコちゃん」だ。

真人は何だかおもしいことが上で起こりそうな気配を感じ、胸がドキドキしはじめた。

「ゆうべはご馳走さま。カコちゃんの打ったうどん、おいしかったよ。いつご馳走になってもおいしいね。ゆうべのは特においしかった」

「やーだ、先生！　お世辞のうまいこと。あんなものでよければ、いつでもご馳走するわ。かえってお土産すみませんでした。あんなおいしいもの……、今じゃどこでも手に入らないわ」

「いやいや、昨日も言ったけど、あれは軍隊帰りの将校からのもらいもんだから……。また何かもらったら持ってくるよ」

土産が何なのかわからないが、軍隊帰りの将校からもらった大変うまいもんだということだ。

「あっ……、何すんの……、先生……。こんなところで……、いや……いや……」

長田先生の声だ。

何か二人でもつれあっているような音がする。

ガタンと椅子が倒れた。

「カコちゃん、誰も見てやしないよ。一度……、一度だけ……。今日はもうすぐ帰らなくちゃならないから……」

「いや、いや」

そう言いながら静かになった。ハアー、ハアーと長田先生の荒い息づかいがするが、また静かになる。ペチャ、プチュ、時々口と口とが触れ合っているとしか思えない音が小さく聞こえる。

真人は上の様子が見える節穴でもないかと捜した。

あった。そんなに大きくはないが、真人の少し右、二人がいるらしい方向に近い。静かに移動して、仰《あお》のいて右目を節穴に近づけて見た。そこにはただ、生徒用の机の腹が大きく見えるだけであった。

真人はあきらめた。とにかく外へ出よう。もう隠れんぼの方も大分変化していることだろう。そう思って動こうとした時、足元にちょっとした木端のようなものがあったのに気づかなかった。軽くではあったが、足で蹴る格好になってしまったので、木端はゴトリともガタッともつかない鈍い音を立てた。

「あっ、先生、下で何か音が……」

長田先生が言った。

こんな音にも気づくとは、けっこう先生も周りに気を配っているものだと真人は思った。

「何でもないよ。きっと猫でも歩いているんだろう」

宮田先生が言った。

何が猫だ。猫がこんな木端を蹴って動かすかよ。よっぽどニャオーンとでも言ってやろうかと思ったが、真人はこらえた。

真人は外へ出た。太陽の光がまぶしかった。体中がくもの巣だらけであった。もう外には誰もいなかった。みんな帰ってしまったらしい。真人のカバンは残っていたのだから、真人が帰ってしまったとは誰も思わなかったはずだが、全然出て来ない真人にきっと腹を立てて帰っていったことだろう。

これは仲間はずれにする気なら、する理由にできる。いっそのこと、今日のことを正直にみんなに話してしまおうか。

いや、しかし……、それはできない。そうすれば今日のことはすぐ学校中評判になる。誰がその話のもとなのか、すぐにばれてしまう。そうなったら、それこそ、一か月やそこらの仲間はずれより、なお恐ろしいことになること間違いなしだ。どんなことがあろうと、今日のことは秘密にしておかなくてはならない。

真人は覚悟を決めて一人家路についた。

太陽は西に傾きはじめ、折からの風ははっとするほど秋の薫りを含んでいた。

次の日、真人は思ったとおり、みんなに責められた。出てくる出てこないはルール上決まりはないから、「どこに隠れていたんか教えろ」ということであった。また、どのくらい時間が経てば終わりになるか常識というものがある。ということであった。

真人も反論した。

「隠れたところを教える必要はない。帰る時、なぜ大声で呼んでくれなかったのか」

その反論に対して、

「大声で呼ばなかったのは、残っている先生に聞こえて怒られるかもしれないと思った」ということだった。結局、どっちもどっちということで真人は仲間はずれにならずにすんだ。

しかし、伸行に「俺にだけ、隠れ場所をそっと教えろ」と後で言われた時には、ふんばるのに勇気が要った。

それから二、三日が経った。

真人はあの縁の下のことが忘れられなかった。もちろん、宮田先生と長田先生のでき事は、直接自分の目で見たわけではないが、耳から聞こえてくる話と音でそれなりの想像はできるし、「先生という人があんなことを」という思いは消えていなかった。

次の日から二人の先生を見ると、何とも言えない気持ちになった。だから、廊下などですれ違う時は、プイッと横を向いた。ただ、担任の先生でなかったことが幸いだった。

しかし、縁の下のことが忘れられない理由には、それ以上のことがあった。

三角定規、鉛筆、一銭銅貨等の拾い物である。まだまだこの他に何か宝物が落ちているようでならなかったのだ。縁の下のことは誰にも話していなかった。もう一度、あの腰板の破れ目から、誰にも気づかれずに入って、もっと広い範囲を捜してみよう。真人は心にそう決めた。そしてその機会をねらっていた。


来た。そのチャンスがついに来た。

あの日から一週間ほど経った土曜日の午後、真人は学校からほど遠くないところにある耳鼻咽喉科の医者に行った。軽い中耳炎にかかったのである。こんな田舎の村には医者などは一人もいなかったのだが、戦争で疎開してきていたのだった。

大きな家の離れを借りて、少し改造しただけのいい加減な医院であった。この耳鼻咽喉科だけでなく、内科が一軒、歯科が一軒と急に三軒もの医院が開設したのだから驚きである。

今日を逃がしたら、こんなチャンスは二度と来ない。診察が終わったのは二時少し前だった。真人は急いで学校へ戻った。午後、医者へ行くというので、母にむすびを作ってもらったが、すでに医者へ行く前に食べてあったので腹も減っていない。

真人は正門ではなく、桑畑の中の細道を通って、学校の西側から校地内に入った。こういう田舎の学校は囲いなどきちんとしていないから、どこからでも入れた。

そこには職員便所が宿直室から続いている。

真人が一年生の時のことだった。いつも使っている便所と比べると非常にきれいだった。真人はその便所で気持ちよく用を足していると、偶然、三歳上の姉に見つかった。そしてまだ、用の途中なのに後ろから抱えられて「ここはお前のするところじゃない！」と、大変怒られたことがあった。

その便所の脇を通り、宿直室の後ろを抜けると、例の腰板の破れたところに来る。一週間前と同様、戸板が横に立てかけてあった。周りには誰もいない。

今だ。真人の手には、すでにくもの巣を払うための適当な棒が握られていた。それだけではない。拾った宝物を入れるための袋も持った。それはずっと前に母に作ってもらった巾着で、カバンから出して持ってきたのだった。

カバンは戸板の陰に隠して、腰板の破れ目から慎重に中に入った。もちろん、入り口を戸板で隠すことを忘れはしなかった。すでに二度目なので中の様子はわかっていた。

くもの巣を棒で払いながら腰をかがめて前に進んだ。この前は五年一組のところしか見なかった。

よし、今度は六年生の方へ行ってみよう。真人はゆっくりと歩を進めた。

目が慣れて来ると、けっこう見えるようになるとは言え、縁の下のことである。真っ暗といってもおかしくはない。腰をかがめてくもの巣を払いながら、まず六年二組の教室の下に入った。五年一組と六年二組の教室の境は、柱が何本か立っているのですぐわかったが、特にじゃまになるようなものはなかった。廊下を歩くと一教室を過ぎることなどはわけないが、こうして縁の下に入って腰をかがめて歩を進めて行くと、ずいぶん遠く感じた。

真人は腰板の割れ目や節穴から差し込む光を頼りに、何か落ちていないかと目を皿のようにして捜した。上を見ると床板にはずいぶん隙間もあるし節穴もある。これなら長い間には何か落ちるはずだ。

あった、あった。また三角定規だ。今度は三〇度、六〇度、九〇度の長細い方の三角定規であった。真人はそれを拾って埃を払うと、腰に下げた巾着の中に入れた。何だか胸がドキドキする。また、腰をできるだけかがめ、じっと見つめる。何か小さく光るものがある。そっと手を出して確かめてみる。ビー玉だった。

六年一組の方へも歩を進めた。真人の拾ったものは、思いのほか多かった。もう一つ三角定規、そして短いものだが鉛筆二本、小さくなった消しゴム二個、それに十銭銀貨一枚も拾った。

もう、そろそろ出るか。そう思って一番西端の宿直室や職員室に近い六年一組の教室の縁の下からゆっくり帰りかけた時、一か所だけ十分人の通れるだけの穴がというより、通路があるのを見つけた。

そこは教室の北側の廊下から短い渡り廊下を通って、宿直室や職員室の方へ行く渡り廊下の下だった。真人はちょっと躊躇した。しかし、好奇心と冒険心はその躊躇を打ち破るに十分であった。

真人はくもの巣を棒で払いながらゆっくりと進んだ。渡り廊下の下を過ぎると、宿直室の縁の下に入っていく。その中は教室の下とは比べものにならないほど暗かった。腰板は教室と比べてしっかりしていて、板と板との間の隙間が非常に小さく、節穴も少なかった。

しかし、目の慣れとは恐ろしいものだ。段々うっすらと見えるようになってきた。くもの巣は前よりも多くなったようだ。

真人は思い切って歩を進めた。上の床には全然隙間もなければ節穴もなかった。考えてみたら宿直室は畳敷きなのだから、穴がないのは当たり前だった。それだけでも中が暗くなることになる。

しかし、ここにこそ何か今までとは違った大きな宝物が見つかるのではないかという気もした。

真人は手さぐりで、何か見つからないかと地面をなで回した。だめだ。何といっても暗すぎる。もう帰ろうかと思ったその時であった。

「そんなことができますか」

職員室の方から大きな声というより、怒鳴り声が聞こえてきた。職員室は宿直室の隣りである。ここまで聞こえるのだから、よっぽど大きな声を出しているのだ。

何事だろう。

真人が興味を持たないはずがない。静かに暗闇の中を隣りの職員室の方へと這っていくことにした。そして耳を澄まして聞き耳を立てた。

「奉安殿を壊すなんて……、子ども達が知ったらどう説明するんですか」

「だから子ども達にはわからないようにするというんです。いいですか、もう一度言いますよ。GHQはマッカーサーの指令のもとに動いているんですよ。マッカーサーは天皇より偉いんですからね」

何を言っているのか、真人にはよくわからなかったが、今しゃべっているのは、あのおっかない宮田先生だ。この間、カコちゃん先生と教室で何かしていた、あの宮田先生であることだけは声でわかった。

真人は職員室の下まで来ていた。宮田先生は話を続けた。

「天皇陛下より偉いんですよ。そのマッカーサーが駄目だということは駄目に決まっていますよ。

見つかればこの学校の先生、いや少なくとも校長先生は首になる。首になるだけですめば、まあいい方だ」

マッカーサー。そうだ、真人もアメリカからマッカーサーという人が来て、日本のいろんなことについて指導するんだとかいう話は聞いていた。天皇と並んでいる写真が新聞に載ったのも見た。マッカーサーの側に立つ天皇は、いつもの天皇のあのいかめしい服装ではなく、背広姿であり、子どものように小さく見えた。

これが神様か。真人は不思議に思った。

「しかし、文部省からは式典や礼拝は止めるようにという通達で、壊せという中身ではないんじゃないですか。奉安殿を池に埋めちゃおうなんて、そんなところを子ども達に見られたら、今まで私達は子ども達に何をさせてきたのか、説明のしようがないじゃありませんか。せめて、拝ませるのをやめる。それでいいじゃありませんか」

それは千倉先生、あの出っ歯のダッピ先生の声だ。

「ほかの先生方、どうでしょうか」

あれは校長先生の声だ。静寂がしばしの間続いた。

「いいですか、私ばかりが発言しているようですが」

また宮田先生の声だ。

「事が起こってからでは遅いのです。式典や礼拝はするなということは、そんなものはそこに置くなということなんじゃないですか。ないに越したことはありません。それに、二宮金次郎の像もかたづけた方がいい。あれも国粋主義教育の見本として取締りの対象にしているようですから。今日は土曜日です。ちょうどいいじゃありませんか。実状を信頼できる村の人に話して、先生方を含めて男が十人もいれば何とかなりますよ。今夜中にやっちまいましょうよ。明日は日曜日でゆっくり休めますから……」

誰も何とも言わない。

「いいですか、みなさん。宮田先生の言うとおりでいいですか。……ではそうします。男の先生は今夜作業をしてください。村の人については、私から話して何とか協力してもらうようにします」

校長先生が大きな声で締めくくった。

真人は自分の耳を疑った。これは夢ではないのか。そう思った。あの奉安殿を池に埋めるのだという。しかも、それを一生懸命に主張していたのは「畏くも天皇陛下におかせられましては」と、ことあるごとに天皇の名を出し、生徒を殴っていた宮田先生なのだ。

そんなことを一度も言ったことのない千倉先生が「子ども達に見られたら」と反対していた。

わからない、わからない……。

本当にあの奉安殿を池に埋めてしまうのだろうか。罰があたらないのだろうか。

先生方はいつも言っていた。「天皇陛下のために、天皇陛下のために」と。その天皇陛下を祭っであるという奉安殿を……。

わからない。わからない。

真人は縁の下を這って、外へ出て来るまで夢中であった。

奉安殿は運動場の西南の隅にあった。小さな公園風のところのその真ん中に、高さ二メートルほどの土を盛り、一坪あまりの敷地にセメント作りの祠が建てられていた。祠の前には十段ほどの石段があり、儀式の時には校長先生が、それこそこんなありがたいものは地球上にはないのだという格好で上り下りしたものだ。子ども達に対しては、この石段には絶対上らせなかった。

その奉安殿の前には広さ二、三坪の、そんなに深くない池があり、緋鯉と真鯉が三、四匹と金魚が七、八匹泳いでいた。

その鯉の中の一匹が、夏の暑さと水が少なくなったせいだったのだろう。腹を上にしてひっくり返っていたので、それにあたらないように、ひょいと石を投げたところを宮田先生に見つかって、ひどく殴られたのは三か月前のことだ。

真人の頭の中には、いろんなことがぐるぐる回り出した。

二宮金次郎の像も取りはずすという。日本でこんな偉い人はいないと教えられた二宮金次郎。彼は薪を背負って歩きながら勉強した。夏は蛍の光で、冬は雪の明かりでと。真人はその話を聞いた時、よくそれで目を悪くしなかったものだと不思議に思ったが、別に質問もしなかった。

月曜日の朝、奉安殿はきれいになくなり、池はすっかり埋まっていた。前校舎の前の中央にあった二宮金次郎の像もその影はどこにもなかった。

古井戸

「先生！　水浴び連れてってよう！」

「いいがねえ、先生！」

口々にみんなが言う。もちろん、男の子だけだが……、女の子だって授業はつぶれた方がいいから反対ではない。ただ、女の子は水浴びをしないだけだ。浅瀬でメダカすくいをするか、日陰で何人かずつかたまっておしゃべりをしているだけだが、これが結構楽しいのだ。

四時間目の授業は音楽、特に男の子にとっては好きな教科ではない。音痴の真人にとってはなおさらである。

今日は朝からやけに暑い。十一時三十分になろうとしている今、教室の寒暖計は二十九度を指している。

このクラスは生徒数四十三名、教壇のすぐ下から、後ろの壁際までぎっしり机がつまっている。風も吹いていない。ムンムンした空気は教室の中でとぐろを巻いている感じだ。誰の額にも、うっすらと汗がにじんでいる。汗っかきの子などは鼻の頭に汗の粒が光っている。

今、三時間目の国語の授業が終わったところである。

「今日はあっちいなあ。こんな日は水浴びしてえなあ」

ひょうきん者の青田登が大きい声で言った。それに呼応するかのように、教壇を降りかけた田野道子先生に向かって、みんなの大合唱がはじまったのである。

「先生！　水浴び！　水浴び！」

「水浴び連れてってえ！」

田野先生は左手に持った教科書をちょっと胸にかかえるようにし、右手に握っている鞭の先を軽く肩に背負うようにあてながら、その細面の柔和な顔をちょっときつくして……、しかし、その目には、決して子ども達を本当に叱っていない柔らかさをただよわせながら、

「ダメです。おととい連れて行ったばかりじゃありませんか。そんなに川ばかり行ってられません。勉強が遅れます！」

と言って、くるっと踵を返すと、さっさと職員室へ行ってしまった。

「なあ、みんな！　行っちゃあべえや」

クラス一番の腕白《わんぱく》、である神山信治が大声で言った。

一瞬クラスがシーンとなった。少し間を置いて、

「そうすべえ、そうすべえ」
二、三人の者が賛同の声を挙げた。そうなると後は群衆心理というもの。
「行くべえ」

「行っちゃえ」

「かまあもんか」

口々に勝手なことを言いながら、次々と廊下へ飛び出して行った。

真人のクラスは六年二組、廊下へ出て左へ行くとすぐ隣の教室が六年一組で、その向こうが職

員室となっている。右へ行くと五年生の教室が二クラス、四年生の教室が一クラスがあって、その向こうが真人達のクラスの下駄箱のある昇降口となっている。

真人のクラスは男子生徒二十一人、われ先にと下駄箱から自分の履物をとると、運動場へ飛び出して行った。

履物といっても、ほとんどの者は藁草履であった。

真人も、今朝下ろしたばかりの藁草履を急いでつっかけると、パタパタと駆けて行った。

運動場には、梅雨明けのギラギラ輝く太陽が容赦なく照りつけていた。運動場の周りをとりまくように立ち並ぶ桜の老木や、高々とそびえ立っている銀杏の木からは、耳の底にこびりつくように響いてくるあぶら蝉の声が熱せられた運動場に跳ね返っていた。

みんな監獄から集団脱走した囚人のように校門（と言っても、特に建造物があるわけではない）に向かって思いっ切りの速力で駆けていった。

彼等の行く場所は決まっていた。この村一番の深さと広さを持つ、通称・靫負《ゆきえ》の堰であった。そこは、いつ頃からかは知らないが、とにかく永い年月、田んぼへ水を引くために、この村一番の大川、兜川を塞ぎ止めている。そのため、その堰の下がすっかり水で掘られて深い渕になっていた。一番深いところは二メートルくらいもあったろうか、暴れん坊達が堰の上から飛び込みをするには適していた。

真人はこわくて、まだ一度もその飛び込みをやったことはない。

二十一人の脱走児達は、炎天下を夢中で走った。その距離は一キロ、いやあと二、三百メートル多いかもしれない。余り口をきく者はいない。暑いせいもあろうが、やはり授業をサボって逃げてきた後ろめたさが、彼等の口を封じているのかもしれない。足の遅い真人は、やはり足の遅い四、五人の者と後をついていくのに必死であった。学校から水浴び場まで一気に走った。

校門を出て往還にぶつかると左に折れる。村一番の大通りのその県道を五、六百メートルも走ったところで、これから彼等を楽しませてくれる、兜川にかかっている木製の橋を渡る。そして川沿いに右へ曲がる。ここがだいたい半分の道のりだ。急に道は細くなる。右側は川土手の上に生えている篠藪《ささやぶ》である。左側は桑畑になったり、野菜畑になったりである。その畑の向こうには八割がた南向きの、麦藁屋根の農家で二割ぐらいが大きな瓦屋根の農家が適当な間隔を置いて建っていた。

道端には四つの小さな花びらをピンと張って、元気よく咲いているドクダミの花がたくさんあった。この花のことを、この地方ではなぜかガニグサと言う。

真人は子どもながら自然の花が好きであった。特に春の草花のタンポポ、スミレ、ヒメジオン……、夏の山に咲く百合の花など何時間でも見ていたいほどである。秋口のツユクサや水引には何かしみじみとしたものを感じた。

しかしなぜか、このドクダミだけは好きになれなかった。「ドクダミ」という名前のせいか、あの強烈な匂いがそうさせるのか。また、花びらが四枚という、忌み嫌われる数のためなのか。その全部が関係しているのかもしれないが、とにかく、好きになれない花であった。

少し行くと、左手に十メートル四方くらいの篠藪がある。ここには昔、家があったのだが、流行病《はやりやまい》で一家全員が死んでしまい、しばらくは空き家になっていたが、二十年ほど前、不審火で焼けてしまったのだそうだ。その後、片づけられた焼け跡に、当然のことながら篠が生え出し、今のような篠藪になってしまったのだということである。

ここを過ぎると、あと二、三百メートルで目的地の靱負の堰である。ラストスパートで、みんなの走り方が速くなった。

「あと、少しだ」

真人と同じ部落の伸行の声だ。真人は相変わらずみんなの後ろの方を走っていた。彼の後ろには四、五人しかいなかった。それも、みんな真人よりずっと背の低い者ばかりである。

着いた。堰は満々と水をたたえ、川下に向かって左側に、田んぼに行く水路へ水を流し込んでいた。しかし、水はその水路に入り切らないで、どうどう音を立てて塞ぎ止めてある榾木《ほだぎ》の上を乗り越えて下へ流れ落ちていた。もう何十年となく（いや何百年なのかもしれない）このような状態であったのだろう。下は滝壺のようになっていた。川は東へ流れている。当然、水路は北側にある。南側には幹まわり一メートル以上の欅が数本、鬱蒼と繁っていた。そしてそれは、密集した孟宗竹の藪へと続いた。その竹藪は二軒の大きな農家の背戸庭となっていた。

水を満々とたたえている堰の上は、一番深いところでも一メートルくらいで、南側の川幅三分の一くらいのところまでは川原となっていた。そしてその浅瀬にはメダカの大群が右往左往して、強い日差しの中で小さな銀鱗を光らせていた。

それに反して堰の下は、一番深いところは二メートル以上もあり、そんなに広くはないが、上の欅の木の葉の色をそのままに映し、新緑の色をして渦巻いていた。

「結構水があるで」

「この間まで雨が降っていたからなあ」

「早く泳ぐべえ、時間が来ちまうぞ」

みんな口々に勝手なことを言いながら、半袖シャツや丸首シャツを脱ぎ、半ズボンを脱いでいった。

「おらあ、今日は振りちんでいいやい」

と言いながら、はいている猿股まで脱いでしまう者も半分くらいはいた。去年までは、ほとんど全員がこういう時は振りちんになったが、さすが小学校六年にもなると、猿股だけはとらない奴も半分くらいは出てきた。真人もその一人であった。

「まあちゃん、おめえ毛でも生えてきたんかよう」

いたずらっ子の井上勝三が、猿股を脱がない真人のそばへ、かわいらしいおちんちんをすっかり出したまま寄ってきてからかった。

「バカべえ言うな」

　真人は相手にしなかった。

　水路はそばの川土手がセメントで固めた石垣になっていて、下へ降りやすいように一メートルぐらいずつ三段になっていた。それを次から次へとぴょんぴょん降りて一番下まで来ると、ためらわずにドボンドボンと深みに飛び込んでいった。

　真人はその一番下の段からでも、頭から飛び込むのは怖かった。たかが一メートルくらいの高さなのに……。

　だから鼻をつまんで足から飛び込む。この鼻をつまむということをしないと、水の中にもぐったとたんに、鼻の穴から水が入り、ツーンと頭のてっぺんに抜けるような痛さに見舞われることがある。

　十人くらいの者は、浅く広い上の堰の方へ行った。深い方の下の堰では、二十一人全員が入ると少し狭すぎることもあった。

　下の堰という言い方は正しくない。堰の下というのが正しいのだろうが、みんな上の堰、下の堰という言い方をしていた。「下の堰で泳げる」ということは、とにかく泳ぐことにある程度自信があるという証拠であった。だから、小学校三年くらいまでは、絶対に下の堰には入れなかった。小学校四年くらいになると、特に泳ぎの上手な者だけが、上級生、主に中学生の監視のもとに入ることを許され、「よし」ということになれば、それ以後、下の堰に入ることが認められた。

小学校も六年生になれば、ほとんどの者は下の堰に入れたが、中には四、五人、一度も下の堰で泳いだことがないという奴もいた。

下の堰で泳げるということは、それなりの誇りではあったが、下の堰に入れるからと言って、入れない者をバカにしたりすることは御法度であった。それはもちろん、無理をして入って溺れでもしたら大変であることを誰もが知っていたからである。今まで、何人かの子どもの犠牲者がいたことは誰しも知っていた。

昔からここには河童がいて、夕方一人で泳いでいると足を引っ張って、引きずり込んでしまうと言われていた。確かに、南側は鬱蒼と繁る数本の欅に覆われていて薄暗くなりはじめた夕方、特に水量の多い時など、どうどうと流れ落ちている水しぶきや、ぐるぐると水泡を巻き返している滝壺を見ていると、河童でもひょいと顔を出すのではないかと思うほど不気味であった。

今、太陽は真上にある。南側を高い欅で覆われていても、水面の三分の二くらいには灼熱の光が水しぶきにはね返って躍っていた。その中で子ども達は、ばしゃばしゃ泳いだり、水をかけあったりしてはしゃいでいた。

「ほら、見てみ！　こんなでっけえ赤ん腹捕ったど」

魚捕りにかけては右に出る者のいない勇介が、立ち泳ぎをしながら右手に赤と青とできれいな色をしている大きな赤ん腹（ハヤの雄）を持って、高く水の上にかかげていた。

魚捕りの上手な奴は、水にもぐって石の下に静かに隠れている魚を上手につかんでしまうのだ。真人にはそういう器用なことはできなかった。何度も真似はしてみたが成功したことはない。せいぜいちょろちょろ流れているくらいのところへ迷い込んだ魚が、逃げ場をなくしておとなしくなったところを、やっと掴むくらいのものであった。でも、そんな時、真人にとってはそれだけで結構うれしいものであった。

みんなのはしゃぎ声が、だんだん小さくなっていった。水から上がって、焼けている川原に腰をおろす者の数が増えていった。真人ももう大分前から熱い石の上で、ぼんやりと水にもぐったり、浮いたりしている友達を見ていた。しかし、心はそこになかった。

「田野先生、どう思っているかなあ」

それは級長でもある真人にとって大きな心配であった。もう四時間目も終わりに近い。そろそろ帰った方がいいのではないか。真人の頭の中には、「ダメです！　連れて行ったばかりじゃありませんか！」と言った時の怒った顔の中にある、田野先生独特のやさしさのある眼差しが浮かんだ。

それは多かれ少なかれ、やんちゃ坊主達の脳裏にあるものであった。水遊びに飽きたわけではないが、きゃあきゃあ言っていた声も少なくなり、ばしゃばしゃ跳ね上がっていた水しぶきも、あまり上がらなくなった。

「そろそろ帰るかあ」

とクラスで一番背の大きい山本定治がぽつんと言った。その声には張りがなかった。

気負って飛び出しては来たものの、「悪いことをした」という後ろめたさが、誰もの胸にだんだんとその形をはっきりと表しはじめていたのだ。

「腹が減ったなあ」

「うん」

「先生、怒っているかなあ」

「しょうがねえよ。俺らがわりいんだから」

それぞれ勝手なことを言いながら、振りちんで泳いでいた者は、その辺の草や石の上に脱ぎ捨ててあった猿股をはきはじめた。猿股のまま泳いでいた奴は、それでも川原の隅っこの方へ行って脱ぎ、思い切りしぼって、まだ濡れているその猿股をはいた。真人もその一人であったが、少し早く上がって、よくしぼってはいていたので、もう半分は乾いていた。

その時、真人は下腹部に異様を感じた。鈍い痛みが走ったのだ。と同時に便意を催してきた。そうか、昨夜、早生《わせ》のとうもろこしをおじいさんが焼いてくれて、うまかったので二本も食ってしまった。そのうえ、夕飯に食った漬け物がしょっぱかったせいか、のどが乾いて、井戸端へ行ってがぶがぶ水を飲んだっけ。その水のうまかったこと。あれがいけなかったのかな。とにかく、どこかで出さなくてはならない。

「みんな！　ぼつぼつ帰ろうや」

いつも行動のリーダー格になる神山信治が大声でどなった。

「先生、怒っているだろうな」

「しょうがねえよ。俺ら、黙って来ちゃったんだから」

口々に勝手なことを言いながら、土手の上の道に集まってきた。

「先生が怒ったら、みんな、下を向いて黙っているんだで……、悪かったという顔してよう」

要領のいい道雄の声だ。真人はますます催してくる便意をぐっとこらえて、さて、どこがよいかときょろきょろ周りを見回したが、どうもいいところがない。すぐそばの桑畑は、夏蚕《なつご》が終わったばかりで枝を切られ、空坊主であった。

「そうだ、あの篠藪だ」

真人の頭に、昔、家があったと言われている例の篠藪が、二百メートル先にあることが浮かんだ。

真人は仲間にそのことを黙っていた。腹の調子が悪くて大便をすることなど恥ずかしいことではないのだが、なぜかそれが悪いことでもするような感じさえする。

みんなは、来る時のような元気さはなく、何か敗残兵のように、うなだれて歩いている者が多かった。それでも足はだんだん早くなっていった。

真人はみんなから四、五メートル後ろを歩いていた。そんなことを気にする者はいない。あと三十メートルほどで篠藪に着く。そうしたら、みんなに気づかれないように入ってしまえばいいのだ。そして思いっきり大便をして、なるべく早く追いつけばいい。


篠藪のところに来た。幸い道がちょっと左にカーブしているので、四、五メートル遅れて歩いている真人と、真人のすぐ前の奴とがお互いに見えなくなった。

その時、真人はさっと篠藪の中に入った。しかし、思ったより藪の中は篠が密生していて、しゃがんで用を足すのには適していなかった。が、二、三メートル先に、ぽっと明るい場所が目に入った。よく見ると一坪ほど篠が生えていない。かすかではあったが陽の光りさえ差し込んでいた。

あそこだ。真人は密生している篠を押し分けて無理に進んだ。履いているのは藁草履だから、篠の切り株などでふんざき（足の平に切り株などを突き通してしまうこと）などしないように、十分注意して進んだ。小さい時から何回も失敗している真人は、すでにそのくらいの自衛本能は生まれていた。

そばへ行ってみると、そこには二枚の板戸が置かれていた。戸板はすでに朽ちかけていた。しかし、篠は一本もその戸板をぶち抜いてはいなかった。

ぐっと便意が強くなった。早くしなければもらしてしまう。やっと密生している篠をくぐりぬけ、その広々とした（ほんの一坪ほどであっても、この篠藪の中ではそう表現しても少しもおかしくはなかった）明るい戸板の上に飛び乗った。

と、その時であった。めりっと鈍い不気味な音をたてて戸板が割れ、真人の体はその中に吸い込まれてしまったのだ。一瞬、何が起こったのか、真人にはわからなかった。真人の体は割れた戸板の屑とともにまっ暗い穴の中へ落ちていった。

ドボン、その闇の中には冷たい水があった。まっ暗で何も見えない。左足の腿が何かにぶつかり、したたか打った。右腕と頭の右側も硬い石のようなものにぶつかり、猛烈に痛みを感じた。しかし、とにかく何も見えない。一旦は水に沈み、足が底に着いて浮かび上がった。上を見た。割れて今にも落ちそうに垂れ下がっている戸板の上に、かすかに青い空が見える。篠の葉がその青空をかくすように揺れている。

真人は無意識のうちに、一本の丸太ん棒につかまっていた。足は底に着いていない。さっき落ちた時、確かに底に足が着きすぐ浮き上がったのだから、そんなに深くはない。しかし、真人の背が立たないのは事実なのだ。

ともあれ、とんでもないことが起こってしまったことだけははっきりした。井戸に落ちたのだ。

しかも、篠藪の中の古井戸に……。

目が慣れてくるとまわりの様子がわかってきた。

川の水と比べれば、比較にならないほど冷たい水が肩まであった。というより、真人はしっかりと一本の丸太ん棒につかまっているのだ。じんじん痛む左足の腿は、今、真人のつかまっているこの丸太ん棒にぶつかったのであろう。そのはずみで体が右によろけ、右腕と頭が反対側の石垣にぶつかったのだ。頭は落ちる時に直接ぶつかったのではなく、反動でぶつかったのでその度合が弱く、傷もそんなにひどくなくてすんだのだ。しかし、こめかみの二寸ほど上が切れて、鮮血が流れ出して耳にぶつかり、耳をとりまくように次から次へと線を引いていた。

真人は夢中で叫んでいた。

「助けてくれー！　助けてくれー！」

声は井戸の中でわんわんと響いた。もう、どうしようもなかった。ただ大きな声で泣き叫ぶより方法はない。

「かあちゃーん、かあちゃーん」

いつの間にか真人の口から母を呼ぶ声が出ていた。

狭い井戸の中は、ただ真人の声だけが大きく反響するだけだった。体全体が冷たい水でじんじんしてくる。藪の蚊が顔の周りをブンブンと飛んでくる。もちろん、頬、額、顎、耳、ところかまわずたかってくる。しかし、そんなことを気にしている暇はない。ただ大声でわめいていた。

十分、二十分、時間は過ぎていく。しかし、誰も来る気配はない。

真人を除く一行が校門に着いた。一年生か、二年生か、大きな声で唱歌を歌っている声が窓から流れている。

「まだ四時間目が終わっていねえや」

「先生、怒ってるだんべなあ」

「校長先生も怒りに来るかもしんねえな」

あの、水の中ではしゃぎまわった元気も今はどこへやら、みんな笑い声一つたてず、おずおずと歩いていた。

昇降口では、自然に音を立てないように静かに履物を脱いで、それぞれ自分の下駄箱にしまった。上履きなど持っている者は一人もいない。ぺたぺたと素足で廊下でも教室でも歩く。

教室の前に来た。中には女の子がいる気配はあるのだが、しんとしている。

「おい、級長が先に入れや……。あれ、まあちゃん（真人）はいねえかよ。便所へでも行ってるんか。しょうがねえな。まあいいや。俺から入るから、みんな続いて入って来いな」

腕白でもあるが義侠心にも富んでいる神山信治が、よしっというように一つ小さく頷くと、思い切ってガラッと入口の戸を開けて、チラッと教壇の方を見て首をうなだれ、一番後ろの窓際の自分の席に向かって歩いた。

みんなもそれに続いて、ぞろぞろとなるべく先生と目を合わせないようにして首を下げ、自分の席に行った。

女の子は一人も声を出さない。中には少しニヤニヤしているのもいた。

田野先生は教壇に立ち、じっと一人ひとりの生徒を見ていた。どこで、何をしていたかはもちろん知っている。十秒……、二十秒……、先生は口を開かない。たったそれだけの時間も、子ども達にとっては長く感じられた。

「真人君はどうしたんですか」

田野先生の最初の言葉は、子ども達の予期しないものであった。全員、真人の席に目をやった。真人の席は丁度、教室の真ん中あたりにあった。男の子達は互いに顔を見合わせながら、つぶやくように言った。

「あれっ、どうしたんだんべ」

「確か、靱負の堰を出る時は、一緒に歩き出したよなあ」

「うん、おらあ見た」

「でも……、あと……、帰りの途中、誰か見たか」

誰も何とも言わない。

魚捕りの名人勇介が言った。

「確かにおらあ見た。まあちゃんは最後の方で俺と一緒に歩き出した……。でも、あとは知らねえ」

「あとは知らないって……、じゃ、真人君はどうしたの?」

田野先生は問い詰めるように言った。

「だから……、わかんねえ……。けえっちゃった（帰ってしまった）んかなあ」

「級長なんで、責任感じたんかな……、やつ、真面目んとこあるかんなあ」

誰かが言った。同じ部落の利治が言った。

「そんなことねえよ。まあちゃんが一人でそんなことしっこねえ……」

田野先生は念を押すように言った。

「ほんとに出かけるとこ見たの? 勇介君。本当に見たの?」

勇介は自分の言葉が先生に信じられていないことに不満をあらわにして、口をとんがらかせて言った。

「ふんと（本当）だよ。先生、おら、うそ言わねえ」

「そういうわけじゃないけど……。でも、人間には見当違い、勘違いということもあるから……。でも遅いわねえ。便所へでも行ったのなら、もうとっくに来ているはずだよねえ……」

田野先生は、しばし、じっと考えこんでいたが、

「みんな、先生をそこへ連れてって……、みんなで真人君を捜しに行きましょう」

と言った。

「はーい」

生徒達は、先生に逆らうわけにはいかなかった。腹は減ってはいるが、とにかく、勝手なことをしてきた自分達だ。友達が一人帰って来ないとあっては放って置くわけにもいかない。

「さあ、みんな、早く……、女の子も行くのよ。ここに残っていたって仕方ないから……」

また、全員運動場に出た。太陽はさっきにも増してギラギラ輝き、強い日差しは地面を焼いていた。

田野先生が一組の担任の関谷先生と一緒に出てきた。田野先生はもしものことを考え、今年、師範学校を出たばかりの新任の関谷先生にも来てもらったのだ。

一組の窓からはガヤガヤと話し声が聞こえてくる。そして開けっ放しの窓からはいくつもの顔が出て、手を振ったりしていた。自習になったのだ。

「さっ、早く行きましょう」

田野先生は、そんなことにはおかまいなく子ども達をせかせた。

いくら泣いてもわめいても何の応答もない。

真人は時々黙って外の様子に聞き耳を立てた。

しかし、篠藪を渡る風がさわさわと篠の葉の擦れ合う音を残していくだけであった。チチチチチッ、チチチチチッ、小鳥も何くわぬ様子で藪の中で戯れていた。

顔や首には、蚊に刺された跡がいくつもあって赤く腫れていた。が、そんなことは真人にとって全く関係なかった。周りには大小の蛙が十数匹浮いていた。と、短い紐が浮いているのが目に入った。それが動きはじめた。蛇だ。真人はぎくっとした。しかし、どうしようもない。この辺りにたくさんいるヤマカガシというやつだ。

向こうから飛びかかっては来ないだろうが、こうしていて誰も自分を見つけてくれなければ俺は死ぬ。そうすればこのヤマカガシも俺の血を吸うのだろうか。そう考えると、地獄の底に突き落とされたような恐怖心にかられるのであった。

「かあちゃーん、助けてくれよー。俺、死んじゃうよー、俺、死んじゃうよー」

真人はまた思いっ切りの大声で叫び、そして泣き声を上げはじめた。

三十分、四十分、時間は経過する。浮力によって体は浮いているので、丸太ん棒につかまっている力はそんなに要らない。そのための体力の消耗は少ないのだが、冷たい井戸水によって体はだんだん痺れてくる。それに、すぐそばで時々にょろっ、にょろっと水面を動く蛇は肝をつぶすのに十分であった。

田野先生と関谷先生も、子ども達に混じって照りつける太陽の中を走った。

靭負の堰に着いた。

「誰か、水の底をよく見て！　泳ぎの上手な人！　早く飛びこんで、水の底、見て！」

田野先生は流れ落ちる汗をハンカチで拭き拭き、金切り声をあげた。

バシャン、バシャンと音がして、四、五人の者が飛び込んだ。二、三分は平気で水中にもぐっている。

「いねえよ、先生！」

浮いてきた生徒は口々に言った。

「もう一度、もう一度よく見て！」

田野先生はそのたびに子ども達に言う。するとそれを聞いて水面に出た坊主頭は、また水中に沈んでいった。澄んだ水とは言え、二メートル以上もある深いところの底の方は、水面にたっている泡などのためによく見えなかった。

「いねえよ。絶対にいねえよ」

顔を水面に出した伸行は「絶対」をつけて言った。

「そう、じゃあ、どうしたのかしら」

と言いながら、田野先生の顔には溺死でない安心感も表われていた。

「どこへいっちゃったんだ。真人の奴」

関谷先生が独り言のように言った。

「悪いことをしたと思って、帰りづらくなっちゃったんじゃないですか。田野先生」

関谷先生は、田野先生に問いかけた。

「それならいいんですけど……、何か胸騒ぎがして……。確かに真人君は真面目だから〝悪いことをした〟とは思っているでしょうが……、人に迷惑をかけるようなことをする子とは思えないの」

「そうですねえ……。でも、田野先生、ここにいないことはわかったんだから、学校へ戻って待ってみましょうよ。そのうち、ひょっこり〝すみませんでした〟なんて帰ってくるんじゃないですか。もうお昼もとっくに過ぎていますし……」

関谷先生がもっともなことを言った。田野先生も小さく頷いた。

「さあ、みんな、学校へ戻って弁当だ！」

関谷先生が口に両手をあててメガホンをつくり、首を回しながら大声で言った。

「でも、みんな、よく周りを見ながら行ってね。なにか真人君の物など落ちていないか、気をつけてね」

田野先生は担任らしく、子ども達に細かいことまで指示していた。

「はーい」

しかし、子ども達は腹が減っている。一刻も早く学校へ行って弁当が食べたい。もうバラバラと駆け出している者もいた。

「この辺まではいたような気がするんだよなあ」

あの時、真人のすぐ前を歩いていた背の低い福山正一が、独り言のように言いながら篠藪のそばで足を止めた。一緒に歩いていた伸行も正一もの方を見ながら足を止めた。

「正ちゃん、そんなこと言ったって、いねえんだからしょうがねえがな……。早くけえって弁当、弁当」

正一を急がせた。正一はそれにはかまわず、

「ここに昔、家があったんだってなあ」

と言いながら、篠藪の中を腰をかがめてのぞき込んだ。正一はそれをもどかしそうに疎んじた眼で眺めやった。

「あれっ！　伸ちゃんよう。あそこに篠の生えてねえところがあるで。陽もあたってらあ。なんでだんべ」

両手で密生している篠を分けるようにして正一が言った。

「そんなことはどうでもいいがな、ほれ、みんな行っちゃったで」

伸行はやきもきして言った。

「うん」

と言って、正一が篠を分けていた両手をはずし、向きを変えようとした時であった。なにか正一の耳に、人の泣き声のようなものが聞こえた。

「あれ！　伸ちゃん、なにか聞こえたで。人の声のようなものが……」

「ほんとか」

伸行にとっても聞き捨てならない言葉である。

仲行は正一のそばへすぐ駆けて寄った。二人は頬っぺたをくっつけるようにして耳をすました。

しかし、それっきり声も音もしなかった。


真人が蛇に気づいてから、また、二、三十分経った時であった。真人にとっては二時間にも、三時間にも感じた。なにか遠くでガヤガヤと人の話し声が、かすかではあるが真人の耳に聞こえてきた。

「あっ、きっとみんなが来てくれたんだ」

そう思うと真人は急に元気が出た。蚊のことも、蛙のことも蛇のことも忘れて、喉が張り裂けんばかりの声を上げた。

「ここだよう！　ここにいるんだよう！　助けてくれー、助けてくれー！　死んじゃうよう！」

しかし、そのガヤガヤ声は遠のいてしまった。

「ああ、ダメか、俺もこれで死ぬのか。かあちゃーん！　死にたくねえよ！　かあちゃーん！」

落ちた時からもう一時間以上にもなる。喉も嗄れてきた。ダメだ。もうダメだ。真人は死へ向かっていることを確実にした今、新たな恐怖におののくのだった。

また少し経って、遠くの方にガヤガヤという人の声、いや、あれは確かに子どもの声、そうだ仲間の声だとはっきり認識できる声が、深い井戸の中の真人の耳に響いてきた。

「おーい、ここだよう！　助けてくれー！」

ガンガンと井戸の中に響くその声も、外の道を歩いている子ども達には届かない。子ども達は口々に勝手なことを言っているのだからなおさらである。

だんだんみんなの声も遠のき、また静寂が井戸の中に戻ってしまった。

「うわーん、ここだよ。うわーん、ここだよ」

真人は泣き叫んだ。


「なにも聞こえねえがな。帰るべえや」

正一と伸行が道路の方へ一歩踏み出そうとした時、二人の耳を打つものがあった。それは物の擦れ合う音とも、人の泣き声ともつかぬなにかの音か声であった。この藪の中から確かに聞こえてきた。二人は顔を見合わせた。

「ほらっ！」

正一が言った。

「うん」

伸行が頷いた。同時に、二人は密生している篠をかき分けて、あの明るく陽の光さえ通している、篠の生えていない場所に向かって進んで行った。

「あれ！　あそこに穴があるで」

と、正一が言った時であった。

「助けてくれー」

その穴から紛れもなく人間の声、そう、真人の声が聞こえてくるではないか。

「まあちゃんだ。伸ちゃん、先生を呼んでこい！　早く、おらあ、ここで見てるから」

「うん、わかった」

伸行はくるっと向きを変えると、夢中で篠藪を出てみんなの後を追った。藪の中で右の足の平に、藁草履をぶち抜いてなにかが刺さった。しかし、そんなことをかまってはいられない。

「おーい。まあちゃんがいたぞ。先生！　まあちゃんがいたよう！」

ありったけの声を出しながら駆けていった。すでにみんなは二百メートルほど向こうを歩いていて、桑畑などのために人影は見えなかったが、その声だけは届いた。

来た。みんな駆けて来た。先頭は関谷先生だ。

「どこだ、どこだ」

関谷先生が怒鳴った。

「あの、篠藪の中の、井戸の中だ！」

伸行は指差しながら言った。

「なにっ！　井戸の中?」

関谷先生は足を止めて
「おい！　みんな、あそこの家へ行って、梯子を借りて来い。早くだぞ」

と言った。

「はーい」
四、五人の生徒が指差された大きな麦藁屋根の農家の家に走った。梯子のない農家はない。

正一は腐った戸板が半分落ちかけて、穴の縁の石にその枠がやっと引っかかっている、穴の中を恐る恐る覗き込んで見た。普通、井戸と言えば低くても四、五十センチのコンクリートか石垣の縁があるものだが、ここにはなかった。ただ、周りが心持ち高くなっている程度に石が並べてあった。そしてその上に戸板二枚が載せられて穴が塞がれていた。誰かが誤って落ちないための予防だったのであろうが、戸板が腐りかけた今となっては、それが徒《あだ》となったのだ。

「まあちゃん、大丈夫か。今、助けるかんな」

正一が暗い井戸の中に向かって大声で叫んだ。

真人は言葉では答えられなかった。ただ大声で泣き出した。その泣き声はわんわんと井戸の中の暗い空気を振動させた。

「どこだ、どこだ」

関谷先生の声だ。

「ここです、ここです」

正一は怒鳴った。

関谷先生は落ちかけている半分に割れた戸板を、井戸の中へ落とさないように注意しながら引っ張り上げた。そうしながら

「真人！　がんばれよ！　今梯子がくるからな」

と、励ましていた。真人は前より一層大きな声を上げて泣き出した。

田野先生も密生している篠を両手で掻き分け掻き分け、藪の中に入って来た。

「真人君！　大丈夫！　大丈夫！　がんばってね！」

両手を井戸の縁につき、落ちてしまうのではないかと思うほど乗り出して、まだ暗闇に慣れていない目を大きく開いて、地の底に向かって叫んだ。暗闇からは大きな泣き声だけが返ってきた。

「先生、梯子が来た」

正一が怒鳴った。

五、六人の生徒が四メートル、いや五メートルほどもある梯子を抱えて篠藪の中に突き進んできた。

「気をつけろよ！　落ちるなよ！　真人に梯子をぶつけるな」

関谷先生は大声を上げながら、子どもにも手伝わせて梯子を暗い井戸の中に下ろしていった。

真人がしがみついている丸太ん棒とは反対側の水面に梯子は下ろされた。

関谷先生は注意しながら梯子を下りていった。

「真人！　ほれ、先生につかまれ！　大丈夫か」

関谷先生はズボンもワイシャツも脱がず、ざぶんと水の中に飛び込むと、丸太につかまっている真人の方へ手を差し出した。

水は関谷先生の肩まであった。真人はわあーと泣きながら、関谷先生の首にしがみついた。

「あっ、お前、怪我をしてるな。ひどい血だ。大丈夫か……、これじゃ梯子が上がれない。背中に回れ！　いいか、よくしがみついてろよ。落ちるなよ」

関谷先生は左手を真人のお尻に回し、右手でしっかりと梯子をつかむと、一段、一段ゆっくりと上りはじめた。蛇も、蛙も、何事かという顔をして、水面の隅にへばりつき、静かにその梯子を見ているようであったが、そんなことに関谷先生は気づきもしなかった。

井戸の中から地上に関谷先生の顔が出た。

真人は関谷先生の首にからみつくようにつかまっていた。真人の右のこめかみの上から流れ出している血は、耳の両脇を通り頬の上に太い筋をつくって流れ、関谷先生の肩の上にポタポタと落ちていた。

梯子を持ってきた子ども達は、声も出さずに固唾を飲んで見守っていた。篠藪の外からは「こん中にいるのか」とか、「井戸に落っこったんだと」とか、「大丈夫なんかなあ」とか、それぞれ勝手にわめいている声が聞こえてくる。元気のいい何人かは、篠をかき分けてごそごそ入ってきていた。

「みんな、こっちへ来るな。外で待っていろ！」

関谷先生の声が藪の中から聞こえてきた。確かにこんな藪の中に四十人も五十人も入って来られては困る。

田野先生は関谷先生の首にしっかりとつかまり、背中にへばりついて上がってきた真人を見ると

「真人君！　真人君！　大丈夫？」

と言いながら、すぐそばへ行き、真人を抱えるようにして自分の方へ引き寄せた。そして「よかった、よかった」と言いながら、ずぶ濡れの真人を真っ白いブラウスの胸に抱いた。その両眼からは大粒の涙が次から次へとあふれ、細面の白い頬を流れて、真っ赤に染まっている真人の頬の上にポタポタと落ちた。

田野先生の白いブラウスには、真人の赤い血がその滲んだ面積を広げていった。

「先生、ごめん、先生、ごめん」

真人はしゃくり上げながらわんわんと泣いた。

〝俺は助かったんだ。俺は死ななかったんだ〟

やっと現実に戻った真人の心に安堵の気持ちが湧いてくると、泣き声はなお一層大きくなるのだった。

まわりには、下痢特有の糞の臭いが漂っていた。

彼岸花

頭の上には突き抜けるような青い空が広がっていた。段々畑気味の田んぼには、まだ幾分青みは残っているとは言え、時々吹くさわやかな風に美しい黄金の波が小さくうねっていた。

その中の畦道を真人は歩いている。足元には所々真っ赤な花をぶっきらぼうにつけている彼岸花が固まって咲いていた。小さい頃、あんなにきれいだと思ったこの彼岸花を、小学校六年の今は、なにか気味悪くさえ思うようになってしまった真人であった。手には一メートルほどの棒切れが握られていた。

「エイッ、エイッ」

彼は彼岸花の固まりがある度に、力いっぱい棒を振り回し、その茎をへし折った。というよりぶった切った。カクンと折れて四、五十センチほどの高さの茎がその頭（花）を根本の草の中にたらしてしまうものもあったが、ほとんどのものは茎が切れて波打つ黄金の稲穂の中に吹っ飛んだ。

小気味よかった。真人の通った後ろには、彼岸花の残骸が見る影もなく散らばっていた。

もし、誰かがその様を見ていたとしたら、「この子は少し頭がおかしいのではないか」と思ったかもしれない。その顔は目尻がつり上がり、炯々《けいけい》たる眼光はまさに狂人そのものであった。

あれは真人が国民学校初等科の三年生の時であった。

小さい時から真人は野に咲く花々が好きだった。中でも九月の中頃から今まで全然その兆しさえ見せなかった彼岸花が、道端や田んぼの畦に急に真っ赤に燃え出す様がなんともたまらなく好きであった。

ある日、真人は思い立った。

「そうだ、あの花を家の庭に植えてみよう」

このことはまさに、今までの真人の考え出したことのうちで最上のことであろうと思えた。

農作業の忙しさにかまけて、家の庭は広くはあったが構われてはいなかった。ただその頃、あまり見られなかった皐月《さつき》が二本あった。

一本は赤い花がほとんどで、ところどころに白い線の入っているものであった。他の一本は白中心の花に、赤が混じっているという対称的なものであった。鉢植えでなく、また、形も作っているわけでもない。高さも三、四十センチの小さなものであったが、野山には全然見られないこの「躑躅《つつじ》」がなんとも珍しく自慢でもあった。

あとはどこの家にでもあるような真っ赤な実をつける青木や南天、花では水仙、あやめ、鳳仙花、百日草などが無計画に、その時期になれば自然にこぼれた種が芽を出し、花を咲かせるものであった。だから真人など子どもでも自由にいじれる場所は十二分にあった。

物置からシャベルを持ち出し、道端のあちこちに咲いている彼岸花の一叢《ひとむら》に行き、大人達がやるように両手で柄の一番上の三角形になっているところをしっかり持ち、シャベルの先を彼岸花の根元に当て、右足を鉄の部分の右肩に載せ、思い切りぐいと力を入れた。

土は割と柔らかく、真人の力でもシャベルは鉄の部分三分の一ほどが土の中にめり込んだ。腕に力を入れて柄を下にぐっと押した。テコ方式でシャベルの先は土を跳ね上げた。シャベルの先はまだ彼岸花の根の下まで届いていなかった。彼岸花は三、四本、根元から切れてしまった。しかし、彼岸花はいくらでもある。すぐにもう一度発掘を試みた。思いのほか根は深かった。二、三度失敗はしたが、なんとか十数本の彼岸花を根から掘り上げることに成功した。根がこんな球根になっていたとは全然知らなかった。

真人は大事に大事に庭へ持っていくと、一番目立つと思われる場所に丁寧に植えた。そして水もくれた。

真人はわれながらいいことをしたと内心ほくそ笑みながら、立てたスコップに右足をからませ、柄の上に腕を組み、重ね合わせた手の甲の上に顎をのせ、しみじみと今、自分で植えたばかりの真紅の彼岸花に見入った。

後ろに人の気配を感じてひょいっと振り返った。そこには八の字の髭の先がぴんと上に跳ね返っている祖父がいた。

「おじいさん、彼岸花、きれいだんべ」と言おうと思ってにこっとしようとしたが、真人の顔の皮膚はゆるみはじめはしたものの、すぐに強張ってしまった。おじいさんの顔は真人の顔に笑みを与えなかった。目は大きく見開かれ、口はへの字に固く結ばれていた。チョッキ半纏《はんてん》から左右に出ている腕の先の拳は固く握られ、心なしかぶるぶる震えているかに見えた。

「馬鹿野郎！」

おじいさんのすさまじい声が秋の澄んだ空気を揺り動かした。真人は思わず首をすくめた。どこへでもいい、すぐ逃げて行きたかったが足が竦んでしまった。しかし、なぜおじいさんが怒っているのか真人にはわからなかった。

祖父は大股で真人の傍を通り抜けると、真人が植えたばかりの彼岸花を鷲掴みにしてぐいと引っ張り、十数本を一気に引っこ抜いてしまった。それを庭続きに二メートルほど下を流れている堀のような小川に放り投げた。

「馬鹿野郎！」

もう一度言った。それはおじいさんの口癖でもある。

「いいか真人。この花はな、地獄花とも言うんだ。庭になんぞ植えるもんじゃあねえ。縁起でもねえ。もう二度とこんなことたあすんな。いいな……」

もう一度真人を睨みつけると、すたすた物置の方へ行ってしまった。

その時、すでに風邪を引いて熱を出し、クシュンクシュンしていた三歳の妹が、幾日かして肺炎になり死んでしまった。

真人は庭に植えた彼岸花のことが頭に浮いてきてしょうがなかった。しかし、おじいさんはあれから、そのことには一言も触れはしなかったし、誰にも話さなかったようだった。

次ぐ年の九月、彼岸花が咲き誇る頃、梅雨時から病んでいた大好きだった祖母が死んだ。

真人にとって、あんなにきれいに見えた彼岸花が悪魔の花に見えるようになってしまったのはそれからだった。

畦道から本通りに出た。本通りと言っても道幅一間ほどの狭いものではあるが……。

普段なら同じ部落の同級生三人がそばにいるのだが今日はいない。

真人の小学校は一学年が二つのクラスに分かれているが、六年二組の真人のクラスには同じ部落の利治がいる。しかし、今日、利治は頭が痛いと言って早退してしまった。

一組の帰りの会がなにかの理由で延びていた。一組の伸行と和正を待とうかと思ったがやめた。この頃、真人はひとりになるのが好きであった。別に孤独が好きだなどという高尚なものではない。なんだかんだと無駄っ話に口裏を合わせることなどがあまり好きではないだけだった。それにひとりなら、きれいな野の花を見つけた時など立ち止まってしみじみ眺めることもできるが、みんなと一緒だと心が動いてもそうはいかない。そんなことをすれば「なんだ、真《ま》っさんは女みてえ」などと言われるのが関の山だ。

特に真人はひとりの時、今通ってきた「すう路《じ》」（近道のすぐ路の訛りらしいが、真人達は常にそう呼んでいた）を歩くのが好きだった。

桑畑の中や田んぼの畦道には、時には真人を驚かせる蛇やいたちや野ねずみが出るが、それもまたかわいいものである。なんといっても、その季節季節の野草の花には心を魅かれるものがあった。

それに、今日はまた別である。

九月二十五日の大祭を明日に控えて宵祭《よいまち》である。大威張りで外泊できるのだ。神社の神殿だろうと神楽殿だろうと勝手に寝ていいのだ。それをお篭りと言った。本来は神とともに一夜を過ごす神聖なものであろうが、子ども達にとってはなんとも心はずむ行事であった。

二十畳ほどの大広間を持つ立派な社務所もあったが、ここは当番の大人達が占領し、子ども達の侵入する余地はなかった。もっとも、仮りに「泊まってもいい」と言われても、子ども達は大人のそばへなどは決して行きっこないけれども……。

もう一つ、今度の祭りで興味津々のことがある。それは九月二十五日の大祭の晩、彼の家に役者が三人ほど泊まることになっている。

役者は十人くらい来るのだそうだが、神社の近くで大きい家、四軒が選ばれて役者を泊めることになったのだそうだ。そのうちの一軒が真人の家なのである。

昔（戦前）はよくこんなことはあったのだそうだが、戦争がはじまってからは、祭りに芸人を呼ぶなどということは贅沢とされ、その筋から厳しいお達しがあったのだという。それで真人が物心ついてからはそのようなことはなかった。もっとも、戦争中や戦後の一、二年は、自分達の生活そのものが大変だったから、田舎芝居のどさ回りにしろ、祭りに劇団を呼ぶなどということはできなかったのだ。

戦争が終わって三年目、まだまだ世の中はガタガタだったが、農村ではやっと落着きも出てきて、祭りには芝居でも見たいものだという欲求が出はじめたのだった。

夕飯が終わったのは七時頃であった。

神社の方からひっきりなしに太鼓の音が聞こえてくる。神楽殿には直径一メートル、高さ一メートルほどの大きな太鼓が置いてある。誰が打ってもいいのだ。

トンカカトッキントンカカカッカカ、トンカカトッキントンカカカッカカ……、調子よく聞こえる時もあれば、ドンドンドン……、まったく規則性のない音が響いてくる時もある。それは打っている人によるのだ。

ともあれ、太鼓の音というものは祭り気分を掻き立てるには本当に効果を奏するものである。

真人の心はさっきからウキウキして仕方がなかった。

「じゃ、かあちゃん、俺お諏訪様《さあさま》に行くで。ねんねこ一枚持っていきゃ世話ぁねえかな」

「ああ、まあだそんなに寒かねえから大丈夫だんべ。まあ風邪なんかひかねえように、下着を一枚余計着て行きな……。ああ、それから栗い茹でといたから好きなだけ持ってきな。皮なんか食い散らかすんじゃねえど。ちゃんと片つけなよ。バチが当たるかんな。お諏訪様の……」

すでに大きなザルに入れて、水気が切ってある栗を母はお勝手から持ってきた。

「新聞紙にでもくるんでけ」

無造作に真人の前にそれを置くと、夕飯の後片づけにすぐ行ってしまった。

「真人、柿なんか盗みに行くなよ。見っかるとひでえ目《め》に会うぞ」

すでに中学（旧制）を卒業して農協に勤めている兄の信一が、夕食後のお茶を飲みながらニヤニヤした顔つきで言った。

兄だって子どもの頃、お篭りに行ったことがあるのだから、どんなことが起こるかは知っているのだ。

「そんなこたぁしねえよ」

真人は新聞紙を四、五枚敷いて、くるめるだけの栗を真中に山盛りしながら、兄の顔を見ないで言った。

真人は昨年はじめてお篭りに行った。そして仲間に誘われるまま柿泥棒に行ったのだ。それは確かに伸行だったと思う。彼が昼間見つけておいたという通称・新屋敷《あらやしき》と言われている家の庭先にある柿をとった。

真人は木登りが下手なので下での見張り役。もう一人、真人達より二つ年上の正一も見張り役であった。

柿の木は玄関から十五メートルほどのところにあった。根元には茗荷が叢《くらむら》をなしていた。あたりは十五夜を過ぎ、まだそこまでいかないのだかわからないが、多少欠けてはいるが丸みを持った月の光で結構明るかった。

仲行と和正は、上手に枝に足をかけながら柿の木に登った。

「おい、落とすぞ。落ちたところをちゃんと見てねえとわかんなくなるぞ」

ささやき声で上から仲行が言った。

「でえじょうぶだよ。早く投げろよ」

真人が仲行を見上げながら、小声で言った時であった。

ガラリと玄関の戸が開いて、その家の主人・伊佐やんおじいが出てきた。真人は無意識にその場につっ伏した。そして茗荷の根元にへばりついた。

同じ見張り役の正一は「おい！　逃げろ」と言いながら傍らの桑畑の中に駆け込んだ。

木の上の二人は、すばやく二メートルほどのところから生えている太い枝のところまで下りると、パッと草むらの中に飛び降りて、これまた桑畑の中に逃げて行った。

「こらっ！　誰だ！　柿泥棒！」

伊佐やんおじいは怒鳴った。

真人も逃げようかと思ったがもう遅い。下手をすれば、あの伊佐やんおじいに捕まってしまうかもしれない。それよりここにこうして、じっとしていた方が安全だ。おそらく俺は伊佐やんおじいに見つかってはいないはずだから……、真人はそう思った。

「たくっ。しょうがねえガキどもだ……。考えてみりゃ、俺なんかもガキの頃、他人《ひと》ん家の柿をとったっけなあ。歴史は繰り返すか。アッハハハ……」

伊佐やんおじいは豪傑笑いをしながら、真人がつっ伏してへばりついている茗荷の草むらに近づいてきた。

「あれっ、俺がここにいるのを知っているのかな」

真人は心臓がドキドキした。

「すみません」と言って謝るか。いや、わかっていっこないはずだ。真人は息を殺してじっとしていた。伊佐やんおじいは茗荷の叢を挟んで、真人と一メートルもあるかないかのところまで来た。

「今夜は十三夜かな。いい月だ」

伊佐やんおじいはそう言いながら、着物の裾を両手でかき分けた。

「お月様に見られちゃあ小っ恥ずかしいが、まあいいや。それっと」

一物を掴み出すと腰をぐっと前に突き出し、勢いよく放尿をはじめた。酒を飲んだのだろう。充分溜っていたとみえて勢いがよかった。それも指で竿を上に向け、なるべく遠くへ放出するようにしているのだからたまらない。地面にへばりついてじっとしている真人の頭の上に、ボシャボシャボシャボシャ、茗荷の葉から雫となって落ちてくるのだ。臭い。しかし、声一つ出すわけにはいかない。ただただ終わるのを待つだけだ。その間、二分とはかからなかったのだろうが、真人にとってはそれが二十分にも三十分にも感じられた。

ああ気持ちがいい……。ストトン、ストトンと戸をたたく／主さん来たかと出て見れば／そよ吹く風にだまされて／月に見られて恥ずかしい／ストトン、ストトン……か。

そんな歌を歌いながら伊佐やんおじいは気持ちよさそうに帰って行った。

「チキショウ」

真人は立ち上がって、濡れ鼠になった犬や猫がやるようにブルルンと大きく身震いした。

今まで全然気がつかなかったが、真人がへばりついていたところのすぐそばに、彼岸花が一叢真紅に咲いているのが月光の中に見えた。真人はそれを両足でめちゃくちゃに踏み潰してしまった。


真人が諏訪神社に着いた時にはもう同級生の伸行、和正、利治らが来ていた。二つ年上の正一と富雄も来ていた。

遠くの社務所には煌々と明かりが灯り、祭りの当番の人達が酒を飲んでいた。時々「アハッハッハッ」と大きな笑い声が聞こえていた。

「神楽殿にでも上るかあ」

正一の提案である。

「真っさん、そのねんねこ（半纏）は神殿にほっぽりこんどけよ」

正一が真人にそう教えた。真人はそうした。もうみんなの毛布やねんねこが無造作に置かれていた。

境内のあちこちには裸電球が点っていた。

神楽殿は境内の西端にあった。明日、ここで芝居がある。まだ幕などは張っていないが、花道などもできていて舞台の骨格は整っていた。つまり、床が地面から二メートルくらいもある神楽殿の四、五十センチくらい下げたところに、仮舞台の床が張られていた。その床はそれほど広くはない。巾六、七メートル、奥行きが三メートルあるかないかくらいのものだ。そして劇の中で座敷の上がり端などの必要な場面の時は、神楽殿がその座敷に使われることになる。

普段、神楽殿に上ることは、床まで二メートルもあるのだから、子どもにとっては大変である。地面から立っている柱に斜めにかかっている材木に足を掛けて、柱をよじ上るようにして上がらなければならない。

今日は前に舞台が作られているので都合がよい。おまけに舞台の左端から五メートルほど花道ができている。花道は床の高さ一メートル五十センチほどのにわか作りの舞台から、徐々に高度を下げて地上から一メートルくらいの高さで切れていた。そこの裏手の方から役者は上がってくる。まだ幕が張られていないのでなんとも様になっていないが、あの芝居独特の幕が張られると格好いい花道となり、三度笠をかざしながら旅姿の国定忠治や清水次郎長が出てくると万雷の拍手につつまれるのだ。

今日は真人達がその花道から神楽殿に上がった。

「あしたぁ、ここんとこをさむらいが通るんだで」

「こんな格好してよう」

仲行などは出てくる股旅物の真似をしながら花道を上がって行った。みんながどっと笑った。

神楽殿の上には、例の大きな太鼓が置かれていた。

まず上級生の富雄が撥《ばち》を持った。そして叩き出した。さすがにうまい。リズミカルである。

トンカカトッキントンカカカッカカ
トンカカトッキントンカカカッカカ
裸電球のほのかな明かりの中に太鼓の音は響き渡った。

「栗持ってきた。みんな食わねえか」

真人は神楽殿の床の上に胡坐《あぐら》をかき、大事に持ってきた新聞紙にくるんだ栗を広げた。

「ありがとな。みんなもらって食うべえや」

みんなが真人のそばへ寄ってきた。富雄も太鼓を打つのを止めてしゃがみ込み、手を伸ばした。

栗などは珍しいものではない。しかし、菓子などほとんど口に入らない子ども達にとっては、食欲をそそる食物の一つではあった。夕飯を食べた後ではあったが、子ども達の胃袋は少しくらいの栗などは平気である。農家の夕飯とはこの辺ではひもかわと言うが、要するに煮込みうどんである。結構たくさん食べたと思っても、すぐお腹が空いてくる。

「去年は柿盗みに行って、新屋敷の伊佐やんおじいにめっかっちゃったっけなあ。みんなで逃げちゃったけんどよう、真っさんだけが柿の木の下の茗荷の中に隠れていたんだっけ」

真人はあの後、すぐ家へ逃げて帰り、伊佐やんおじいの小便を拭きとってすまして神社へ戻った。小便をかけられたなんて言えば、後々まで笑いものにされるに決まっているからだ。誰もそのことは知らない。ただ隠れていて見つからなかったということになっている。真人にはあのいやな思い出がよみがった。そして黙っていた。

「今夜はどうするん。やっぱりどこかへ行くんだんべ」

仲行が声を落して言った。

「あったりめえよ。そうしなけりゃここに泊まる価値がねえ」

正一の言葉である。富雄もニヤニヤした。

「よし、決まった。じゃ、俺がいいとこめっけといたからよう」

富雄が社務所の方をチラッと見ながら小声で言った。

社務所はこの神楽殿とはあべこべの境内の東側にあった。五十メートルは充分に間隔があるので聞こえる心配はないのだが、こういう悪だくみをする時はどうしても周りを気にしてしまう。

「あのよう、山の脇ん家《ち》（屋号）の横にさあ、けっこううんめえ柿があるんだ。すぐそばに道があるけんど、物置があるから割にわかんねえと思うんだ。道を人が通る時には黙って動かなけりゃ、わかりゃしねえよ。山の脇ん家にゃ、でっけえ犬がいたけんど、二、三か月前に死んじゃって今は子犬もいねえ」

いつの間にか、みんな自然に顔を近づけて話していた。

　真人は気が乗らなかった。その大きな原因は、昨年のあのいやな経験だ。それに、家を出かける時に、兄に「柿なんか盗みに行くなよ」と念を押されている。真人は勇気をだして嘘を言った。

「俺さあ、今日は少し頭が痛えんだ。だからここへも来ねえべえと思ったんだけんど、無理して来ちゃったんだ。だから俺は先に寝てるよ」

　額に右手をあてて、いかにも頭の痛そうな格好をしながら言った。

「そうかあ、そりゃあ残念だな、じゃ、そうしろよ。うんめえ柿、とって来てやっからな」

と伸行は言った。

「じゃ、そろそろ行くかあ……、静かにな。社務所の当番の人達にわかんねえように出かけるんだで」

声を落として富雄が言った。

みんな足音を忍ばせて神楽殿から下りて行った。後にはひとり、真人だけが残った。社務所からひときわ高い笑い声が響いた。当番の人達も大分酒がまわってきたらしい。

真人は神楽殿にただひとりになった。栗もあらかたは食べ終わっていた。栗の皮の残骸が広げた新聞紙の上にうずたかく盛られていた。そして新聞紙の外にも散らかっていた。

「やんなっちゃうなあ。結局、俺が片づけなきゃなんねえか。まあいいや」

真人は一つだけ神楽殿の前にぶら下がっている裸電球の明かりをたよりに、一つ一つ栗の食い散らかしを拾い集めた。そして神楽殿から仮の舞台、花道を通って地面に下りた。ゴミ捨て場が神楽殿の後ろの林の中にあるのを知っている。暗くてちょっといやだが仕方がない。

真人は二メートル四方の広さで、深さ一メートルほどのゴミ捨て場に行き、思いっきり放っぽり出すと急いで帰ってきた。

どうするか。ひとりになってみると、これならあんな嘘を言わないでみんなと行動をともにすればよかったと後悔した。しかし、今となっては仕方がない。今、柿をとっている場所もわかってはいるが、これから追いかけて行くのも気が引ける。仕方ない、寝るか。昨年は神殿に寝たんだっけ。今年もそうするか。真人は神殿に向かって歩き出した。

神殿とは神社の中心である。いわゆる御神体のあるところである。どこの神社もだいたい造りは同じだが、神殿の前にちょっと広い畳の部屋がある。そしてその奥に御神体が祀ってある奥の部屋がある。そこの広さは二畳くらいしかない。他の部屋は十五、六畳、いやもっと広いかもしれない。

この部屋が子ども達の寝る部屋である。神楽殿だってかまわないが、神楽殿には畳が敷いてない。神殿の部屋は普段、板戸で鍵付きで閉められている。しかし、祭りの日にはその板戸が全部はずされて、周りには真っ白い幕がかけられる。幕は神殿のまん前の中央にある大きな鈴のところで高く括られていた。左右にたるみを持って下げられているが、下まではつかない。そして両方の角の柱に巻きつけられている。こうすると本当に祭りらしい雰囲気が出る。

大きな鈴の下にはこれまた大きな「浄財」と書かれている御賽銭箱があった。

真人はその脇から三段になっているコンクリートの階段を上って神殿の外座敷に上がった。

さっき無造作に放って置いたねんねこのところへ行った。他の者の毛布やねんねこなどもところかまわず置いてあった。真人はその中から自分の物を探し出すと、部屋の隅に行って横になった。その部屋には裸電球が一つだけ点いていた。暗闇に慣れた目には、それだけの光でもけっこう明るく感じられた。

と、神社からは大分離れている大鳥居の方から甲高い女の子の声が聞こえてきた。中学生の女の子だ。あの声は中学三年のサトちゃんの声だ。他の女の子は誰だかわからない。

真人はこんなところで一人で寝ているのを女の子、しかも上級生の女の子に見られるのがいやであった。

女の子達が石段を上ってくる。あっ、上ってきた。真人はとっさに二畳ほどの奥の部屋に逃げ込んだ。

外側の大部屋と奥の部屋とは四枚の格子戸で仕切られているが、今日は大祭を明日に控えているので、真中の二つの格子戸が開かれていた。真人はその格子戸の陰にねんねこをかぶり、丸くなってじっとしていた。

「あれっ、誰か神殿にいるみたい。今、動くの見えたよ」

見つかってしまったと真人は思った。

今日は大祭の前日、宵祭である。お篭りに誰かが来ていても少しも不思議ではない。女の子がお篭りしてはいけないという決まりはないが、さすがに一晩中となると女の子はいない。ちょっと遊びには来るが、十時頃には帰るのが普通であった。だから、今、女の子が来たとしても少しもおかしいことはない。

女の子は四、五人らしい。神社の前に来た。

「さっき、確かに誰か奥に入って行ったようだった……、私が見てくるからみんなここにいて」

サトちゃんが畳の部屋に上ってくるのがわかった。他の女の子はみんなサトちゃんより年下の女の子のようだ。真人の同級生のキクちゃんの声もした。

ああ、もっと早く隠れるんだったと真人は思ったが、後の祭りである。

「だあれ、そこにいるのは」

サトちゃんの大人びた声がねんねこにくるまって丸くなって寝ている真人の頭の上にあった。仕方ないと真人は観念した。そこで頭を出さずに言った。

「俺だよ。俺」

「俺って……、ああ、その声はまあちゃんね」

真人は黙っていた。当たったのだから答える必要はない。

「まあちゃん一人？　ほかの人は？　来ないことないもんねえ」

「さっき……、ちょっと出かけた」

「出かけた？　そうかあ、また柿泥棒にでも行ったんだな。まあちゃんはなんで行かねえんさあ」

「……頭が少し痛いから」

「そうなん」

ちょっと沈黙があった。と、サトちゃんは少し声を大きくして、

「ねえ、キクちゃんなんかあ、私ねえ、ちょっとまあちゃんに聞きたいことがあるからさあ、みなんは上って来ちゃだめだよ」

と言った。

上級生の言うことはよく聞くものだ。そう言っておけば絶対に上っては来ない。

サトちゃんは、ねんねこにくるまって寝ている真人のそばにうずくまると、ねんねこの端を持っ

て引っ張った。そして声を落として言った。

「ねえ、まあちゃん、わたしもここに入れて……、一緒に寝かせて」

真人は面食らった。小学校六年の真人はどうしようもなかった。さっき、サトちゃんは確か「聞きたいことがある」と言った。なんだろう。聞くだけなら、別に一緒に寝ることはない。そこで聞けばいいと真人は思った。

サトちゃんはぐいぐいと真人のねんねこの中に入り込んで来た。

「まあちゃん、わたし、まあちゃんが好きなんよ。一緒に寝かせて」

そう言いながら、サトちゃんが真人の背中にぴったりくっついてしまった。

真人は逃げ出したかった。しかし、外には同級生のキク達がいる。またなにを言われるかわかったものじゃない。真人はどうすることもできずにサトちゃんのなすがままにするより仕方がなかった。

「まあちゃん、こっち向いてよ。ほら」

サトちゃんは囁くような声で言った。お互いに左側を下にして寝ているものだから、自分の右手を真人の右腕の腋の下に通し、真人の腹の上をかすめて左手の肘のところを強く握るとぐいと引っ張った。その力の強いこと、真人は否応なしに上を向かされていた。

「ほら、まあちゃん、もう少しこっちを向いてよ」

サトちゃんがまた強くぐいっと引っ張った。その拍子に真人の体は、サトちゃんと向き合う形になった。真人もその時、確かに自分の体の力を抜いていた。本当に逆らえばそんな風にならないですんだであろう。

サトちゃんは、握っていた真人の肘のあたりから、だんだん手をすべらせて下に持って来ると、手首をしっかりと握った。そして真人の耳元に口を持ってきて、

「まあちゃん、ほら、ねっ」

と言いながら、真人の左手を徐々にではあるが強引に、自分の乳房のところへ持っていくのだった。サトちゃんのブラウスのボタンはすでにはずされていた。

真人は驚いた。しかし、魔法にでもかけられたように、サトちゃんの手から逃れることはできなかった。真人の左手の掌は、完全にサトちゃんの乳房を握っていた。柔らかかった。乳房は五本の指からはみ出していた。指で押すとどこまでも沈んでいくようであった。固い小さな乳首は真人の掌に当たってはじけるようであった。真人は、死んでしまったおばあさんといつも一緒に寝た。そしておばあさんのおとぎ噺を聞きながら、萎びたおっぱいをいじっていた。今、触れているサトちゃんのおっぱいとは大違いだ。

その時、神楽殿の方から柿とりに行った彼らの声が聞こえてきた。

「あっ」

小さな声がサトちゃんの口から漏れたかと思うと、サトちゃんはガバッとはね起きた。

「まあちゃん、このことは誰にも話しちゃダメよ。いいねっ」

と言うと、もう外の座敷へ飛び出していた。

「誰にも言うもんか、こんなこと」

真人はそう思った。


次ぐ日の大祭、学校は半日であった。戦前は休みであった。ただ、十時頃から祭典があり、初等科（小学校）三年生以上はそれに参加した。そして初等科六年生と高等科二年生の代表が玉串奉奠《ほうてん》をした。代表は一番成績のいい子ということであったが、真人は六年の時、はたして自分が選ばれるだろうかと考えたことがあった。戦後は生徒が式典に参加することもなくなってしまった。しかし、村祭りだということで半日にしてくれていた。

真人は急いで帰ってきた。今日は役者が真人の家へ来ることになっていたからであった。役者とはどんな人なんだろうか。とにかく興味があった。

「ただいま」

真人は家に駆け込んだ。

座敷で母と話している知らない人がいた。

大人の男と女と、真人と同じくらいの女の子であった。真人ははっとした。もしかしてこの人達が……。その予想は的中した。

「真人、ほら、この方達が諏訪神社のお祭りで芝居をしてくれる方達ですよ」

いつも方言丸出しの母は、こういう時はちゃんと標準語が使える。それが真人にとっては不思議であった。

「さっ、挨拶をしなさい」

真人もその訓練はしている。というより、お正月やお盆などに客が来た時、小さい頃からそれなりの挨拶はするように躾けられていた。しかし、今日は少し戸惑った。それはきれいな女の子がいたからである。

「こんにちは、真人です。よろしくお願いします」

それだけ言うのが精一杯であった。

「ああ、坊ちゃんですか。利口そうな子ですこと」

女役者はにこにこしながら愛想のいいことを言った。四十歳くらいであろうか、男役者もにっこりと顔をほころばせた。

「さあ、道子もあいさつしなさい」

男役者に促されて、細面の髪の長い色白のその女の子は白い歯を見せながら言った。

「道子です。でも、芸名は山ノ上百合子と言います。こちらこそよろしくお願いします」

三つ指をついてきちんと挨拶する様は、まさにかわいい子ども姿の大人であった。

それから母と役者達は時々ケラケラ笑いながら話していたが、男役者が一区切りついたところで言った。

「じゃ、手前どもはちょっと舞台の方で少し立ち回りの稽古をする約束になっていますから失礼します。今晩はごやっかいになります」

「どうぞ、どうぞ。泊まっていただくことになっていますから。なにもてなしできませんが、四時半頃には夕飯が食べられるようにしておきますから……」

芝居は六時からということになっている。家から神社まで五分もあれば行けるが、準備もあろうかということで、早く夕飯が食べられるようにしておくということである。

「もちろん、芝居が終わって帰られたらお腹も空くでしょうから、なにか夜食を用意しておきましょう」

母はそう言って、役者を送り出そうとした時、女役者が言った。

「そう言えば、道子は立ち回りには関係ないんだよねえ。ここで休ませてもらってれば」

女の子はもじもじしていた。

するとと、母が言った。

「そうですか。道子さんは行かなくてもいいんでしたら、ほれ、あそこの前山に栗がたくさん落ちてると思いますから拾ってたらどうですか。うちの真人に案内させますから」

「あっ、そうですか。そうしてもらえれば本当に助かります。栗拾いなんて普段したことなんかありませんから……、それじゃ坊ちゃん、よろしくお願いいたします」

男役者と女役者はそう答えて出て行った。

「ほれ、真人、まだ昼飯前（めえ）だんべ。早くそこにあるおこわでも食って、道子さんと栗拾いに行ってこ」

もうすっかり方言丸出しになっている母に真人はあきれた。

こういうのが、食べ物も咽喉を通らないとか味もわからないと言うのだろうか。真人は一杯の赤飯が、どのように口から咽喉、そして胃袋に流れ込んだのかわからなかった。ただこれからやらなければならない仕事、道子という女の子の栗拾いの案内役が、とてつもない大きな仕事のように思えてならなかった。

「真人君、じゃ、よろしくね」

ちょっと首を横に傾けるようにして、ぴょこんと頭を下げる道子の仕草は、まさに役者そのものであった。

きれいな顔だ。真人はまっすぐに道子を見ることができなかった。

真人は先に立って歩いた。前山まで百メートルとない。その前山は真人の家のものである。そこには結構太い栗の木が三十本から四十本くらいあり、どっさり実をつける。栗の木の下は拾いやすいようによく下刈りがしてある。

「わあ、きれいな花！」

道子は一叢の彼岸花に駆け寄ると、その中の数本を無造作につかみ、ポキッと折るや否や真っ赤な花弁を自分の頬に押し当ててにこっとした。

「あっ、そりゃだめだ」

真人は道子のそばへ無意識のうちに飛んでいった。そして、その彼岸花をもぎとると力いっぱい地面に叩きつけた。

「だめなんだ。こりゃだめなんだ。毒もあるし……、それだけじゃない。この花をいじると、きっと悪いことが起こるんだ。この花は地獄花とも言うんだ」

道子は、形相を変えて吐き捨てるように言う真人の言葉に、すっかり驚いてしまった様子だった。

「……そうなの、知らなかった。そんなにこわい花なの……。じゃ、もうさわらない」

真人も自分のとった態度がちょっと大袈裟だったかと思い、照れ隠しに、

「さあ、栗拾い、栗拾い、すぐそこだよ」

と促した。

真人はゴム長靴を履いてきたが、道子は下駄履きだった。

「そうか、下駄履きか。ちょっとあぶないなあ、気をつけてね」

真人も自分が標準語を使っているのに気づいておかしくなった。

前山はゆるやかな傾斜であった。下刈りがしてあるので栗を拾うのはたやすかったが、いわゆる栗の毬がいっぱいあった。そしてその毬の中にはいい栗の実が入っていることもよくあった。

それを適当な棒切れを捜すと、毬をゴム長靴で上手におさえ、毬の割れ目の中にその棒切れの先

をぐっと差し込み、その光沢を持った焦茶色の実を取り出した。

「真人さん、上手ねえ。私にもさせて」

道子は拾って持っていた五、六個の栗の実を、真人の持ってきた味噌漉しの中に放り込むと、棒切れがほしいと手を出した。

「だけど、その下駄じゃあぶないよ」

「大丈夫よ。下駄の先でおさえるから」

真人は仕方なく棒切れを道子に渡した。栗の実の入っている毬栗を見つけると、道子が下駄の先でその毬をおさえ、棒の先を毬の割れ目に差し込もうとした時であった。

力を入れた下駄の先から毬はぴょこんと抜けて、道子の下駄の上にのっている足の親指にぶつかったのだ。

「痛い、痛い、痛い」

道子はしゃがみ込んだ。

「ほうら、だから難しいと言ったんだよ」

真人も道子のそばで、その足元にしゃがんだ。道子の長い髪が真人の顔に触れた。何か仄かに匂うものがあった。その時、真人の脳裏には昨晩のサトちゃんの柔らかい乳房の感触がよみがえっていた。

三時になった。神社の方からは誰がたたくのか、間断なく太鼓の音が聞こえてきた。

真人は神社へ行きたくなった。道子も行くと言うので一緒に行くことになった。しかし、真人は困った。

このきれいなかわいい女の子と肩を並べて歩くのはいやであろうはずはないが、友達の目が気になる。見られれば必ず後で「あの子とはなにをしたんだ」とか「いい気になって女といちゃついて」など、ろくなことは言われない。そこで途中まで来た時、真人はおずおずと道子に言った。

「あのう……、悪いけど、俺、少し先に行くよ。女の子と一緒にいるところをみんなに見られるとうるさいんだ、この辺は……」

「そうなの。じゃ、私は後から行く……、少し離れて……」

道端にはところどころに、真っ赤に燃える彼岸花が叢を作っていた。

社務所では直会《なおらい》の宴が延々と続いていた。十二時頃からはじまったのだから、もう三時間以上にもなる。三人の神主達も真っ赤な顔をして上機嫌であった。

真人の祖父もその中の一人であった。すっかり着物の前をはだけ、顔はまさに仁王様であった。逆八の字の髭の先っぽを時々親指と人差指でひねり、その目は異様に光っていた。祖父は一時間に一升は飲むと豪語するくらいだから、もう甘く見ても二升は飲んでいるのだろう。とにかく、祖父の飲みっぷり、飲む量のことを人はこう言っている。

「立ったまま三合、腰掛ければ一升、上ってしまえば切りがない」

　昔は居酒屋と言って、普通の酒屋店の隅っこの方で、コップ酒を飲む人が多かった。安く上がるからである。缶詰などを切ってもらう人は上等で、塩などをなめなめ飲む人も珍しくはなかった。そんなところでは、場合によると立ったまま一杯ひっかけて、すっと帰る人もいた。祖父の立ったまま三合というのはそういう時のことである。

　いくら飲んでもにこにこしており、寝てしまうのならいいが祖父は違った。すっかり興奮してしまい、際限なくおしゃべりが続くのだ。その饒舌も、人を笑わせたりする、少しくらいなら卑猥になったとしても酒の上のこととして許せる。しかし、祖父が酔った時、両手の拳が握られ膝の上を往復し出すともう危険信号であった。大きく見開かれた炯々とした眼は、それだけでもそばにいる人をおののかせた。そして次のようなことを必ず怒鳴り出すのである。

「てめえらはみんな人形だ。人形とは人の形と書く。人の形をしているだけで役に立つ者は一人もいねえ。俺を見ろ！　小川、大河、八和田、竹沢に俺ほど偉い者がいるもんか」

　小川とは小川町のこと、大河、八和田、竹沢とは村の名で、自分は竹沢村にいる。つまり近くの町村のことだが、確かにこの中で日露戦争で金鵄勲章をもらった人は幾人もいない。祖父はその中の一人である。当時の金で年俸百五十円の恩給だった。当時千円あれば、それこそ七、八十坪の大きな二階家が建ったのだから百五十円とは相当な額であった。そしてみんなにおだてられ、毎日酒飲み三昧に耽ることになったのである。

酒を飲まない時の祖父は本当にいい人だった。それを人は「酒を飲んだ時の為さんは鬼だが、飲まない時の為さんは仏様だ」と言った。

真人も酔った祖父には、ずいぶんと恐ろしい目にあってはいるが、傷つけられたことは一度もない。日本刀を振り回した時などは怖くて、素足で隣の家へ逃げていった。

とにかく、戦後、その金鵄勲章の恩給も中止となった。これが為三郎にとってはなんとも我慢できないことであった。

その日は特に祖父の虫の居所が悪かったらしい。たくさんの部落の人達の直会の席で、祖父の怒鳴り声は響き渡った。

「このやくざ野郎！　人の形をした人形野郎！　小川、大河、八和田、竹沢、俺ほど偉い者がいるもんか！　いるなら連れてこい！　連れてこられめえ！　てめえらなんか生きていたってしょうがねえ！　このやくざ野郎が！」

酒を飲んでいるのは祖父だけではない。これを聞いて腹を立てる人が一人もいなかったら不思議である。

戦後、とにかく軍国主義は崩壊した。金鵄勲章も一円の価値もなくなったのである。この部落でも割と気の短いので有名な通称・前川（屋号）の幸ちゃん（幸一郎）が言った。

「なに言ってんだ、酔っぱらい。お前の金鵄勲章なんか屁の価値もなくなったんだ。そんなに人形、人形って言うんなら、ほれ、あんなにいっぺえ人形がいらあ」

幸ちゃんはふらふらしながら立ち上がって、境内の多くの人達を指差して言った。そして言い続けた。

「そんなに価値のねえ人形達なら、殺せばいいじゃねえか。何人でも殺して見ろ！　ほれ、できめえ！」

周りの者が二、三人「よせ、よせ！」と止めたが、幸ちゃんは聞かなかった。

「やってみろ！　ほれ、やってみろ！」

祖父の目が前にも増してらんらんと輝いた。そしてじっと幸ちゃんを睨みつけた。

「ようし、殺してやる！　蛆虫どもを殺してやる！」

祖父は立ち上がった。着物の前ははだけ、裾は乱れてこそいるが割とふらふらしていない。のっし、のっしと大股に歩いて「ほれ、どけ！」などと言いながら、社務所の座敷から素足のままたくさんの参詣客のいる境内に飛び降りた。

「為さん、なにするんだ！」

幾人かが止めようとはしたが、「うるさい！」と睨みつける祖父の目に手は出せなかった。

外に出た祖父は、その炯々たる眼で周りを見回した。境内には幾軒もの出店が出ていた。ごった返す参詣人の中にも、このできごとに気づく者もいた。祖父の異様さに周りの人達は「怖い」と言って遠退いた。祖父はそんな人達の中で、誰とはなく怒鳴り続けていた。

「このやくざ野郎！　てめえら人形どもをぶっ殺してやる」

そう言いながら、社務所の脇に立て掛けたままになっていた、四、五メートルの梯子のところへ行った。その梯子を倒し、片方の端を右手で鷲掴みにすると、ずるずる引きずって境内の中央に来た。その間じゅうも、

「この人形ども！　やくざ野郎！　てめえらなんか生きていたってしょうがねえ。ぶっ殺してやる！　いいか！」

などと言いながら、両手で梯子の片端をしっかりと握った。

「ようし！　人形ども見てろよ！　これにぶつかって死んでしまえ！」

そう言うと、祖父はその梯子を振り回しはじめた。

自分はそっくり返るようになりながら両腕を伸ばし、自分を円の中心に据えてぐるぐる回り出したのである。

真人が神社に着いたのはその時であった。

何事が起こっているのか、真人はとっさにはわからなかった。

「ワーッ」と言って、群衆は祖父から遠退いた。そこの空間には、梯子を振り回している祖父だけが残っていた。

なんということだ。祖父が狂ってしまった。酔っぱらって日本刀を振り回したことのある祖父だ。こんなことをしても不思議ではないと言えばそれまでだが、真人にとってみれば血のつながっ

た祖父である。真人の祖父であることは、真人を知っている者なら誰でも知っている。

神楽殿前の舞台の幕の中で立ち回りの稽古をしていたのであろうか。役者達もこの騒ぎに気づいて幕の端から七、八人が首を出してこちらを見ていた。真人の家に来た男役者や女役者の顔も見えた。

祖父は三、四回ぶるんぶるんと梯子を振り回したが、力尽きたというより目が回ったのであろう。梯子の先をずずずっと地面で擦ったかと思うと、梯子を両手で握ったまま横倒しに倒れた。着物の裾が大きく割れ、白い褌が丸見えになった。もし、祖父がぐるぐる回りながら梯子を放したなら、死人が出たかどうかは別にして、怪我人も四、五人ではすまなかっただろう。

祖父は目の回りに耐えられなかったのか、大の字にひっくり返った。太股が露になり、その奥の褌の脇からは睾丸の端がころがり出していた。

「こら！　やくざ野郎！　蛆虫ども！　人の形をした人形ども！　俺ほど偉い者がいるもんか！」

相も変わらず、ひっくり返ったまま怒鳴っていた。

真人は愕然とした。祖父のこのあられもない姿をこれ以上見ていることはできなかった。とにかく、この場から姿を消したかった。周りの人達がみんな真人の方を見ているような気がした。

真人がくるりと向きを変えてその場から立ち去ろうとした時、目の前に道子がいた。真人は気がつかなかったが、真人の後を離れてついてきた道子は、いつの間にか真人のすぐ後ろで祖父の醜態をずっと見ていたのだ。

「真人さん、あの酔っぱらい、どこの人なの？　真人さんの知っている人？」

真人は答えようがなかった。「俺のおじいさんだよ」なんて死んでも言える言葉ではなかった。どうせすぐわかってしまうことではあったが……。

真人は黙って道子のそばを通り抜けると駆け出していた。

真人の顔は蒼白であった。真人は石段を駆け下りると家への細道を走った。

道の両側にはあちこちに彼岸花が叢を作って咲いていた。それは、大きな真っ赤な口を開けて真人を嘲笑っているようでもあった。

「馬鹿じじい、馬鹿じじい」

真人は今日の祭りの日に初めて下ろしたズック靴で、彼岸花を片っ端からめちゃくちゃに踏み潰していった。

お稲荷さんの鈴

真夏の太陽はギラギラと輝いていた。空はどこまでも青く、燃える太陽を囲んでいた。

子ども達のはしゃぐ声、そして水しぶきが跳ね上がる時のバシャン、ドボンという音は山間に木霊《こだま》し、周りの木の葉を震わしているかに思われた。

ほとんど毎日、そう、雨でも降らない限り、ここは子ども達の遊び場であった。旱魃《かんばつ》の時に下の田んぼに水を引くために作られた沼である。

そこは上の沼、下の沼と二つの大きな沼から成っていた。上の沼は周りが松や杉、水ナラやクヌギなどの木々に囲まれ、水はどんよりと動かず、水藻はびっしりと水面を覆っていて、とても水遊びをする気になるものではなかった。もう何十年も水を払ったことがないからである。

下の沼は、北側こそ大きな松がその枝を沼の上まで張り出していたが、南側の堤の上はちょっと広い草原になっていて、それは谷《や》っ田ではあったが田んぼにつながっていた。

田んぼの両脇の山は低く、太陽の光は余すところなく沼の水面を照らすことができた。

上と下の沼の境は高い堤で仕切られ、その堤の真ん中に水を通す穴があったが、それはいつも陂棒《ひぼ》という大きな杭で止められていた。下の沼も同様に大きな杭で作られた陂棒はあった。

旱魃の年はこの陂棒が抜かれ、その下の田んぼに水を入れるわけだが、その時は子どもだけでなく、大人達にとっても楽しみの日であった。

それは魚がたくさん捕れるからである。

大きな鯉、鮒などは珍しくなく、一メートル以上もある鯉や五十センチもの鯰《なまず》なども捕れることもあった。泥鰌《どじょう》などバケツに何杯も捕れた。

下の沼は何年かに一度はこのように陂棒が抜かれたが、上の沼は余程でない限りそのままであった。だからもう何十年も変わらぬ状態で置かれたのであるから、水藻も自由自在に生え放題ということである。それ故に、底にはどんな化物がいるかわかったものではない。

噂として、どこどこの誰かさんは二メートル以上もある鰻が沼の水面に上がってきたのを見たとか、どこのおじいさんは河童が水面に顔を出したのを見たとか、まことしやかに言われているのである。

言うまでもなく上の沼で泳いだという子どもは誰もいない。

「決して上の沼に入ってはいけない」というのが子ども達の世界の不文律であった。

その日も子ども達は下の沼で泳いでいた。

一時頃に水に入って、かれこれ三、四十分も経ったろうか。中学一年の真人は、少し疲れを感じて堤に上がった。上の沼に近い南側の堤である。その辺が一番遠浅になっていて、水に出たり入ったりする時は、なんとなくその辺が使われていた。

もちろん、泳ぎのうまい上級生などは急に深くなるもっと東の方、つまり陂棒に近い方の堤から上がったり、飛び込んだりしている者も珍しいわけではなかったが……。

真人がぼたぼた水滴を垂らしながら上がった時には、すでに同級生の利治も少し前に上がって、びっしょり濡れた背中を腹這いになって干していた。いわゆる甲羅干しである。

「底の方の水は冷てえなあ」

真人はひとりごとのように言った。

その時であった。真人の後ろの方で「なあんだ。浅いじゃねえか」などと言いながら、浅瀬を歩いていた小学校三年の忠夫が
「うわあ……、たす……。ぶくぶく……、くる……」

などと言いながら水の中でもがきはじめた。

堤に上がっていた真人と利治はもちろんのこと、まだ泳いでいる同級生の伸行や和正、それに二級上の正一や富雄も忠夫の方を見た。

すぐそばには誰もいなかったが、五メートルほど離れて伸行と正一、十メートルほど離れて富雄と同級生の和正がいた。

「なにふざけてるんだよう。溺れる真似がうまいんだから……、だまそうったって駄目だからな」

伸行が言った。と、十メートルほど離れたところにいた富雄が、

「バカヤロー、それはほんとに溺れてるんだ。早く助けろ！」

と言うと、同時に抜き手を切って忠夫をめがけて泳ぎ出した。

速い、実に速い。五メートルほどのところにいた伸行があわてて忠夫の方に向かって泳ぎ出し、溺れている忠夫のそばに着いた時には富雄も着いた。その時、忠夫はブクブクと沈むところであっ

た。

中学三年の富雄は、自分の腹ほどしかない忠夫の脇の下を水中で探ると、右手でぐいと抱き上げた。その辺りは富雄にとっては臍《へそ》が見え隠れするくらいの水深なので、楽々と忠夫を抱きあげると「だいじょうぶか」と言って背中をポンポンと二、三回たたいた。と、忠夫は富雄の腕にしがみつきながら、「ゲー」とも「ゴー」ともつかない音を喉の奥から絞り出すようにしながら苦しそうにもがいた。

「これなら大丈夫だ。よかったなあ、今少しで危ないところだったよ。まったく周りのもんは気をつけなくちゃ困るよ。あの辺は急に深くなるんだから」

富雄はそう言いながら、忠夫をしっかり抱いてゆっくりと堤に向かって歩いた。

忠夫は気管に入った水がまだつかえているのだろう、苦しそうに口をとんがらかせて舌を巻き、その先を少し外に出しながらむせ返っていた。

堤に上がってきた富雄は、忠夫を柔らかいツメクサの上に静かに寝かせた。忠夫はぶるぶる震えながら何度も咳き込み、げーげーと今にも吐きそうになったが、少し粘液のようなものを出しただけで、いわゆる吐きものはしなかった。目はまっ赤であった。

その時だあった。正一の声がしたのは。

「あれっ、なんだんべ、こりゃあ」

水の上にぷかぷか浮いている五センチほどの長細いバナナ風のものが、呆気にとられたように背の立つところにつっ立っていた正一の目に止まった。

　正一はそれを両手で静かに掬い上げた。なにか変な予感がした。そっと鼻に近つけてみた。当たった。変な予感はピタリと一致した。

「うわあ、うんこだ」

　正一はあわてて放っぽり出した。

「なにっ、うんこ……、そんなところになんでうんこが……」

　誰かが言った。

「おらあ知るもんか。とにかくあったんだ」

　正一は逃げるように堤に向かって泳ぎだした。

　忠夫を介抱していた富雄が言った。

「そう言えば……、少し臭えなあ……。うっ……忠坊《たあぼう》おめえやったな」

　富雄は四つん這いになって、寝ている忠夫の尻に鼻を近づけたが、急に顔をしかめてさっと手を土から離し、右手で鼻をつまむ真似をし、左手で顔の前を軽く扇ぎながら言った。忠夫はパンツも穿いてはいなかった。

　咳き込み、苦しがっていた忠夫も大分落ち着いてきていた。はじめから意識はあったし、その意味では危機一髪だったとは言え、そう心配する状態ではなかった。

　さっきから中心になって介抱していたのは富雄であったが、みんな心配して周りに集まり忠夫を見ていた。そう言えば、確かにほんのりではあるが、あの独特な臭いがしているのに気づいた。

真人が言った。

「する。する。確かにうんこの臭いがする。……忠坊、ほんとにおめえ出ちゃったのか」

忠夫は横を向いてまた咳き込んだ。

「まあ、いいじゃねえか。よかった、よかった。これでおめえ、忠坊が溺れ死んで見ろ。とんでもねえことだったで」

さっき、うんこをつかんで慌てて堤に上がってきた正一が、さすがに最上級生らしいことを言った。みんなそれには黙って頷いた。続けて正一が言った。

「よし。それじゃあな。忠坊が少し落ち着いたら俺と富やんで送っていくよ。あとでどうこう言われるのはいやだし……。俺と富やんが一番でかいんだからしょうがねえや……。そうすべえ、富やん」

「うん、わかった。一緒に行くよ」

少し経って富雄と正一は忠夫をつれて帰った。

あとにはいつもの同級生の四人が残った。

太陽がどこまでも青い空の真ん中より、少し西に傾いたあたりにギラギラ輝いていた。

今まで感じなかったが、水分をすっかり蒸発させてしまった肌は、直射日光の中で焼けるように熱かった。

「あっちいなあ、おい、日陰に行くべえ……。うんこがあっちゃあ、泳ぐ気にもなんねえがな」

いつも新しいことを言い出す伸行が言った。あまりにも当然のことである。

四人はその辺に脱ぎ捨ててあるシャツや半ズボンをつかむと、日陰に向かって歩き出した。

日陰……、その場所は決まっていた。

上の沼と下の沼の間の高い堤の上である。

そこは上の沼の周りに生えている大きな松の木の枝が、堤の上まで乗り出していて、堤の上の平な部分……、上の沼と下の沼の間は五メートルくらいあろうか。そしてその堤の長さは三十メートルくらいだろうか。その半分ほどを日陰にしていた。

堤の上は芝草がびっしり生えていた。パンツだけで尻をつけるとチクチクして痛かった。だからみんな尻の下にズボンやシャツを敷き、その上に尻をおろした。

あぐらをかく者もいれば、立て膝いなる奴もいたし、じょうずにズボンやシャツを長く敷いて、その上にごろんと横になる奴もいた。

真人は立て膝になって、膝頭の上に肘をつき両手で顎を支えていた。そして顎をがくがくさせながら言った。

「だけどよう。本当によかったなあ。忠坊が死なねえでよう」

するとと利治が、

「人間は苦しい時には苦しぐそをひるってえけんど、ほんとなんだなあ。おらあ、聞いたことがあるで……。首吊りをした人は、よくうんこやしょんべんを漏らしているんだと……。きっと、忠坊も苦しかったんだべなあ」

と変なことを言い出した。

真人はそんな話は初耳であった。伸行も和正も「ふうん」と言っただけだった。

「でも、きったねえなあ、明日から泳ぐんが、やんなっちゃったなあ」

と和正が言った。続いてすぐ利治が言った。

「世話あねえさ。魚が喰っちまうから」

「あっ、そうかあ」

和正も安心したように言った。

少し間を置いて、寝転がっていた伸行がガバッと起き上がった。

こういう時には、必ずなにか新しい提案があるのだ。

そう言えば、さっきから伸行は寝転んでじっと上を見つめていて、なにか考え込んでいるようであった。

さっき溺れかけた忠夫のことを考えているかに見えたが、そうではなかったのだ。

「おい、みんな、俺にいい考えがあるんだ。金儲けの話だ」

三人はきょとんとした。伸行はまわりをぐるっと見回すと、

「まあ、こっちに寄ってくれ。内緒の話だから」

「なんだよう、金儲けの話って」

三人は小さいくせに大きくあぐらをかいて座った伸行の前に、這って行くような恰好で近いづていった。

「こりぁ内緒だで……。絶対に誰にも言わねえと約束しなくちゃあ言えねえなあ……。みんな約束できるか」

声を一段と落して、一人ひとりの顔を覗き込むようにしながら伸行が言った。

こういう時、「おらあ聞きたくねえ、帰る」などと言う奴はいない。

「うん、わかった。絶対に言わねえ」ということになる。

伸行はまた、首を上げて周りをぐるっと見回してから、亀が首をひっこめるようにしてしゃべり出した。声はやっと三人に聞こえるようなささやき声であった。

「こないだなあ。俺んちに屑屋が来たんだ。父ちゃんが物置から古い銅の火鉢を出してきて売ったんだ。それもそんなにでっかくはねえ……、こんなもんかな」

伸行は両手を広げ、五本の指をばらばらにして適当に曲げ、普通のかぼちゃよりちょっと小さめな形を作った。

「それでなによう。だってもう売っちゃったんだんべ」

利治がじれったそうに言った。

「火鉢は売っちゃったさ……。ほれ、俺んちの近くのお稲荷さんによう、鈴があるだんべ。あの鈴は銅だで。それに俺んちで売った火鉢と比べちゃあ、倍ぐれえあるで……。五百円はするんでねえかなあ」

驚いた。真人にもここまでくれば察しがつく。

あのお稲荷さんの鈴を盗んで売ろうというのだ。

三人ともかたずを飲んだ。

「だけんどよう、ばれたらどうするんよう。泥棒になっちゃうで」

と真人が言った。

「真《ま》っさんは声がでけえよ」

仲行は両手で抑えるような格好をしながら、また首をのばして周りを見た。

「ばれやしねえよ」

仲行は声を落とし、強く頷くように首を下に振ってから言い続けた。

「だから夕方やるんよう。だいたい、夕方なんか、あんなお稲荷さんのところへ行く奴はいねえ。俺んちの梯子を持っていけばすぐとれる。道を行ったんじゃあ、誰かに会うとうまくねえから、ほれ、お稲荷さんを降りてきたら道を横切って川に入っちゃうんよ。今は水なんかほとんど流れてねえから平気で歩けるよ。そうすりゃ、墓場の入口のところへ出るだんべ。後はみんなわかるだんべがな。山道づたいで、今いるここに出る。なっ、そうだんべ、ここからはみんな知らねえ人ばっかりのところを通って町中へ行けるさ。そして屑屋に行きゃいいんだ」

この大胆な恐ろしい計画に、三人はなんとも言えなかった。

真人は聞かなければよかったと思った。

しかし、ここで「俺はいやだ」と言って抜けるわけにはいかないことは、今までの四人の関係からすればわかり過ぎるほどであった。

「だけんど、ほんとうに大丈夫かなあ」

利治も心配そうに言った。

「おもしろそうじゃねえか。やってんべえよ」

気は弱いくせにいつも伸行べったりの和正が、まず賛成の意を表わした。

「なっ、いいなっ」

伸行は真人と利治の顔を交互に見ながら、その目には「反対は許さないぞ」という強い光があった。

「うん」

「うん」

真人も利治も内心気はすすまなかったが、頷かざるを得なかった。

五時かっきりに、お稲荷さんの石段の下に集合ということになった。

さっきの忠夫の溺れがあり、苦し糞を見てしまってからは、これから先、沼の中に入る気になれなかった。

時間はかれこれ三時。いやすでに三時半は過ぎているかもしれない。三人はそれなりの服装替えもあったし、家へ帰ることにした。

真人はなにか大きな鉛玉が胸の中に入り込んだような、重苦しい気持ちをどうすることもできなかった。

真人は家に帰った。家には誰もいなかった。

みんな田んぼで草取りか、畑仕事をしているのだろう。

真人はランニングシャツを半袖シャツに着替えた。ズボンはこの半ズボンでいいやと思った。履物は水浴びに行った時は下駄だったが、ズック靴を履いた。そして家の人に見つからないうちにと四時三十分には家を出た。十分足らずで約束の場所に着いた。そこにはまだ誰も来てはいなかった。

真人は一人でそこにじっとしていられなかった。なにか大きな不安にさいなまれていたのだ。

真人はもちろんその鈴を何度も見たことはあるが、みんなが来る前に見てみようと思った。

真人は石段を登りはじめた。石段は幅五十センチほどの狭いもので百段くらいあった。

でも、真人の足で五分とはかからなかった。しかし、最上段、つまり大きな鳥居のあるところに着いた時、心臓はドキドキし、体は汗びっしょりになっていた。

大きな赤い鳥居の奥には、大人の背丈ぐらいの小さな赤い鳥居が、二十本ほど奥の祠に向かっ

てぎっしりと立ち並んでいた。その立ち並んでいる鳥居の左右はそれほど広くはなく、右側が二十坪、左側はその倍ほどもあるそんな庭があった。

庭の周りには大きな樫の木が数本あって、うっそうとしていた。樫の木だけではない。枝をくねらせた大きな松の木や太い杉の木もあった。だからその辺りは、昼なお暗いといった状態であった。

石段を登ってすぐの大きな赤鳥居の左側には、ひときわ大きい樫の木があった。

子どもだと、三人で両手を広げてつないでも囲いきれないほどの大きさであった。根本は腐食し、大きな洞穴のようになっていた。まだ小学生だった小さい頃、祭の日にはここへ来て、その洞穴に二、三人で入り込んで遊んだものだ。

真人はゆっくりと何本も並んでいる赤鳥居をくぐって、祠に近づいた。

祠の前にはどこの神社や寺にもあるような、浄財と書いてある大きな賽銭箱が置いてあった。その賽銭箱の上すれすれの位置に、赤と白の布で綯《な》った太い縄の結び玉のついた縄がぶら下がっていた。それは鈴を叩くための縄で、鈴のところにはまた大きなたんこぶ状の結び目がついていた。

真人は無意識にその縄を持ち、大きくひと振りして鈴を鳴らしてみた。鈴のところのたんこぶが鈴にあたり、ジャラン、ジャランと鈍い音を立てた。

その時であった。祠の奥の方でコトリッと音がした。真人はギクリとしてその音の方を見た。百、いや二百はあるか、どこのお稲荷さんにもある、狐の焼き物の一つが倒れたのだ。それも、その中で一番大きなものと思われるものだった。そのうえ、倒れる時にぶつかった他の狐もぐらぐら揺れていた。

真人はしみじみと一つ一つの狐を見た。

今まで真人は、みんな同じものだろうと勝手に考えていたが、よく見るとそれぞれみんな異なった顔や形をしていた。大きくまっ赤な口を開け、その口が耳元まで裂けていて、目がつり上がり見るからに恐ろしいのもあれば、笑っているのではないかと思われるようなやさしい目をしているのもあった。また、しっぽが太く丸く高くぴんと張っているのもあれば、くにゃりと曲がっているのもある。口を結んですましたような顔をしている狐、片方の手を招き猫のようにしているのもあった。

あの倒れたひときわ大きい狐はその大きな耳をピンと張り、と言っても左の耳はどうしたのか欠けていたが、目はかっと見開かれつり上がっていた。口は大きく開けられ、耳元まで裂けていて、今にも「ウーッ」とうなり出すのではないかとさえ思えた。

何百という狐が薄暗い中で一斉に真人をにらみつけていた。

ブルルッと身震いをした。二歩、三歩後退りをして、くるっと向きを変えると、あの百段もある石段をタッタッタッタッタッと駆け降りていた。


真人が下に着くと、約束の場所にはすでに三人が来ていた。上から下りて来る真人を見て伸行が言った。

「なんだ、真っさんは来てたんか。なにしに行ったんだよ」

「なんでもねえ。ただ早く来たから登って見ただけだよ」

「そうか。だけんど真っさんよ、顔色がよくねえで。どうかしたん」

「いや、別に……、だけんどよう。もし、めっかったらどうするんよう。ただじゃすまねえで……。よした方がいいじゃねえかなあ」

真人は本当にそう思った。

ただ、泥棒してはよくないというよりは、あのお稲荷さんの狐の目が心にずしんときていたのだ。それになぜあの時、あの大きな片耳の狐が倒れたのだ。真人にはただの偶然には思えなかった。

「なに言ってんだよう、今になって……。真っさんの弱虫が」

伸行のあのちょっと横を向き、斜めに人を見さげすむような目つきに対して、真人はこれ以上なにも言えなかった。

「よしっ、来いっ」

伸行は声を低めてそう言いながら、右手の親指を立ててピッと振った。もうだめだ。真人はそう思った。

石段の下の細い道の両脇は桑畑であった。今、ちょうど桑が伸びたところで、人に見られないためにはうってつけであった。今少したつと秋蚕がはじまり、桑の枝はみんな切られてすっかり見通しがよくなってしまう。その桑畑と山際を五十メートルほど行くと伸行の家である。しかも山際に最も近いところに物置であり、梯子はその物置の外に立てかけてあるのだ。

立秋を過ぎたとは言え、八月の太陽はまだ西の山陰に沈まずにあった。あたりはむんむんする草いきれが充満し、むっと鼻をついた。

四人はその中を音を立てないように、長い梯子をかかえて注意深くお稲荷さんに向かった。そして長い石段を汗をかき、黙々と登った。

赤い大鳥居に着いた。立ち並んでいる赤鳥居をくぐり、祠のところに来た。

「よしっ、俺が登るからしっかり梯子を持ってろよ」

押し殺したような声で伸行が言った。

梯子を鈴の下がっているところの梁にかけると、真人、利治、和正の三人がしっかりと支え役になり、伸行がするすると登った。

伸行の手には大きなナイフが握られていた。鈴を吊るしている丈夫な麻紐を切るためだ。準備万端である。

ジャラン……。

音がした。

「よしっ、とれた。降りるぞ」

伸行は大きな鈴を左腕にかかえると、右手だけでじょうずに梯子を降りてきた。

その間、真人は何百とある祠の中の狐が、じっとこっちを見ているような気がして仕方がなかった。恐ろしくて狐の方を見られなかった。心なしかあの倒れた狐が立っているような気がしてならなかった。

蝉しぐれがひときわ大きく辺りをつつんだ。

梯子をもとに返し、桑畑の中を通って誰もいないのを見定めてから道を横切り、川に入った。川といっても幅二メートルほどの小さなものであり、この日照り続きで水はチョロチョロであった。両側には篠が生い茂り、外からは見えないようになっていた。そのまま六、七十メートル下ると、墓場の脇を通って山道に入り、あの毎日水遊びを楽しんでいる沼のところに出る。あとはもう大河村という別世界であり、知っている人はいない。もちろん親戚などがないわけではないが、そんなことは心配することはない。

鈴は伸行が用意しておいた大きな風呂敷に包み、みんなで代るがわる持ってなるべく人に見られないようにと、鈴の周囲を取り囲むようにして歩いた。
三、四十分歩くと目的地に着いた。小川町唯一の屑屋である。
真人はこんなところに屑屋があるとは知らなかった。こういう点でも伸行のはしっこさ(賢さ)には舌を巻いた。そこは町唯一の劇場であり、映画館の人生座の前の細い道を入ってすぐのところにあった。しかし、人生座の前を通っている道から屑屋は全然見えなかった。だから人生座には何度か来たことはあっても、屑屋がここにあるなどということは聞かなければわからない。

人生座の前に来た時、伸行が言った。

「四人で行くのもおかしいから二人で行こう……。真っさん、おめえ俺と行ってくんねえか。話は俺がするからよう。真っさんはそばにいてくれせえすりゃあいいから」

真人は渋い顔にならざるを得なかった。

屑屋に顔を見られるのは真っ平ご免というところだが、伸行にそう言われるといやだとは言えない。でもひとこと言った。

「俺がか、誰か他の人はどうか。なあ、誰か代わってくんねえか。俺はどうも……」

「真っさんは、俺の言うことがきけねえんかよう。俺がたのんでるんだで……」

これで終わりである。

利治と和正を人生座の前に待たせて、伸行と真人は細い道を入って行った。

五十メートルも行くと、右側に鉄屑の山があった。古い自転車、リヤカー、使い古しのバラ線や針金……。とにかく、よくこんなに集まるものだと思われるほどの鉄屑の山であった。

その脇を通り、奥の方に見える事務所らしきところに向かって二人は歩いた。

伸行は鈴の入った風呂敷包みをしっかりと胸に抱えていた。

真人の心臓はドキドキ鳴っていた。そして伸行は本当に平気なのだろうかと不思議に思った。

ガラス障子を開けて中に入った。

粗末な六畳ほどの事務所らしきところには、隅の方に机が一つ置いてあり、部屋の真ん中の低いちゃぶだいのような机の周りに、小さな椅子が四つほど置いてあるだけで、その上に暗い裸電球が一つ灯っていた。

伸行は深呼吸をし、「よしっ」とつぶやいたかと思うと、

「こんにちは！」

と大きな声で言った。

返事がない。

「おい、真っさんも言えよ。一緒に言おう。いいか、一、二、三！」

「こんにちは！」

人の気配がした。

やがて銀縁眼鏡をかけ、額が禿げ上がった五十くらいのおじさんが、薄汚い丸首シャツに半ズボン姿で出てきた。そして二人を見てうさんくさそうに「なんだね」と言った。

伸行はおずおずと、しかし、人を説得するような言い方で、

「あのう……、家の人に頼まれて来ました。家の物置に昔からこんなものがあったんですが、父がちょっと金が必要になったんで屑屋さんに売って来いと……。それで来たんですが……」

と言いながら、部屋の真ん中の低い机の上に風呂敷包みを広げた。その拍子に机の上で鈴がジャランと鳴った。

おやじさんは、銀縁眼鏡越しに二人を交互に見ながら、

「おめえさん達は、どこのもんかね」

真人はギクリとした。身元がばれてしまうのではないか。伸行はなんと言うだろうかと思っていると、

「大河の腰越です」

と平気で嘘をついた。

おやじさんはそれを信じたのか信じなかったのか「ふうん」と言いながら、銅製の鈴を手にとって見ていたが、

「まあ、二百円だな。それでよきゃあもらっとくよ」

と言った。

仲行はもっと小さい銅の火鉢が四百円で売れたと言った。真人はそれなら二百円は安いと思った。

仲行はなにか言おうとして口をもぐもぐさせたが、

「いいです。お願いします」

奥へ入ったおやじさんは百円紙幣を二枚持ってきて、

「はいよ」

と無造作に突き出した。

真人の脳裏に、あのコトリと倒れた狐の顔が浮いてきた。心臓がどきどきしはじめるのを止めることができなかった。

四人は帰りにそれぞれ百円紙幣で十円ずつアメ玉を買い、十円紙幣と五円紙幣にくずし、一人四十五円ずつ分けた。

アメ玉は一つ五十銭、だから一人十個ずつ分けられた。

仲行は大きなアメ玉を頬張りながら道々何度も口惜しそうに
「あのじじい、こっちが子どもだと思ってひでえや。ありゃあ、五百円の価値だってあったのに」

真人はそんなことより、あのお稲荷さんの狐の目が頭に浮かんできて仕方がなかった。まだ夜のとばりが下りるには間があったが、太陽の影はすでになく辺りには蜩《ひぐらし》の声が響きわたっていた。

真人が家に着いた時には、すでに一番星、二番星が薄明かりの空に光りはじめていた。

「ただいま」

真人は小さい声で言った。

夕飯の支度をしていた母が、

「なんだ、真人か。ばかに遅いでねえか。どこへ行ってたんだ」

と聞いた。

「みんなで八幡様の方へ遊びに行ってたんだ」

「八幡様？　なんでそんな遠くに」

「なんちゅうこたあねえよ。ただ行ってんべえっちゅうことよ」

母は不思議に思ったかどうかわからなかったが、それきり無理にただそうとはしなかった。

八幡様とは今日、町へ行った途中にある大きな神社のことである。八幡様の裏には祭りの時に、あちこちの農家から連れ出した馬で競争する競馬場などもあった。

神社の境内は広く、大きな杉木立に囲まれていた。そこは鉄棒などの設備もあり、子ども達の遊び場であったが、普段の真人達が行って遊ぶところではなかった。

その日の夕飯も、いつものようにひもかわ（煮込みうどん）であった。

真人はただ、ひもかわを腹の中に流し込んだという感じであった。

今日のでき事、というよりやってしまったことは、果たしてこれですむのか。それにもまして、あのお稲荷さんの狐達は、真人達のやったことを許してくれるのか。罰は当たらないのか。

「おめえ、どうかしてねえか。変だで」

母が夕飯の時に言った。

「なんでもねえ」

真人はそう言って知らん顔をした。そっぽを向く素振りをして、お膳を決まっている場所に片づけると、風呂に入って寝た。


どこだかわからない。真人は歩いていた。と、急に辺りが薄暗くなった。

「あっ、どうしたんだろう。早く家に帰らなくちゃ」

と思うのだが、どっちへ行けば自分の家なのかわからない。後方でざわめきを感じて振り返った。あっ、真人は肝を潰した。あの狐が、それもあの片耳の狐が、大きな犬ほどになってまっ赤な大きな口を開き、らんらんと輝く吊り上がった目をカッと開いて、今にも真人に飛びかかろうとしているではないか。

それだけではない。その後ろには何百という狐が同じように目を光らせ、口を開いているではないか。

「うわあ、助けて」

そう叫んで逃げようとするのだが足が動かない。あっ、つかまる、つかまる、食われてしまう……。

目が覚めた。

体は汗でびっしょりになり、心臓は高鳴っている。

なんだ、夢だったのか……。

しかし、あれは確かにお稲荷さんの狐だった。しかも片耳の狐だった。怖い……、どうしよう。

……。　ボーン、ボーン、ボーンと柱時計が三つ鳴った。

真人はそれっきり眠れなかった。

次日の朝、朝飯のあと、真人は勝手で後片づけをしている母に、思い切って打ち明ける勇気を起こした。

「あのねえ……、かあちゃん……。ちょっと話してえことがあるんだけんど……」

「なんだよ。改まって」

母は手を休めずに後ろも向かずに言った。

「俺らあはねえ。昨日、お稲荷さんの鈴を盗んで売っちゃった」

母は後ろを振り向いた。

「なにっ、もう一度言ってみろ……。お稲荷さんの鈴を盗んだと?」

母の目は大きく見開かれていた。頬の筋肉がピリピリ動いているようにも見えた。

「詳しく話してみろ、どうも昨日からおかしいとは思ってたが……」

母は真人を上がり端に腰掛けさせ、自分も真人のそばに腰掛けた。

真人は昨日のことを、とつおいつ、偽りなく母に話した。そして、話しているうちに次第に気が休まる思いがしてくるのだった。

母は真人の話を黙って聞いていた。そしてじっと真人の顔を見た。母のその目には涙が浮かんでいた。真人もすでにしゃくり上げて泣いていた。

母はしばらく考え込んで黙っていたが、やがて静かに言った。

「真人。とんでもねえことをしたもんだ。そりゃあおめえ、お稲荷さんが黙っちゃいねえ。どうも、ゆんべ（昨夜）おかしいと思ったんだ。真人の寝床の方からな、コーンという狐の泣き声が聞こえたんだ。そしたら、真人がかんべん、かんべんって言うんだ。かあちゃんはな、なにを寝言をと思ってそのままにしておいたが、そうか、お稲荷さんが来てたんか」

〝そうだったのか。ゆうべはそんなことがあったのか。かあちゃんに言ってよかった〟

真人は泣きじゃくりながらそう思った。

「おめえがいつまでも黙っていりゃあ、食い殺されちゃったかもしれねえぞ……。真人べえじゃねえ、他の三人にもきっとなにかあったはずだ。これからかあちゃんが他の三人の家へ行って様子を聞いてくるからな。真人、おめえは絶対に外へ出ちゃあいけねえよ。家ん中にいるんだぞ。かあちゃんが帰ってくるまでな」

母はそう言うと、少し身繕いをしただけでそそくさと出かけて行った。

そして二時間後に母が帰ってきた。

「真人、やっぱりかあちゃんが思ったとおりだ。伸ちゃんなんかはゆうべ、夜中にコーンと言って飛び起きて、部屋中をコーン、コーンと言いながら跳ね回ったちゅうことだ。そうしてその後、怖いよう、怖いようと言ってぶるぶる震えていたっちゅうことだよ。他の二人も同じようなことがあってなあ。だからこれから四人で、午後にでもお稲荷さんに謝りに行かなくちゃあなんねえってことよ。二時に石段の下に集まるべえということに決めてきたからな。みんなお稲荷さんの好きな油揚げをうんと買ってな。一生懸命謝るんだ。そうすりゃあ、お稲荷さんだって許してくれるさ」

「ほんとうに大丈夫かな」

「心から謝って、もう絶対にこんなことはしない。悪いことはしないって誓えば、お稲荷さんも許してくれるよ」

真人は母の言うことを信じた。母の言いつけで豆腐屋へ行き、油揚げを十円分買ってきた。一枚一円、計十枚である。普段、油揚げは真人達の口にそんなに入るものではなかった。

午後二時、石段の下に親子八人が集まった。

みんなそれぞれ「ひげ」にくるんだ油揚げを持っていた。みんな顔を合わせても誰も口をきかなかった。

「じゃあ、みんな行くべえ。よーく拝むんだよ。そうしなけりゃ、お稲荷さんは許してはくんねえかんな」

真人の母が四人を睨みつけるようにして言った。

親子八人がぞろぞろと石段を登りはじめた。どういうわけか、こういう時には伸行は一番後ろであった。

赤い鳥居を何本もくぐり、祠の前に出た。

「あれっ、鈴がついている」

昨日、屑屋へ売りとばした鈴がついているではないか。四人の口から自然に出た言葉であった。

「そうさ、お稲荷さんが取り返して来たんさ」

伸行の母が言った。

四人の母親達は、子ども達にそれぞれ油揚げを上げさせた。そして何度も何度も拝ませた。

真人が何百というお稲荷さんの狐を見た時、昨日倒れたあの一番大きな片耳の狐は、きちんと座っていてじっと見つめていた。その目はらんらんと輝く恐ろしい目ではなく、心なしか、よし、よしと言っているような理解ある目に思えた。まっ赤に開けた大きな口もユーモアさえ感じさせるように思えた。

「じゃあ、かあちゃん達はこれで帰るから、みんなはもう少しよく拝んできなよ。悪いことは二度としねえと、よく拝むんだぞ」

利治の母がきつい調子で言った。

真人達も母親達と一緒に帰りたいわけではない。母親達が帰った後は、一層はげしい蝉しぐれが静かな辺りの空気を震わせていた。

真人は他の三人がゆうべどんな風だったのか、気になったので聞いてみた。

伸行は今朝、母が聞いてきたとおりだった。伸行は別に自分では夢を見たわけではないし、何も覚えてはいないが、今日の十時頃、母親に言われたのだと言う。

「おまえはゆうべ、夜中にコーンと言って飛び起き、部屋中をコーン、コーンと言いながら跳ね回って、その後、ぶるぶる震えて怖いよう、怖いようと言ったが、何かあったんじゃねえか」と。

伸行はそれを聞いて恐ろしくなって一部始終を話したんだという。

他の二人も似たりよったりであった。利治も夢を見たと言った。とにかく真人以外はみんな母親から言われたのだと言う。

もちろん、四人とも売上げ金は母親達に差し出した。食べてしまったアメ玉代だけはどうしようもなかったが……。

線路

線路は暗かった。

空は満天であったが、二本の鉄線をぼんやりと白く浮き立たせるのが精一杯の明るさであった。

真人は下駄履であった。時々、少し大きい石の上に乗ると、ぐらっとして体が不安定になった。

しかし、俗に言う石車に乗るような大きな石は、線路にはなかった。

「真人のバカヤロー。学級委員だと思ってでけえ顔《つら》をするなよ。てめえなんぞやっちゃうのは、わけえねえんだから」

子分二番手の伸行が小さい体のくせをして、ドスを利かせたつもりの言い方で言った。

「ここでやっちゃうかあ」

一人だけになれば気は弱いが、形《なり》だけはひょろひょろででっかい和正が続けて言う。

「これからも、俺らあとつきあうってえんだら話は別だがな」

親分株の千一がとどめを刺すように言った。

真人の胸は高鳴っていた。彼等は本当にかかってくるだろうか。四人にかかられればもちろんかないっこない。そうでなくったって、取っ組み合いの喧嘩など、ほとんどしたことのない真人である。しかし、意地だけはあった。

もし、四人がかかってきたらどうする。中でも一番弱いだろう和正だけに目標を決めて、線路にいっぱいころがっている石で思いきりなぐってやるか。後はどうされようと仕方がない。まさか殺しはすまい……。

一方では、なんでこんな線路に入ってきてしまったのか。自分でそうしたことなのに、今になってそのことを後悔していた。他の人のように大勢がぞろぞろ歩いている往還道路を行けば、なにもこんな目にあわなくてもすんだはずだ。

千一達が、真人の後ろをつけてくるのがわかった時、どういうわけか彼の父を含めて、隣近所の人達がぞろぞろ歩いている中から、道路と平行して走っている八高線の線路に、一人入ったのである。

その線路はだんだん道路と離れ、寂しい畑や田んぼの中を通るようになることは、重々知っていたのに……。家への近道ではあったが……。

これも彼の意地であった。

なぐるならなぐれ。俺は悪くない。おめえ達とは、もうつきあう気はないのだ。おめえ達などこわくはない。その証拠に、この真っ暗い晩にひとりおめえ達に囲まれてやるよ。絶対に悪くないこの俺を、悪いに決まっているおめえ達がなぐれるかよ。

そんな気がふっと彼の心を過《よ》ぎったのである。その時、彼の足はぴょんと道路と線路の間の小さな堀を跳び越していたのである。

千一達は、真人が逃げる気なのだと思ったらしい。すぐ真人の後を追って線路に飛び移ると、

「逃げようったってそうはさせねえよ」

という言葉が耳に入った。逃げる気はない。足が四人より遅いことは、当の本人が一番よく知っ

ている。

足元で時々後ろから飛んでくる石が跳ねた。左右を石が飛んでゆく。すぐ後ろにいるのだから当てる気ならわけはないはずだ。おどしである。しかし、いつ本気でぶつけてくるともわからない。


真人達は中学二年の仲間である。同学年は二組しかない小さな中学校に通っている。

戦後も四年を経ようとしている今、社会に落着きも出てきたとは言え、食べ物はまだまだ不足していた。菓子などは滅多に口に入らなかった。そんな時、千一の家は二年ほど前にはじめた寿司や菓子を入れる折り箱作りが成功し、いわゆる「新興成金」となった。そのかわり仕事は忙しく、両親は夜遅くまで仕事をすることが珍しくなかった。金だけはいくらでもあるから、やっといくらか出回りはじめたおいしい餅菓子など買って、子どもに与えていた。千一のポケットには、いつもアメ玉や駄菓子がいっぱいつまっていた。それを学校で、自分の言うことをききそうな奴を、校舎の陰などに呼んでそっとくれていた。

このアメ玉や駄菓子は、真人にとっても大きな魅力であった。

ある日、そっと千一からアメ玉をもらった時、心の中では「よくない」と思いながら、体はそのあべこべの行動をしていた。もらったアメは彼のポケットにすばやく納まっていた。

それからというもの、毎日のように彼のところへ、千一から言いつかって和正や孝、伸行達が呼びに来た。

「真《ま》っさん、校舎の東裏に来いと」

真人の耳元で、なにか意味ありげにささやく彼らの言葉を、真人はまわりの友達を気にしながら聞くと、こそこそと言われた場所へ行った。

そこには千一を取り囲むようにして四、五人の同級生が駄菓子やせんべいを食っていた。

「おお、真っさんか。まあ食えや」

千一はポケットから紙袋をひっぱり出すと、その中から三つ四つ駄菓子をつかみ、真人に差し出した。

「わりいなあ」

真人は心の中である種の屈辱を感じながら、駄菓子の口の中でとろけるようなあの甘さの魅力に負けて、なるべく千一の顔を見ないように受けとった。

彼らは、街角などにたむろしている世に言う不良青少年の真似をして、ズボンのポケットに手をつっこみ、首をすぼめ、背を丸めるような恰好をしていた。

真人は、もともと多少猫背で、いい体格をしているわけではないが、彼らのそういう態度が反《へ》吐《ど》が出るほどいやだった。

真人は学級委員であった。千一達は真人に親切であった。真人が千一達の仲間に入っていることは、彼らにとってみれば一種の安心感があったのである。

真人の口の中で、とろけるような甘さをもたらした駄菓子やアメ玉が、だんだんと苦痛の味に変わっていったのは、彼の良心と正義が目覚めていったのであろう。

中学二年も五月に入った頃、彼は一大決心をした。誰からも言われたわけではない。しかし、彼は心に誓った。

「俺は、これから絶対に千一からアメや菓子をもらわない。誰が呼びに来ようと、絶対に行かない」

「真っさん、校舎の東裏に来いって」

いつものように千一の子分の孝が呼びに来る。真人は本を読んでいる。

「うん、でも、今、この本がおもしろいところだからいいよ」

孝は口をちょっとゆがめ、睨むような流し目で真人を見ると、こそこそと後退りをするような恰好をして二、三歩彼から離れ、くるっと後ろを向いて急いで教室を出ていった。

こんなことが三度、四度あってからは、千一達の真人に対する態度が変わってきた。廊下などでばったり行き合った時、彼らは真人をぐっと睨みつけるようにした。まわりに誰もいない時などは、千一は真人に「ふざけたことをすんなよ」などと低い声で言いながら、にぎった拳を彼の横腹にあてる真似などをした。

真人は黙っていた。そういうことは無視した。しかし、いくら黙っていても、まわりの友達がそれを気づかないはずがない。

「おい、真っさんよ。なんだかこの頃、千ちゃん達におどかされているようだけど、なにかあったんかよう」

勉強のことで真人と張り合っている信次が、ある日そっと言った。真人はすまして言った。

「なあに、どうってことないよ」

しかし、真人は毎日毎日の学校生活を、なにか胸の奥に大きな鉛の玉でもあるような気持ちで送っていた。


そんな時、校庭で当時年に二、三回行なわれていたナトコ映画（占領期に日本人の啓蒙と民主化を図るために上映された映画）があった。大きな映画の幕が校庭に張られた。大きな映画の幕が校庭に張られると、それだけでも子ども達はうきうきした。

当時の娯楽と言えば、その最高峰が映画であった。しかし、農村の人達が映画を常設の映画館に見に行くなどということは、それこそほとんどなかった。

そんな時、当時のアメリカ軍は、日本の占領政策の一つとして、各地を回って映画を見せていた。今夜あたり映画を見に行けばなにかあるな、真人の頭の中ではその危惧が当然あった。行こうか、行くまいか。二つの考えがくるくると回転していた。しかし、真人の意地は、千一の前に恐れおののくことを拒否した。映画を見たいという欲求もなくはなかったが、危ないと見て、千一達の前から逃げることを彼の意地は許さなかった。

彼の近所には同級生はいなかった。二つ下の子と四つ下の子がいた。こういう催し物や祭りなどの時は、よく三人で出かけた。その日もそうであった。

映画は村全体の大きな楽しみであり、大人達も家を留守のようにして出かけた。広い校庭もいっぱいになるような盛況ぶりであった。こんな中で、もちろん千一達が真人に対してなにもできないことは当然である。

しかし、あたりは暗い。映画がはじまる頃になると、千一とその子分達が真人のまわりを、ちょろちょろしはじめた。

やっぱりそうか！

真人は予想していたこととは言え、いざこうされてみると、気持ちはよくなかった。しかも、伸行などは彼のすぐそばまで寄ってきて、

「てめえ、ふざけんじゃねえぞ」

とささやきながら、どすんと一発拳で真人の背中をこづき、去っていった。ズウンと響くような痛さが背中いっぱいに広がっていった。

そばにいた近所の下級生達もそれに気づき、

「真人ちゃん、大丈夫？」

と心配そうにそばに寄ってきた。

「ああ、大丈夫だよ。でも今夜はさあ。ほら、家の人が来てるだんべ。家の人と一緒にいてくんないか。俺はちょっと用事ができたから……」

「ほんとう？　大丈夫？　じゃ家の人のほうへ行ってるけんど」

と二人が言うと、すでにどこにいるかわかっている自分の家族のほうへとんで行った。

映画は特に真人に感動を与えるようなものではなかった。

ただ、最初のニュース『時の動き』の中での画面は、中学二年の彼に少なからぬ恐怖を抱かせた。大きくクローズアップされて写し出された事故現場——それは「松川事件」、「三鷹事件」の列車転覆の無残な姿であった。そしていち段とボリュームの上がった声で、「共産主義者のテロ‼」、「恐ろしい共産主義者はなにを企んでいるのか‼」、「社会に混乱を呼び起こし……」などという言葉が満天の空に響き渡っていた。

共産主義とはなんであるかも全然知らない中学二年の真人に「キョーサンシュギ」の言葉は、なにか恐ろしいイメージを与えたことは事実であった。それだけに、この松川事件はそれ以後の目をひきつけ、新聞にこの事件に関係した記事が載る時には、興味を持って読むようになったこともまた事実であった。

しかしその後、一審、二審と死刑判決があり、最高裁で差し戻し判決、そして仙台高裁での「無罪判決」が、十三年という長い国民的規模の裁判闘争の末に勝ちとられようとは、誰が予想したことであろうか。

映画は終わった。観衆は軽音楽を後に、ざわざわと校門に向かって帰路についた。真人も歩き出した。彼の後ろには千一、和正、孝、伸行の四人がぴったりとついている。まわりから見ればなんら不思議もない五人の仲間であった。

　千一達は混み合っていることをいいことに、いかにも押されてそうなったように見せかけながら、真人にぶつかってきた。その時に、彼の耳だけに聞こえるような声で「てめえ、俺らをバカにしてるな」、「なんで呼んでも来《き》ねえんだよ」などと言いながら横腹をつついたりした。真人は心の中でふざけるな、俺のどこが悪いんだ。確かにいっときはぺこぺこしたのは、俺の意志が弱かったからだが、いつ断わろうと俺の自由じゃねえか。と思いながら一方では、ああ、今夜来るんじゃなかった……。すぐそこに父も兄も来ている。逃げれば、奴らに手出しできっこない。少なくとも今夜はそれで終わる。弱気な気持ちが頭を持ち上げはじめるのだった。

　しかし、彼の足は決して速くも遅くもならなかった。なにはともあれ、このまま往還を歩いて行けば、なにも起こりはしない。この人ごみの中で、彼らとてなにもできはしない。

　その時であった。今歩いている往還と平行している線路に気づいた。

　彼は一人で学校から帰る時や、私用でどこかへ出かける時、線路道を歩くことが好きであった。そんなことを言うのはなんとなく恥ずかしかったので、友達に言ったことはないが、線路の土手に咲く草花が好きだった。

　早春の頃のイヌフグリの空色の花を見つけた時などは、ぞくぞくするほどの心のほてりを感じるのであった。そして少したつとスミレ、タンポポが咲く。スミレの花も様々な色の濃さがある。その微妙な色の違いを彼は楽しんだ。ぶっきらぼうに顔を出すツクシも好きであった。

今はそんな優雅な趣ある気持ちなど、まったく関係なかった。どす黒い青春の潮が大きな波となって、音を立てて彼におおいかぶさってくるのであった。

ようし、見ていろ！　線路と往還の間の小さな堀をひょいと跳び越した。


ぴゅーん、ぴゅーんと石が彼の横をかすめて飛んでいく。彼の前方で線路の鉄にぶつかって、暗闇の中で金属音を出したり、石と石とがぶつかってはじける音が、黒々とした闇の中に吸い込まれていった。

家路を急いでいる映画を見た人々のざわめきは、線路から七、八メートル離れている往還道路から聞こえてくる。あの中に父や兄もいるのだと思った。

家に行くには、あと百メートルも行くと踏切があるが、それを右に行けばいい。その細い道路は左に行くと往還道路にぶつかっている。

もうすぐ踏切だ。真人は駆け出したい衝動に駆られた。しかし、その気持ちとは反対に、ほれ見ろ！　なにもできやしねえだろう。俺はおめえ達のおどしになど負けるものか。生まれつきの意地っ張りというか負けず根性が、わざとゆっくりと足を運んだ。

「てめえ、これっからも俺らぁの言うことを聞かねえんなら、ただじゃあおかねえぞ」

和正の声である。しかし、心なしかその声には張りがなかった。親分の千一の声はもう全然聞こえてこない。

あと五十メートル。踏切はもうそこだ。千一と伸行は線路をそのまま真っすぐ行く。孝と和正は真人と同じ部落だから踏切に来れば、その道を右に行かなければならない。あと二十メートル。真人の父や兄達の一団も往還道路から右に折れ、踏切への道に入ったらしい。そのざわめきの近づき方でわかる。

踏切が夜目にも白々と見える。

来た、踏切に来た！

真人の胸は恐怖から解放された喜びに大きくふくらんだ。彼の脇を孝と和正が駆け抜けて行った。その時、孝が真人にぶつかって「てめえ、おぼえていろ」と、どすを利かしたつもりの声で言ったのだが、そのぶつかりかたも強くなく、その声も真人には敗北の声に聞こえた。二人は踏切を右に曲がると一目散に駆けて行った。彼の足も踏切にのった。

勝った！　大きく両手をあげて「バンザイ」と叫びたかった。暗闇の中、真人は満面の笑みを浮かべた。「バカヤロー」と踏切を横切りながら千一が低くうめくように言った。その声も真人には「負けたよ」と言っているように聞こえた。

後ろに父や兄達の一団のざわめきが大きく聞こえてきた。

初恋

（一）

五月の空はどこまでも澄んで大きく広がっていた。風はさわやかであった。揚げ雲雀《ひばり》の声が空のどこからか聞こえてくるのだが、探しても姿は見えなかった。真人は東上線東武竹沢の駅を降り、駅から五百メートルとは離れていない中学校へ足を向けていた。

駅とはいっても、よく電車が止まってくれると思うほど小さな駅である。駅員もたった一人、定年も間近と思われる白髪頭のおじさんがのんびりといるだけである。駅の前にはたった一軒、小さな雑貨屋があった。あまり色彩もよくないりんごやみかんが、干涸びた秋刀魚の開きの傍らに埃を被ったまま置いてあった。

朝夕の通勤時こそ一時間一本の電車に二、三十人の乗客はあるが、昼間など二、三人くらいしか乗り降りしない時も珍しくはない。だから、よくこんなところで商売が成り立つものだと真人は感心していた。真人は一度もこの店で買ったことがない。もっともそれには理由があった。

あれは中学一年か二年の時だった。どんな理由で何処へ出かけた時のことだか全然覚えてはいないが、電車の出る時刻までに少し時間があったので、なんの気もなくその店の前に立っていた。店の奥（と言っても二メートルもありはしないか）には五十がらみのおばさんが、一人で缶詰やジュースなどが並んでいるところにハタキをかけていた。

店の一番前に雑魚の串刺しを焼いたものが十串ほど置いてあった。その辺の川へ行けばいくらでも捕れるこんなものを買う人がいるのだろうか、と思いながら見ていた。と、なにか白い小さなものが雑魚の腹あたりにくねくね動いているのに気がついた。なんだろうと思ってよく見たら驚いた。うじである。反射的にその串を二、三本指でつまむと持ち上げた。雑魚の下には数十匹のうじがいたのである。

「おばさん、この串刺しには、うじが湧いているよ」

と言うと、別に驚いた様子もなく、

「ああそうかい。もうそんな時季になっちまったかい」

と言いながら出てきて、傍らの七厘の上でチンチン湧いているヤカンを、前掛けを熱さ除けに手に巻いてひょいと下ろすと、その上に魚焼き用の金網を載せ、例のうじの湧いた雑魚の串刺しを焼き出したのである。魚についていたうじは火の中に落ち、ジージー音を出して焼かれていった。見る見るうちに雑魚の串刺しは、うじなど一匹もいない商品になったのである。

おばさんは真人が傍らで見ているのに、それをまたもとの位置に置き、すまして奥に入っていった。

「おばさん、それはあんまりだ」

真人はそう言いたかった。そしてその時に思った。「この店では絶対に何も買わない」と。

その店の隣は床屋である。その床屋の脇に細い道が自転車置き場の店に挟まれる形で通っていた。その道を入っていくと中学校である。中学校までは十分とはかからない。今、その道をのんびりと真人は歩いているのである。左手には黒い革の鞄を下げている。

真人、十八歳。二ヵ月前の三月、高校を卒業したばかりだ。そしてここから三十分ほど電車に乗って行くと、S町の県立Sろう学校に就職した。正式の教員免許状は持っていない。いわゆる代用教員、助教諭である。

昨夜は宿直であった。土曜の晩の宿直は誰も好まない。特に家庭持ちの教員はそうである。だから真人のような独り者はよく交替を頼まれる。いや、真人など若い教員にとっては宿直手当の二百円也がけっこう魅力でもあるのだ。

日曜日である翌日は、特に用事もない。こんな時、真人はよく母校の中学校を訪れた。

「母校の中学校」などというと固く感じられるが、そんな学校ではない。生徒数は二百人そこそこ、職員も校長、教頭を含めて十人、校舎は普通教室が六つだけ、どこの中学校にもある特別教室は、音楽教室が別棟にあるだけだ。それも二、三年前にやっとできたのである。今までなかったピアノが購入されたからである。真人が中学生の頃にはこの音楽室もなかった。もちろん、ピアノもなかったのである。オルガンが唯一の楽器であった。

音楽の先生が村の教育委員会にピアノがほしいと泣いて頼んだという話を聞いた。

その音楽室とくっついて宿直室と「お勝手」がある。用務員さんはいない。女子生徒にはお勝手当番という制度があって、三〜四人ずつで班ができていて、毎日、休日以外は朝早く学校へ来て宿直の先生の朝食を作る。

そういう学校だから、先生と生徒の間柄は他の学校には見られないものがある。真人もよく担任の先生や、気持ちの溶け合う先生の宿直の時には泊まりにいった。いや、高校生の頃も、今でも時々泊まりに行く。そしていろいろ話をする。それがなんとも楽しい。

今日の日直(日曜日の当番で一日学校に勤務する)の先生が誰であるかは知らない。真人にとっては誰でもよかった。今年の四月に来た先生とも、もう知り合いになった。

駅から五分とはかからない。狭い校庭の東側に着いた。大きな柿の木がみずみずしい新緑の若葉をいっぱいつけて風にそよいでいる。

かすかなピアノの音が真人の耳を捕らえた。オードウェイの『旅愁』である。胸は高鳴りはじめた。

「馬鹿な、そんなことはない。そんなことがあるものか」

彼は胸の高鳴りを沈めようとした。頭の中を駆け巡りはじめた幻影を打ち消そうとした。しかし、打ち消そうとすればするほどその幻影は、その輪郭をはっきりとさせてくるのだった。

校舎の裏側に出た途端、『旅愁』はっきりと真人の耳に響いてきた。そしてピアノの鍵盤の上を這う白い十本の指が脳裏に浮かんできた。その指は手から腕、そして肩、首……、いつもみずみずしく赤みを帯びている唇とその中に見える真っ白い歯、そしてそんなに高くはないが、愛らしい鼻と潤いのある黒いぱっちりとした瞳……、山畑秀子。山畑秀子の顔が真人の頭の中いっぱいに広がってきた。

『旅愁』は教科書に載っている有名なもので、音楽をちょっとやった人なら誰にだって弾ける。今日の日直がたまたま音楽の先生で、授業の前の練習をしているのかもしれない。いや、そうに違いない。だって、横須賀にいるはずの彼女がなんでここにいるんだ。偶然、彼女のよく弾いていた『旅愁』を誰かが弾いているだけではないか。なにを勘違いしているのだ。考えてみろ。真人はそう思おうとした。もちろんその方が高い確率なはずだ。しかし、心はどこかでそれを拒否していた。それは彼女の弾くリズムなのである。

ゆっくりと音楽室へ近づいていった。

教室の外から見ようとしたが、窓は曇りガラス、しかもぴっちり閉まっていて、どこからも中を覗くことのできる場所はなかった。別棟の音楽室に入るには、まず普通教室からの渡り廊下へ。そしてガラス戸を開けると、六畳の宿直室の前にある短い廊下を通って、音楽室の入口のガラス戸にあたる。心臓は破れてしまうのではないかと思うほど、早く高鳴っていた。

足音を忍ばせて静かに歩を進めた。ピアノは入口の斜め向かいにあり、入口から見えることを知っている。見ると、ガラス戸は三十センチほど開いていた。幸いと言えば幸いである。

山畑秀子であってほしいという願望と、そうであってくれるなという相反する気持ちが複雑にからみあいながら、彼の心臓を高鳴らせていた。

ピアノが見えるところまで二メートル……、一メートル……、五十センチ……。

それはまぎもなく山畑秀子であった。一目見てそれはわかった。その目も、その鼻も、その唇も山畑秀子であることには間違いなかった。

その時、ピアノを一心に弾いていた彼女が、ぱっと真人のほうを見た。鍵盤の上を動いていた指ははたと止まった。彼女の目は大きく開き、口は半ばポカンとあけられ、大きな驚きの色を隠さなかった。

もちろん、真人も同じことであった。まさに彼の予感は的中したのである。彼の顔はにかわで固められたように動かなかった。目も大きく見開いたまま、まばたきもしなかった。

違う、違う。彼の心の中に、この三年と六ヵ月、かた時も面影が消えることのなかった秀子とは違う。その目も、その鼻も、その唇も確かに秀子には違いない。

しかし、しかし、しかし……。あの、他の女の子よりはちょっと長めのオカッパ頭の黒髪は、パーマのかけられた茶色の髪の毛に変わり、肩の上でふさふさとしていた。眉は細い弓形になり、もともと赤みを帯びていたとは言え、今は鮮やかな紅色に燃えている唇、そして化粧しているこ とがはっきりとわかる顔、赤系統でまとめられた花模様のブラウスに真紅のスカート、まさに今、絵から抜け出した女であった。

その時、真人は自分自身に言いきかせていた。

「この女は山畑秀子ではない。俺の心の中に生き続けていた山畑秀子ではない」

鞄を両手で胸に抱えていた。そして一歩右足が後ろに下がった。

その時、彼女は立ち上がった。驚きだけが満面を覆っていたが、大きく見開かれていた目が細くなり、ポカンと開いていた唇が平たくなり、彼女特有のえくぼが左頬にくっきりと現れた。そして、ゆっくりと真人に向かって机の間を歩きはじめた。

来る。彼女がこちらに来る。真人はしっかりと鞄を胸に抱え、一歩、二歩と後ずさりした。ぱっと向きを変え、駆け出したかった。が、足は床にはりついたように動かなかった。顔は彼女に合わせて笑おうと思うのだが、にかわで固められたような顔が少しゆがむだけであった。

彼女は音楽室の入口まで来た。彼との間は二メートルもない。近くで見る彼女の顔は、まぎれもなく完成された芸術品であった。真人などの手の届くものとは思えなかった。年齢も五つも六つも上に思えた。彼女の唇が動いた。

「しばらくです……、真人さん。お元気ですか。もしかすると会えるかと思っていたの。よかったわ」

真人の顔は相変わらずゆがんだままであった。

「はあ……、なんとか……」

他の言葉は出なかった。

「真人さん、高校卒業したんでしょう？　それで今はなにを？　大学？」

彼女は一歩彼に近づく。彼は一歩下がる。

「いや、ろう学校の……、勤めた」

ろれつが回らない。

「ろう学校？　というと、あの手まねをする？　口のきけない子の？」

「うん、本当は耳が聞こえないんだよ。別に手まねで教えるわけじゃない……。俺……、今日……、ちょっと用事があるんだ。すぐ行かなくちゃ」

ついに彼の顔に微笑みは浮かばなかった。目はすでに彼女の視線から離れていた。そして本当は時間など関係ないのに、鞄を抱えたまま右手で左手の袖をちょっとまくり腕時計を見た。

「ああ、もうこんな時間か。じゃ、悪いけどこれで……、あっ、元気でね」

ちらっと彼女の顔を見ると、廊下からの出口、普通教室への渡り廊下のところに脱いであった皮靴をそそくさとつっかけた。満面に笑みをたたえていた彼女の顔が、さっとこわ張っていくのを彼は見逃さなかった。

馬鹿、お前はなにをしようとしているのかわかっているのか。秀子の気持ちになってみろ、もう一人の自分がささやいている。しかし、動作は早くなるとも遅くはならず、もとへ戻る気配はなかった。

渡り廊下のところへ出てくる彼女を背中に感じながら、彼は足早に去って行った。

「さようなら」

彼女の声を聞いたような気もする。気のせいだったかもしれない。

校舎の東側に来ると、もう音楽室は見えない。夢のようなひと時を思い返した。いけない、いけない、すぐ引き返せ、お前のしたことがどれだけ秀子を傷つけたかわかっているのか……。しかし真人の足は止まらない。柿の木のところへ来ると、左手の山道へ歩を進めた。考えていたわけではない。自然にそうなっただけである。誰とも会いたくなかったのである。彼の両目からは大きな水滴がこぼれていた。くくっと喉の奥が鳴った。涙は後から後からあふれてきた。それをぬぐわず、どんどん山道を登った。

この山道は三年と六ヵ月前、あの秀子が黙ってこの村を去ったことを知った時、登っていったところである。

今は違う。さっき、秀子を目の前にして自分から去ったのである。

天神様の祠の前に来た。祠の前の芝生は青さを増してそこにあった。その芝生に倒れるように突っ伏した。そして声をあげて泣いた。鞄を頬にあてがい、それを両手で抱くようにしておいおい泣いた。

よく考えてみろ。お前は二ヵ月ほど前、高校を出たばかりの青二歳だ。だが、秀子は年が一つ下といったって、中学を出てすぐバスガールになったのだ。社会人になったのだ。毎日毎日働いているのだ。中にはいやな客だっているだろう。酔っ払いにからまれることだって珍しくないだろう。もう二年以上もそういう仕事をしているのだ。大人になったってなんも不思議はないか。パーマをかけてなにが悪い。真紅な口紅をつけてなにが悪い。眉を細くしたって当然じゃないか。派手な服装……。考えてみれば都会ではあたりまえの格好だ。それなのにお前は……、あいさつもろくにしなかったじゃないか。

ただ、お前の心の中には、中学時代の秀子の姿しかなかっただけなのだ。お前がちっとも成長していなかっただけなのだ。わかったらすぐ引き返してあやまれ。秀子にあやまれ。今なら間にあう。まだ音楽室にいるだろう。おそらく、悲しさに震えながら泣いているだろう。そうだ。そうしなければならない。秀子の心を傷つけたまま別れてはいけない。ひとこと、悪かった、俺が子どもだったとあやまらなくてはいけない。

彼は涙でくしゃくしゃになっている顔をそのままに、ぴょんと跳ね起きると、ころがるように祠をあとにして坂道を駆け降りていった。そして、おそらく音楽室を出てから、十分とは経っていなかったろうと思われる頃、同じところに立っていた。

「秀子さん！」

閉まっていた音楽室の戸を開けた。しかし中には誰もいなかった。もしかして教室の隅にうずくまって……。そう思ってピアノの陰などもよく見たが、秀子の姿はどこにもなかった。

ただ、壁面の高いところに並べて掲げられているベートーベンやバッハ、シューベルトなどの画像が、あざ笑うように見下ろしていた。

（二）

これを白い風と言うのだろうか。真人は実際の自分の机で、流れ込んでくる涼しい秋風に打たれながら読書に疲れた目を校庭に移した。

昼休みである。生徒達はそれぞれ好き勝手に行動していた。校庭といっても、田舎の小さな中学校である。生徒数は二百人そこそこであり、狭いものであった。校庭の向こうは小学校である。その間は六、七十メートルもあったろうか。校舎の長さも百メートルはなかろうから、その庭の広さたるや知れたものである。その庭に昼休みともなると結構な数の生徒が遊んでいる。追いかけっこをしている者、キャッチボールをしている者……。教室の中で真人のように本などを読んでいるものはあまりいない。

見渡しても、教室に残っているのは女子が四人、男子は真人の他に二人である。女子は家庭科の縫い物が遅れているのか、一生懸命に針を動かしている。男子二人は、借りたマンガの本を約束の時刻までに読んでしまわなくてはとページをめくっている。

真人の読んでいる本は、樋口一葉の『たけくらべ』である。文芸部に入っており、そこで『あゆみ』というガリ版刷りの三十ページくらいの文集を出しているのだが、それに載った文章がよかったので賞だといって、顧問の島原先生が文庫本をくれたのである。せっかくもらったのだからと読みはじめたのだが、文語混じりのちょっと読みにくいものだった。しかし、読んでみると読めないでもない。なにか大人になったようで気分もいい。読んでいくうちに、美登利と信如との淡い恋心が彼の心を惹きつけもした。

真人ははっとした。彼のいる窓際から二十メートルほど向こうで、一級下の女子達が七、八人で縄跳びをしている。その中の一人に、彼の目は釘づけになった。今読んでいる『たけくらべ』の美登利の顔と重なり合った。どうしてそうなったのかはわからない。とにかく、一人の女子が目の中に飛び込んできたのである。

名前も知らない。彼女が中学二年だとすれば、もう一年半も一緒にこの小さな中学校にいたはずである。多分、彼がまだそういうことに疎かったからかもしれない。もちろん、級友の中には誰は誰が好きだの、惚れているだのと言ってははしゃぎ回っている奴もいる。そんな時、「ふざけたことを」と思ってあまり相手にもしていなかった。

しかし、この頃の彼はいわゆる文学書なるものを読み出した。この夏休みには太宰治の『斜陽』『ヴィヨンの妻』『グッドバイ』などを読んだ。大人の汚い面をのぞいたようで、多少不快感もあったが、そこには人間をありのままに見る興奮を覚えたことも事実だった。そんなこともあって、女子を見る目が変わっていったのかもしれない。

とにかくその日以来、その子のことが気になりはじめた。真人は三年B組、彼女は二年A組、一学年二クラスしかないのだから、なんということはない。隣り合っている教室であった。

廊下で会う。彼の胸は高鳴った。彼女は別にどうということはなく、同じクラスの女友達と話をしながら傍らを通って行く。その時、チラッと彼を見たような感じがした。そして心なしか、ちょっと微笑んだような気がした。それがどんなに心を喜ばせてくれたことか。その微笑みは、友達との会話からきているものであったかもしれないのに……。

名前は下駄箱でわかった。彼女が自分の靴を下駄箱に入れている時に偶然一緒になった。級友達は大勢いたが、上から三番目の彼女の下駄箱は脳裏に焼きついた。知らばっくれながらその傍らへ行き、小さな名札を見た。四月に張られたその名札は、色も茶色になり、字もかすれていたが、読むには不自由しなかった。「山畑秀子」とあった。「ヤマハタヒデコ」……、この名は世界中で一番いい名に思えた。

十月も半ばであった。時には肌寒い日もある時季になった。学校の裏山の木々も紅葉とは言えないが、緑色も少しずつ褪せ、その中に黄色い山芋の葉が目立つようになった。

そんな時、後期生徒会役員の改選が行なわれた。自ら「俺が出る」と言って出るわけではない。各クラスが候補を出すのだが、会長は三年からということになっていて、彼のクラスでもその話合いが行なわれた。と言っても、予備選挙をするだけである。

彼は内心出たいと思った。山畑秀子のことを意識したからである。生徒会長になれば、全生徒の前面に出る機会が多い。彼女に自分をよく見てもらうことになると思ったからである。一学期の学級委員をしていたこともあり、可能性は強いと思った。しかし、選挙となれば同じクラスにも強敵はいる。運動面では全然だめな真人である。成績も優るとも劣らないし、なんといっても野球部のエース、そして村で一、二の金持ちで、いつも小ぎれいな身なりをしている石本などは、票が出るかもしれない。

投票に入った。立候補の場合は当然自分に投票するわけだが、こういう場合、自分の名前を書かないのがしきたりであった。しかし、彼はあえて自分の名前を書いた。隣の人に見られないようにさっと書いて四つに折った。

開票になった。その日の日直がその任にあたった。一票一票読み上げられる。黒板に名前とその下に「正」の字を積み重ねていく。「牧野君」「石本君」「牧野君」「牧野君……、これで終わりです」。

開票は終わった。牧野十八票、石本十六票、その他三人ほど数票の人がいた。

勝った。彼は生徒会長の候補になった。しかしまだ候補になっただけである。この後、A組から出る候補と本番の選挙がある。別に選挙運動をするわけではない。月曜日の朝礼の時、前に出て立候補のあいさつをするだけであった。

真人も朝礼台の上に立った時は、胸が高鳴るのを抑えることはできなかった。二百人という数は真人にとっては少ない数ではなかった。彼はすぐ二年A組の女子の列を見た。というより、自然に目がいったのである。各クラス、男女別にそれぞれ二列に並んでいる。全校六クラスだから二十四列である。二年A組の女子は真ん中あたりであった。山畑秀子はそのまた真ん中あたりにいた。すぐに目に入った。高鳴る胸を押さえながらあいさつをした。

「ぼくが、三年B組から生徒会長に立候補することになりました牧野真人です。がんばりますから、よろしくお願いします」

それだけのあいさつである。型どうりの拍手があった。秀子はじっと真人のほうを見ていた。大勢の中から秀子の顔だけが網膜に焼きついた。中秋の朝風がひんやりとほてった彼の頬をなでていった。

他の候補者のあいさつも似たりよったりであった。意欲的な自治意識を持った生徒会にはなっていなかったのである。実際、生徒会をどうしようなどという方針は、全然持っていなかった。ただあったのは秀子によく思われたいという気持ちだけであった。

数日後にあった投票で、真人は生徒会長に当選した。

十一月三日の文化の日を中心に、秩父の長瀞にある宝登山《ほどさん》神社で紅葉展という絵画や書道の展覧会が毎年催されていた。

真人は写生が得意であった。戦後二年目、彼が小学校五年生の時がこの「紅葉展」のはじまりだった。その時から毎年、彼の絵は選ばれて出品されていた。金賞にこそなったことはないが、銀賞か銅賞にいつも入賞していた。もっとも、真人の中学校で金賞になる人がいるという年のほうが希であった。

その年も当然、そのための絵を描くようにと担任兼図工の担当でもある新井先生から言われた。そう言えば……、彼はふっと思い出した。習字は下手なのであまり興味はなかったが、展覧会ともなれば一応は見る。そのすばらしい筆使いに羨望の目を向けて。確か「山畑秀子」の名が昨年あったような気がした。その時、名前と顔は一致しなかったが……。

放課後、彼は秋の日を浴びながら、画板を下げて写生に出かけた。学校のそばの林を描こうと思った。昨年、紅葉展を見に行った時、林の中を描いた絵があって、それが今でも脳裏に鮮明に残っていたからである。写生と言えば、家が見えなくては普通ではないと思っており、林の中を描いた絵は新鮮であったし、その一本一本の木々の幹や葉の色がいやに印象に残ったのだ。真似をするわけではないが、自分なりに描いてみようと思ったのである。

西の昇降口を出ると、もう校庭の西のはずれであった。そこから細い道がとうもろこし畑の間を通っていた。そこを十メートルも行くと五差路に出る。その一番細い一本は金勝山という二百メートルそこそこではあるが、学校のまわりとしては一番高い山への登り口となっている。小学校の時から何度か理科の時間などの野外観察の時に、先生に連れていってもらったことがある。その途中の林を目的地にしていた。

秋の気配はすっかり漂っていた。揺れる尾花。その上を飛んでいる赤とんぼ。そして吹く風のすがすがしさ。どこまでも澄みきった青い空にぽっかり浮いている白い雲……。こんな時、もしそばに秀子がいたら……。二人して写生に行けたら……。それは天国、極楽の世界だろうと思った。

目的地の雑木林に着いた。まだ紅葉といった雰囲気ではなかったが、クヌギやナラの葉には秋を感じさせる色があった。その幹にからんでいる山芋や苦芋の葉はすでに真っ黄色であり、灌木《かんぼく》の中に混じり真っ赤になって、零れ日をあびている白膠木《ぬるで》は鮮やかに目に入ってきた。

雑木林の奥には杉林が黒々としていて、こちら側の明るい景色をより引き立てていた。三、四本の松の木も、その濃い緑と赤茶色のくねった幹が、絵にすればその見栄えを増してくれるだろうと思えた。

さっそく、描きはじめた。写生の時、あまり鉛筆は使わない。ここに松、ここにあの太い幹の木、ここから向こうが黒々とした杉林……、と位置がわかればよかった。あとは絵の具を使って美しく彩ればいい。色を混ぜ合わせてきれいな色を出すのが得意であった。特に誰から学んだというわけではない。生まれながらの天性なのかも知れない。そして描くのも早い。

一時間も絶ったろうか。はっと気がつくと、林の中にはすでに夕暮れの色が漂いはじめていた。もちろんまだ描き終わりはしない。まだ三日間はあるのだから、別に急ぐことはない。今日はここまでにしよう。道具を片づけ帰路についた。どこかでカラスがうるさく鳴いている。どうもあまり感じのいい声ではない。

学校に着くと、画板や絵の具をやっと抱えるようにして持ち、廊下を歩いた。

二年A組の教室のところに来ると、窓が一カ所だけ開いていた。なんの気なしに中を見ると、はっとした。彼女、山畑秀子がきちんとした姿勢で習字を書いているではないか。

足は自然と止まった。真人に秀子は気づかない。筆を立て、胸を張り、腕を伸ばし、大きな目をパッチリ開けている。美しいと思った。長めのおかっぱ頭の髪の毛が頬のあたりで揺れている。

教室の中では五、六人の生徒が習字をしていた。女子だけのようであった。紅葉展の習字に選ばれた人達であろう。廊下に立っている真人の位置からは、窓がちょっと開いているだけなので、秀子しか見えない角度になっていた。

その時、突然、彼女がこちらを見た。本当に突然であった。彼女はなにか廊下のほうに人の動く気配を感じたのであろう。真人は目のやり場に困った。周りに誰もいなかったのが幸いであった。彼の顔に苦笑いが生じた。それは決して見よいものではなかった。しかし、彼女の驚いたような顔が破顔一笑、一輪の芳花となった。そしてすぐ下を向くと、筆を硯の上でその穂先を整えはじめた。その下を向いた時の顔にも、にこやかな微笑みは消えていなかった。

うれしかった。それこそ彼は持っている画板も絵の具もすべて放り出し、両手を挙げて「バンザイ」を叫び、廊下の端から端まで何度も何度も駆けて回りたかった。


十一月三日、文化の日、祝日である。

秩父長瀞宝登山での紅葉展に、例年のように今年も、出品者の中から希望者を見学に連れて行くことになった。もちろん彼は希望した。家は農家であり忙しい時ではあったが、やはり父母も、子どもの絵が選ばれて展覧会に出されることはうれしいことであった。だから、無駄遣いするなよと言いながら、電車賃の他になにがしかの小遣いもくれた。

果たして、秀子も行くかどうかが気になっていた。田舎のこの中学校では、男女で話のできる雰囲気ではなかったから、そういうチャンスがあろうなどとは少しも願ってはいなかった。ただ、彼女が傍らにいるだけでうれしかった。

集合時間より十分も早く東武竹沢駅へ着いた。

もう四、五人の者が声高にしゃべっていた。空には雲一つなく、秋の澄み切った空が広がっていた。

真人の後ろで女の子の声がした。その中に山畑秀子の声が混じっているのを聞き逃さなかった。振り向くと女子が四人、その中に黄緑色のスカートにピンクのセーターを着た秀子が、真人など関係ないといった格好で、楽しそうに友達と話し合いながら歩いてくるのだった。

彼の心臓は高鳴りはじめた。「馬鹿だお前は。秀子は別にお前のことなんか、どうとは思ってもいないのに……」、誰かが彼にそう言っているような気がした。

「それぞれ切符は自分で買えよ」

いつの間にか到着していた新井先生が言った。

電車の中では男と女は同じ車輛に乗ったが、前のほうと後ろのほうにとわかれた。自然とそうなる。ピンクのセーターが目について仕方がなかった。

電車は寄居の駅で秩父線に乗り換え、四十分ほどで長瀞に着いた。さわやかな秋の風を全身に受けながら、宝登山神社への参道を歩く。もうこの道も、真人にとっては三度目か四度目になる。宝登山は大きな神社である。周囲は渡り廊下が通っていて、だだっ広い社務所にぎっしりと吊されている絵は何百連とも知れなかった。どこに真人達の絵があるのか、とにかく端から見ていくより仕方がない。

入ってすぐのところは、秩父地方の学校の絵であった。やはり、地方によって特徴がある。真人にもなんとなくそんな感じがした。秩父のほうの絵には素朴な中にも、人を惹く暖かさがあった。遠景としてよくある秩父連山は、どっしりと重く雄大さを持っていた。何枚かあった武甲の絵は、のしかかってくるような感じさえ抱かせた。

男子七人、女子四人、合計十一人という数が真人達のグループであった。男子と女子はそれぞれまとまって、それほど離れない距離で作品を鑑賞していった。絵を見ながら、時々横目で女子のグループを見た。秀子のことが気になって仕方がない。秀子がこちらを見ている時があった。ぱたっと視線が合う時があった。そんな時、慌てて目を絵のほうに移すのだが、絵など目に入ってはいなかった。

「そろそろ、竹沢中学の絵があるぞ。比企郡のところへ来たからな」

新井先生の低い声がした。自分の絵が入賞しているかどうか……、心臓が動きはじめた。これは秀子には関係ないことではあったが、真人の心の中に、自分の絵が入賞しているところを見せたいという気持ちが働いていなかったと言ったら嘘になろう。

「竹沢中学の絵だ」

誰かが言った。あった。真人の林の絵が連の下のほうにあった。そして、右上端に銀紙が光っていた。入賞した。銀賞ではあるが、入賞した。竹沢中学の絵には金賞はなかった。銀賞が二枚、銅賞が三枚であった。

「おお、牧野の入賞したじゃないか。よかったな」

新井先生が傍らへ来て、肩をたたいた。

「ええ、ありがとうございます」

目を細くし、ぴょこんと頭を下げた。

秀子が傍らでじっと真人の絵を見ている。そして、ちらっと真人のほうを見てにこっとした。この笑顔がなんとしてもはうれしい。「おめでとう」と言ってくれているような気がした。真人の顔もうれしさいっぱいの顔であった。

しかし、まわりの友達のことが気になり、秀子から目をそらした。

そのあとに、書道のほうを見た。書道は得意でない。どれもこれもすばらしい作品ばかりである。少なくとも真人にはそう見えた。

秀子の作品も銅賞ではあったが入賞していた。

来週の月曜日の朝礼では、賞状の伝達がある。真人と秀子、二人だけというわけではないが、一緒に前に呼ばれて、校長先生から賞状を受け取るのだ……。みんなに拍手されながら……。

真人は、すでに何度かそういう経験があるので、そのこと自体がそんなにうれしいわけではない。今度は、秀子と一緒に前に出ると言うことが無性にうれしかった。

（三）

十一月も半ばになると、朝、けたたましい百舌の鳴き声に驚かされながら学校へ向かう時に、吐く息が白く見えるのも珍しくなくなった。

真人が生徒会長になって、初めて中央委員会が招集された。本来なら生徒会長なのだから中央委員会を招集する立場なのだろうが、自主的ではない生徒会は学校の御用機関であり、真人自身も別にそれに対して不満を抱いてはいなかった。

中央委員会というのは、早く言えば学級代表者会議である。各学級から学級委員男女一名、それにクラブの部長が出席する。クラブといっても、小さな中学校だから運動部で野球部とバレー部、文化部で文芸部、家庭部、美術部、それに書道部の六つしかない。だから、本部役員を含めても二十二、三名の数である。

真人はドキリとした。秀子が入ってきたのである。秀子は二年A組の学級委員だったのである。会長が議長をすることになっているので、真人は机を方形に並べて会議形式にしてある中央に、黒板を背に腰かけていた。なんの気なしに入口のほうを見ると、同じ二年の女子の学級委員と話しながら、秀子が入ってくるところであった。

秀子はまったく真人に目もくれずに、友達とどこにかけようかと迷っている様子を見せながら、空いている真人のまん前の席にすわった。

真人の胸が高鳴り出した。

(バカ、バカ、こんなことで、なぜお前はこんなに感情が昂るのか。どうということはないではないか。落ち着け。落ち着け)

懸命に気持ちを静まらせようとするのだが、心臓は激しくドッ、ドッと鳴っている。

「おい、牧野。会議をはじめないか。私が提案するからな」

生徒会担当の根岸先生が彼の傍らで言った。

「ハ、ハイ。……ではこれから、第一回中央委員会をはじめます。議題は黒板に書いてあるように〝村の品評会への参加について〟です。……最初に先生から提案してもらいます」

提案といっても説明であり、これが否決どころか、修正されることもない。その中身は十二月十日、十一日の両日、中学校の六教室中、その半分の三教室を使って農産物の品評会がある。だからその日に、生徒達の絵や書道、または工作品の展覧会をするというものであった。

彼の神経のすべては、一秒たりとも秀子から離れてはいなかった。時々、根岸先生の声が聴覚から遠のくことがあった。その時はそれと反比例して秀子の映像が大きく、はっきりと意識を占領していたのであった。

十二月九日、品評会の前日は、朝から授業はなかった。大根だの人参だの南瓜だのが続々と運び込まれた。農協や役場の職員が汗だくになって、それらの農産物を品分けしたり、運んだりしていた。時々、なんだかわからないが大きな笑い声や、「それはこっちだ!」などと怒鳴っている声が聞こえてきた。

生徒は生徒会長の真人をはじめ、学級委員や各クラスから選ばれた作品展準備委員の三、四十人だけが登校した。

すでに各クラスごとに、絵画や書道は連になっていた。それを教室の南側だけを除いて三方の壁面に吊すのである。そしてその前に机を並べて、その上に本箱などの木工作品や女子の裁縫作品を並べる。

別棟の職員室や宿直室に置いてあるそれらの作品を女子が運んでいる。それを真人達が受けとって、机の上に並べていくのである。

偶然と言えばそれまでだが、真人にとって思いがけない場面が出現した。作品を運んでくる女子からそれを受け取ろうとした時、そこに秀子がいた。秀子は両手で抱えるようにして持ってきた裁縫作品を、真人に渡そうとしていた。

「ハイ、お願いします」

小さな秀子の声が、はっきりと耳に入った。黒い瞳は微かに笑みをたたえ、白い整った歯はピンク色の澄んだ唇の間から、こぼれるように目に入った。

「ああ」

真人の口からは返事とも驚きともつかぬ声が漏れただけであった。その時、彼の右手に電流が流れた……。秀子の左手の指が彼の右手の指に触れたのである。たったそれだけのことが、彼の体に快い疼きを感じさせたのである。その感触は、彼女から受け取った作品を机の上に並べ終えた後にもずっと残っていた。時々、顔には幸せそうな微笑みが浮かんでいた。

次の日の十二月十日は、朝から大勢の村民が品評会を見にやって来た。十五キログラムの大きな南瓜には、誰しも溜め息をつきながら感嘆のうめきをもらしていた。

米、麦、粟、大豆、小豆、甘藷、じゃがいも、人参、牛蒡、大根……、ありとあらゆる農産物が並んでいた。それらの農産物の中で優秀なものには、金紙や銀紙が貼られていた。ただ大きければいいというのではないらしく、どうしてこっちのほうが入賞なのか、真人の目には理解できないものが多かった。米や麦など彼にはまったく区別がつかなかった。

中学生の作品展では、言うまでもなく絵画の部で、真人の写生には大きな「特賞」の金紙が貼られていた。

農産物品評会と中学生作品展が終わって、二、三日後のことであった。

放課後、真人は生徒会担当の根岸先生と職員室で簡単な打合せをした後、雑談をしていて思いのほか、時間を過ごしてしまった。廊下へ出ると、ひんやりと初冬の冷たい空気が頬をなでた。と、右手の十四、五メートル先を山畑秀子が、薄いけど大きい本を左の脇の下に抱えて歩いていく。ピンクのセーターがいかにも暖かそうに見える。真人はじっとその後ろ姿を見ていた。彼女は校舎の一番東の教室に入った。一年A組の教室である。少し間をおいてオルガンが鳴り出した。そうか、あの教室にはいつもオルガンが置いてあったっけ。その曲は『旅愁』であった。その哀愁を帯びた旋律は、生徒のほとんどいなくなった校舎の中に静かに流れた。

真人は魔法をかけられた人間のようにその曲に惹かれ、足はそっちへ向いて歩きはじめていた。いつの間にか一年A組の教室の前、つまり、入口の戸一枚向こうで、秀子がオルガンを弾いているところまで来ていた。きちんと伴奏もついている。真人の脳裏には、秀子の澄んだ瞳と鍵盤の上を這う白い指が浮いていた。あの作品展の準備の時、偶然にも真人の指と一瞬、触れた指である。その時のことを思い出しただけで、右手の指がかすかに疼きはじめた。

と……。わざとではない。決してわざとではなかった。彼の右手に持っていた本がすべり落ちた。本は廊下の床で、静かなあたりの空気を震わした。オルガンが止んだ。ガラリと戸があいた。

「あっ」

秀子が小さく驚きの声をあげた。真人との間は一メートルとはあいていない。

「すみません。あんまりいい曲だから……、秀子さんが弾いていたんですか。先生かと思った……。秀子さん上手だね」

これだけのことがやっと言えた。真人は落とした本を拾い、

「すみません、ほんと、すみません」

と言いながら、二、三歩後ずさりをするとぴょこんと頭を下げ、くるりと向きを変え、すたすたと歩き出した。

二十メートルも行った時だったろうか、真人は後ろを振り向いた。秀子はまだずっとこっちを見続けていた。心なしか、秀子の顔が微笑んでいるように思えた。真人も小さく笑って、またぴょこんと頭を下げた。

真人の胸は大きく脈打っていた。

前の年の正月から、郵政省で「年賀ハガキ」というのをはじめ、一等には自転車が当たるということであった。そんなことから、中学生の間でも年賀のやりとりがはやりだした。真人も二十

人くらいの親しい友達と年賀状の交換をしていた。

冬休みに入って間もなく、年賀状を書き出した。その時、最初から迷っていたのは、山畑秀子に年賀状を出そうか出すまいかということであった。

思いきって出すことにした。番地などはわからないが、大字だけ書けばこの辺では必ず届く。この時くらい、字が上手ならいいと思ったことはなかった。彼は文章には自信があったが、字は下手であった。何回も何回も練習した。


明けまして御目出度う御座居ます。

今年が貴方様の上に、幸多き年であります様、お祈り申し上げます。


たったそれだけの文であった。「御目出度う」だの「御座居ます」だの、使わなくてもいい漢字を使ってみた。なんだか大人の仲間入りをしたような気分がした。

ポストの前に行っても、「出そうか、出すまいか」と迷った。ついに投函した。

それからも、郵便局の人がこのポストを開けに来る時を待って、返してもらおうかとさえ思った。しかし、決心して家に帰った。

年賀状はいうまでもなく元日に着く。すぐ返事を書いたとしても、二日は休みだから三日になる。その元日から三日までの間の長かったこと。一日千秋の思いとはこのことをいうのだろう。

三日の日は朝から落ち着かなかった。高校受験の勉強でもするかと机に向かうのだが、いつの間にか頭の中は秀子のことでいっぱいになり、全然勉強ははかどらなかった。外へ出てみたりもしたが、ただ冬の淡い日の光が、冷たい風の中で躍っているだけであった。

郵便配達の赤い自転車が真人の家の庭に入ってきたのは、十二時を少しまわったころであった。

「はい、郵便……。今年の正月は穏やかでいいですね」

愛想のいい、この郵便屋さんは真人の家とは懇意であった。どんどん家の中に入ってくる。

「ああ、どうもごくろうさまです。まあどうぞどうぞ、休んでいってくんないね。今、からっ茶でもいれるから。そうそう、丁度弁当食う時間だんべに。うちもこれから昼めしだがね」

真人の母親は年賀状などまったく見ようともせず、囲炉裏でチンチン沸いているヤカンからお湯を急須に入れた。

真人はそっと上端《あがりはな》に置かれている数枚のハガキを取った。自然に、なんの変哲もない風を装いながら……。しかし、真人の胸の中は期待と不安に高鳴っていた。真人宛のものは三枚あった。しかし、秀子からのものはなかった。そこにいる郵便屋さんに、本当にこれだけかと聞きたかった。大きくふくらんだ真っ黒い鞄の中に、秀子からの年賀状が取り残されているような気がした。

翌日も来なかった。真人の出した年賀状が秀子に届かないはずはない。では、秀子は真人のことなんかなんとも思っていないのか。返事など書くつもりはさらさらないのか。八日には三学期がはじまる。どういう顔で秀子に会えばよいのか。真人は悲しかった。

五日……。来た。秀子から年賀状の返事が来た。美しい字であった。

新年明けましてお目出度う御座います。
早々年賀状有難う御座いました。
昨年中はいろいろお世話様になりました。
本年もよろしくお願い申し上げます。

たったこれだけの言葉が、どんなに真人を喜ばせたことか。それをたとえる言葉は、この地球上にはない。特に「昨年中はいろいろお世話になりました。本年もよろしくお願い申し上げます」というくだりがうれしかった。なにもお世話したわけではない。よろしくお願いされたところでなにもできるわけではない。もちろん、これは世間のあいさつ言葉なのだが、その中に秀子の気持ちがこもっているようで仕方がなかった。

八日、三学期始業式の日、早く学校へ行って、秀子に会いたいという気持ちと同時に、どんな風に会ったらいいのか、恥ずかしいようななんとも言えない気持ちが一方にあった。

真人は学校に着くと、秀子にいつ会うのか気になりながら教室に向かった。運動場、昇降口、廊下でも秀子には会わなかった。拍子抜けしたような、それでいてほっとしたような気持ちだった。

教室に入ると三、四人がこそこそ話していた。そしてこっちを向き、にやにやした。静かに真人の傍らに来ると、その中の一人、おっちょこちょいで通っている安治が言った。

「なあ、真《ま》っさんよ。いい人に年賀状出したんだって」

続けて友平が言った。

「山畑秀子にさあ」

真人はぎくりとした。なぜ、そんなことを知っているのか。みるみると顔が赤くなった。しかし、なんとか答えなければならない。

「だってよう。生徒会でいろいろやってもらっているもん」

「そうなん、そうなん。あれっ、真っさん真っ赤になってるよ」

その時であった。一緒に勉強をしたり、いろんな話をしたりする山田英介がそばに来た。

「いいんじゃねえか。女の子に年賀状を出してなにが悪いんだよう」

真人はこの時くらい、親友のありがたさを知ったことはなかった。さらに、英介が自分よりも二つも三つも年上に見えた。そして英介は他の人には聞こえないように言った。

「真っさん、なかなかやるじゃねえか」

真人はますます顔を赤くした。

「そんなんじゃねえよ。でも英ちゃん、さっきはありがとな」

真人は心底から礼を言った。

体育館のないこの中学校では、三学期の始業式も、寒風の吹きまく運動場でする。朝礼台の上で「集まれ！」の号令をかけ、全生徒を集合させるのは生徒会長である真人の任務であった。

彼の声は割に大きい。寒そうに頬を赤く染めながら、ある者は両手をズボンのポケットにつっこみ、首をすぼめて朝礼台の前に集まってくる。

いない。秀子がいない。秀子がどの辺にいるかは、もうすっかりわかっている。そこに秀子がいないのだ。どうしたんだろう。風邪でもひいたのか。そうかもしれない。

校長の話など全然真人の頭には入ってこなかった。あの美しい年賀状の一文字一文字が真人の脳裏に浮かんでくる。

「……昨年中はいろいろお世話になりました。本年もよろしくお願い申し上げます」

始業式も終わり、ぞろぞろ教室に入る。真人は今朝、教室に入ったとたん「いい人に年賀状出したんだって」と言った安治のことが気になり出した。なぜ知っているのだ。ちょっと恥ずかしいがその原因を聞いてみようと思った。

「おい、安っさんよ。おめえ、なんで俺の年賀状のこと知ってんだ？」

安治はにやりとしながら言った。

「やっぱり気になるんだんべ。それはなあ、二年の寛ちゃんに聞いたんだよ」

「なんでまた、寛ちゃんが……」

「知らねえんだな、真っさんは。秀子はよう、寛ちゃん家《ち》にいるんだで。秀子と寛ちゃんはいとこだがなあ。秀子んところへ来た手紙は、寛ちゃん家にみんな運ばれるんだよ。だから寛ちゃんが見ちゃったんだよ。……それに……」

「それに、なんだよ」

「やっぱり言ってやるかあ。秀子はなあ、この一月からもうこの学校には来ねえよ。横須賀の方へ行っちゃったんだってさ」

なに……、真人の体中の血がすべてどこかへ流れ出していくような気がした。

そうか、それでいないのか。

しかし……、それなら……。なぜ、年賀状に一言それを書かなかったのだろうか。なにが「本年もよろしくお願いします」だ。

真人の心の中に、怒りに似た感情が湧いてくるのをどうしようもなかった。

その日は掃除、そして帰りのホームルームだけで終わった。十一時前にはすべて終了した。掃除も、帰りのホームルームも真人は夢遊病者のように過ごした。なにがなんだか覚えてはいない。

普通なら、帰り道の同じ級友と雑談しながら帰るのだが、その日、なにも言わずに教室を飛び出した。誰かが「真っさん」と呼んだような気もしたが、そんなことは構わずに昇降口へ行き、下駄をつっかけた。今日は持ち物はなにもない。運動場を駆けた。そして、運動場の東端の大きな柿の木の下を左へ、山道を登りはじめた。

とにかく、ひとりになりたかったのである。

小学校の頃から何度も来た道である。これを七、八十メートルも行くと、小さな祠がある天神様だ。その祠の前には十坪ほどの芝生がある。まわりには大きな松の木が何本も生えている。風のある日にはごうごう鳴っていた。小学校一、二年の頃、担任の先生に連れてこられた時は、ずいぶん遠くへ来たような気がしたが、今ではなんということはない、すぐそこである。

冬の芝生は黄白色に枯れ、松ぼっくりを点々と転がしていた。

芝生の上に倒れるように突っ伏した。そして、両手で枯れた芝生を思いっ切りぎゅっと握った。真人は流れる涙をかまわずに、おいおい泣いた。


それから一ヵ月ほどして、秀子から封書が届いた。便箋三枚に、あの秀子独特の美しい文字で書かれていた。

中学生らしからぬ時候のあいさつではじまり､黙って行ってしまったことをまず詫びてあった。そして父の仕事が見つかり、戦前からいた横須賀に戻ったこと、生徒会ではいろいろ世話になったこと、真人も四月から高校生だろうから、がんばってほしいことなどが書かれていた。

「好きだった」のなんだのという言葉は一つも使っていないが、真人に対して好感を持っていたことが、その一つ一つの言葉に感じとれるような気がした。

真人はどんな返事を書こうかと迷った。

本心を書けば、「好きだ」「会いたい」ということになろうが、次のようなそっ気ない返事を書いた。泣きながら……。


お手紙拝見しました。

秀子さんのことはきっと忘れないと思います。

遠く離れてしまいましたがお互いにがんばりましょう。

ではお体に気をつけて。


「秀子さん！」

真人は心の中で叫んだ。

涙がこみ上げてきた。

目をつむり、「エイッ」と手紙をポストの中に投げ入れた。

「さようなら、秀子さん」

壁に穴

六月に入って間もない日であった。

三時半からの職員会議がはじまる前であった。すでに職員十五名全員が集まって、がやがや勝手に話していた時、組合の分会長をしている新井さんが、

「来週の土曜日曜、十三、十四日に、埼教組の定期大会があって、その代議員に一名出さなくちゃならないんだけど……（ノートをぺらぺらめくって）、ええと、順番で言うと、ああ、ちょうど一回りしたところなので、新しく転任してきた人、牧野さんになるんだけど……。来たばかりじゃ悪いかなあ……、そうでなきゃ、またもとに戻って」

と言ったところで、真人はすかさず言った。

「いや、私が行きますよ。行かせてください。私はそういうところへ行くのはいやじゃありませんから……」

「そうですか、じゃ、お願いします」

新井分会長はちょっと怪訝な顔をしたが、ほっとしたように言った。

確かに、組合の定期大会に行くのが、いやじゃないなどと言う人はあまりいないかもしれない。本当の気持ちを言い過ぎたかなと思った。

真人は四月（昭和三六年）にこの学校、矢納《やのう》中学校へ転任してきたばかりであった。前任校は埼玉県立坂戸ろう学校。そこに七年勤務し、希望してこの学校、へき地の矢納中学校に赴任した

のである。

真人は、教師になることが夢であった。しかも、教師になるなら、盲学校か、ろう学校の先生になりたいと思っていた。幸い、坂戸ろう学校に就職することができた。ろう教育を一生の仕事にしようと思っていた。教育の中でも、このろう教育が一番難しいのではないか、それだけにやりがいがあると思った。

そこで真人は考えた。でも、本当のろう教育をやるには、普通学校の経験をすることが必要ではないか。よし、そうしよう。普通学校に行くなら、山の中の小さな学校、へき地の学校に行ってみたい。

真人は高校生の頃から、教育関係の本を読んでいた。特に感動したのが、無着成恭が編集した山村の子ども達の作文や詩の本『山びこ学校』、また大関松三郎の詩を中心にした文集『山芋』、そしてまた小笠原諸島の一つの小さな島の学校の教師が書いた『黒潮のはてに子らありて』などであった。

教職員組合もへき地教育の人事には困っていた。組合は組合員の希望を尊重するという原則がある。へき地の学校の職員は早くへき地を出たい。その希望を無視することはできない。しかし、へき地への希望者はいない。そこでへき地校への希望者がいれば、それこそ大喜びとなる。それは教育委員会にとっても同じこと。大喜びだ。

真人がへき地に希望を出すと、すぐ反応があった。

組合から、二月二十八日に児玉郡の秩父と接している山の中の学校、矢納小中学校へ「第一回へき地校訪問」として行くから、一緒に行かないかという誘いがあった。もちろん、喜んで「行く」と返事をした。

行き方について組合から連絡があった。真人の住んでいる小川町からは八高線で約三十分、丹荘という駅に行く。そこを本庄から群馬県鬼石町行きのバスが通っているのでそれに乗り、約三十分で鬼石町に着く。そしたら、そこから今度は万場町行きのバスに乗り換える。そこから二十分ほど乗ると矢納入口というところがあるが、学校に行くには、あと二つ三つ先の、保美ノ山という停留所で降り、神流川《かんながわ》を渡り三十分ほど山道を登ると矢納小中学校に着く、ということであった。

驚いた。矢納は埼玉県なのに、群馬県の鬼石町を通らなければいけないのか。それにしても、乗り物に乗っている時間だけでも一時間半、途中の乗り換えの待ち時間を考えるとどのくらいかかるか見当もつかない。

そしたら、組合から「組合の車で小川町を通って行くから、小川町の駅で八時に待っていてくれ」という連絡があり、ほっとした。

当日、組合本部からは柴本書記長、関田会計、四方田執行委員の三名が来た。真人も、坂戸ろう学校で、特殊学校部長など組合の役員をしていたからよく知っていた。

坂戸ろう学校は県立なので、組合は埼玉県高等学校教職員組合だったので、義務教育小中学校の県教組（埼玉県教職員組合）とは組織が別だったが、交流はあった。

柴本書記長と関田会計は、矢納小中学校も入っている児玉連協からの人であった。だから、この地域の学校の先生で知らない人はいない。

普通の交通機関を使って来たのでは、二時間はゆうにかかるところだが、車で来るとほぼ一時間で学校の登り口のところにある店の前まで着いた。

登り口というのもおかしいが、本当にそうなのだ。車をそこの店、酒、味噌、醤油をはじめ、茶碗から箒、なんでも売っている雑貨屋のような店の駐車場を借りて車を置いた。

まず、すぐ傍を流れている神流川を渡る。川幅約五十メートルの神流川には板を渡しただけで作られた粗末な橋が掛かっていた。その橋の上に二本の綱が張られていて、一本の綱の端に人が一人入れるくらいの箱がぶら下がっていた。なんだろうかと思ったら、大水が出るとすぐこの板の橋は流される。その板の橋は丈夫な太い針金で、川岸に打ち込んである頑丈な杭に繋がれているから、大水には流されない。流されても水が引いて、川の端に繋がれている板の橋が掛けられるようになるまでは、上の箱に乗って、自分でもう一本の綱を引いて渡るのだということだった。

板橋を渡り、坂道を三〇分近くかけて登るのだ。途中までは道の傍に三、四軒家があったが、中腹までは桑畑や麦畑などであり、途中からは本当の山道になる。学校へ行くのを「登校」とはよく言ったものだ。

十時頃、矢納小学校に着いた。明治時代に建てたのだということだったが、まあ古い古い、まさにボロッ校舎だ。平屋造りで窓は小さく、その下は所々壊れたところを適当に張りつけた箇所が目立つ板張りの造りだった。考えてみれば、真人の出た小学校も同じだった。なにか馴染むものを感じた。

それに学校のある場所は、山の中腹、それも北側、目の前には狭い運動場に続いて高い山が立っていた。だから、二月の今、冬の間はその山のために運動場も校舎にも日が当らない。学校の周りには人家は一軒もない。

こういうところにも学校が存在するのだとしみじみ思った。

到着するとすぐ、「今学芸会がはじまるから会場の方へ」と案内されたところは、三つの教室をぶち抜いて作った即席の演芸場だった。子ども達は百人ほどわいわいしていた。

「さあ、みなさん、今日はお客様がいらっしゃいました。元気よく挨拶をしましょう」

「おはようございます！」

子ども達の元気な声が、狭い会場を満たした。

合唱や一、二年生の合同劇『サルカニ合戦』の劇などいろいろあったが、真人が一番感激したのは、五、六年生の合同劇『私たちの歴史』という古代から現代までをあしらって、衣装なども古着を使ったり、模造紙で作ったり工夫しており、石器時代、貴族時代、武家時代、封建時代、と現代まで、その特徴を劇化したものだった。

学芸会でこういう創作劇を見たことがなかった。もっとも、自分の小中学校時代の学芸会しか見たことはないが……。

そのあと、手作り料理の昼食をご馳走になった。野菜のてんぷら、煮もの、漬物、なんといっても鮎の塩焼きがうまかった。下の神流川で獲れたものだという。

一時半から、職員との話し合いがあった。へき地学校での悩み、またその良さなどいろいろ話す中で、真人が一番いいと思ったのは地域の結びつきの強さだった。教師が地域に出て行って、膝を交えての話し合いを持つ、すばらしいことだと思った。

こんなこともあって、真人の人事は順調に進み、矢納中学校への転任が決まった。

今は、学校から一五〇〇メートルくらいのところの、神主さんという大きな古い家の離れを借りて住んでいる。この家は昔、庄屋だったという謂われのある家で、広い縁側から庭に向かって七、八段、幅二メートルほどの木製の階段が付いている。つまり、ここで村内でもめごとがあった時、裁判を行なった名残りだというのだ。その裁判官をこの家の家主が務めたという話である。

真人が借りている離れというのは、その階段の前の庭から入る入口があって、部屋に入ると十六畳もの広さがあり、部屋を横切り南側の障子を開けると大きな景色が目の前に広がる。部屋そのものも地上から四メートルほど高いのだが、その下は段々畑でどんどん下っていて、遥か下に目には見えないが、いつもごうごう音を立てて流れている沢がある。はじめてそこに寝た晩、その音が耳に残ってなかなか寝つかれずに参った。毎晩こんなことではと思ったが、二晩か三晩もすると全然気にならなくなった。慣れというものは、こんなものかとつくづく思った。

学校へは、そこから両側が段々畑の中の道を十二、三分登ると、城峰神社という大きな神社の前に出て、そこから今度は七、八分下ると矢納中学校の庭に着く。

中学校は、小学校のように明治時代に建てたものではない。戦後に学校制度が変わり、中学校が誕生した時、村の人達が代わる代わる当番で出て、下から柱や板などを担ぎあげて造ったのだという。普通教室が三つ、特別教室として、家庭科室と技術科室が一つずつ。そして音楽室を兼ねた集会場、また雨天体操場ともなる、ちょっと広い部屋が一つと狭い職員室がひとつ。それが長く一棟になっている。これが、真人の職場である。

第二十回埼教組定期大会の六月十三日の前日に真人は、小川町の実家に帰り、そこから会場がある浦和の埼玉会館に向かった。真人が会場に着いた時には、すでに総勢三百五十人の半分くらいは席を埋めていた。埼玉県教職員組合は八つの連協組織からなっている。連協というのは各市町村ごと（小さい町村は複数の場合もある）の支部を郡ごとにまとめたものである。北足立南、北足立北、入間、比企、秩父、大里、埼葛、北埼の八つである。会場には連協ごとに大きな立て札が立っていた。

真人は自分の所属する児玉連協の立て札のところへ行った。そこは一番前の右側の席になっていた。すでに鳥越連協委員長、島田連協書記長、それに半分以上の代議員は席に着いていた。一人も顔見知りの人はいなかった。

「おはようございます。お世話になります」

真人は大声でにこやかに挨拶した。すぐ島田書記長が抱えていた数冊の大会議案書の中から一冊、真人に渡しに寄って来た。

「遠いところからごくろうさまです」

にこやかに挨拶をしながら議案書を差し出した。

大会議案は一週間程前に、学校に埼玉教育新聞の形で届けられていたので見てはいた。よく読んではいないが……。

もっとも、ほとんどの組合員も読んではいないだろう。新聞の形で早々と学校（分会）に届けられるのは、個人個人読んでもらいたいだけではなく、分会討議、つまりみんなで話し合ってもらうためなのだが、ほとんどの学校で配ればそれで終わりだ。そしてほとんどの人はぺらぺらとめくって目を通せばいい方で、ごみ箱にポイという人も珍しくはない。

百二十ページにもなるパンフレットの形になった議案書を真人は手にした。

開会時間十分前くらいになり、全員そろったと思われる時、鳥越委員長が、

「おはようございます。児玉連協のみなさん、今日は朝早くからご苦労さまです。明日までがんばってください。それから、みなさんにお願いがあります。はじめての方もおられるようですが、今日、この大会で児玉連協から修正案を一つ出します。運動方針の中の『闘いのすすめ方』の中の○4の中の一番最後のイロの最後の口の『革新政党の伸張を期し、闘いを組織化する』というところを『日本社会党を支持し、革新政党との提携を深めて日常闘争を強化拡大させる』とする修正案です。よろしくお願いします」

真人は〝うっ〟と思った。革新政党と言えば、普通社会党と共産党になる。それを社会党一つにしぼるということは共産党は支持しないということか。共産党を組合が支持しないのはおかしい。

こんな修正案を出すなどとは、分会長からも聞いていなかった。

確かに共産党支持者は少ない。いろいろな選挙でも当選者は少ない。だから、このような修正案を出すのだろうが……。

昨年（昭和三十五年）の十一月にあった衆議院の選挙でも、自民二九六、社会一四五、民社一七、共産はたった三名の当選者を出しただけだった。それに、真人が驚いたことは、真人が希望し赴任してきた矢納中学校のある村、神泉村では、埼玉県で一番小さな村だったから、有権者は約一〇〇〇人くらいしかいなかった。しかし、それにしても共産党はあまりにも少ない得票数だった。たった四票である。得票率〇・〇四％である。これじゃ誰が投票したか、わかってしまうだろう。その村に来たわけである。

真人は共産党が好きだった。支持していた。選挙ではいつも共産党に投票している。こんな修正案を支持することはできない。俺は反対する。そう思った。

真人が共産党支持となったのには理由がある。

小川町の高校、県立小川高校一年の時のことだった。

同級性の内田君が、

「牧野よ。囲碁が好きなようだけど、もし、やる気があるなら隣の横川重次元代議士のところへ連れてってやるよ。ほれ、同級生に横山美恵子という子がいるだんべ。そのおやじだよ」

真人は中学三年の時、担任の新井先生から囲碁を教わった。田中という同級生も一緒だった。二人とも囲碁が気に入ってしまい、放課後は毎日打った。

当時は、学校の中に自由な雰囲気があり、放課後は先生も

「おい、牧野、囲碁でもやるか」

と、先生の方から誘うこともあった。

真人の囲碁の力はめきめき上がり、教わって三か月経った時には、新井先生を負かすようになった。一緒に新井先生に教わった二人の先生もおり、都合四人がよく対局したのだが、一番強くなったのは真人だった。

将棋も近所に相手がいないほどだったので、こういう勝負事が向いていたのだろう。

兵隊帰りの人で、軍隊で囲碁を覚えたという人が、「近所に碁を打つ人がいないのでやりたいと思っていたら、中学校で碁をやっていると聞いたので、ぜひと思い来た」と言って、なかなかいい碁盤を持ってきた。その碁盤がそれ以後中学校のものとなった。早速、真人とやることになった。なんと五分五分の勝負だった。

「なかなかやるね」

そう言われて、真人はうれしかった。ますます碁が好きになった。


横川重次という人は、この地域では財閥として有名な人だった。大きな山を持ち、代議士の時は、商工政務次官をしていたとも聞いていた。

しかし、戦後はマッカーサー指令で追放され、議員にはなれなくなってしまったので、家でぶらぶらしているということだった。

誰だっていい、相手さえしてくれれば。囲碁をやってくれると聞けばどこへだって跳んでいく。そんな真人だったから、

「行く、行く、行くさ。頼むよ」

内田君が、美恵子を通して話をしてくれたので、幾日かあとに訪ねた時には快く迎えてくれた。あまりにもどでかい家に驚いた。大名屋敷のような大きな門をくぐると、大きくひねり曲がった松や山のような苔むした石が置いてある庭を通って、これまた見たこともないようなくぐり戸をくぐって入ると広い土間であった。その向こうに重々しい板戸があり、それが「どうぞ」という明るい柔らかな声とともに開いた。そこには愛らしい、にこやかな顔をした同級生の美恵子がいた。

「真人さん、よく来てくれたわね、お父さんが待ってるわ。どうぞ」

障子を開けて真人を迎え入れると静かにしめて、部屋の中に入った。十六畳いや二十四畳くらいある。その部屋を抜けて、その奥の部屋へまた進む。

すばらしい山水画の襖障子に三辺を囲まれた部屋、その真ん中に、見たこともないような分厚い碁盤がある。その上に立派な碁笥《ごけ》が二つ置かれている。奥から和服姿の横川重次氏がちょび髭を撫ぜながらにこやかな顔で、

「碁をやるんだって……、よく来てくれたね。どうぞ」と言って、手を一方の座布団を指しながら、真人に座ることを促した。

座り一礼して真人が、

「お願いします。何目置けばいいでしょうか」

「何目でも、好きだけ置けば」

驚いた。何目でも好きだけ置けばとは……。

真人は内心思った。〝よし、では思い切り井目《せいもく》置いて、コテンにやっつけてやる〟

「では、井目置かせてください。まだ弱いので……」

横山重次は平然と言った。

「そうぞ」

〝こんちくしょう、今に見ていろ〟

そう思いながら真人は、盤の上に一目ずつ九つの黒石を並べた。

パチリ、パチリ、石は打たれていく。

驚いた、驚いた、打ち進むにつれ真人の黒石は、相手の白石に切られ囲まれていき、二目の目が出できなくなっていく。最終的には、隅の何か所かが小さく生きただけで、あとは全部死んでしまった。二人とも考える時間などとらなかったから、三十分くらいで打ち終わってしまった。

〝強い、強い、世の中にこんなに碁の強い人がいるとは知らなかった〟

「参りました。本当に……、強いですね」

「君も若いにしては手筋がいいよ。やれば伸びるよ……。じゃ、夕飯でも食べて行きなさい……。真人君と言ったたっけ（真人がうなずくと）。恵美子、真人君に夕飯を食べてもらいなさい」

と言って、奥の間に消えて行った。

すぐ、にこにこしながら恵美子が出てきて、

「真人さん、どうだった、お父さん強いでしょう……。こっちこっち」

「夕飯はいいです。すぐ帰ります」

と言ったが、そんなことには関係なく、恵美子が手招きして案内したのは、また違う六畳ほどの小さな部屋で、大きなラジオが置いてあった。真ん中に卓袱台が置かれてあった。

「ちょっと待って、今、持ってくるから」

もう、用意してあったらしく、恵美子が大きなお盆の上に、ご飯、味噌汁、鮭の塩焼き、煮ものの、漬物など持ってきて卓袱台の上に並べながら、

「あり合わせで、ろくなものはないけど食べてって」

いつもは麦の中に米がいくらか入っているくらいのものを食べていた。しかし、真っ白いご飯が出てきた。米の飯など特別な日、祭りとか、なにかのお祝いの日以外には食べられるものではなかった。

鮭の塩焼き、うまい、煮ものもうまい、わかめと豆腐の味噌汁もうまい、こんな美味しい夕飯は食べたことがないと思った。もっと食べたかったがお代わりは一回だけで我慢した。

「ちょうどもらいものがあったから、食後の果物、食べてって」

食後の果物などという言葉は聞いたことがなかった。勝手に食後、家にできた柿や李《すもも》など喰ったことはあったが、食後の果物などとしゃれた言葉は使ったことはない。

出てきたものを見て驚いた。生のパイナップルだ。こんなもの、今まで見たこともなかった。地元の小川町の八百屋では売っていない。真人はどこかでパイナップルの缶詰を一切れか二切れ、もらって食べたことがあった。うまかった。こんなにうまいものが世の中にあったのかとさえ思ったほどだった。生のパイナップルはもっとうまいだろう。そう思って、食べやすく切ってあるパイナップルにかぶりついた。と、そうではなかった。缶詰のパイナップルの方が甘くうまかった。期待はずれで多少がっかりしたが、やはり味はよかった。

七時頃に帰宅すると、ちょうど家族夕飯の最中だった。

「夕飯はいらない、食ってきたから」

すると母が、

「誰の家で……」

「横川重次さんと碁をやって、そのあとにご馳走になった。パイナップルも食ってきた。うまかったなあ」

それを聞いていた父が、ひもかわを喰っていた箸を止めて、すっとんきょうな声をあげた。

「なに？　今なんて言った？　横川重次さんとこだと？　碁をやって夕飯をご馳走になってきたと。おめえはとんでもねえやつだな、あきれた……」

〝なにがとんでもねえ奴だよ。誰と碁をやろうといいじゃねえか、俺はまたやりに行くさ〟

真人はそう思って、とっとと自分の部屋へ向かった。

これは、真人が高校一年、昭和二十六年の秋のことであった。

真人はそれから本気で碁の勉強をはじめた。幸い、友達の一人が、「おじいさんが碁をやっていたらしく、碁の本が二冊ある、真人君が碁をやるならやるよ。もう家に碁をやる人はいないから」と言って和綴じの古い碁の本をくれた。文語体で説明が書かれている古いものだった。「黒1と打たば、白2と打てり。黒3と打たば白4と打つを本手とす」というような表現だった。しかし、碁の中身は現在と変わらず、その定石と実戦の二冊の本は碁の力をぐんぐん上達させた。

横川さんはよっぽど暇をもてあましていたのだろう、次ぐ年の三月、再び碁を打つ機会を作ってもらった。

「おう、来たか、来たか」

にこにこして迎えてくれた。

「今日は、六子でお願いします」

思い切って言った。

「ほほう、大分勉強したと見えるね、六子で打とうとは」

横川は言った。

真人は何目か負けたがいい勝負だった。横川重次は、

「大したもんだ、わずか四、五か月でこんなに伸びるとは。真人君はきっと強くなるよ。私と対で打てるようになるかもね。あはははは」


その年の八月、とんでもないことが起こった。

日本共産党員数名が、横川重次宅を夜中に訪れ、切りつけたという。いわゆる横川事件である。犯人は山に逃げ込んでいたが、翌日には逮捕され、事件に関わった全員が共産党員だと発表された。小川町で印刷業を営んでいた共産党員、宮田洋司さんも案内役をしたというので逮捕された。

真人は心臓が飛び出すほど驚いた。囲碁の相手をしてくれただけでなく、夕飯までご馳走してくれた横川重次元代議士が、しかも感じのいい同級生の恵美子さんのお父さんが共産党員に襲われたのだ。

日本共産党本部は、すぐ、「日本共産党は関係ない」と声明を出した。

真人はそれまで、共産党というものをただ一般的な噂の範囲でしか知らなかった。父母も一切そういう政治のことは家で話さないし、学校の先生も全然話すことはなかった。

ニュースで二、三年前、下山事件、三鷹事件、松川事件などがたて続けに起こり、それが国鉄労働組合の組合員や共産党員が犯人だというようなことを聞いたことがあった。

やっぱり……、と、真人は思った。

そして昨年、昭和二十六年三月、三十五人もいた日本共産党の国会議員を、衆議院で除名決議をして追放してしまった。また、九月には公務員のレッドパージがあり、国や地方の公務員、先生方も多かったと聞いたが、共産党員またはその関係者と思しき人の首を切ってしまったとも聞いた。

いろんな事件を起こしたからというのだろうと簡単に考えていた。それが、碁を教えてくれた横川元代議士を殺そうとしたとは許せない。なぜそんなことをするのか、共産党とはそんなに悪いものなのか。

真人は本気で共産党というものを調べてみようと思った。

幸い、在校している小川高校は、図書の在庫数は県下一とも言われている程多く、特に社会科学系の本もたくさんあった。

とりあえず、平凡社刊『世界大百科辞典』で引いてみようと思った。

「共産主義」という単語を引いてみて驚いた、虫眼鏡を必要とするような細かな文字で五ページも六ページもあるのだ。

まず最初はその語源、ラテン語コムーネから来ているとのこと。そんなことはどうでもいい。読んで行くと、マルクス、エンゲルス、レーニン、スターリン、そして『共産党宣言』『資本論』などの言葉とともにその解説もしてある。

真人にとっては目新しい言葉が多く、内容をつかみ切れない点も多かったが、わかった点は共産党というのは日本だけでなく、長い歴史があり、たくさんの国で活動しているのだということ。もちろん、ソビエト連邦や中国が共産主義の国くらいは知ってはいた。

日本共産党は一九二二年七月二十二日に設立されたこと。一九二八年三月十五日、大検挙されたこと。小林多喜二という党員小説家は一九三三年逮捕され、警察の拷問によって逮捕されたその日のうちに虐殺されたことなどを知った。

図書館にあったので『資本論』を読みはじめたが、真人の知識では理解できないので十ページほど読んで止めた。小林多喜二の『蟹工船』は感動を覚えた。一九二八年の三月十五日の共産党またその支持者に対する大弾圧、大検挙のことを多喜二は『三月一五日』という小説にもしている。そのものすごさは読むのを止めたくなるほどだった。「お前の書いた小説のようにしてやる」そう言って警察は多喜二を虐殺したことも知った。

結局、簡単に言えば、共産主義というのは働く者、労働者を裏切ったことはない。その味方であること。王様とか大金持ちを許さない、財産をみんなで分け合うような考えの主義なんだということ。

そんな社会が来ると困るから、大金持ち、大資産家は共産主義、共産党を嫌うのだ。そして、警察権力を使って弾圧する。真人はそう理解した。

しかし、もし、横川重次を共産党が襲ったなら、それは大間違いだ。そうでない事を祈った。

その後、様々な本を読み、太平洋戦争の中で、非合法活動に追いやられた日本共産党だけが命を張って戦争反対を貫いていたこと。そのため多くの活動家達は獄中にいたということ。獄中で命を落とした人も多かったこと。女性党員もいたこと。

こんなことを教えてくれた人は、先生の中にも一人もいなかった。特にあの戦争の中で「反対」を主張していた人がいたということを知った時、身震いするほど驚いた。戦争が終わって、七年も過ぎた今、はじめて知ったからだ。

「俺は、共産党の支持者になる」

しかし、去年、公務員レッドパージもあった。なんとしても教員、盲学校かろう学校の先生になりたいと思っている。しかし、「共産党支持」がばれたら希望は叶わないに決まっている。教員になるためには〝絶対、他の人にばれないようにしなければならない〟そう心に決めた。

高校二年の時であった。

定期大会の審議は着々と進んでいた。

前面、舞台の上には、議長、執行部、来賓が座を占めており、その後ろには九本のスローガンがかかっていた。

（大会スローガン）

一　平和憲法を守り、安保体制を打破しよう。
一　ＩＬＯ条約八十七号即時批准を勝ちとり便乗国内法の改悪を阻止しよう。
一　当弾圧を排除し、労働基本権を奪還しよう。
一　勤評政策と対決し、教育の権力支配を排除しよう。
一　反動文教政策を粉砕し、民主教育を確立しよう。
一　大幅賃金引き上げ、最低賃金制確立を勝ち取ろう。
一　父母負担の軽減と、教育向上のため教育予算の増額を闘い取ろう。
一　組織を強化し、共闘を進める中で、子どもたちの幸福を守り抜こう。
一　教え子を再び戦場に送るな！

そして、舞台の袖の壁には、幅が狭いから仕方ないが、遠くからでは読みづらいだろうと思われるくらいの大きさの文字で、大会次第が掲げられていた。書道の先生でも書いたのか、見事な文字である。

（第二〇回定期大会次第）
一　資格確認
二　開会宣言

三　国民歌「緑の山河」斉唱
四　大会運営委員選出ならびに挨拶
五　議長団選出ならびに挨拶
六　議事録署名委員選出並びに書記委嘱
七　中央執行委員長挨拶
八　中央情勢報告
九　経過報告（質疑応答、批判検討）
一〇　来賓祝辞
一一　議事
第一号議案　一九六〇年度決算承認に関する件
第二号議案　一九六一年度運動方針並びに大会スローガン承認に関する件
第三号議案　当面の闘争に関する件
第四号議案　反動文教政策を粉砕し民主教育確立に関する件
第五号議案　一九六一年度一般会計歳入歳出に関する件
第六号議案　新賃金要求草案集約に関する件
第七号議案　日教組大会議案審議並びに代議員選出に関する件
第八号議案　規約規定等一部改定に関する件

第九号議案　地方提出議題
その他
一二　大会宣言
一三　日教組「組合歌」斉唱
一四　閉会宣言

大会は順調に進行していた。質疑討論が激しいのは、第二号議案の運動方針のところである。児玉連協もここに「社会党一党支持」の修正案を出しているのだ。

第一日目、第二号議案の運動方針の提案がはじまったのが午後の二時頃、提案だけで一時間はたっぷりかかった。それに対する質疑応答だけで一日目の終了時間五時を迎えて、時間切れとなった。

修正案の提案と討議は二日目にまわされた。

その晩、真人は実家に泊った。

第二日目、九時かっきりに開会された。

出された修正案は、三つの連協、三つの支部から合計十八本出されていた。

提案、討議、採決となるのだが、討論などやる必要のない、直接採決という修正案も結構あるので思ったほど時間をとるわけではない。

しかし、中にはいくつか執行部の方針に反対する中身の修正案もあるので激論となる。児玉連協の出した「政党支持」の問題も激論になる大きな問題である。

原案は「革新政党の伸長を期し……」となっているが、執行部全員がそう思っているわけではない。いや、数の上では「社会党一党支持」の方が多いのかもしれない。しかし、執行部内での討論の中では、理論的に「革新政党支持」つまり「共産党を支持政党から外すべきではない」方が強いので、そうなっていると理解した方がいいのかもしれない。

埼教祖の活動の中心である書記長と会計が児玉連協出身であり、そこから社会党一党支持の修正案ができるのだから、それだけでもわかるではないか。

各連協・支部では、執行委員会などで大会議案を討議して修正案などを作るのだが、本気で内容を考えている人は少ない。各連協やその下部組織の支部などの役員、委員長や書記長などをしている人には、もちろん本気で組合運動を考え、活動している人が多い。だから、そういう人が執行委員会（役員会）で強く訴えればそれに反対する人はいない。心の中でそう思わなくも反対の声は挙げない。

そして、修正案はできる。

例えば修正案の一つ、秩父連協から出されたものを見ると、

『一〇頁上段（二）◎校長交渉……以下この項削除修正　〇校長交渉は勤評闘争以来、何回となく組織されてきたが、その中で明らかになったことは、多くの校長が、教育者としての良心を失い、権力者の末端機構と化してきたことである。今後の交渉の中では、「民主教育をどう考えるか」という教育者としてのあり方を明確に打ち出し、校長ぐるみの闘いを組織化する。ただし、良心のない反動的校長には断固として対決していく』

これは一つの例だが、相当強い職場闘争の中身である。実際に多くの学校では、校長と普通に仲良くやっている。学期ごとの始業式、終業式、また、運動会や学芸会などの行事のあとには、一杯会をもったりしている。〝断固として校長交渉〞などしている学校はほとんどない。しかし、この修正案は過半数やっとではあったが可決した。反対しづらい中身だからである。

児玉連協の修正案提案の順番だ。

島田書記長が、あまり多くはない拍手と「おかしいぞ、これは」とか「社会党がそんなにやっているか」などのヤジの中で演壇に上がった。

「児玉連協の書記長島田です。よろしくお願いします。児玉連協の修正案を提案します。九頁下段、『闘いのすすめ方』の中の3民主主義を守る闘いを積極的に組織する　の中の〇4民主主義を確立する闘いを強化する　の中の、『ロ　革新勢力の伸長を期し、闘いを組織する』を『日本社会党を支持し、革新政党との提携を深めて日常闘争を強化拡大させる』に修正するということです」

「書記長の出ている連協から、なんでこんな修正案が出るんだ！」

「おかしい、おかしい」

ヤジがしきりに飛んだ。島田書記長は続けた。

「原案の表現は、具体性と実行性に欠けています。組織として、支持政党を明らかにすることは必要であり、そこから指導性が生まれると思います。具体的には院内で闘える政党の勢力を拡大することが現実的であり、埼教組の実態に即しています。院内で数の上で力になれるのは社会党です。昨年までは『社会党共産党両党支持』でしたが、必ずしも世論の支持を得なかったと思います。組織が政党の支持を決定しても個人個人の投票権を侵すものでもなければ、政党支持の自由を侵すものでもありません。そういう提案理由に立って、日教組と同じに『日本社会党を支持し、革新政党との提携を深めて日常闘争を強化拡大させる』と修正していただくよう提案いたします」

提案している最中でも、

「書記長！　自分の連協からとんでもない修正案が出てるぞ！」

「日教組の命令か！」

などなど、しきりにヤジが飛んだ。議長が、

「静かにしてください！」

と二、三度注意するほどだった。

いくつかの質疑が出た。

「『革新政党との連携を深め』と言いながら、なぜ社会党だけ支持するのか」

という質疑には、

「社会党以外の革新政党にも協力してもらわなければならないからです」

などと答弁していた。その他にも、要約すれば次のような質疑が続いた。

「革新勢力の伸長を期し、という原案でなぜ悪いのか。結局、共産党を排除したいというのが本音ではないのか」

「書記長は自分の出身支部からこのような修正案が出るのを知っていたのか。知っていたとすればどう指導したのか」

質疑が続いた。

それなりの答弁があり、「そんな答弁があるか」「わからない、わからない」などのヤジが聞かれる中、質疑が打ち切られ討論となった。

「これで質疑を打ち切ります。討論に移ります。意見のある人は挙手してください」

真人は、「はい！」と大声を上げて手を挙げた。

議場では数本の手が挙がっていた。議長は大声を上げた真人を指した。

「はいっ、児玉連協」

議長は組織の名前で指名する。同じ組織で複数いる時は、その組織の中で決めればいい。児玉連協では誰も手を挙げていないのだから真人に決まっていた。

議長も児玉連協から出た修正案だから、補強意見だろうと思って指名したのだろう。議長だけではない会場の代議員全員がそう思っただろう。

約三百五十人代議員席は大きく三列になっている。中に通路が二本ある。その通路の前と真ん中に、合計四本の発言マイクが置いてある。

真人は一番近いマイクの前に向かった。発言は議長に向かってするようになっている。本当は代議員に向かって言いたいのに……。

真人はこういう大きな大会などで発言したことは初めてではない。前任校の坂戸ろう学校時代、埼高教組、埼玉県高等学校教職員組合の定期大会で何回か発言したこともあるし、大会議長をしたこともある。だから、そんなにあがることはないはずだが、自分の出ている連協の修正案に反対するということはかなり緊張していた。

「私は児玉連協の代議員、牧野と言います。この児玉連協から出された修正案に反対の立場で討論に参加します」

会場にどよめきが起こった。しばし、拍手もヤジも激励の言葉もなかった。ただ、えっ、あっ、うっ、というような、なんとも言いようのないどよめきだけだった。何秒か経ったあと、はっと気がついたように、「いいぞ！」「がんばれ！」などの声とともに、大きな拍手が起こった。

真人は発言を続けた。なにをしゃべるか聞こうとでもいうように、会場は静かになった。

「私は動員の形でこの定期大会に出席しました。この修正案が出されることは全然知りませんでした。分会長からも聞いていません。会場に来て初めて書記長から聞きました。

この修正案は、『革新政党との連携を深め』とも言っていますが、本心は共産党を私達の運動から除外しようということが、見え見えです。

私は、高校生の頃、日本共産党について、本気で調べたことがあります。下山事件、三鷹事件、松川事件など共産党員が犯人だと報道されたからです。なんでそんな悪いことをするのだと思ったからです。日本共産党の歴史は、一九二二年誕生して以来苦難の歴史でした。ここで共産党の歴史をしゃべることはしませんが、ただ一つ、あの忌まわしい戦争、日教組の合言葉、前のスローガンにもありますが『教え子を再び戦場に送るな』の戦争に反対していた、ただ一つの政党が日本共産党だったこと、そのことを初めて知りました。驚きました。

そのことを私が教わった先生の中で、誰もいませんでした。十年前には三十五人もいた共産党衆議院議員は除名され、多くの公務員、教員の中の共産党員らしき人はレッドパージされました。弾圧です。あってはならないことです。アメリカの指図だったと聞いていますが、国民の運動と共産党を切り離すための弾圧です。しかし、多くの国民はそれにだまされてしまいました。しかし、全員がだまされたわけではありません。

今、その企みがはがれてきたところです。私達教職員組合こそ、歴史を正しく見ていくべきです。日本共産党の政策と、私達の今審議している活動方針とは、まったく矛盾していません」

そこで真人は、息をつぐため、少し間をおいた。大きな激励の拍手が起こった。ちらっと児玉連協の人達を見たら、ただ、黙ってしかめっ面をしていた。

真人はすぐ発言を続けた。

「地域などでも、少し違った意見や、やろうとしている事に反対意見を言うと『お前はいつからアカになったんだ』などと言われることがあります。アカという言葉はその人を否定する言葉になっています。新しい、いい意味、計画などをさせないことになっています。アカ、つまり共産党はダメなんだという戦前からの、それこそ人種問題と言ってもいいこのようなことはなくしていかなければなりません。そのためにも、我々の活動方針の中から共産党を排除するようなことがあってはなりません。私は、自分の所属する児玉連協のためにもこの修正案に反対します。発言を終わります」

会場は割れんばかりの大きな拍手と「いいぞ!」「やったぞ!」などという励ましのヤジが飛んだ。ピーピーという口笛まで聞こえてきた。児玉連協の席に戻ると、児玉連協の代議員達は黙って下を向いているか、恨めしそうな顔をしているかしている者がほとんどだったが、中には、なかなかやるねえと、微笑んでいるような顔をしている者もいるのを見落とさなかった。

とにかく、真人は児玉連協三十人ほどの代議員を一人も知らないのだ。

鳥越執行委員長も島田書記長もただ黙っていた。心の中では困ったことをしてくれたと思っていたに違いない。

続いて三人程、反対意見が続き、比企連協から簡単な賛成意見があった。

「地域に戻ると、いろんな運動で共産党との共闘はあまり賛成されないことがある。ことによっては協力し合うこともあるけど、方針の中に支持関係ととれる言葉はない方がいい。修正案に賛成する」

というような中身だった。

比企連協からは、田代正幸という人が日教組に中央執行委員として出ている。それだけに社会党一党支持で組合は固まっている。しかし、真人は真人の出身地だから知っている。選挙となれば必ず共産党に入れてくれている先生のいることを。

討論も終わり、採決となった。

「これより、児玉連協提出の修正案について採決に移ります。現在の代議員数三五六名、過半数は一七九名です。では賛成の人、立ってください」

がやがや言いながら賛成者がごそっと立ち上がった。児玉連協は、真人以外全員立ち上がった。比企支部も二十名くらいの代議員全員が立ち上がったようだった。しかし浦和、川口の方の北足立南連協、また大宮、上尾、桶川などの北足立北連協などの八十人からの大きな連協では立ち上がる人はまばらだった。秩父連協は二十人足らずの小さな連協ではあるが、全員着席したままだった。

しかし、大里連協、北埼連協などは立った人がかなりいた。立ち上がった者が過半数になっているかどうかは判断がつかなかった。

議長の声が響いた。

「では、正確に数えるため、連協ごとに数えますから全員着席してください。では、北足立南、賛成者は立ってください」

「立たない、立たない」などの声がある中で、五、六人は立った。

議事運営委員の人達がそれぞれの連協のところにいて、大声で議長に報告する。

「六票！」

議長が「はい、六票、では次に、北足立北、賛成者立ってください」

という具合に賛成票の確認は進んだ。

議長の大きな声が会場に響いた。

「では、集計を発表します。一六二票、過半数に至りませんので否決といたします」

会場は割れんばかりの大拍手。

「うおうー」という声。「ピーピー」という指笛の音。

児玉や比企の代議員は、なにかぽうーとして、〝俺達には関係ない〟という格好だった。

十七票足らなかったことになる。ということは、あと九名ひっくり返れば可決したことになる。

真人の発言が大きく影響したとも考えられる。修正案を出した連協の中から反対者が出て、修正案を潰したとなれば穏やかでない。このままではすまされない。どう真人に当たってくるか、心の中でそれなりに覚悟を決めざるを得なかった。しかし、代議員一人ひとりに発言の自由は保障されているのは当然のことだ。真人の発言は間違ってはいない。改めて胸の奥で確信した。

最後に日教組組合歌斉唱、そして高らかに閉会が宣言され、第二〇回埼玉県教職員組合定期大会は終了した。昭和二十六年六月十四日、午後五時二十六分であった。

次ぐ日の月曜日には、真人は小川町の実家から矢納に戻らなければならない。八時半の始業時間にはちょっと無理なので、一時間くらい遅刻することは承知されていた。

こういう時、山の学校はよくできている。遅刻届けなど提出しなくてもなんでもない。一日休む時には年休届けを出すが、そういう時も教頭が、

「いつも超過勤務してるんだからいいよ」

と言って握りつぶしてしまう。もっとも年休など、前の年の余りを足すと四十日もあるから、年休として扱ってくれたってどうということはないが。


大会が終わった次の週の金曜日、分会長の新井さんから、

「牧野さん、来週の水曜日、児玉小学校で拡大執行委員会を開くから出席してくれと。定期大会の時のことだそうだよ。牧野さんの発言のことだとさ」

〝ほら、きた〟

真人は思った。

「わかった、行くよ。俺が、児玉連協が出した修正案に反対したからさ。それも、それが原因かどうかは別として、否決になっちゃったからなあ」

中身も説明しておいた方がいいと思って、

「本部の原案は政党との関係は『革新政党支持』ということで、まあ社会党と共産党と両方を支持していくというのだけれど、児玉連協からは『社会党一党支持』で、早く言えば共産党を排除するという中身さ。俺は共産党を排除すべきでないという考えだから、大会でそういう発言をしたんだよ。そうしたら、児玉連協の修正案が通らなかったんさあ。それでおつむをまげたんさあ」

「なんだ、そんなことかい。俺ん家の前に岸さんというガリ版の印刷屋をやってる人がいるけんど、その人が共産党で、今はやっていないけど、前に町会議員、鬼石町で、共産党の議員をやっていたんだよ。選挙運動も、他の候補は飲み食いをさせているのに、岸さんは奥さんと二人きりでハンドマイクを持って、あちこちで政策を訴える演説をして、最下位だったけど当選をして、よくやってくれたんだよ、岸さんは。だから俺も共産党支持だよ」

「そんな人が近くにいたんかあ。知らなかった。じゃ、近いうち、岸さんの家に話しに行ってんべえ」

「そうかい、そんな時は俺も一緒に行ってもいいよ」

「そいつはありがてえ、頼むよ」

定期大会での発言がもとになっていい話を聞いた。なんといっても、新井さんの考えが聞けたことがうれしかった。

次週の水曜日はすぐにきた。新井分会長と二人で、開始時間の十五分前には会場の児玉小学校大会議室に着いた。

拡大執行委員会というと、児玉連協には分会（学校）が三十四あるから、大きい分会からは複数、小さい分会からは一名としても、役職を持っている人は別だから六十人くらいはいるだろう。大会議室の円形になっている机と椅子の数からしてもそのくらいはあった。

真人達二人が行った時には、すでに三十人くらいは集まっていた。

島田書記長がろくに挨拶もしないで、黒板を背にした中央の真ん中の席に案内した。これではっきりした。もちろんそうだとは思っていたが、今日は真人をつるしあげる計画なのだ。追求だ。

〝やってみろ！　俺は負けない〟真人はがっちりと心を決めた。

次々と人は集まり、前にいる真人を珍しいものでも見るようにじっと見つめる人もいれば、ちらっ、ちらっと見る人もいる。女性が三分の一くらいいた。

真人は本部から来た柴本書記長と関田会計、それに真人の分会の新井さん以外は全く知らない。ただ、先日の定期大会に出席していた人は、幾人かは顔だけは覚えていた。

予定の三時にはほとんど全員集まった。

真人一人が前面に座らされ、両脇には誰もいない。両端の長い机の列に、ずらりと出席者が並んでいる。

真人に一番近い席（といっても二メートルは離れているが）の右側に、本部から来た柴本書記長と関田会計が陣取っている。〝こんなことにわざわざ本部から来るのかよ〟と思った。

右側の一番前、つまり柴本書記長と向き合っているところにいた連協役員が立って、

「では、これから拡大執行委員会を開きます。書記次長の私、石塚が司会進行を務めさせていただきます。内容は先日の埼教組定期大会の時のことの総括です。児玉連協の出した修正案に反対討論をした矢納小中学校分会の牧野先生にも出席してもらっています。では、最初に鳥越委員長に挨拶をお願いします」

委員長は司会をしている石塚書記次長の次に並んで座っていた。委員長は立ち上がると全体をまず見回してから、柴本、関田に向かって、

「今日は忙しいところ、ご来場いただきありがとうございます」

二人に向かってぺこりと頭を下げた。そして全体の方を向いて、

「皆さんも、学期末も近く、お忙しいところだったかもしれませんが、欠席者もないようで、ありがとうございます。今日は先ほど司会が言ったように、先日の埼教組の定期大会での問題です。あとで、柴本書記長や関田会計の方からもその影響などを話してもらいたいと思います。連協からは島田書記長が修正案を出した連協の立場を話します。私からの開会にあたっての挨拶に替えさせていただきます」

真人は武者ぶるいを覚えた。〝組合員の発言を敵視するなどとんでもないことだ、なんとでも言ってみろ、これこそ人権侵害だ〟

連協書記長が立った。

「では、私から連協の立場を言います。連協では、この中にも連協執行委員の方がいらっしゃるわけですが、その執行委員会で真剣に討議し、各分会からも意見を吸い上げて、慎重に修正案を練り上げたのです。執行委員会全員一致だったのです。ですから、児玉連協の中から反対意見が出るなどとは考えられないのです。また、出てはならないのです。大会の中で恥かしい思いをしました。反対意見を言うなら、言うと前もって言ってほしかったです」

「ありがとうございました。では、本部から、これが全県的にどんな影響を呼んでいるか。どんな影響を及ぼしているかなど具体的にお願いします」

司会は本部に発言を促した。もちろん打ちあわせてしてあるんだろうが……。

関田本部会計が立った。開口一番、こう言い出した。

「牧野代議員の発言で、鬼の首を取ったように喜んだのは共産党の奴らだ」

〝なんだ、その言い方は〟

関田は発言を続けた。

「だいたい、自分の組織、連協から出した修正案に反対する代議員はいない。今度の大会、いや今までの大会でも、そんなことがありましたか。一度もありませんよ。それを今回、牧野さんはしたのです。規約にあれば査問委員会にでもかけて原因究明してもいいくらいです。牧野さんも若いことだし、へき地に希望して来てくれた人だし、〝間違ったことをした。これからはしません〟と、ひと言謝ってくれれば、まあ今回はみんなもなんとか気をすませるんじゃありませんか。牧野さん、どうですか」

真人はすっくと立った。

「初めに、一つだけ聞いておきます。代議員に自由な発言権はないんですか」

関田はゆっくりと立って、しどろもどろ答えた。

「そ、そう聞かれれば、あると言う以外ありません。しかし……」

真人は、そこで右手をさっと前に出して、関田の発言を押さえる仕種をして言い出した。

「しかしの次は先ほど十分聞いたからわかりますから結構です。お答えのとおり、代議員には、違法や人を侮辱したり、人権侵害にあたるような発言以外、自由な発言権があるのは当然です。私は、この修正案が出ることをまったく知りませんでした。知っていても当然発言しましたが……。仮にですよ、連協の執行委員会でこの修正案を決める時に、一人で反対したが決まってしまった。でも、その人が大会に出ることができて、大会でその修正案に反対の意見を言うことだって、問題はないわけですよ。そういうことは、組合の規則では禁止されているんですか。柴本書記長、どうですか。禁止されている、されていない、どちらかでお答えください」

柴本書記長を指差して問うた。

聞かれて答えないわけにはいかない。

「そりゃあ、そんなことは規則にありません、けれど……」

すぐそこで書記長の言葉をさえぎり、

「当たり前です。発言権を封じることなどできっこないのです。私の発言はまったく自由な、当たり前の発言ですよ。私の思っていることをそのまま発言したまでですから。これを、もし間違っているなどと言う人がいたら、それこそ組合民主主義の敵ですよ。絶対に許せません。今、それをあなた方はしているのですよ。私の言っていることのどこに誤りがあるのですか。今、あなた方が私にしている、つるしあげまがいのことこそ、人権侵害にもあたることだと言っても過言ではありませんか。そうじゃありませんか、保障されている発言権を押しつぶそうとしているんですから。そうじゃありませんか」

六十人からの出席者は静まり、まじめな顔をして聞いていた。中には頷きながら〝おうおう結構、結構〟と多少微笑んでいるかに思える人もいた。

柴本と関田がこそこそささやきあっていたが、ゆっくりと、いやいやながらに見える形で関田が立ちあがった。

「しかし、組合というのは一人で勝手にするものではありません。大会代議員は下部組織の代表として、みんなの意見を踏まえて発言するのだと思います。牧野さんの日常の組織は分会です。矢納小中学校の分会長の新井さんが見えているので伺います。牧野さんが大会で発言したことは、分会の人は知っていたのですか。どうですか」

新井さんはさっと立っていた。

「矢納小中学校分会は、埼玉教組新聞に載っていた大会議案を討議しました。全員牧野さんの述べたもので一致しました。牧野さんは矢納小中学校分会の総意を発言してくれたのです」

これには驚いた。出席者全員が驚いただろうが、まず、真人が驚いた。分会討議などやっていないからだ。嘘を平気で大声でまことしやかに発言したのだ。関田が言った。

「わかりました。では、今日はこの辺でどうですか。牧野さんも十分、わかったでしょうから……。司会さん、どうですか」

慌てて、司会の石塚書記次長が立った。

真人も一緒に立ち上がって言った。

「〝牧野さんも十分、わかったでしょう〟とはどういうことですか。私の言っていることが正しいということがわかった、でいいのですか。私はそう理解しますよ」

その真人の発言にはまったく触れず、司会は、

「それでは皆さん、今日の会議はこれで終わりにします。ごくろうさんでした。お気をつけてお帰りください」

みんなぞろぞろ立ち上がった。中には真人を見ながら、手こそ挙げてはいないが、〝よく言った、よく言った〟というように、にこやかな顔をしている人も目に映った。

新井さんの傍へ跳んでいってそっと言った。

「新井さん、ありがとう」

「あたり前だよ、今日の牧野さん、すばらしかったよ。児玉連協に爆弾を落としたんだ。じゃあね」

新井さんは手を軽く小さく振って別れた。


この反響大きかった。
二、三日後、川鍋校長が真人にそっと言った。
「下《しも》の方じゃ、うわさになってるよ、〝矢納に代々木の本部から送り込まれた先生がいるそうだ〟と。牧野さんの埼教組定期大会の時の発言のことのようだけど」

〝下《しも》〟というのは、矢納での特別な言葉で、この地域が標高が高く、鬼石町や児玉町の方へ行くには山を降りて行く形になる。つまり、下へ行くので、下《しも》というのだ。日常生活の中で〝下《しも》の方じゃ〟とか〝下《しも》の方へ、たまには買い物に行ってみたいもんだ〟などと会話している。

しかし驚いた。代々木の本部から送り込まれたとか。代々木とはいうまでもなく日本共産党本部のあるところである。

〝誰が言い出したのか知らないが、共産党がこの俺を矢納に送り込んだと。ふざけるにも程がある。柴本か、関田かが、冗談まじりにひょいと言ったのかもしれない〟

しかし、そんなことをかまっていてもしょうがない。真人は無視した。

それから、五、六日経った日のことであった。真人は空き時間だったので、職員室の窓から顔を出して煙草を吸っていた時、いつもの郵便屋さんが、

「はい郵便です。先生にもきてるよ」

と言いながら五、六通の郵便の束を渡された。確かに牧野真人先生ときちんとした楷書で宛名が書いてある封書があった。くるっと後ろを見たが名前が書いてない。不思議に思って指で破り封書の中から、四、五枚の便箋に書かれた手紙を広げた。その文字もあて名と同じく楷書できれいに書かれていた。

「まず、最初に匿名でお手紙する事をお許しください。ちょっと周りの雰囲気が気になりますので……。本当の気持ちはすぐにでも先生と直接お話ししたいのですが、それができないのです。

私は、先日の連協の拡大執行委員会に出席していた一人なのです。

先生が本部から来た、児玉出身の柴本書記長・関田会計を相手にばしばし言うのを聞いていて、胸がすっきりしたのです。私も今の組合、児玉連協のやり方に疑問を持っている一人です。今度の修正案だって現場の人は全然知りません。恐らく、埼教組本部の例の二人あたりから、修正案を出せと言われて出したんでしょう。

大会で牧野さんが反対したからって、拡大執行委員会の形で、追及会を持ち、本部からわざわ

ざ中心の書記長と会計が出席する。おかしいです。

だって、牧野さんは本部原案に賛成したのです。本部の書記長とすればありがとうとお礼を言うのがあたり前ではありませんか。それを、追及に来るなんて……。あの席だって強く発言したのは柴本と関田です。

あえて言います。児玉連協は私達の要望をしっかり受け止めるのではなく、私達の前に大きく立ちはだかっている壁のようなものです。今度の牧野さんの発言は、その壁に穴を一発開けてくれたのです。

組合の言うことに、問題点など挙げて意見などいうと嫌がらせをされます。

今度、牧野さんと一緒に矢納中学校へ行った森山さんがいるでしょう。あの人は平気で組合に言いたいことを言う人です。人事で誰もが嫌がるへき地校、矢納に組合が行政と組んでやったのです。

確かに児玉連協は結構人事などで力を持っています。というのは、普段そういう行政側というか、言いかえれば権力側と裏で結ばれているからです。本当の組合の組織の力ではありません。ですから、連協の委員会や書記長などをすると、近いうちに必ず管理職に登用されます。それを組合が強いからだと言っているのです。陰で飲み喰い、宴会なども時々しているという噂があります。ですから、いつも筋を通す共産党が大嫌いです。共産党を支持している人もいるのですが、絶対に表には出しません。

私は隠れるようにして、夏休みにある日本作文の会の全国大会などに参加しています。こういうところに出るのは共産党系だと言っているのです。あきれたものです。埼教組新聞には毎年、民間教育団体の全国研究集会の計画が載っているのに……。

私は知っています。浦和、川口など県南の方や、秩父、所沢などでは民間教育の研究会などが活発で、共産党の活動も進んでいます。だから、埼教組の運動方針の原案に「革新政党支持」と共産党も含んだものになっているのは、執行委員の中にそういう方がいるからでしょう。

しかし、その方針に本部の書記長や会計が反対して、自分の出身の組織に修正案を出させるなんておかしな話です。

先日の拡大執行委員会に出席していた女性の方の中には、牧野さんの話を聞いていて涙が出たと言っている人がいました。また、参加者の中には、いや、驚いた、本部の柴本書記長や関田会計に堂々と意見を言える人がいるとは、と言っている人もいました。児玉地域では、柴本さんや関田さんは絶対的な人で、意見を言うなどとは考えも及ばないことなのです。

牧野先生、がんばってください。そのうち、話し合える日がのくること楽しみにしています。

一九三六年六月

本庄市内中学校教員

真人にとって、うれしいと言えば、うれしい手紙だが、名前も書けないとは勇気がない、残念というより、かわいそうにさえ思えた。

手紙の中にあった森山さんのことだが、確かになんでも平気で言う人だ。最初にあった時からそうだった。

いわゆる新しく新学年がはじまる四月八日から学校ははじまるのだが、準備出勤としてその前に、職員の担任学年・学級、校務分掌の割り振りなど決める日がある。矢納小中学校は始業日の前日、四月七日であった。

真人がその日に学校へ行ったら、小学校の宿直室に案内された。これも矢納独特である。宿直室を集合の場所にする学校など他にはない。宿直室は二四畳は十分にあるような広さを持っていた。すでに五、六人の先生がいた。

「今年、初めて来ました牧野です。よろしくお願いします」

真人は普通に挨拶をした。そこにいた先生方も、

「こちらこそよろしく」

と言って、一人ひとり名前を言った。一人だけギターを時々キーキー引いては弦の調節をしている人がいた。その人はなにも言わないから、改めてその人の傍へ行き、

「よろしくお願いします」

と言ったら、ろくに真人の方を見もしないで、

「ああ」

と言っただけだった。ちょっと不愉快だったが、ギター直しで忙しいのだろうと思ってかまわなかった。そこに校長が来た。真人はへき地訪問の時に会っているので知っていた。「あっ、校長先生、牧野です。よろしくお願いします」

「ああ、牧野先生、牧野先生は矢納へ希望して来てくれたんですから、本当にありがとうございます。こんなところですが、よろしくお願いします」

と言って、ギターの弦直しに夢中の人のところに行って、

「森山先生もよろしくお願いします」

と挨拶した。驚いた。その人は真人と同じ、今年、初めて矢納に来た先生だったのだ。その後が奮っていた。

「はい、はい」

と言って、校長を見るやいなや、

「校長さん、だいぶ頭が禿げていますねえ。留まった蝿が滑り落ちるようだね」

真人はたまげた。初めて会った人に、しかも、校長にこんなことを平気で言う人もいないもんだ。〝これはおもしろい人かもしれない〟そう思った。

この人が手紙にあった森山さんだ。これだから組合役員に対してだって〝役員だからってあんまり威張るなよ〟とか〝難しい言葉ばかり使うなよ〟とか〝こんなこと提案して本当にできるのかよ〟などということくらいは、平気で言ってきたんだと真人は思った。

それにしても、誰だか知らないが、手紙の中で、「壁に穴」とはおもしろい例えをしてくれたものだ。

新井分会長は、「爆弾を落とした」と言った。戦争するわけではないから「壁に穴」の方がいい例えかなと思った。でも「壁に穴」なんて少し大げさ過ぎる。でかい壁に、ぽかっと握りこぶしのげんこつをあててみたくらいじゃないかな。そう思って一人ほくそ笑んだ。

宝の一票

〝おかしいなあ、確か昨日が投票日のはずだがなあ〟

真人は、帰りの会を終わらせ職員室へ戻った時、急に思い出した。

埼教組（埼玉県教職員組合）一九六二年度本部役員選挙のことである。

机の下の引き出しにしまってある埼教組機関紙『埼玉教育新聞』昭和三七年二月一日発行・第三一六号を引っ張り出した。

確かに載っている。

選挙期日は、昭和三七年二月二四日となっている。今日は二五日、おかしい。

選挙公示

昭和三七年一月二六日

埼玉県教職員組合選挙管理委員長　岩上利二

埼玉県教職員組合選挙規定第九条の定めに基き、昭和三七年役員選挙について左記のとおり選挙公示をおこなう。

記

一　選挙する役員と定員

（一）中央執行委員長　一人

(二) 中央執行副委員長　一人
(三) 書記長　一人
(四) 会計委員　一人
(五) 中央執行委員（但し左の区分による）　一八人
1 日教組中央執行委員候補となる中央執行委員　一人
2 埼教組本部書記局に常駐する中央執行委員　七人
3 北足立地区に常駐する中央執行委員　一人
4 入間　〃　一人
5 比企　〃　一人
6 大里　〃　一人
7 児玉　〃　一人
8 秩父　〃　一人
9 北埼　〃　一人
10 埼葛　〃　一人
11 青年部担当執行委員　一人
12 婦人部　〃　一人
(六) 監事　五人

二　選挙期日　昭和三七年二月二四日
三　立候補資格　埼教組の組合員である者
四　立候補受付　昭和三七年一月二六日より
五　立候補締切　昭和三七年二月一四日　正午
六　立候補手続　１　別表の様式による立候補届に所定事項を記入し締切期限までに埼教組選挙管理委員会に提示すること。
２　郵送の場合は期限までに到着すること。
３　二役以上に立候補する場合は、立候補届けを別にする事
４　立候補辞退については二月一四日正午までに選挙管理員長に文書をもって届け出ること。
七　選挙日程
一月二六日　第一回選挙管理委員会
一月二六日　選挙公示（立候補受付開始）
二月一四日　立候補受付締切
二月一五日　選挙公報　配布
二月二二日　第二回選挙管理委員会　投票用紙配布
二月二四日　投票
二月二七日　開票　第三回選挙管理委員会

二月二七日　公表

真人は『埼玉教育新聞』を持って、小学校の新井分会長のところへ行ってみようと思った。小学校は、中学校の西、約三百メートル程のところにある。学校林になっている杉林を抜けて行く。放課後の職員室、五、六人の先生がストーブを囲んで談笑していた。新井さんもいた。

「ちょうどよかった。新井さんに用があって来たんだ。新井さん、ほら、埼教組新聞持ってきたけんど、載ってるで。昨日が役員選挙の日だで。なにも話しがなかったけんど、どうなってるん」

「あっ、そうか。すっかり忘れてた。だって、投票用紙が来ねえんだもん……。阿久原分会の吉原さんに聞いてみらあ」

埼玉県広しと言えど、矢納小中学校だけだと思う。矢納の外と直接話しができる電話がないのは……。

矢納地域に一軒だけある、酒・醤油・味噌・缶詰その他、日用品などを売っている雑貨屋、通称「桶屋」という店だけにある電話と学校にある電話はつながっている。

「桶屋さん、阿久原小学校へつないでくんない」

と言うと、

「あいよ」

と言って、いつもにこやかに商売をしているみっちゃんという、旦那のいない御上さんが出て、阿久原小学校につないでくれる。「つないでくれる」と言っても大変なのだ。学校とつながっている電話と、桶屋にある他のところにかける電話は違う受話器である。だから、みっちゃんは二つの電話の受話器を、聞く方と話す方をちぐはぐにくっつけて持っているのである。そうすると、学校と外部、今は阿久原小学校と話ができるというわけである。教育事務所と話す時も同じである。言うまでもなく、外部から学校へ電話する時も桶屋にかける。そして、みっちゃんが学校とつなげてくれる。両方の電話をくっつけて持っていてくれるというわけである。真人もこの電話には驚いた。へき地の学校といっても、こういう学校は他にないのではないかと思った。

阿久原小学校の分会長と新井さんが話をした。真人は傍でそれを聞いていて異様なものを感じた。新井さんが電話を切って真人に話したことは、まさにあってはならないこと、なんでそんなことを……、という中身であった。

「投票用紙を矢納の学校へ届けるのは大変だし、来てもらうのも悪いから、投票してやったよ。今日、もう選管に送っちゃったからということです。そういうことだそうです」

新井さんは、最後の結びだけ〝です〟と新井さんらしくない言葉を使った。やはり、こりゃあ真人が放っておくことはないことだと思ったんだろう。

真人の心には怒りというより、まったく民主主義無視の感覚にあきれたと同時に、これは早急になんとかしなればならないという気持ちが沸きおこってきた。〝こんなことをそのままにしておくわけにはいかない〟

「新井さん、こりゃあとんでもないことだよ。組合員一人ひとりにある投票権を奪ったことだからねえ……。吉原さんは、どうせ組合役員の投票など関心もないことだし、児玉連協から、この人に入れてくれ、この人には×をくれてくれ、と言われているから、矢納の人も同じだろうと思ってのことだんべが、そりゃあとんでもないことだよ。俺には俺の投票したい候補者がいる。それなのに……。俺はすぐ埼教組の選挙管理委員会に訴える」

「俺の投票したい人について、もちろん矢納のみんなには投票する時に訴えようと思っていたんだよ。確かに、候補者の名前を見ても知らない人ばかりだからねえ……。でもねえ、選挙公報には候補者の決意表明が述べられていたじゃない。よく読めば違いもあるよ。俺は、副委員長に立候補している二人など、どっちもよく知っているから、よくわかる。絶対に細井など支持できない。また本部常駐執行委員に立候補している大畑佳司さんなんかは、すばらしい教育実践家だよ。俺の尊敬している人の一人さ。俺の支持している人は恐らく×がついてるよ。だって、児玉連協の支持している人とは違うからね。……とにかく、俺は本部選挙管理委員会に不正選挙を訴える」

「でも、牧野さんよう。吉原さんは悪気があってしたわけじゃないから、そこのところはよく考えてくんないねえ」

「わかってる、わかってる、今日にでも吉原さんに会ってよく話しておくよ……。すぐ電話してんべえ」

真人はさっきの新井さんと同様、桶屋を通して阿久原小学校に電話をした。吉原さんを呼んでもらって静かに話しだした。

「ああ、吉原先生ですか。矢納中学校の牧野です。新井分会長がさっき電話をして、聞くところによれば、埼教組の役員選挙、なぜだか吉原さんが矢納の分を投票してくれたそうですが（吉原さんの「はい」という返事）そうですか、そのことについて、私は本部の選挙管理委員会に訴えようと思っているのです。（吉原さんの「えっ」というつぶやき）そりゃあ、吉原さんは善意でしてくれたことはわかっています。だからこそ、なんで私が選管に訴えるかをわかってもらいたいのです。……お願いします。どこへでも行きますから、今日、会っていただけませんか」

「いいですよ。訴えたければ勝手に訴えれば……。私はかまいませんよ」

不愉快そうな、つっけんどんな言い方の返事だった。

「吉原さんの気持ちはよくわかります。だから私の話を聞いてもらいたいのです。お願いします、お願いします」

しばらく、沈黙が続いた。

「わかりました。そんなに言うなら、少しの時間なら話を聞きます。ついては、私は今夜、宿直なんで、学校の宿直室へ来てもらえますか。時間は夕飯前にしてください……。だから、五時頃に来てもらえますか」

いやいやながら会ってやる……、といった話し方であった。

〝とにかくよかった。きちんと話してやろう〟

真人は、今、五〇ＣＣの小さなオートバイ、カブ号に乗っている。もっとも真人の持っている免許はこの大きさのものしか乗れないのだから仕方ない。

矢納の山の中ではオートバイでも持たなくては不便でしょうがない。今日のような時、学校から三〇分かけてバスの停留所、そしてバスに揺られ二〇分、鬼石町に着いて、バスを降りて一五分歩いて阿久原小学校へ、などというわけにはいかない。バスだって一時間に一本くらいしかないのだから……。

五分前に着くように、真人は時間配分して宿直室の前に立った。

すでに吉原先生は待っていた。もっと年上の先生かと思っていたが、見たところ、真人より四、五歳上かという感じだった。

「時間を取っていただいてすみません。どうしても吉原先生にお話しておきたいことがありますので……」

「どうぞ、どうぞ上がってください……。とにかく伺いましょう」

めんどくさそうな言い方で、ろくに真人の顔も見ないで言った。

吉原さんと面と向かって話をするのは初めてであった。同じ村の学校だといっても、一緒になるのは年度はじめの五月の中頃、村の教育委員会主催の研究会の時くらいである。その時、教科主任会があるので、同じ教科主任の先生とは話し合う機会はあるのだが、教科が違うと全体会以外ではなかなか顔を合わせることはない。真人は、国語と美術の主任をしているので、その関係の先生達だけは小学校、中学校とも顔を覚えているのだが……。

宿直室は十二畳の部屋で、真ん中に炬燵《こたつ》があった。吉原さんが、真人の顔をちらっと見て「どうぞ」と入るよう手招きで誘った。

「ありがとうございます」

真人は炬燵に入り、真向かいに座った吉原さんに、あまり顔をじろじろ見ないようにして話しはじめた。

どちらかと言えば、細長な顔をちょっと俯き加減にして〝聞いてやる〟といった風にしていた。

「今度のことは電話でも言いましたが、吉原さんの善意から生まれたことだと思っています。そして、この類のことは、あちこちにあることではないかとさえ思っています。だから放っておいていいことではないと私は思っています。それは、組合員が組合のことを真剣に考えていないということだからです。もし、公的な選挙で代理投票などしたらどうですか。逮捕されますよ。組合の選挙だって本当は同じなのです」

吉原さんは、ますます硬い表情になった。

「今度の選挙で投票する人は決めていました。特に代表的な役職を言いますと、副委員長のところです。秩父から小口巽さんという方が立っています。同じく比企の小川町から細井輝正という人が出ています。小川町は私の出身地ですから、この方はよく知っています。

秩父の小口さん、この方は私が関わっているサークル、へき地教育研究会の会合に、秩父連協の役員をしているから挨拶にと来てくれました。その挨拶を聞いて、私はこの人は立派な人だと思ったのです。普通へき地の先生の集まりなどへ来ての挨拶は〝へき地は大変でしょう。買い物なども近くではできないでしょうし、教材教具なども不足しているのではありませんか。自分の家を離れている方もいるのでしょう。本当にごくろうさまです〟などというのがよくあるのですが、小口さんは違いました。〝今日は皆さんの話し合いの中身をじっくり聞こうと思って来ました。私はへき地もそうでない普通の場所の教育も本質は同じだと思っています。子ども達の生活の実態を見て、一人ひとりの子どもの心情に触れていかなければならないと思っています。そういう点では生徒の数が少なく、家庭の実態にも触れやすいへき地の方が本当の教育がやりやすいとも言えるのではないでしょうか〟」

吉原さんは〝この人はどういう人なんだ。そんなことまで考えているのか。たまげた人だ〟と思っていることをありありと顔に表していた。

吉原さんの表情には関係なく、真人は話し続けた。

「こういう挨拶をする人はいません。本人がきちんとした実践をしているからこそ言える言葉です。もう一人の比企連協から出ている小川町の細井輝正氏の方ですが、この人は昭和三十四年勤評不提出の校長が県下で二人いた、その内の一人です。もう一人は川越市の荻野校長でした。

当時の埼教組の勤評闘争の方針は「勤評不提出」でした。組合の力で、校長に勤評不提出を迫り、提出させないということです。しかし、不提出は二校だけでした。これも組合の力でというより、二人の校長の意志で出さなかったというのが実態でした。これだけ見れば、細井校長は大したものだとなりますが、そうは問屋が卸さないのですよ。荻野校長は「提出するかしないかは組合に一任する」と言ったのですが、細井校長は次ぐ日には自分から提出してしまいました。そして、次ぐ年、昭和三十五年度には副委員長に立候補したんです。校長職で組合の役員に出る人も珍しいことです。偉いとも言えます。

吉原さんのうつむき加減だった顔が、真人の顔を見るようになった。そして、多少しどろもどろではあったが、つぶやくように言った。

「牧野さんはよくいろんなことを知っているんですねえ。でも、その現職の細井副委員長もたいした者ではないですか」

真人は話を続けた。

「それはそれでいいのですが、校長は竹沢小学校でしたが、そこは私の卒業校なのです。だから、細井校長のことはよく知っていました。私の兄は青年団活動などしていましたから、運動会などは実行委員の中に入っていました。兄は言いました。〝細井校長はアル中だな。運動会でけが人が出た時の用意でアルコールが出ていたら、これはエチルアルコールだから飲めるんだよ、と言いながら水で薄めて飲んでるんだから、あきれたもんだよ〟

こういう校長だったんですよ。それに昭和二十五年から対立候補もなく副委員長になりました。その年、暑い八月の下旬だったと覚えていますが、『勤評撤回・教育を守る県内大行進』と銘打って、越生町、小川町、寄居町、本庄市など埼玉県の端の方にある六か所の市町村を出発点として、二日目の午後三時に浦和に集結する大行動が組まれたんです。吉原さんも覚えていませんか」

真人が話しはじめた時は、〝聞きたくもないが聞いてやるんだから、早く終わりにしてくれよ〟とでも言わんばかりの顔だった吉原さんが、ちょっとではあるが体を乗り出すような様子に変わってきた。顔も柔和さを感じるようになってきた。そして、炬燵の上に体を乗り出す様にして、吉原さんは言った。

「知ってます。私も動員で本庄市から出発して、熊谷市まで歩きましたよ。暑かったですねぇ……。それがなにか？」

「その時、私も小川町からの出発に参加したんです。私、その時は坂戸ろう学校に勤めていました。埼玉高教組の組合員としてですが。その細井副委員長も参加していました。出発式には大声で挨拶もしていました。その細井副委員長が私の傍で、途中で歩きながら腰に下げていたボトルの水をしきりに飲んでいるんです。暑い最中ですから、水を飲むのは当たり前です。でも、飲み方が少しおかしいとは思っていました。回数も多いし、ちびりちびりという感じなのです。そしたら、私に向かってそのボトルを差し出して〝おう、牧野さんもどうだいこの焼酎、牧野さんは大分酒が強いと聞いてるから〟私はただ、あきれました。これが天下の埼教組の副委員長かと。そうでしょう、埼教組の組合員が大勢参加して、暑い中、デモ行進をしている時ですよ。私は許せないと思いましたよ。今度の役員選挙には、対立候補として秩父の小口さんが立っている。絶対に細井はだめだ。そう、決めていたんです」

その時、吉原さんが真人の前に手を出し、膝立ちの格好をして、

「牧野さん、俺ねえ、酒が好きなんだよ。夕飯前に一杯と思って一升持ってきてるんだ。まあ飲みながら話してください。細井副委員長の話だと牧野さんもなかなかいけそうだから。もっと牧野さんの話が聞きたくなりました。ちょっと待ってください。すぐ準備しますから……。準備といったってなにもありませんが」

と言って持ってきたものは、鯖の水煮の缶詰、コロッケが四つ、それに家から持ってきたであろう、きゅうりの糠漬け一皿だった。酒の肴としては、真人にとっては上等の部類だ。コップが二つ並べられた。コップ酒である。

「どうぞ、どうぞ」

吉原さんは、一升瓶の口を左手で、尻の方を右手でしっかり押さえてコップを持たせた。「どうも、どうも」と言いながら差し出したコップになみなみと酒が注がれた。真人が一升瓶を取って注ぎ返えそうとしたが、吉原さんはそれを振り切って自分で、やはりなみなみと注いだ。

「牧野さん、話を続けてください。まだ他の役職のところにも牧野さんが押している候補がいるんでしょう」

吉原さんは、一口コップの酒を飲みこんでから言った。

「まあ、そういうことです。本部常駐中央執行委員は定員七名だけど、十一名立候補しています。その中の四名を私は支持していました。特に四番目に名前のあった大畑佳司さんという人です。全生研、全国生活指導研究協議会の中央常任委員をしている人で、私も読んでいる『生活指導』という雑誌にも時々実践記録や論文を載せています。私が学級指導や個人指導で困った時の相談相手、いや指導を受けている人です。最初から四名、名前が繋がっている候補が私の支持する人です。五番目からの人は、いわゆる社会党一党支持の候補です。私は組合運動から共産党を除外するのは間違いると思っているからです」

吉原さんは、時々コップの酒を飲みながら、考え込むような姿勢を取りながら聞いていたが、

「私は、共産党が出てくるとわからなくなるんだなあ。ほとんどの人、阿久原小中学校分会じゃ、そこまで考えている人はいないなあ。役員選挙の時、投票用紙が連協から届けられる時は、模範回答がついてくるよ。候補者全員の名前の上に○と×がついているのがね。それを分会長、つまり俺が読みながら、みんなはそれを聞きながら○×をつけてくというわけさ。誰もそれを不思議と思わない。そうしないと誰に○をつけ、誰に×をつけていいかわからない、それが現実なんだよ、牧野さん」

「確かにそうだよなあ。だけど、各候補者の立候補にあたっての活動方針、主張が述べられているのもの全組合員に配られるがね。あれを見ても違いはわかるよ……。でも、確かに社会党一党

支持、共産党排除の人は、そのことは書かないからなあ。民主的な組合活動を進めるとか、賃金アップ、労働条件向上とか書いてあるだけだからなあ。難しいよなあ……。でもさあ、役員の言うとおり入れたかどうか、わかる投票の仕方はおかしいと思わないかい。投票は秘密というのが当然だものね」

「そりゃあそうだ」

吉原さんは頷いた。

酒が入ったせいもあって、打ち解けた雰囲気が出てきた。吉原産の言葉も普段使っている言葉になってきた。

「私は前にも言ったとおり、前任校は坂戸ろう学校だったけど、そこでの役員選挙は、投票日には会議室に全員集まって、分会長が投票用紙を配り『候補者について応援なりなんなり、言いたいことがある人は言ってください』と言います。だから、私は、『書記長に立候補してます小野達二という人は、私が高校生の時、英語を教わった先生です。何でも話せるいい先生でした。日曜日などにも遊んでくれるような先生でした。×をくれないでください』などと言ったよ」

真人は続けて言った。

「投票用紙への記入は全く自由でしたよ。投票箱、いや投票袋は全く別の離れたところに置いてあって、そこへ行って個人個人入れるのさ」

「へえー、そうなん。この辺じゃ分会長が一人ひとりから受け取って、まとめて投票袋に入れて封をする、それが当り前だよなあ。みんなそういうもんだと思っているよ」

「そりゃあ、秘密投票じゃないじゃない」

「だから、組合役員の投票は分会長が上から聞いてきた人を言うから、その人に○×をつければいいと思っているんだよ」

そこで、真人ははっきりと声を少し大きくして言った。

「私はねえ、そういう現実を問題にしたいんだよ。初めから言っているように、今度の吉原さんが、矢納分会の投票をしてしまったことだけを問題にしているわけじゃないんだよ。組合運動の基本をなすもんだからねえ、わかってくれるかい。明日、私は本部の選挙管理委員会や八つの連協事務所に手紙を出します。そして、今度のことから組合役員選挙のあり方を問題提起したいんです。わかってください。それを話したくてここにたのです」

「わかった、わかった。だけど俺はまあ、無駄だと思うけどなあ」

吉原さんは、酒を一口ぐっと飲み干しながら、首をかしげて吐き出すよう言った。

「話しは変変わるけど吉原さん。一杯ご馳走になって気持ちよくなっちゃったんで話したいこと話しちゃうけどいいかなあ」

真人は、吉原さんの返事には関係なく話し出した。

「もう年が変わったから一昨年のことになるけど、十一月に衆議院選挙があったのを覚えているだんべ」

「ああ」

吉原さんはなんでそんなことを、という言い方で真人を見た。

真人は、コップの底に残っていた酒をぐっと飲み干して話しはじめた。吉原さんがあわてて一升瓶から真人のコップに酒を注いだ。

「この、神泉村の有権者は約千人だよ。その中で共産党に入れた人は何人だと思う?」

「なんでそんなことを聞くんだい? 俺は知らない。だけんど、そりゃあ、うんと少ないと思うよ。十票か二十票かい」

「たった四票だよ。〇・〇四%さ。俺も共産党を支持しているから関心があるんだよ。全国的には衆議院定員四六一名の内共産党は京都・大阪で三名当選しているんだ。戦後、昭和二十四年一月の衆院選挙では三十五名も当選したんだよ。ところが、昭和二十五年の一月、共産党の川上貫一という議員が国会で全面講和再軍備反対の演説をしたら、それを理由に、三月に共産党議員三十五名全員除名の決議をして、国会から追い出してしまったんだよ。九月には公務員のレッドパージがあって、共産党らしき者はみんな首にしたんだよね。吉原さんも知ってるんじゃない?」

吉原さんは腕組をしながら聞いていたが、うんうんと小さく頷いていた。

「ひどいと思わないかい? それから共産党は一人も当選しなくなったんだよ。昭和三十一年に大阪で川上貫一が一人だけ当選するまではね。国会を除名されたんだよ。再軍備をつけた全面講和に反対したと言うのでね。その他にもいろいろな社会を騒がせた事件、国鉄総裁下山事件、三鷹事件、松川事件など、共産党が犯人とされたことも理由になっているけど、これらの事件は仕組まれたものですよ。共産党は関係ありませんよ。少し前になるけど、文芸評論家の広津和郎が〝松川事件はおかしい〟と『世にも不思議な物語』という本を書いているよね。近いうちに無罪判決が出ると思うよ」

真人はちょっとしゃべり過ぎたかなと思ったが、ここで止めるわけにもいかない。えいっ、しゃべっちまえと思って話を続けた。

「こういう中でも当選するということは、共産党の日常活動を見ているからだよ。でも、神泉村のようなところでは、目の当たりに共産党の活動を見ることができない。だって、共産党員はいないんだもの。ただニュースや噂で〝共産党はひどいことをする〟ということしか聞いていないんだからね。でも、そういう中でも神泉村から四票でるということはすごいことだと思うよ。投票する人の気持ちになってみなよ。いくら選挙じゃ秘密だといっても、ばれるかもしれないという心配はつきまとうと思うよ。でも投票する。その決意、まさに『宝の一票』だと私は思うんだ。当選とは程遠いということはわかっているんだからね。幾日か前下宿している家の主人と、なんとなく選挙の話しになった時、私が共産党がこの村では四票しか出なかったね、と言う話しをしたら、主人の久夫さんは〝こりゃあ噂だけんど、二軒先の友治さんがそのうちの一票だんべ〟と声を小さくして言ってたよ。そういう中で投票したんだからねえ。もう一度言うけど、その四票の一票一票は宝だよ」

真人は大分飲んだことに気がついた。つい、言いたいことを本気でしゃべっていたので、自分の飲んでる酒の量も忘れていた。ひょいっと吉原さんの横に立っている一升瓶を見たら、もう二合も残っていないようだった。半分ずつ飲んだとして四合も飲んだのか。ジャンバーの袖をまくって腕時計を見ると、八時になろうとしていた。

「あっ、もう帰らなくちゃ、こんな時間になっていたんだ」

そそくさと立ち上がろうとしたら、

「俺もこれから夕飯だよ。二人分は十分焚いておいたから、一緒に食べようよ。おかずはなにもないけどね」

そう言うと、吉原さんはさっと立って、台所の方から電気釜を抱えて持ってきた。すぐ引き返し茶碗やお椀、それに新しい缶詰、イワシの缶詰をお盆の上に載せて持ってきた。お椀には味噌を少し入れ、上に細かく刻んだネギを載せ、部屋の隅の火鉢の中で、さっきから湧いていたお湯を薬缶から注いで即席の味噌汁を作った。そして電気釜から大盛りにご飯をよそってくれた。

「じゃ、遠慮なくいただきます」

真人は結局その晩、そのまま宿直室に一泊してしまった。

次ぐ日、真人は手紙、というか抗議文というか一つの提案というか、次のような文章を書いた。

『この度の埼教組の役員選挙投票に関して、とんでもないことが起こりました。私達の矢納小中学校分会には投票用紙が来なかったのです。どうしたのかと問い合わせたところ、他の分会で、すでに投票をすませたというのです。それも「してあげたから」というのです。そんなことが許されますか。候補者の誰に投票するかは、絶対に侵してはならない一人ひとりの組合員の持つ権利です。

本部執行委員選挙は、所属する連協なり支部なりの役員の言うことに従うものとなっているようです。他の連協・支部ではどうなっているかは知りませんが、ここ、児玉連協ではそうなっています。印刷された模範投票用紙も配られているようです。明らかに組合民主主義に反します。

このようなことが、あった今度の選挙は無効です。やり直しを強く求めます。

そして、組合の役員選挙のあり方を組合民主主義の立場から真剣に取り組むことを強く訴えるものです』

矢納小中学校分会の名前で出したかったが、このようなことは組合内を荒立てることになり、やめた方がという意見も出かねないと思ったので、分会会議を開くようには言わないで、真人が仲良くしている森山さんと、三年を担任している武川さんの二人に頼んだら〝ああ、いいよ〟と言ってくれたので、三人の名前で、放課後すぐ鬼石町の郵便局へ行き、本部選挙管理委員会、そして八つの連協事務所宛に無理をして全部速達で出した。

武川さんが『真人と一緒に三年を担任』というのは、矢納中学校に三年が二クラスあるわけではない。それどころか三年生は十一人しかいない。男五名、女六名である。真人は矢納中学校へ来てすぐ三年担任してくれと言われ、そうなっただけである。教頭を除いて六人の職員が各学年を二人で担任することにしているのである。

鬼石郵便局まで行かなくても、毎日郵便配達が来るからその時頼んでもいいのだが、それでは完全に一日は遅くなる。少しでも早い方がいい。そう真人は思った。だから、速達にしたのである。

一日おいて二日目のお昼頃、埼教組本部より、例の桶屋さんの電話を通して電話が来た。電話は小学校へ来たので、分会長の新井さんが受け、すぐ中学校へ連絡してくれた。

「今手紙をもらった。すぐそちらへ行く。四時頃には着くと思うから待っていてくれ」

ということだった。真人は一応みんなにことの次第を話してあったから、

「ほらほら、牧野さん来たで来たで」

名前を連ねた森山さんなどは腕を曲げ、手を広げて小刻みに振りながら膝を曲げ腰を落として足踏みをするという、ひょうげた恰好して見せた。

矢納小中学校分会組合員全員、つまり、校長以下全職員である。三時半頃には宿直室に集まっていた。

「牧野さんもやるよなあ。定期大会の時は児玉連協の修正案に反対したり、まあよく問題を提起するよ」

校長が禿げ頭をなぜなぜ言った。本当は「問題を起こすよ」と言いたいところだろうが「提起」

という言葉で真人の立場を考えてくれているのだ。

「牧野さんのやっていることは、間違っちゃいないよ。正しいことだよ。投票を代わりにしてやるなんて、とんでもないことだよ」

分会長の新井さんは、語気を強めて真人を守ってくれた。

うんうん、多くの人が頷いてくれた。

そんな雑談をしていた時、人が来た気配がした。新井分会長が宿直室を出て、挨拶をしている声が聞こえてきた。

「あっ、遠いところごくろうさまです。みんな集まっていますから」

新井さんの声と、

「いやあ、矢納はやはり遠いですね。本庄まで高崎線で来て、すぐタクシーで来ました。登り口まで五十分くらいかかったかなあ」

柴本県本部書記長の声だ。

〝本庄からタクシーで来たと、一万円以上かかったんじゃないか。組合費を無駄使いするな〟

真人は思った。

関田本部会計も一緒に来た。二人とも児玉連協の出身だから、こんな時には一緒に来るのだ。

軽い挨拶を交わした後、柴本書記長が口火を切った。

「とんでもないことを起こしてしまって、矢納分会の方には、本当に迷惑をかけすみません」

〝こういうのを迷惑をかけたというのか。絶対にあってはならない組合員の持つ権利を奪ったんだぞ。〟

真人はすぐ、ひとこと言おうと思ったが、ここは我慢した。

「本部の選管だけでなく、各連協の事務所にも送ったようで、すぐ本部に電話が来ました。共産党の奴らは、鬼の首を取ったように本部を責め立てましたよ」

「ちょっと、書記長」

ここは我慢できずに真人は、少しはドスの利いた声で言った。

「共産党の奴らって、組合員なんでしょう。本当に共産党員なんですか。それは誰ですか。私が共産党員かどうか聞いてみますよ。どこの学校の誰ですか」

真人の発言をもぎ取るように、森山さんがにこりともせず、真面目っくさった顔で
「そう言うところを見ると、あなた方は社会党の奴らかい」

笑うのも気が引けて、〝しまった〟というように口を押さえる人、〝森山さん、よせよ〟というようにしながら〝おもしろいことを言うなあ〟という顔もあった。

柴本書記長は、いやいやというように手を振りながら、

「そっ、そっ、そういうわけじゃ……、言葉の綾で……、つい言っちゃて……。取り消します。取り消します」

真人は強い口調で言った。

「県の書記長がそういうことを言うなんておかしいですよ。これは組合内部のことですから……。組合運動の中のできごとですから……。言葉には十分気をつけてくださいよ。書記長」

「わかりました。すみません」

柴本書記長はしょっぱなやられたと思ったか、それから話し方も柔らかくなった。

「組合の選挙というのは、投票場所が各学校で、選管が見ているわけでもなく、難しいんですよね。まあ県南や秩父の方でも、投票した後、分会長が一枚一枚点検をするという話もあるし、分会長がまとめて書くとかいう話も聞いたことがあります。そういうわけで、今度のことは本当にあってはならないことではありますが、我慢していただけませんか」

真人は柴本書記長に真正面から睨みつけるようにしながら言った。

「書記長、我慢するとか、許すとかいう問題じゃありませんよ。この問題を全県に知らせたのは、このようなことが平然と行なわれることは、教育の現場にいる教職員組合自体が、民主主義ということを知らないということですから。子どもに民主主義とはどういうものなのか教えなければならない教員が作っている教職員組合の中で、自分達の組織の代表を選ぶ選挙で、民主主義を踏みにじる行為がある、このことを仕方のないこととして見逃そうとしている。それでいいんですかということですよ」

関田会計が立ち上がった。

「確かに、牧野さんの言うことは正論です。でも、それがすぐどうなるというものではありません。ですから今度のことも、本部の選挙管理委員会には報告しておくべき内容だと思いますが、ことを荒立てて、問題を大きくして、本部の責任を問うような形にするのは考えてもらいたいということです」

また、森山さんが「はいっ」と手を挙げながら立った。

今度はなにを言い出すか、ある面では心配しながら、ある面では興味深々という顔でみんなが見つめた。

「私も名前を連ねた一人なので、責任がありますので申し上げます」

丁寧な言葉を使った後が恐ろしいのが森山さんの話である。

「本部はこの選挙違反があちこちで行なわれていると言うのに……、さっき書記長自ら、県南ではとか秩父ではとか、自分とは意見の違う地域の違反行為を挙げていましたが、それを問題にしないんですか。そりゃあ、できないよね。自分の地域はもっとひどい違反をしてるんだから。違反のしっこですか。でかい違反をした方が票をとるということですか。『勤評体制打破』とか『安保体制打破』とかでかいことを言ってますが、役員選挙となると、保守系選挙よりなおひどい違反のしっこですよ。現金が配られていないだけですよ」

森山さんは、大きく深呼吸をした。

「組合運動は、うちの校長さんの禿げ頭のようにきれいでなくちゃいけないさ。今の埼教組本部は委員長、副委員長、書記長、会計、みんな社会党一党支持を主張している方ばかりじゃないですか。選挙違反黙認じゃだめですよ。校長さんの頭に学んで、きれいに剃って仏門でも入って、反省したらいかがですか」

この冗談交じりの爆弾発言には、さすが本部役員二人を前にして大笑いをしてしまった。

柴本書記長も関田会計も中身は不愉快なものに違いないが、怒るわけにもいかず、苦笑いをせざるをえなかった。

真人も一時笑ったが、柴本と関田をじっと見ながらはっきりと言った。

「とにかく、私達の言いたいことは、代理投票をした人が悪いとか、児玉連協の選挙の中身だけを問題にしているんじゃありません。今の埼教組の役員選挙があまりにも組合員一人ひとりを馬鹿にしていると言うことです。このままこの現状を直そうとしない組合執行部を問題にしているのです。このままでは組合の信用がなくなります。組合員一人ひとりに組合員としての意識を持ってもらわなければ組合は死んでしまいます。その基本の一つが役員選挙です。だから全県に問題提起したのです。手紙の最後に書いてあったでしょう。『組合役員選挙のあり方を組合民主主義の立場から見直して真剣に取り組んでほしいのです』と。それをしないで、森山さんが言うように、『安保体制打破』だの『勤評体制打破』だの、ただの空文句ですよ。強い言葉だけを並べれば組合が強くなるんでしたら、こんな簡単なことはありませんよ」

分会長の新井さんが体を乗り出して口を開いた。

「まあ、こんな山の中まで、牧野さん達三人の訴えで来てくれたことは、ごくろうさんと言うしかありませんが、何ですか、共産党の連中が鬼の首を取ったようにふるまったとか、北足立や秩父の方でも投票を押しつけているとか、その上、これ以上ことを荒立てないでくれだって……。そりゃあないでしょう。これから埼教組本部として、役員選挙についてはこうしていく、という方針の一つも挙げてみたらどうですか。結局、投票がそれぞれの学校の中だからどうしようもないということですか。

自分達が、そういう選挙で票をもらっているからなんとも言えないということじゃありませんか。柴本書記長も関田会計もこの児玉連協から出ているわけだから、児玉連協の中でどんな選挙が行なわれているかよく知っているんですよね。これからどうするつもりですか。それが、牧野さん達が問題提起した中身でしょう」

これもきびしい意見だった。柴本書記長が、少し間をおいてから言い出した。

「みなさんの言いたいことはよくわかりました。県本部としても、現状をよく把握して検討します……。とにかく今日は遅くなりましたので、この辺で帰らせていただきたいと思います。な、関田さんそうしましょうよ」

「そ、そうですね。今日はすみませんでした」

関田会計は渡りに船という感じで言った。

新井分会長も止めるでもなく、

「そうですか。確かにこれ以上話し合ってもしょうがないようにも思えますので……。それじゃ、遠いところ、わざわざこんな山の中までごくろうさまでした」

柴本書記長と関田会計はそそくさと立ち上がって、ぴょこんと頭を下げると、早くここを出たいともとれるような格好で宿直室を出て行った。


その後、みんなで言いたいことを言い合った。時間も時間なので、三十分ほどで終了になったが、真人は言った。

「投票のための分会集会があると思っていて、その時に話そうと思っていたことを選挙もできなかった今となってではどうしょうもないけど」

と前置きして次のことを話した。

今度の選挙で対立している副委員長候補の一人、現職の細井輝正は校長で組合役員になった稀な人だが、運動会の時、けが人のために用意してあるアルコールを水で薄めて飲むようなことをしたり、デモ行進をしている時、焼酎を腰にぶら下げていて、それを飲み飲み歩いたりする人だということ。まったく役員としてふさわしくないこと。一方、小口巽は民間教育団体、歴史教育研究者協議会（歴教協）の役員もしている実践家だということ。また、へき地教育のサークルに秩父連協の役員として挨拶に来た時、〝へき地こそ一人ひとりの子どもをよく知ることができるし、地域と学校が一体となって取りくみやすいという利点があることは、民主教育の原点はへき地にある〟と言ったこと。また、中央執行委員に立候補している大畑佳司は、全国生活指導研究協議会（全生研）の中央常任委員をしている人、そういう点から、小口、大畑さんを是非支持してもらいたいと訴えるつもりだったことなど話した。多分、今の埼教組の中では落ちるだろうということも……。

二月二十七日に開票された役員選挙結果が、矢納小中学校に届いたのは三月二日であった。

中央執行副委員長
落選　小口巽　信任　五〇三九　不信任　六八一〇
当選　細井輝正　信任　六七八八　不信任　五〇六一

中央執行委員
落選　大畑佳司　信任　六〇一九　不信任　五七九三

選挙規定で、組織人員の過半数の信任が得られなければ、当選とならない。その数は六五九一票であった。

本部常駐の中央執行委員の定数は七名、立候補者数は十一名であった。大畑佳司の信任票は、不信任票より多いとは言え、十一名中最下位であった。

十一名中、当選確定数の得票を得たのは四名、残りの七名のうち、大畑佳司が最下位であり、補欠選挙は定数の二倍の候補だけということから、最下位の大畑佳司が外されたということである。真人から見れば、十一名のうち、一番優れていると思われた大畑佳司が最下位というのが今の埼教組の現実なのだ。

本部役員が先頭になって、行政の反共思想に乗じて、共産党を役員にするなと息まき、社会党一党支持に反対する人は、みんな共産党と決めつけて役員にしないために〝共産党に組合を渡すな〟と汚い選挙運動をする。買収以外はなんでもできる組合の役員選挙だからである。

真人はその日の夕暮の中、一人学校から帰る山道を歩きながら決意した。

〝よし、俺はやる。この埼教組を変えるのだ。組合員が自分の意志で活動できるものに。役員の押しつけを当然のこととして投票するようなことのない、自主的な組合にしていかなければならない。

一人ひとりが持っている一票は、宝の一票だということをわかってもらわなければならない。宝の持ち腐れにしてはならない。

小口さんや大畑さんが堂々と中央執行部に入れる組合にしなければならない。この児玉の中にも仲間はいる。県内にはいっぱい仲間がいる。よおし、がんばるぞ、〝宝の一票を目指して〟。

季節の上では春とは言え、夕暮れ時の風は冷たい。しかし、真人の心は熱く燃えていた。

再婚

真っ赤に焼けた西の空。夕焼け雲の中に大きな太陽が、今やその姿を隠そうとしていた。吹く初夏の風は心地よく真人の頬を撫ぜている。しかし、心の中には重い大きな石がずしんと入っていた。

今日の楽しかった一日。担任をしている子ども達と思い切り遊び呆けて、満足した気持ちは、今やその余韻を失い足取りは重かった。

担任している中学3年A組の子ども達と近くの山へハイキングに行った。彼が婿養子に入ったその家は今日、田植えだった。

「こんな日に、お前は遊びに行くんか」

義父はつっけんどんに言った。

「遊びではありません、クラスで決めたことだから……」

そう言って、さっさと家を出た。弁当のむすびも自分で作った。すでに間が冷たくなっている妻に頼んでも、作ってくれないのはわかっていたからだ。妻は遠くの方で関係なしと知らん顔であった。

リュックをぶらぶら片方の肩にかけ「ただいま」のあいさつは心の中、無造作に玄関に靴を脱ぐと、表座敷の真ん中にどかりと倒れ、仰向けに大の字になって寝転がった。と、がらりと荒々しく玄関の硝子戸を開けて義父が入ってきた。

「家がこんなに忙しいのに、一日遊んで来るなんて……。それでいいんかどうか、実家の親に聞いてこい！」

怒鳴るように言うと、さっさと出て行ってしまった。

「わかった。そうする」

声には出さず、心の中でそう言うと、ぬっくと起き上がった。

「これでお終いだな。もう二度とこの家には来ない。いや来る時は離婚を決める時だ」

そう思いながら、持っているリュックの中で一番大きなものに、日常必要なもの、特に学校でなくてはならないもの、学級活動や授業実践の記録、そしてどうしても傍に置かなければならない大事な書物などを中心に、どんどん詰めた。着る物などどうにでもなる、通勤に必要なものだけ持った。

物置の入り口に置いてあるオートバイのところに行って、後ろの荷台にぎゅうぎゅう力を入れて大きなリュックをつけると、エンジンをかけ、思いっきり一発空吹きをさせ、

「じゃ、行ってくるよ！」

どこかで、誰が聞いていたかどうか知らないが大きな声で怒鳴り、急発進をさせて実家へ向かった。

両親はすでにこうなることを予想していたらしく、真人の話を聞くと、割とあっさりしていた。心の中はわからないが……。

真人が婿入り先で嫌われたのは、家の手伝いをしないとか、自由に出歩きすぎるとかいうことが本当の理由ではないことくらいわかっていた。基本的には思想、考え方、言うなれば人生観が気に入らないのだ。

ある時、家で珍しく義父と晩酌をしていた時、こう言われた。

「真人も教員をしているなら、一日でも早く教頭、そして校長になるようにがんばるんだな」

そこで、「はい、わかりました」と言えるならいいのだが、そうはいかない。

「俺は違います。教頭、校長になる気は全然ありません。子どもと一生、直に接していきたいと思っています。それが一番おもしろいから……。見ていると教頭や校長になろうとしている人は、言いたいことも遠慮したり、教育委員会におべっかを使ったりしているようです。俺はそういうことは大嫌いです。言いたいことは言うし、子どもには思い切りあたっていきたい。それには教頭だの校長だのということとは無縁です」

義父は言った。

「そんな……、勝手な……」

義父も義母もいやな顔を隠さなかった。もちろん妻もである。妻は町の役場に勤めていた。

「勝手じゃありませんよ。一つの生き方ですよ。そういう人は他にもいます」

真人ははっきり言い放った。

話はそれで終わった。義父母はただあきれたという顔をしていた。

一か月後（七月）、とにかく正式離婚になった。いやな思いはしたが、清々した気持ちだった。もう絶対に二度と結婚はすまいと真人は思った。

校長は、

「姓を戻すのは来年度からでいいのではないか。生徒の手前にも」

と言ったが、

「いや、二学期からすぐに戻してください。別に全生徒に発表してもらわなくてもいいですけど、私が担任している生徒や教科で教えている生徒には話しますから任せてください。それでいいです」

結局そうなった。

真人は心配していることがあった。自分のことではない。

真人が婿入りしてすぐであった。

転任して勤めているS中学校の前に、務めていたへき地山間地のY中学校の頃、親しかった野島先生から頼まれていたことであった。それはこういうことである。

野島先生は、Y中学校に来る前、山梨県と長野県の境の清里高原の近くの野辺山というところの中学校に勤めていた。その頃、やはり近くの保育園に勤めていた保母であった女性、佐藤サチ子をいい人がいたら紹介してくれと頼まれていたのだ。

そして、履歴書と写真（三×四センチ）を送って寄こした。

真人は、Y中学校へ転任する前に知り合った県高教組（埼玉県高等学校教職員組合）の中央執行委員をしていたTさんを思い出した。

彼はもう三十五歳になっていた。しかし、どういうわけか結婚の話がない。

そこで、彼は筆不精のTさんに、こいう意味の手紙を出した。

「いい女性がいる。Tさんが結婚しないという考えなら仕方がない。そういう時はそうだと知らせてほしい。もし、そういう返事がなかったら話は進めるから」と。

もちろん返事はなかった。ということは、話を進めなければならなかったのだが、そうしなかった。そのまま放ってあった。

離婚して三か月も経った時であった。野島先生から電話がきた。

「前頼んだ佐藤さん（女性の姓）のことどうなっている」

真人はしどろもどろに答えた。

「いや、話は進めてみたのだけど……、それがうまくいかないで……、そのままに……」

決して嘘をついているのではない。しかし、もう一年も経っている。

野島先生は即座にこう言った。

「聞くところによれば、牧野さんは離婚したそうじゃないか。もともと俺は牧野さんに紹介したかったのだ。なのに君は結婚する気配があったからためらっていたら、婿になど入っちゃった。そしたら、もう離婚したというではないか。今、離婚して後の予定がないなら、とにかく会え。それからだ」

参った。これには参った。

というのは、深いわけがある。

もし、野島先生に「預けてあるものを返せ」と言われると、それがないからである。


七月に離婚となった。その年の正月、一月八日の始業式の日、学校ではいつもの飲み講があった。他の学校も似たり寄ったりではあったが、特にS中学校は酒に強い、好きな人が多く、酒を飲む場をよく設けた。特に一月八日は新年会ということもあり、生徒は始業式が終わるとすぐ帰し、職員は全員家庭科教室に集まり、十二時きっかりには乾杯となった。それが延々と夜の七時頃まで続いた。真人もしたたか酔った。

そんな時、鞄など置いとけばいいのに、習慣でオートバイの後ろの荷台にくくりつけた。

家に帰ってみたら、ただ紐だけがずうずうずう、オートバイの後ろを追っていた。

途中で鞄を落としてしまったのだ。その鞄の中に、あの履歴書と写真が入っていたのだ。その他にどうしてもという重要なものが入っていなかったことが幸いではあったが、ただ、五千円ほど現金が入っていた。惜しくないかと言えば惜しいが、その五千円はどうでもよかった。履歴書と写真だけは困ったことになったと思った。真人を証明する自分の名刺なども入っていたので、どこからか届くことを期待していた。現金五千円が入っていたからかどうかはわらないが、二日経ち、三日経ち、一週間経ってもついに出てこなかった。このことは野島先生にはどうしても言えなかった。そして、ずるずる引っ張って来てしまったのだ。

「わかった。考えておく」

真人はそう答えるほか方法がなかった。

「考えておくじゃないよ。考える必要なんかないよ。とにかく会ってみろよ、それからだ」

もうどうしようもなかった。真人には大きな引け目がある。野島先生から、「他の人に頼むから、あの履歴書と写真を返せ」と言われれば、失くしたことがばれてしまう。

「会う、会うよ……。でも、あまり当てにされても困るけど……。今はその気になれない状態だから」

「いいよ、会ってくれればいいよ。でも、サチ子さんには嘘を言うなよ。嘘の大嫌いな人だから」

「わかった、わかった。嘘は言わない」

真人は失くした写真のサチ子の顔を思い出していた。細面で目はぱっちりしていて、口元はかすかに頬笑みを持っていた。髪の毛は七三に分け、肩のところできっちりと止まっていた。好みの顔貌ではあった。

結婚など二度とするものかと思っている心の片隅に、なにか違ったものがうずきはじめているのに身震いした。

野島先生の生まれは、Y中学校のあるY村であった。当時の国民学校初等科を卒業すると、中学校（旧制）は長野県の松本中学校に入学した。父がそっちの方の中学校の先生であったからである。そして信州大学に進み、卒業後、野辺山の中学校に就職したが、故郷の両親も高齢となり帰ってきた。それで真人と知り合った。

真人は言おうか言うまいか迷ったが、やっぱり親に黙っているのもよくないと思い、母に打ち明けた。でも、預かった履歴書と写真を失ったことは言えなかった。

母はちょっと驚いた顔をしたが、少し間を置いて、

「まあ、真人がそう思うならいいんじゃないの。言っとくけど、おもしろ半分でするならやめとけよ」

「そんなんじゃないよ。ちゃんと話をするよ」

「それならいいけど……。母ちゃんもその見合いの時には一緒に行くよ。どんな子だか見ておきたいから」

「いいよ、いいよ。母ちゃんは来なくてもいいよ」

真人は本気で止めた。しかし、頑として聞かなかった。

「いや、行く。前のこともあるし、親としてどうしても行って、会っておきたい」

これ以上止めるわけにもいかず、了承する以外になかった。さらにこんなことも言った。

相手の佐藤サチ子が、北海道の生まれで今は長野で保母をしていると聞いて、

「遠くの方の人は、身元がわからないからな」

とっさには母が何を心配しているのかわからなかったが気づいた。

「なに、母ちゃんは身元って、あれか、まあ、正式の言葉で言えば未開放部落、一般的には部落民とも言うし、俗な言葉なら、チョウーリッペーかもしれないということかい」

「まあ、そういうことよ」

「母ちゃん、はっきり言っとくけど、その身分差別は明らかに間違いなんだよ。俺はそういうことはまったく気にしない。要は本人の問題だよ」

「真人がそう思っているんならそれでいいんだよ。この前だってそういう身元の問題じゃなかったけど、前もってよく調べておけば婿入りなんかしなかったんじゃないかねえ」

そういうことか。真人は母の心遣いに感心した。見合いには母も連れて行くことにした。

それから一か月、山々の紅葉も目立ち、柿の実も燃えるような見事な色を誇り、秋の深まりをはっきり感じる十一月も半ばの日曜日だった。

真人の町と信州のサチ子の町の中間になる高崎で見合いをすることになった。集まったのは野島先生夫妻と真人と母、そして佐藤サチ子の五人だった。

高崎駅の近くのレストランに入った。

別に予約しておいたわけでもなく、この辺でいいだろうと適当にまあまあの店に入ったままでだった。

コーヒーとカレーライスを頼み、一般的なあいさつの後、お互いに自己紹介をした。そして初対面の気まずさを野島先生が軽い冗談を交えたりして間を繕っていた。

サチ子は保育園の様子を簡単に話していた。物珍しい話ではない。しかし、その話し方は柔らかく、はっきりしたわかりやすいものであった。

真人の母はサチ子の話を本気で聞いていた。そして、失礼ではないかと思うほどまじまじとサチ子を見つめていた。

食事も終わり、こういうことはなんと言っても本人同士の問題だからということで、真人とサチ子でこの後に話し合えということで、小一時間も経ったろうか、その会はお開きとなった。

母が帰り際に、真人をそっと呼んで、

「いい子じゃないか」

と耳際で一言ささやいた。

高崎と言えば観音様以外の場所を知らず、結局そこへ行くことになった。タクシーを拾おうかと思ったが、そんなに本数もあるわけではないようだったが、丁度、駅前を観音様行きの定期バスが出るところだったのでそれに乗った。真人の胸の中は、これからどんな話をしようかと錯乱状態だった。

考えてみれば、もともと結婚するつもりはなく、頼まれた物を失くしてしまったのでやむを得ず見合いしたのだから断られてよいのだ。そう思うことにした。というより、もともとそうなのだ。真人は決断した。野島先生の言うとおり、嘘をつかなければいいのだ。

バスが観音様の下に着いた。美しい観音様は、ちょっと腰を前に突き出し少し猫背の格好で、秋の晴れ渡った空にそびえ立っていた。
五、六十段はあるだろうか、石段を登り観音様の真下に来た。型通り賽銭に十円だけ投げ入れ、神妙な顔をして手を合わせた。サチ子も同じことをした。
「観音様は女の仏さんだから、ここでデートすると妬いて二人の仲を裂くという謂れがあるよ。でもそんなこと知っているのか知らないのか、ずいぶんアベックがいるねえ」

そう言うと、サチ子は手の甲で口元を隠しておもしろそうに笑った。

観音様の周りは人がいっぱいいて、どうも話し合う雰囲気ではなかった。

真人は前にここへ来た時、時間があったので周りをいくらか歩いたことがあった。少し行くと林があり、散歩などするのにちょうどよい道があることを知っていた。別にサチ子の許可を得たわけではないが、真人はそっちの方へ歩いて行った。サチ子は黙ってついて来た。道の脇には、色づいたモミジや真っ赤なヌルデや黄色い蔦などがきれいだった。

また、クヌギやミズナラには山芋の蔓がからみつき、真っ黄色い葉を揺らしていた。

「ずいぶんと山芋があるなあ。ほらほら、この蔓を手繰っていって、その下を掘るとおいしい山芋が出てくるんだよ」

真人は山芋の蔓の根元に近づき、

「ここ、ここだよ。ここを掘ればいいんだよ。これなんか結構大きいよなあ。これくらい太くて、これくらい長いかなあ」

真人が指を丸めたり、両手を広げて長さを示すのを見て、サチ子はけらけら笑いだした。考えてみれば、そんなことを説明する場所ではなかったか、

「あっ、すいません。つい、山芋掘りが好きなもんで……」

ぺこんと頭を下げた。サチ子はまた、さっきより大きな声を出して笑った。別に笑わせようと思ってやったことではないのに、顔が赤くなった。

「牧野さんて、おもしろいのねえ」

サチ子は笑い続けながら言った。

とにかく、話をしなければならない。真人から話し出すのが当たり前だろう。

真人は並んで歩きながら、サチ子の方を見ないで、というより多少あべこべの前の方を見ながら、固くなって話し出した。

「サチ子さん、話すけど……。聞いているでしょうが、私は半年ほど前に離婚した身です。こんな見合いなどできる立場にはないんです。でも、野島先生に強く言われて、会ってしまいました。すみません」

「私も、野島先生に言われて……。野島先生ご夫妻には、以前大変お世話になって……。いいんです。どんなことでも言ってください」

サチ子は少しうつむき加減になって言った。

「思い切り、隠さず言います。私の離婚は私がいい加減だったのです。あまり考えもせず結婚……、婿入りしてしまったからです。結局、その家の考えに合わず、私が出たというより追い出されたと言った方がいいのかもしれません。妻も私の考えにはついてきてくれませんでした」

少し間をおいて話を続けた。

「はっきり言います。私は普通の教員と少し……、いや、大分かな。変わったところがあるようです。いや、あります。まず、わたしは教頭、校長になる気はまったくありません。この辺があの家では、まずダメでした。そして、土曜、日曜に家にいることがほとんどありません。教え子とよく山などへ出かけたりもしますが、まあ、それはそんなに多いわけではありませんが、サークル活動……、教育関係の民間の研究会です。文部省や教育委員会のものではありません。だから土曜、日曜にやるのです。組合の役員なども、よくやらされます。言われると引き受けてしまうんですね。それに趣味が多いのです。一番好きなのが囲碁です。これをはじめると時間の経つのも忘れてしまうこともあります。魚釣りも好きです。予定の入っていない日曜日など誘われると断ったことがありません。ハイキング、山登りなどにも出かけます。友達や教え子達もよく遊びに来ます。だから、静かに家庭生活を、なんていうわけにはいきません」

「それに、私は、政治的には共産党を支持しています。誘いがあれば演説会や学習会にもよく出かけます。もちろん赤旗新聞も読んでいます。酒も好きです。毎日晩酌して日本酒なら二合は飲みます。外で飲んでいなければ、九時、十時に帰っても飲んで寝ます。でも、これだけははっきり言いますが、賭けごと、博打関係のことだけは絶対しません。競馬、競輪、パチンコなどはしません」

しかし、真人は一つだけ嘘、というか、言わないことがあった。麻雀のことである。やはりどこかに嫌われたくないという気持ちが働いていたのかもしれない。でも、これだけ言えば、多分「考えさせてください」と言って、後で「なかったことに」ということになるだろうと踏んでいた。

「それでいいのだ」と真人は思った。

特に共産党支持には反感を持つのではないか。しかし、それを隠して好かれてみたところでしょうがない。

「サチ子さん、今度はサチ子さんの番です。聞きたいことがあったら聞いてください。また、サチ子さんの方から言いたいことがあったら言ってください」

サチ子は黙って聞いていたが、そんなに驚いた風もなかった。

真人こそ驚いた。自分の耳を疑った。サチ子はこう言ったのだ。

「私は真人さんのような人と結婚したいと思っていました」

虹

「お前なあ、そうは言ったって、組を抜けるということは、簡単なことじゃねえど」

「わかってます……、わかってます……。でも、このまま帰れば殺されます」

「まさか……、殺されはしないだんべが、指の一本や二本は詰められるかもしんねえが……。隠し通せるもんでもねえし……。これからまともに生きると言うけんど、そりゃあ大変なこった。このままやくざの世界で生きるほうがよっぽど楽だと思うよ。俺は嘘でなくそう思うよ」

真人は、暴力団から逃げ出してきた教え子の英次が「助けてくれ」と言ってきた時はとまどった。英次の頭はパンチパーマ、足には雪駄《せった》という、まさにやくざの下っ端といったものだった。


簡単に経過を話せばこうだ。

英次、坂本英次は高校を中途で止め、ふらふらしている内に暴力団に入ってしまった。なぜそうなったかも話を聞けば納得もできる。

彼の父はアルコール中毒で、屋台をだして街角でたこ焼きなどの商売をしていたが、ほとんど儲けは酒になってしまった。夜中に帰ってくればしょっちゅう夫婦喧嘩だ。母親を殴ることも珍しいことではない。

その晩もそうであった。英次は隣の部屋で寝たふりをしていた。怒鳴り合う声と一緒に、投げた皿がガチャンガチャンと割れる音がしていた。寝ていた妹が泣き出した。

「ああ、よしよし」

母が小学一年生の妹を抱いたらしい。父のぶつぶつ言う声はしばらく続いたが、やがて静かになった。

次ぐ日の朝であった。母が、

「英次、話がある」

その顔はひきつり、目は大きく見開かれ、すわっていた。

「驚くなよ。私は、お前の本当の母親ではない」

なにを言っているのか、とっさにわからなかった。

「お前がまだ一歳にもなっていなかった頃、あのやくざ親父にだまされて結婚したんだよ……。そして、お前を本当の子のように育ててきたのさ。この正子は私の本当の子さ」

母親は抱いている妹を揺すりながらそう言った。

やっと、母親の言っていることが英次に飲み込めた。しかし、その途端、頭の中が真っ白になった。

「悪く思わないでくれよ。私は今日限りこの家を出て行くよ。正子は連れて行くけど、お前は連れて行けない。本当の子ではないし……。それに、高校にも行っているんだからね。まあ、親父とうまくやってくれ……。そういうことだから」

英次は何も言えなかった。

母親は、それきりどこかへ行ってしまった。本当の子ではないと言い残して……。英次は父親を問い詰めてみた。そのとおりだと言った。本当の母親は、英次を産み落とすと、すぐ死んでしまったのだと言った。

父親はますます酒の量が増していった。たこ焼きの商売も適当になった。

英次は見よう見真似でたこ焼きを作れるようになっていた。高校の学費もあるので、父親の代わりに街角に出た。はじめは恥ずかしかったが、慣れてくると仲間も買ってくれるし、平気になっていった。

その日もスーパーの前に陣取り、英次はたこ焼きを商っていた。と、父親が酔っ払ってやってきた。

「おい、少し金をくれ、飲み足らねえ」

そう言って、金を入れておく小さな引き出しを勝手に開けて持ち出そうとした。

「よしてくれよ。まだいくらも売れていないし、お釣りがなかったら商売できないよ」

英次は父親の腕をむんずとつかんだ。

「てめえ、親に逆らうか」

父親は英次の手を払おうとして、よろけながら屋台にぶつかった。どんぶりに入っていたたこ焼きの材料がひっくり返った。まわりの人が何事かとこっちを見た。

英次はカッとなった。とっさに右手のこぶしで父親の左頬にアッパーカットをくれていた。父親は後ろにひっくり返った。特に危ないものにぶつかったわけでもなく、地面の上でじたばたし

ながら
「バカヤロー、バカヤロー」
と怒鳴っていた。
英次は、そのままその場所から離れると、一目散に駆け出し最寄のR駅に来ていた。そして止まっていた上りの電車に飛び乗った。

ポケットには一万円足らずの金しかなかった。どこといって行く当てはない。とにかく全然知らないところへ行ってやれと思い、降りたところが千葉駅であった。ごみごみした繁華街を歩いていたら、一軒のラーメン屋で「従業員募集」の張り紙があったので入っていった。結局そこへ住み込みで入ることになった。一見真面目そうに見えるところがよかったのだろう。いや、もともと英次は真面目であった

本気で仕事もしたので、信頼もできてきた。一週間に一度の休業日には、友達にも会いたくなってR町に帰った。しかし、絶対に家には帰らなかった。

その日、会いたいと思って行った友達が留守で、町中をぶらぶらしていたら、見るからにイカレポンチの若者が近づいて来た。よく見たら中学校時代二級上の酒井だ。彼は、この町の暴力団の山崎組の組員だ。これはまずいと思ったが、逃げるわけにもいかず彼と時間を過ごすことになってしまった。

彼は親切であった。

「なあ、腹が減ってるんだろう、おごるよ。なにが食いたい」

駅前の食堂に連れて行かれ、ビールが出て、カツどんが出て、すっかりご馳走になってしまった。酒井は英次が今どんな状況にあるかをよく知っていた。

「事務所に来いよ。部屋だっていっぱい空いているし、遠慮すんなよ」

気にはなったが、酒井のやさしさにほだされて、つい後をついていってしまった。

英次も同じ町だから山崎組がどこにあるかは知っていた。暴力団が決してよいはずがないことも知ってはいた。しかし、逆らいづらい雰囲気があり、事務所に足を踏み入れることになってしまったのである。

入り口の左右に二メートル近い大きな提灯がぶら下がっていて、大きな文字で「山崎組」と書かれていた。

中はまず、広い土間があり、板の間に続いていた。

「酒井和利、帰ってまいりました」

酒井は大きな声で言った。中からどっしりした体格の人が出てきた。和服姿であった。

とたんに酒井はぴんと背を伸ばし、両腕を下に伸ばし、気をつけの姿勢をした。

「親分、ただいま酒井和利は、石井英次君を連れてまいりました」

英次は驚いた。酒井の態度の変わりように驚いた。英次もつられ、つい気をつけをして、ピョコンと頭を下げた。

「よろしくお願いします」

と言ってしまった。英次を連れてくることは、すでに連絡がとれていたようであった。

「そうか、ま、上がってもらいな」

やさしそうにそう言った。

その晩、数名で英次の歓迎会をしてくれた。もう出られない。英次もそう思った。


やさしさはすぐに消えた。

「お前も、山崎組の釜の飯を食う人間になったんだ。覚悟しろよ」

という言葉が出てくるのに、そう時間はかからなかった。

「いつまでもただ飯を食っているんじゃねえ。ほれ、これを売ってこい」

ちょうど年末だった。正月の門飾りを、英次がやっと抱えられるくらいの籠に二百くらい詰めたものを渡された。

「いいか、こういう祝い物には値はねえんだ。一個一万円で売ってこい。山崎組から来たと言えば買ってくれるはずだ。少しぐずぐず言ったら、闇夜の晩もありますよ、とでも言えば買うさ」

もとの値は二、三百円くらいのものだ。これを一万円とはひどい。しかし、

「はい、わかりました」

という以外方法はない。

大きかろうと小さかろうと、商店という商店を軒並み回るのだが、ほとんどの商店が買う。すでに買ってある店でも、山崎組から来たというと、仕方がないという顔をあからさまに見せながら、しぶしぶ一万円札を持ってくる。

短い毛にちりちりにパーマをかけ、雪駄を履いている姿は明らかにやくざの容だ。

たまに小遣いを少しもらうことはあるが、組員に特別の給料があるわけではない。山崎組の組員であることをほのめかしながら、街角などで遊んでいる若者を捕まえ、カツアゲという脅しで金を巻き上げる方法をとるしかない。

英次は左腕に大きくはないが、刺青も入れた。


一年も経つと、英次はいっぱしのやくざになった気分であった。

気候のよい五月半ばのある日、親分が一週間ほど旅行に出かけて留守になった。子分のお偉方も付き人として行ってしまったので、事務所には二、三人の若い衆しかいなかった。親分の車も空いていた。英次はこんな時、一千万円もする高級車を乗り出した。

二キロも乗った時だった。見通しの悪い曲がり角で、道が狭かったこともあるが、ここのところ車の運転をしなかった英次は対向車にぶつかってしまった。と言っても正面衝突ではなく、英次の車と相手の車の右前がぶつかったのだ。両車ライトはめちゃめちゃに壊れた。はずみで英次の車は道路右側の緩やかな土手を下に落ちてしまった。相手の車は道路のあべこべ側の塀にぶつかっていた。英次はとっさにハンドルを右に切り、その土手を登ろうとした。さすが力の強い高級車だ。そのゆるやかな傾斜の土手を登るではないか。英次はそのまま組の事務所に帰り、何食わぬ顔で車を車庫に入れ逃げ出した。

これがばれたら、どんな仕置きがあるか想像するに難くはない。

そして、英次は真人のところに逃げてきたのである。

真人は現職の中学校教師である。

暴力団とかかわることが、どんなことになるか想像もできない。

とにかく、解決策としては、彼への強力な援助が必要だということだ。真人は聞いた。

「相談に乗ってくれそうな親戚はないのか。おじさんとかおばさんとか……」

彼は即座に言った。

「ありません」

そこで、言ってしまった。

「お前が、本当に暴力団を抜けようと思うなら、俺も力になろう。ちょっと待ってな」

妻の協力がなければどうにもならない。お勝手で後片づけをしながら、この話しを聞いていたはずの妻のところへ向かった。

「聞いていたとおりだ。なんとかしなければと思うが、お前どう思う」

妻は即座に言った。

「家においてやれば……、下には住めるところもあるんだから……」

真人の家は、数年前新築したばかりだった。前の家は一段低いところにそのままあった。物置として重宝している。まだ、お勝手もそのままだし、風呂場もそのまま。住むのに使える部屋も二つはある。とにかく生活に必要なものは最低限そろっていた。

妻の心の大きさに改めて感謝した。

その晩から英次は真人の家に住むことになった。

仕事は真人の高校時代の同級生が経営している木工所に頼み込んだ。同級生は快く受け入れてくれた。その工場は真人が勤務している中学校があるT村、つまり真人の住んでいる町の隣村である。

通勤用の中古の自転車も買ってやった。

それから例の自動車事故の相手は真人の知っている教員であった。夫婦で教員をしていて、どちらもよく知っていた。

英次を連れて謝りに向かった。

「牧野（真人の姓）先生に来られたんじゃしょうがないよ。修理代をきちんと保障してくれればそれでいいよ」

英次にきちんと返す契約書を書かせた。


彼の生活については次のように決めた。

給料が出るまでは、真人の家ですべて面倒を見る。給料が出たら自炊をする。その条件はすべてそろっていた。沸かせば風呂場もあったが、それは真人の家の風呂に入ればいい。

そして、給料は袋のまま持ってきて真人に出す。給料は十三万円程度だった。管理は真人の妻がする。生活費月五万円、どうしても必要なものを買いたい時は申し出る。

毎月自動車事故の弁償金が月五万、残り三万円は英次の財産として積み立てておく。弁償が終われば、その分もすべて英次のものとして積み立てる。ということであった。

今まで、いい加減な生活をしていた英次のような場合、すべて自分で生活を管理することはできない。

とりあえず、生活の方はそれでよいが、組との関係をどうするかである。高級車を壊している。そうでなくとも組を黙って逃げ出した者を、そのまま見過ごすはずがない。このことは、四六時中、真人の頭を離れなかった。それ以上に英次が、びくびくして毎日を送っていたらしかった。

二か月も過ぎようとしていた七月のある日だった。その日は珍しく真人は早く帰って、七時頃から晩酌をはじめていた。すると、英次が汗びっしょりかき、青くなって駆け込んで来た。そのさまはただ事ではない。暴力団との問題だなとピンときた。

「先生、助けてください。組の者に見つかりました。追っかけられました。もう下に来ています」

やっぱり来るものが来たか。こうなったら仕方がない。一か八か当たって砕けろだ。

「わかった。すぐ下へ行く。大丈夫だ、俺が話をするから」

そうは言ったが、真人の心臓も早鐘のように鳴り出した。英次が住んでいる下の家の前の道路に一台の真っ黒い車が止まっていた。夏の七時はまだ明るかった。パンチパーマの一見してすぐやくざとわかる四十歳がらみの男が立っていた。右腕で車に寄りかかり、左手はポケットに突っ込み足をからめてこちらを見ていた。真人はゆっくりと男に近づいていった。英次は真人の後ろでぶるぶる震えながらついて来た。男は鋭い目つきで真人を睨みつけた。真人は度胸を決めた。

「なんでしょうか」

男は右腕を自動車から離しながら、

「なんでしょうかはないでしょう。うちの英次をかわいがってくれてるようですが、この野郎はとんでもねえことをしでかしてるんでねえ。すぐけえしてもらいてえんですよ」

真人は本当にどうしていいかわからなかった。もう一度家に駆け込んで警察を呼ぼうかとも本気で考えた。しかし、次のような言葉が出ていた。

「とにかく話し合いましょう。どうぞこちらへ来てください」

英次の住んでいる方の家へ案内した。玄関で真人は英次に言った。

「英次、上に行って、うちのやつに言って、お茶を持ってきてくれ……。ああ、お茶でなく酒がいいや、一升瓶で持ってくればいい、つまみはなんでもいいとね」

少しでもそこを離れたい英次は「はい」と言って跳んでいった。

「まあ、上がってください」

男はふてくされた格好をして上がってきた。

挨拶もしないで、男は話しはじめた。

「あの野郎はひでえ野郎だ。親分の車に黙って乗り出して、ぶっつけて壊しっぱなしで逃げたんだ。親分が怒ってる。見つけ出したらぶっ殺してやるって言ってるよ。今夜連れて帰るから」

わざとシャツの上の二つのボタンをはずして、胸いっぱいに広がっている刺青を、ほれ、ほれ、と言わんばかりに見せている。膝の上に置いた左手の指は小指と薬指が欠けていた。真人はこういうことがくるとは思っていた。まあ、とにかく気持ちを和らげなくてはいけない。

「私は牧野真人と言います。あの英次を中学校で教えたんです。教師というのはけちな商売で、一旦教えたことのある子どもから頼まれると、断ることができない。特に私がそういう性分なんでしょうが……。やつが家に来て組を抜けたいというから、まあ、ゆっくり考えようということで、今家にいますが、組長さんには日を改めて、ご挨拶に行かなければと思っていました。ところであなたのお名前は……」

苦虫をくっつぶしたような顔をして、真人の話を横を向いたまま聞いていた男が、

「名前なんかどうでもいいけんど……。山崎組の細川てえもんだ」

細川？　……真人にふっと、思い当たるものがあった。

真人の知り合いで……、と言っても大先輩だが、二、三年前に亡くなった細川輝造という元校長、そして教職員組合の県の副委員長までした人だ。彼には子どもが五、六人いて、親のように教員になった者、銀行に入った者、それなりの会社勤めをしている者、それぞれいいところへ勤めているが、一人だけ間違った道に入った者がいたという話を聞いたことがあった。目の前のこの男かもしれない。そう言えば、細川先生の面影もある。

英次が一升瓶を提げ、お盆にコップが三つと胡瓜の漬物とカキピーを持ってきた。

細川が英次をぐっと睨んだ。英次はあわてて畳に額をこすりつけて「すみません」と言ったきり、頭を上げなかった。

「英次、てめえ、おめえのやったことがどんなことかわかっているんか、馬鹿野郎」

細川は怒鳴りつけた。英次はますます額を畳にこすりつけ震えていた。

「細川さん、まあまあまあ、いっぱいやりましょう」

真人は、コップを左手で差し出し、右手で一升瓶を持った。

細川はコップを受け取らなかった。真人はコップを細川の前に置き、なみなみと注いだ。

「ところで、細川さんはもしかして、お父さんは細川輝造さんじゃありませんか」

細川という男が、ギクッとしたような感じで真人を見た。

「かもしんねえが、俺には関係ねえや」

「やっぱり……。ちょっと聞いたことがあったので失礼かと思いましたが言ってみました。いやあ、そうでしたか。わたしは細川先生には大変お世話になりました。また、先生の長女だったと思いますが、道子さんはR町へ嫁に行きましたよねえ。その子どもさん、そう、先生のお孫さん、R中学校で担任をしましたよ。おもしろい縁ですねえ」

「別に」

と言いながらも細川の態度が変ってきた。広げていたシャツの胸のボタンをかけはじめた。

「親分のところへ来るなんて、本当にあんたにできるんかねえ。教員風情に本当に来られるんかねえ」

「行きますよ、必ず行きますよ。親分によろしく言っておいてください。……さあ、いっぱいやってください。ぐっと空けてください」

真人は右手の手のひらを広げて、上に扇ぐようにして飲むことをすすめた。

それにつられてか、細川はコップを持ち、ごくりごくりと一口で半分ほど干した。

これで今日のところは大丈夫か……。

真人は細川輝造先生の思い出をべらべらしゃべった。

先生は酒が好きで強かったこと。校長をしている時、運動会で衛生用のアルコールをお茶で薄めて飲んだこと。デモの時、腰の水筒に焼酎を入れておいて、歩きながら飲んだことなど変った偉人ぶりを話した。

細川は、ふんとした顔をして聞いていたが、

「ありゃあアル中だよ。くだらねえ親父よ」

と言って、コップに残っていた半分の酒をぐっと飲み干した。

「まあ、どうぞどうぞ」

真人は細川の置いたコップに、またなみなみと酒を注いだ。

「おい、英次、覚悟してろよ。親分がどんな風におめえを処分するかねえ」

半分体を起こしていた英次が、また頭を畳にこすりつけた。

細川はまたコップを持つと、一気に飲み干した。

「先生、こんな野郎にだまされねえ方がいいよ。どうせまた、どッかへ逃げてっちまうんだろうから……。今日はこれで帰るが、いいか英次、覚悟してろよ」

細川は荒々しく立ち上がると、挨拶もしないで出ていった。

英次はしばらく、畳から額を離さなかった。

間をおくわけにはいかない。英次の居場所がわかってしまったのだ。向こうから乗り込んでくる前に、こちらから行く必要がある。真人だって行きたくはない。英次にとってはなおさらだっ

た。それこそ、どこかへ逃げて行きたいだろう。真人は本当に英次が夜逃げでもするのではないかと心配していた。いや、心のどこかではそうなってくれるのを望んでいたのかもしれない。

次の日曜日、山崎組の事務所に行くことに決めた。英次に話した。英次は「はい」と言ったが、

「先生、本当に大丈夫なんですか。どんなことになるかわかりませんよ。俺は怖い、怖くて仕方ありません」

「殺されやしないよ。俺がいるんだから……。そう馬鹿なことはできやしないよ」

「先生は知らないいんだよ。暴力団の恐ろしさを。あの連中はなにをするかわかったもんじゃないよ」

すでに首をすくめてぶるぶるしていた。

その日が来た。

三日前に、恐る恐る山崎組にその旨を電話しておいた。どんなことを言われるかと、ひやひやしていたが、「待っている」とだけの返事だった。これがまた不気味と言えば不気味なことでもあった。もう後には引けない。

手ぶらというわけにもいかないから、奮発して地酒の大吟醸二本持って行くことにした。

七月の半ばの日曜日、朝から暑い日だった。

三時に会う約束がとれていた。朝からかんかん照りの雲一つない暑い日だったが、午後一時頃

になって急に曇りだした。二時頃から遠雷も聞こえるようになった。そして、出発の二時半頃にはぽつぽつはじまった。真人が英次を車に乗せて、山崎組の前に着いた頃には大きな雷鳴とともに土砂降りとなった。植木もなにもない、だだっ広い庭には、真っ黒い車がバケツからこぼしているような雨を受けて、水玉を跳ね返しながら一台だけ止まっていた。真人はその脇に車を止めた。容赦なく降りつける雨の中を、大吟醸の地酒二升を抱え、二つの大提灯が風に揺れながらぶら下がっている異様な雰囲気の玄関の庇《ひさし》の中へ駆け込んだ。約束の午後三時、ぴったりであった。耳をつん裂くような大きな雷鳴が響いた。近くに落ちたのかもしれないと思った。これから起こる、なにかを予告しているようないやな予感がした。

玄関に立った。英次が真人の後ろで青くなってぶるぶる震えだした。真人だって心定かではない。こんなことは生まれてはじめてである。えいつ、こうなったら肝を据えてやるしかない。玄関の呼び鈴を押した。中から「入れ」という声がした。

ゆっくりとガラス戸を開けた。

驚いた。三坪ほどの土間の向こう、八畳くらいの広さの板の間の中央の椅子に、どっかと腰掛けている組長、そしてその両脇に直立不動で立っている二人の子分。三人とも真っ黒の衣服。組長はスーツ、そして真っ黒のシャツに真っ赤なネクタイ。両脇の子分は長袖のシャツにズボン、全部真っ黒、頭はつんつるてんの坊主頭だ。そして腰掛けている組長は足を組み、腕組みをしている。左手は鷲掴みに右手の腕を掴んでいる。その左手の指は三本しかない。左頬には二寸ほどの刃物の傷がはっきりとある。まさに暴力団の親分そのものだった。

しかし、たいしたものだ。約束の三時には、こうしてちゃんと待っているのだ。もし、遅れてきたらどうだったろうと思うと背筋が寒くなった。

英次は部屋に入るなり土間に額をこすりつけた。はいつくばっての土下座である。

もうここまできたら破れかぶれだ。どうにでもなれ。真人は相手にわからないように大きく深呼吸をした。そして、持ってきた酒二升を組長の前に静かに置き、口を切った。

「はじめてお目にかかります。牧野真人と申します。中学校の教師をしています。このたびはこちらにお世話になっていた私の教え子、英次がとんでもないことをしました。二か月ほど前、私のところへ来て、どうしても組を抜けたいと言うんです。教師という商売はけちなもので、教え子に頼まれると、どんなことでもやってやろうと思うんです」

玄関を入る時までドキドキしていた心臓が、ここまでくるといやに落ち着きだした。

「これからは私が面倒をみますので、ぜひ、この英次を私に任せてください。お願いします」

真人は板の間の上がり端に両手をついて、膝を曲げ深々と頭を下げた。

「バカヤロウ」

外で鳴っている雷より大きいのではないかと思うような声が、頭の上で響いた。さすが真人も心臓が止まるのではないかと思った。英次はなおさら地べたに頭をこすりつけ、ぶるぶる震えていた。真人ははっきり自分に対して怒鳴りつけたのだと思った。組長は続けて言った。

「犬っころだって、三日も餌をやりゃあついてくる。主の言うことに逆らわねえや。なんだてめえは、一年以上もうちの飯を食いやがって、出て行きてえとはあきれたもんだ。犬畜生にも劣る人間の屑だ。てめえなんかいらねえ、出て行けえ」

すごい声だ。びんびん響く。真人は、もし、あの二人の子分が下りてきて、英次を殴りはじめたらどうしようと思っていた。しかし、子分に対して組長の命令もなく、子分達は微動だにせず立っていた。

真人はすかさず言った。

「ありがとうございます。それじゃあ、私がもらい受けてもよろしゅうございますね。私が絶対に責任を持って英次の面倒をみます」

あの、壊した車のことを言われるのではないかと、真人はびくびくしていた。しかし、組長の口から車のことは一言もでなかった。忘れていたのか、保険で直したかで、もう許したのかわからないがこちらから言い出すこともないと思った。

「ほれ、英次、よくお礼を言え」

振り返って英次を見ると、相変わらず地べたに額をこすりつけぶるぶる震えていた。

「すみません、すみません」

英次は繰り返し、それしか言わなかった。

こんなところに一秒だっていたくはない。英次に「出て行け」と言った以上もう用はない。

「では、これで失礼致します……。英次、帰らせてもらうよ」

英次は腰が抜けたのか、額を地べたにはいつくばったまま立ち上がらなかった。真人は、組長に深々と頭を下げ、英次のところへ行って、しゃがんで腕を持った。腰が本当に立たないのだ。真人は思い切り引っ張り上げた。よろよろ立ち上がったが歩けない。真人は英次を抱えて、もう一度組長の方を向いて最敬礼をした。二人の子分は本当に微動だにしなかった。

よかった。よかった。なにか、後から「待て」の声でもかかるのではないかという気がした。外へ出ると雨が止んでいた。真人は英次を抱えるようにして、車のところへ行った。後から追っかけて来る気配はなかった。思い切りアクセルを踏んで急発進して、山崎組を後にした。

喉がからからだった。お茶でも飲もうとコンビニに寄った。車を降りると景色が明るくなっていた。駐車場にいる何人かの人達が、東の方の空を見上げ、

「うわあ、きれいだ」

「すごい」

などと言っていた。真人もそっちの方を見た。

なるほどきれいだ。すごかった。大きな虹がすっかり半円形に空にかかっていた。夕立の後の虹だ。

「英次、見ろ、虹だ、虹だ」

車を降りようとしない英次を、むりやり引きずり出した。

「英次、見ろ、この虹を見ろ。きれえじゃねえか。暴力団から縁が切れたんだ。これからのお前の人生だ」

黒い糸

真人はこの頃気持ちよかった。二十歳になる娘の春美が明るくなったことである。いや、別に今までが陰鬱であったというのでは決してないが、なにかこの頃、父親に対してだけでなく、母親……、といっても真人の再婚の妻、春美にとって義母となるサチ子に対しても、こころなしか言葉遣いや振る舞いが丁寧になったような気がするからである。

しかし、父親の感というか、当たり前のことというか、ふっと心配なことが心をよぎるのであった。「まさか、あの春美が」とも思うのだが、やはり年頃の娘である。好きな男が現れても不思議なことはない。父親が娘を褒めるのもおかしいが、春美は子どもの頃から近所の人などにもきちんと明るくあいさつもし、言葉遣いもよく、笑顔をつくるのも自然で感じがよかった。なににも増して、容貌も決して悪くないと内心思っていた。

「行って参ります」

春美が今朝も元気のよい挨拶をして玄関を出ていった。東京の駒込にある東京歯科衛生士専門学校に通っており、朝六時四五分には必ず家を出る。春美が出かけてから、真人夫婦が家を出るには一時間ほど余裕があった。

「サチ子よう」

真人はお勝手仕事に余念のない妻に話しかけた。

「なんですか」

ガチャガチャ食器を洗いながら、ぶっきらぼうに返事をした。今少しやさしく返事をしたらどうかと心の中だけで思って言ってみた。

「この頃、春美は明るくなったと思わないか。言葉遣いも少し丁寧になったような気もするし……」

「そう言えばそうねえ……、私もそんな気がする。私に対する話し方もこの頃やさしくなったようにも思えるわ」

「やっぱりなあ……。いいことだけど、なにかあるのかなあ」

サチ子は真人の心の中を見透かすかのように、

「心配しているのでしょう……、好きな子でもできたんじゃないかって……。心配ないですよ、春美さんに限って……。あんたの子ですもの」

「そ、そんなことじゃないよ」

「ほら、顔が赤くなった。ハハハハ……」

サチ子は真人をからかうように言った。

真人夫婦にしてみると思い当たる節もあった。一週間に一度は帰りが十時を過ぎることがあった。

「なんだ、今帰ったのか、遅いぞ」

と言うと、

「ごめん、ごめん、お友達とお付き合いで、少ししゃべり過ぎちゃった」

と言って、さっさと自分の部屋のある二階へ上がってしまうのだった。

また、携帯電話もよくかかってくるようになった。携帯が鳴るとすぐ二階へ駆け上がってしまうのである。そして、長い電話となる。もっとも前から携帯電話の長話しは常習犯ではあったが、この頃それが頻繁になったということである。


予想は的中した。それから一週間も過ぎた三月下旬の日曜日であった。

たわいないことをしゃべり合いながら夕飯を食べ終わった時、春美がちょっと改まった態度になって切り出した。

「お父さんとサチ子さんにお願いというか、話しておきたいことがあるの……」

春美は後妻のサチ子を「お母さん」とは呼ばずに「サチ子さん」と呼んでいた。

「来たか」

なるべく平静を装い、

「なんだよう、そんなに改まって……」

春美は少し間を置いて、姿勢を正すようにして、下を向いたまま言い出した。

「あの……、わたし……、お付き合いをはじめた人がいるんです。そんなすぐでなくてもいいんだけど、会ってもらいたいんです」

サチ子はにこっとしてすぐに反応した。

「そう……、それはいいじゃない。どんな人」

「おいおい、そう簡単に言うなよ。まあ、そんなこともあろうかと思っていたよ。でも、急に言われて、おめでとうとも言えないさ。ま、機会を作って会おうじゃないか。どうもこの頃、変だとは思っていたんだ」

こんな時、どんな風に言ったらいいのか戸惑った。

「でも、どこの人だ……、埼玉県か、東京か、それとも」

「そんな……、どこの人かだけでいいじゃない。答えは春美さんが言うんだから」

サチ子は笑いながら言った。それはそうだ。やはり、多少気が動転していたのだ。心の中で、自分の弱きを悔んだ。

「K市よ」

春美は言った。

「ずいぶん遠いところだな……、といっても埼玉県だよなあ……。ところでなにをしているんだ、その人は」

「大学生、でも、もう四年生よ、早稲田大学の。この三月には卒業よ。当たり前だけど就職も決まっているの。S銀行だって」

「そうか……、それは悪くないねえ……。どうでもいいことだけど、お父さんはなにをしているんだと」

「S銀行のK支店の営業部長だとか言ってたけど……。だから斉木さんはS銀行に入れたのかもね」

「そうかな、斉木さんという人かい。ちなみに名前は……」

「正男っていうの、当たり前の名前よねえ……。正しい男って書くの……。でもねえ……、お父さんはこの町の支店にもいたことあるんだって」

心配していた答えが返ってきた。背筋を冷たいものが走った。S銀行のわが町の支店にいたことがある……。それがずしんと心の中に大きな思い石を投げ込んだ。

しかし、真人はそれを否定した。決まったわけではない。そんなことがあるだろうか。その確率はほとんどないはずだ……。ほとんどない確率でもゼロではない。頭の中を大きな歯車がぐるぐる回っていた。

「お父さん、どうしたの。変よ、顔が……」

ぽかんとした顔で、どこを見るともなく、うつろな目をしている真人の肩を揺すりながら春美は言った。

「う、うん……、なんでもないよ……。ちょっと突然なことを春美が言うんだもの」

それが不自然な言葉であることをわかっていたが、他にいい言葉が浮いてこなかった。それをごまかすように、

「それで、春美はどこで斉木正男さん……、と言ったっけ……。知り合いになったんだい」

春美は恥ずかしいような、照れる仕草をしながら、俯きかげんに、

「それがねえ……、笑わないでね（と言いながら自分でケケラケラ笑いながら）。今年の正月に友達とスキーに行ったでしょう。あの時、ゲレンデで、私、私まだ上手じゃないから、そこに立っている人を避けきれないでぶつかっちゃったの。そしたらその人、すぐ、大丈夫かって助けてくれたの。ちょっと言いにくいけど、一目、斉木さんを見た時、なにか他人とは思えないような親近感を感じちゃったの……」

にこにこしながら話を聞いていたサチ子が言った。

「そう、それが一目ぼれというもんなのね……、よかったじゃない」

（そうだ、このことはサチ子に話してなかったっけ）と思いながら、

「ふーん」

とだけ言った。


その夜、真人は当然のことながら眠れぬ夜を過ごした。何度も寝返りを打ちながら「うーん」

「うーん」と唸った。それに、サチ子が気づき、

「どうしたのさあ、うなされてばっかりいて……。春美さんにいい人ができたことが、そんなに心配なの」

「そうじゃないさ……。いい人ができたことなんかなんでもないさ……。実はサチ子にも話して

ないことが……」

言うまでもなく、サチ子は「なに、なに」と話すようせがんだ。

真人もそのつもりだったので、今まで隠すつもりではなかったけど、話してなかったことを詫びながら話しはじめた。

「実は……」

サチ子は黙って聞いていた。時々「ふーん」「ふーん」と相槌を打っていた。

聞き終わってサチ子は言った。

「それで、どうするの……」

「まだ、本当にそうか決まったわけじゃない……、斉木さんと連絡を取ってみて確認してみるよ……。関係なけりゃいいけどなあ」

考えまい、考えまいとしても、頭の中に（そうに違いない）という確信に似た妄想が浮いてくるのだった。


こういうことは早い方がいいとは思いながら、電話の前に来ると身がすくんで、手が動かなくなってしまうのだった。

しかし、黙っているわけにはいかない。あの日から三日目、春美が「斉木さんと会う約束になっているから遅くなる」と言って朝出ていった夜、春美からなんとなく聞いておいた斉木さんの電話番号を震える指で押した。電話の呼び出しの機械音が鳴る……。四回、五回、音が止んだ。

「ハイハイ……、斉木です」

少し間を置き、一息ついて、

「もしもし……、斉木さんですか……。私、O町の牧野です。牧野直人というもんです」

「ああ、牧野さんですか、はじめまして……斉木です。斉木恒雄です。こちらから電話をしなくてはと思っていたのですが……、どうもすみません」

やはり、正男さんも親に言っていたのだ。春美と相談の上だろうから当然のことだが……。

「うちの春美が正男さんにお世話になっているようでして。春美に、ぜひ親同士で会ってくれと言われてお電話しました」

「そうですか、うちの正男からもそう言われています……。ところで、牧野さんは中学校の先生をされていらっしゃるそうで……」

「はい、そうです。斉木さんはS銀行にお勤めとか……。O町支店にもいらっしゃったとか……、何年頃ですか」

「はい……、そうですねえ……。昭和で言いますと、昭和三十五年四月から三十九年十二月までです。ちょっと事情があって、年度としては途中でしたが、四十年一月に出ました。そして、二つほど支店を回って、今のK支店に三年ほど前に移りました」

（そうか、やはりピタリだ）

「そうですか……。斉木さんもなにか心配されているように感じますが、ずばりお聞きします……。言いずらいことですが斉木さん、正男さんは養子ではありませんか。戸籍上はそうなっていないかもしれませんが……。そうでなければいいと思いながら、思い切ってお聞きしました」

しばらく返事がなかった。小さくむせび泣く感じさえした。電話の向こうのことはなにも見えないが、電話を口から離しているように思えた。一分近く経っただろうか……、いや三十秒くらいだったのかもしれない。それが真人にとっては長く長く感じられた。答えが返ってきた。

「やはりそうでしたか……。まさか、まさか、と思いながらいました。牧野さんが中学校の先生だと聞いた時、そんなことが……、と思いながら心配していました」

無理に正常心を装いながら話していることがよくわかった。

真人もなにを言っていいのか、すぐには決心つかなかった。しかし、話さなければならない。

「斉木さん、どうしますか。とにかく、本当のことを正男さんと春美に言わなければならないことだけは確かなのですから」

「別々に話すか、それとも二人一緒のところで話すか……、ですよね」

落ち着きを取り戻したらしい斉木さんがゆっくりと言った。

「そうですよね……、斉木さん、一緒に話しましょうよ。別々に話すより誤解がないと思います。いかがですか……」

「私もそう思います。どこで……、それとも、前もって二人で前相談、打ち合わせの機会を作りましょうか」

　真人はそれもいいかなとは思ったが、こう返事をした。

「でも、今まで黙っていたことを謝って、斉木さんだって、子どもの幸せを願ってしたことだし……。要するに、本当のことを話す以外方法はないのですから、打ち合わせは必要ないと思います。ぶっつけ本番でいきましょう」

「そうですね。そうしましょう。最初に牧野さんからお願いします。順序としてそうなると思いますが……」

「わかりました。私から話します。春美には、死んだ春美の母と結婚する前に離婚した人のいたことも話してないんですから……。ところでどこでお会いしましょうか」

　ちょっと間を置いて斉木さんは提案した。

「よろしければの話ですが……、今はH市になっていますが、昔のT村に小さな鉱泉宿がありますが、そのそばに去年死んだ父が建てた別荘、いや、そんな威張れたものじゃありませんが。そこでよかったらどうでしょう。O町からもそんなに遠くないと思いますが」

「わかりました。N鉱泉でしょう。私も行ったことがありますからわかります。春美と妻と三人で行きます」

「私も正男と妻と三人で行きます。いつにしますか、そんなに遅くならない方がいいと思いますが……。こんな気持ちでいく日もいるのでは、とてもたまりません。」

「こんなことになるとは夢にも思わなかったでしょうから……、どうでしょう、今度の日曜日というのでは、時間はお昼を食べて一時頃では」

「結構です。そうしましょう」

今度の日曜日は、四月の第一日曜日で、今日が水曜日だから明日から数えて四日目であった。


その夜、春美にそのことを話したのは当然である。春美は、

「そう……、親子全員で一緒にねえ……。いいけどなんでそんなに大げさにするの。私が正男さんを家に連れてくるから、ちょっと会ってくれればいいと思っていたのに……。正男さんのご両親にも私が一寸行って会えばいいと思っていたんだけどねえ。でもいいよ、正男さんのお父さんとそういう話しになったんなら」

それから、春美は少し間を置いて、ちょっとためらいながら、

「でも、この頃お父さん、ちょっと変よ。あまり話をしなくなったし、顔も憂鬱そうだし、だいたい笑わなくなったよ」

真人は返す言葉がなかった。仕方なくこう言った。

「うん……、とにかく今度の日曜日、斉木さん一家と会った時に話すよ。その時まではなにも聞かないで、斉木さんともそういうことになっているから……」

「わかった、聞かない……。でも、なにかいやだなあ」

春美はそう言うと、さっさと立ちあがって二階へ駆け上がっていった。

三日間は瞬く間に過ぎ、四日目の日曜日を迎えた。

遅れてはと思い、真人達は十一時には家を出ることにした。昼飯は途中で食べた。真人が前からその味を知っている手打ちそば屋に寄った。旨いはずの手打ちそばも今日はただ喉を通っていくとしか感じなかった。

三人とも今日の話には全然触れず、誰かが、四月になったとしては寒いとか、桜はどのくらいで咲くだろうかなど、関係ない話を時々ぼそっと言うだけだった。

N鉱泉の斉木さんの家の別荘はすぐわかった。

大きいとは言えないが、傾斜の激しい緑色の瓦屋根で、杉の木の丸太の裸木を組み合わせて造った粋なログハウスであった。

「なかなか素敵な家だねえ」

三人ともそれぞれにそんな意味の言葉を漏らした。

庭の半分を占めている駐車場には、きれいな高級車がすでに一台止まっていた。斉木さんが来ているのだ。車があと二台は十分止められるスペースはあった。

真人が先頭で、重々しいドアの脇の呼び鈴を押した。キンコンカン、キンコンカンとかろやかなリズムで鳴っていた。

「はい、どうぞ」

声がした。

これ一つでも値が張るのではないかと思われるドアを引いた。

玄関は土間が一坪ほどの広さで、右脇には大きなつやつやと磨いたように光っている履物入れがあり、その上には名前も浮いてこない西洋の花が、大きな花瓶いっぱいに飾ってあった。

玄関の土間の向こうには、土間と同じくらいの広さの板張りの上がり端《はな》とでも言ったらいいのだろうか、ぴかぴかとしていた。

はじめて会う斉木さん夫婦と正男さんが部屋から飛び出してきて、その上がり端と言おうか、廊下と言おうかのところに、正座して迎えた。

しかし、こころなしか斉木夫妻の笑顔には、寂しさがこもっているように思えた。

真人達が迎えられた部屋は、十二畳もあろうかと思われる広さで、床には柔らかな絨毯が敷いてあり、中央には縦一メートル、横二メートルくらいのテーブルが置いてあった。テーブルの表面は大きな欅を縦にひいて厚い板にし、端は裸木の皮肌が自然の味わいよく磨かれてあった。

両脇には、楽に三人は掛けられるふっくらとしたソファーがあった。一方の両脇には、一人掛けのソファーが誰か掛けてくれるのを待っているかのごとく、口を開けているようであった。

天井からは、この部屋の広さにぴったりのシャンデリアが煌々と輝いていた。隅にはピアノが一台、黒いカバーに覆われていた。入口の右側には、大きなガラス張りの食器棚があり、きれいな大小のコップがたくさん光っていた。また何本かのワインやウイスキーなども並んでいた。

「どうぞ、おかけください」

斉木さんが右手を差し伸べるようにして、一方の長椅子の方に真人一家を誘った。

「ありがとうございます」

真人達三人は、すすめられるまま椅子にかけた。

「なにもありませんが」

と言いながら、母親が大きな皿に、パイナップルやりんごをきれいな形に切って持ってきた。

「飲み物はコーヒーでよろしいですか」

「かまわないでください」

と言う妻の言葉には関係なく、果物をテーブルの上に置くと、奥さんはそそくさとまた部屋を出た。すでに用意してあったのだろう、奥さんはすぐコーヒーとコップ、お湯を持ってきて、手際よくコーヒーをいれてくれた。コーヒー独特の香りが部屋いっぱいに広がった。

真人一家と差し向いに斉木一家が座った。

さあ、これから大変な告白をしなければならない。心臓が、急に高鳴りだした。

斉木さんと目があった。

「牧野さん、よろしくお願いします」

正男も春美も何事かという顔をして、真人と斉木さんの顔を交互に見ていた。

「はい」

と返事はしたものの、なにから話していいか、胸の中は嵐が吹き荒れているようであった。

「正男さん……」

真人は正男の顔をじっと見た。

「春美……」

今度は春美の顔をじっとみた。涙がこみあげてきた。

真人は目にいっぱい涙をため、拭わずに口を切った。はっきりと言った。

「正男さん……、春美……、君達は真の兄妹なんだ」

正男も春美も、「えっ」と言って、立ち上がった。

「ほんとうなんだ」

「これから、それを言う……。きちんと聞いてくれ……。春美には、今まで言ったこともないことだけど……」

真人は春美を見て、こぼれる涙も拭かずに語りかけるように話し出した。

「お父さんはね、春美の膠原病で亡くなったお母さんと結婚する前に、一度結婚して離婚しているんだよ……。そのことも春美には話してなかったんだよね。そんなことは話してもしょうがないと思ってね。こういうことにならなければ、なんもなかったんだけど……」

「それが、私達と関係あるの？」

春美が怒ったような言い方で言った。

「うん、あるんだ……。これから話す」

真人はゆっくりと、時々涙を拭きながら、しどろもどろにもなる時もありながら、次のようなことを話した。

その結婚はいい加減だったこと。好きでもなかったが、話があってなにをしてもいい、自由でいい、自分のやりたいようにやってくれと言う言葉に、そんならいいか。まあ、そのうち、お互いにわかってくるだろうと、まったくいい加減な結婚をしてしまったこと。その家の考えに合わず、結婚した相手とも考え方の食い違いが原因で、結婚がご破算になったこと。それだけならなんでもなかったんだけど、離婚した時に相手のお腹の中に、子どもがあったんだということ。その子は数か月かの後に生まれたが、真人の耳には死産だったという話が届いた。まさかと思ったが調べられなかった。そのような内容の話をした。

「この後は、斉木さんに話してもらいます」

少し間をおいて、斉木さんは口を切った。

「私達夫婦には、子どもが生まれなかった。お医者さんにもずいぶん通ったが、最後に医者から、あきらめた方がいいと言われたんだ。そこで養子をもらうことにしたんだ」

そう切り出した斉木さんは次のようなことをしんみりと話した。

「産婦人科の医者に、もし、赤ちゃんが生まれたけど、なんらかの理由でいらないという人がいたら、紹介してくれませんかとお願いしておいた。そしたら、少し経って話があり、どうですか、本当の子として育てたら……、と言うんだ。どういうことかと思ったら、生んだ方は死産とする。こっちは生まれたと届ける。そうすれば戸籍上本当の子となる。と言うんで、それはいいと思いそうした……」

そして、ゆっくりと話しを続けた。

「もうわかったでしょう。正男は牧野さんの子どもなんだよ。母親は違っても、春美さんと間違いなく兄妹なんだよ。だから、結婚はできないんだよ。今まで黙っていて悪かったけど、本当の子として育てることが幸せだと信じていたんだよ。わかってくれ、頼む……」

斉木さんは頭を机にこすりつけて言った。

正男も春美もただ呆然としていた。

「そんな、そんな……」

春美は呟くように咽の奥から絞り出すような声を漏らすと、机の上に突っ伏して泣き出した。しゃくりあげる声が部屋にこもった。

正男は口を固く結んで、涙をこらえているのがよくわかった。

しばらく、誰も口をきかなかった。

どのくらい時間が過ぎたろうか。真人には長く長く感じたが、五分か十分くらいだったのかもしれない。正男がすっくと立ち上がった。

「お父さん、お母さん、春美さんのお父さん、お母さん、少し時間をください。春美さんと二人だけにしてください。いや、二人で外へ出て少し話し合ってきます。ここで待っていてください。春美さん、外で少し話しましょう」

春美は顔を両手で覆ったまま立ち上がった。よろけるように正男の傍に行くと、抱いてくれと言わんばかりに正男に倒れかかった。正男はもちろん春美の肩をしっかり抱えた。二人はゆっくりと玄関を出た。

沈黙が続いた。

「大丈夫でしょうか」

正男の母親がぼそりと言った。

「大丈夫ですよ。二人を信じましょう」

真人はそう言う以外なかった。

一時間ほど経たった。しかし、二人は帰ってこない。

「こんなことが起こるとは夢にも思わなかった」

正男の父親が誰に言うとなく上を向いてつぶやいた。

真人もそう思った。いやな考えも自然と頭をよぎる。

そんなことはない、そんなことはない、懸命に否定する。しかし、またそのいやな想像が頭の中を埋める。

その時だった。

「ただいま」

明るい声が玄関に響いた。

「お帰り」

四人は玄関に飛び出した。正男、春美、二人はしっかりと手を握り会い、明るい顔で、さっさと玄関を上がって、四人を押し分けるように部屋に入った。

真人達四人は、あっけにとられて正男と春美の後を追った。唖然として立っている四人に正男はにこやかに言った。

「まあ、とにかく掛けてくださいよ」

四人は魔法にかかったように、その指示にしたがった。

正男と春美は立ったままで、正男が静かに話しはじめた。

「春美さんのお父さん、お母さん。それに、僕のお父さんお母さん、心配かけました。春美さんとじっくり話し合ってきました。これもお父さん、お母さんが僕の幸せを考えてしたことだと思いました。でも、春美さんと二人、泣きました。涙が枯れるまで泣きました。だから、もう泣きません」

　正男は、少し間を置き、顔に笑みまで浮かべて話しを続けた。

「ぼくと春美さんをつないでいた糸は、赤い糸でなく黒い糸だったのです。結ばれてはいけない黒い糸だったのです。でも、僕と春美さんはこの黒い糸でつながってしまいました。ぼく達はこの黒い糸を大事にしていこうということになったのです。結ばれてはいけない黒い糸ですから、結婚はしません。でも、兄妹としてこれから一生つながっていきます。いいでしょう？　でも安心してください。ぼくの両親は今のお父さん、お母さんです。私をかわいがってここまで育ててくれたお父さん、お母さん、ありがとう。春美さんのお父さん、お母さん、春美さんを僕の妹として付き合わせてください。お願いします」

　真人は出てくる涙を抑えることができなかった。サチ子も、斉木夫妻も涙をためていた。斉木さんの奥さんは、ハンケチで顔を覆うってしゃくりあげていた。

　折しも日が長くなったとは言え、すでに春の夕日が、まだ芽を吹かないクヌギやナラの木の枝の、ゆるやかに風に揺らぐ影を、部屋の曇りガラスに静かに映していた。

再会

そよ吹く風も柔らかく、春の来たのが本気で感じられる、三月も下旬の日であった。

真人はちょっとした金を下ろす必要があり、町のS銀行に行った時であった。

「よう、まあちゃんじゃねえか」

ぶっきらぼうに声をかけてくる者がいた。真人の幼友達、竹馬の友とでも言うのだろう、原田幸治であった。

彼は真人より一級下ですぐ近所、地域ではそれなりの財産家、大きな家に住んでいる。

彼と真人の関係は、初恋の人を共有したという因縁がある。それは中学生の頃の話だが、当時、二人は全くそのことを知らなかった。それどころか、それを二人が知ったのは、つい四、五年前の話である。

彼は、私立のある有名大学商学部を卒業すると、県内では最大のS銀行に就職した。そしてこの町の支店の総務部長にまでのぼりつめ、六十歳定年と同時に、この町では一番大きな製紙工場に天下りし、優雅な生活をしていた。彼がそのS銀行K町支店総務部長の頃、真人はその彼の地位のおかげで、大変助かったことがあった。長男が歯医者を開業する時、うるさいことを言われずに、簡単に融資を受けることができたのである。

その時、雑談の中で、真人がひょいと口を滑らした。

「いやあ、今だから言えることだが、幸ちゃんの同級生で秀子さん、山畑秀子さんという女の子がいたよねえ、覚えているかなあ……。俺、その子が好きでなあ……。あの子、従兄弟の、同級生の寛一君、宮内寛一君と結婚したんだよねえ」

と、その時、幸治の顔色が変わった。

「なに？　まあちゃんは、秀子が好きだったん？　知らなかったなあ。俺も大好きで本気で結婚しようとさえ思っていたんだよ」

そして、二人の間に話が弾んだことは言うまでもない。

その彼が、

「ちょっと話したいことがあるんだ。よかったら部屋を借りるから話していかない？　いや、難しい話じゃないんだ」

と言いながら、真人の返事など聞かないでどんどん歩き出し、近くの行員にちょっと耳打ちして、真人の方を向くと軽く会釈し手招きした。数年前まで幹部だった彼にしてみれば、当然の行動なんだろう。真人は否応なく後をついていった。内部状況を知り尽くしている彼のこと、案内などかまわずにどんどん歩き、こじんまりした部屋に入った。本物だか偽物だか真人の目ではわからないが、一〇〇号ほどのルノアールの絵が掛かっていた。

「まあ、かけて……。あんねえ……、宮内寛一君が死んじゃったんだよ」

真人が椅子に腰を下ろすか下ろさないうちに、幸治は真人の目をじっと見ながら話しはじめた。

真人は自分の耳を疑った。

「えっ、今なんと言った？　……寛一君が死んだ？　そう言ったんか」

「そうだよ、そう言ったんだよ」

「いつ……、いつのことなん」

「今日が二十日だから、三日前の三月一七日だよ……。俺は同級生だから連絡が来たんだ。葬式にも行ったよ」

幸治の話を要約すると、宮内寛一はその日の前日、普通に夕飯を食べ、普通にやすんだのだそうだ。朝、なかなか起きてこないので彼女、つまり秀子が見たら死んでいた、というのである。

幸治の話を聞きながら、真人の脳裏には四十年以上も前の、あのことが、走馬燈のごとくに駆けめぐっていた。


真人が二十一歳の時であった。高校を出るとすぐ、県立Sろう学校に就職した。助教諭、昔流に言えば代用教員である。希望した大学に落ちた。自信もあまりなかったのと、もともと教員、特に盲学校、またはろう学校の教師になりたいと思っていたので、その頃にはまだ存在していた、公立学校助教諭採用試験というのも受けておいた。その試験の成績もよかったのだろうが、それにもまして直接校長を訪ね、どうしてもこの学校の先生になりたいと訴えたのが、功を奏したのだろう。とにかく採用された。

そして、二年目から許しを得て、池袋にあったD大学の夜間部に入学した。Sろう学校と大学との中間にある、A町の薬局に下宿することになった。

大学も二年の時であった。特に交際もしていたわけでもない宮内寛一から手紙がきたことがあった。

要約すれば「今、東武鉄道の運転手をしている。A町には勤務の関係で駅に泊まることがよくある。遊びに行っていいか」という中身であった。別に断る理由もないし、あの秀子の従兄弟でもあるし、真人の方からも少しは会ってみたい気もする。すぐ諾の返事を出した。彼から幾日かの候補の日があったので、真人の都合のよい日を書いた。

彼は、トリスの角瓶を下げてやってきた。ウイスキーをちびりちびりやりながら話ははじまった。

話の中身は、二人に共通する小説の話であった。真人の専攻は日本文学であり、寛一も小説が好きだった。特に太宰治が大好きであった。真人も太宰の全集は読み尽くしていたから話は尽きなかった。十二時を過ぎた頃、「明日の運転があるから」と次に会う日を約束して彼は帰った。なんということはない、太宰の文学を語りに来たのだ。その時はそう思った。

二回目に来た時も同じようなものであった。太宰治のことばかりともいかないから、芥川龍之介が出てきたり川端康成が出てきたりもしたが、やはり文学の話が中心であった。帰り際に口ごもりながら、「ちょっと聞きたいことがあるけど……。今日は遅くなっちゃったからこの次に」と言って三回目の会う日を約束して返った。

三回目の約束の日も、トリスの角瓶を下げてやってきた。二人で飲みはじめた。どうも今日は寛一の様子が違う。硬い。顔に笑いを作ろうとしているのだが、笑いになっていない。なにかある。真人はそう思った。この前の別れ際の「聞きたいことがある」と言ったことと関係があるのだろう。真人は切り出した。

「なにか聞きたいことがあると言ったけど……」

寛一は硬い顔をなおさら硬くした。姿勢も真人にきちんと向きを変え直して、うつむき加減で言い出した。

「真人さんに確かめたいことがあるんだ。ちょっと聞きにくいけんど……」

真人さんなどと改まった言い方をしたのも、不自然さを感じた。

「真人さんは……、秀子のこと……、どう思っているン？　……今でも好きなン？」

なんだ。それが聞きたくて、三回も角瓶を持ってきたのか。でも、なぜ？　従兄弟の秀子のことがそんなに……。真人はちょっと不思議だった。しかし、すぐに気づいた。そうか、そうだったのか。従兄弟同士だってお互いに好きになったっておかしくはない。

「うん。俺なあ。好きでないと言ったら嘘になるけど、結婚の対象として考えることはもう決してないよ。今、俺はそう言うことを考える余裕はないんだよ」

真人は、今の心境を正直に言った。寛一の顔にほっとした安堵の表情が出た。真人はそれ以来、寛一の、あの時のうれしそうな柔らかな表情を忘れたことはなかった。

もちろん、初恋だった秀子の「世の中の明るさのみを吸うごとき」澄んだ黒い瞳と同時にである。寛一と秀子はその年に結婚した。寛一からはなんの連絡もなかった。二、三年後だったろうか、どこからともなく真人の耳に入ってきた。

それから、四十年を越す年月が流れた。真人も、ろう学校と中学校の教師としてそれなりの生き方をしてきた。結婚もしたし、男と女一人ずつ子どもも授かった。それぞれ独立し、今は夫婦二人きりの生活である。というとのんきそうだが、四年前の定年と同時に町の教育委員会から頼まれ、町の公民館長になった。忙しい日々を過ごしている。

寛一も東武鉄道員として定年を迎えたのだ。噂として駅長になったことも聞いていた。

その宮内寛一が死んだと言うのだ。

真人はすぐにでも、その墓前に手を合わせたかった。そして秀子に慰めの言葉を掛けてやりたかった。しかし、それを実行する勇気はなかった。

真人は近在の文学愛好家仲間で同人誌を発行していた。二、三年前、秀子との思い出をもとに『初恋』という短編を載せていた。その秀子の夫、あの真人の下宿に三回も通って、秀子に対する気持ちを確かめた寛一の霊前に線香を立てに行くのは、当然だという気がしていた。しかし、どうしても足が動かなかった。

そのことを考え出すと、夜も眠れぬことさえあった。四月、五月、六月……、季節は変わっていった。秋が来た。十一月も過ぎ十二月に入ってすぐだった。近年とみに増してきた「喪中につき新年のご挨拶を失礼」の手紙の三番目か四番目に来たものだった。

驚いた。それが秀子からのものであった。中学校時代に一度会ったきり、それ以後はまったく年賀状のやりとりのなかった秀子からの「喪中」の葉書であった。これは放って置くわけにはいかない。真人は秀子とのつながりを持つ糸口を作ってくれたことがうれしかった。

早速手紙を書いた。


秀子さん。なにから書いていけばいいのかわかりません。どんな慰めの言葉も通用しないような気がいたします。

ただただ、だんなさん寛一君のご冥福を祈るばかりです。寛一君は本当に秀子さんを愛していました。今からもう、四十年以上も前になりますが、私がA町に下宿していたころ、私の秀子さんに対する気持ちを確かめに訪ねて来ました。私が、「好きでなくなったと言えば嘘になるけど、結婚は考えられない」と言ったら、本当にうれしそうでした。

秀子さんを本気で愛しているとその時思いました。それからすぐに結婚されたようですね。

あの時、二人で語り合った文学論、太宰治論は私の大切な思い出、宝として残っています。

寛一君が亡くなって、三日後には知りました。秀子さんの同級生の原田幸治君が教えてくれたのです。すぐ行きたかったけれど、どうしても行けませんでした。好きだった秀子さんの悲しんでいる顔も見たくありませんでしたから……。

中学時代の秀子さんの顔が彷彿として参ります。啄木の歌に「世の中の明るさのみを吸うごとき黒き瞳の今も目にあり」というのがありますが、正に、秀子さんの中学校時代そのままです。

また、お手紙します。とにかく、秀子さんの人生は、これからまだまだ続くのです。子供さんも居られることだし、お母さんの秀子さんがしっかりすることが一番大事です。

敬具

十二月十二日

牧野真人

宮内秀子　様

すぐ返事が来た。

牧野直人　様

心のこもったお手紙ありがとうございました。長い年月ご無沙汰して居りましたのに、こんなに深く主人をしのんでくださいまして本当にありがとうございます。

牧野様（なんとお呼びしたらよろしいかしら）とは五十年以上もお目にかかったことが無いような気がして居りますが正しいかしら……。

生徒会でご一緒でしたネ。又、展覧会の飾りつけ等もご一緒したような気がして居ります。

何だか子どもの頃のことがいろいろ思い出されます。

主人はよく「真人さん、真人さん」と言って貴方様のお話もしてくれました。

近年の主人は子どもの頃とまったく変わらず

山は野麦
作家は大宰
歌はあざみの歌（伊藤久男）
女は……（わたし）

活字をこよなく愛し、長年の夢だった文学歴史を定年後は早稲田で学び、きっと思い残すことは無かったと私は信じています。

現実離れした人で、霞を食べて生きていけると思って居たような人ですから、最後まで少年の心を失わずに、未知の魅力を持った人でした。

何方かの川柳で「堪えているそうゆう妻に堪えている」等と言って私を笑わせてくれました。

これから今日は、お墓参りに行きますので失礼いたします。

宮内秀子

十二月十四日、朝九時

真人は恥ずかしかった。美しい文字。文章もまとまっている。無駄がない。真人は、啄木の歌など引用したことが自分を惨めにした。

でもうれしかった。中学時代の思い出に、生徒会のこと、特に展覧会の飾りつけのことが書いてあったことだ。あの、生徒会の役員達で飾りつけの仕事をしている時、彼女が持ってきたものを真人が受け取った。彼女は他の人を避けて、何かわざと真人に渡してくれていたようだったし、偶然ではあったんだろうが、彼女の指と真人の指が触れた。その時、真人の指に電流が走った。今でもその時の感触を鮮明に思い出すことができる。後にも先にも真人が秀子に触れたのはその時だけである。彼女はそれを覚えていてくれたのだ。指の触れたことを覚えていたのかどうかはわからないが、真人はそう思いたかった。

真人は便箋を取り出し手紙を書こうとした。しかしペンは動かなかった。時間がいたずらに過ぎていった。真人は思いきって、何年か前、同人誌に書いた「初恋」を彼女に送ろうと決心した。もちろん、秀子の思い出を中心に創作したものである。彼女が読めば思いあたることも多々あるはずである。主人の寛一のいなくなった今だから許されることであろうし、真人の下手な手紙より、小説を読んでもらった方が真人の気持ちを理解してもらえるような気がしたのである。

次のような簡単な文を便箋一枚に書き、「初恋」の載っている同人誌『稜線』(三号)を送った。

心に多少の痛みを感じながら……。

随分躊躇したのですが、やはり送ることにします。

秀子さんの手紙に「生徒会のこと」「展覧会準備の思い出」が書いてあったので、思い切って送ることにしました。『稜線』第三号の「初恋」です。勿論、記録ではなく創作ですので、そのつもりで読んでください。でも、モデルは秀子さんであることは事実です。

これを読んで、秀子さん以外に、秀子さんと私を想像できる人は絶対にいません。寛一君がいなくなった今では……。

この手紙を書いている今でも、送るのをやめようかという気持ちにさいなまされています。とにかく、怒らないでください。「ふざけたことを」を笑っていてくれればいいのです。

では、思い切って送ります。秀子さんが私に会う気がなくなるかも知れませんが……。

十二月十八日

牧野真人

宮内秀子　様

二日後に彼女から電話がかかってきた。「初恋」を読ませてもらった、うれしかった、ということ。こんなに私を思っていてくれたなんて、全然知らなかった。私も真人さんのことは好きだったけど、とても手の届かない存在だった。感想は後でお手紙する。そして、夫に先立たれた今の心境、二人の子ども（三十代後半）がいるので気が紛れるということなど二十分ほどしゃべった。真人はただ相づちを打っていたようなものだった。

次ぐ日、すぐ手紙が来た。

牧野真人　様

『稜線』第三号「初恋」を一気に読ませて頂きました。

上級生とのかかわりの少なかった私に、急にT中学校時代のことを呼び起こして頂いて寂しい心が温かくなりました。

また昨日は朝からご迷惑を考えず、一気におしゃべりをしてしまい、後で恥ずかしくなりました。

本音で話のできる人はなかなか居ませんので、ついつい長くなってごめんなさい。

主人も許してくれると思います。

牧野様が小説を書くとは夢にも思って居りませんでした。少し驚いています。

素敵な作品なのですが、私には感想を表現する能力がありません。

お忙しい人生の中で、あんなに長い文章を書くなんて、只々感心するばかりです。

我が家では文章を書くのは夫のお役でしたから……。

遠い昔、私が十七歳の頃、夏休みに同級生の山田幸子さんを誘って、T中学校へ遊びに行きました。その時、私の知らない木下則夫先生が日直でおられたの。幸子さんが先生に紹介してくれた時、先生は「アーアー君が宮内寛一君の小説のモデルだネ」と一番先に口にした言葉でした。私は早速彼の家に行き、「寛ちゃん、小説を書いたんだって？　先生に聞いたワヨ。私に見せてッ」「だめだよ、あれは俺の処女作なんだから」と言われて見せてもらえませんでした。

おわり

十二月二十一日

宮内秀子

季節はずれの便箋でごめんなさい。手持ちがありませんでしたので……。


紫陽花の挿し絵がうっすらと入っている便箋であった。

秀子は中学二年の三学期に横須賀へ引っ越してしまったので、木下則夫先生は知らなかったのだ。寛一は中学三年の時、木下先生には教わっている。それで先生に自分の書いた小説を見せたのだ。寛一が、秀子をモデルにして創作を書いていたなんて知らなかった。やはりそれほど好きだったのだ。真人は寛一が従兄弟同士でありながら……。

すぐまた次ぐ日、秀子から封筒が届いた。中身は簡単なものだった。

『稜線』第三号を読み返してみました。

貴方様は創作とおっしゃいましたが、なんだかだんだん本当のでき事のように思えてきて、私の心はひたひたと幸せな想いが満ちてきました。

まるで、活字の魔法にかけられてしまったみたいです。

暮れも押し迫っているというのに、私はこんな楽しい活字のお遊びをしていてよろしいのでしょうか。

宮内秀子

十二月二十二日

真人はほっとした。「初恋」を思い切って送ったことが、彼女の気持ちを和らげたと感じられたからである。同人誌『稜線』は十一号まで発行されていた。その全てに真人の創作は載っていた。何冊かずつ余りがあったので、送ってやることにした。勿論、「初恋」以外に彼女のかかわっている作品はないのだが……。

同人誌につけて送った手紙は次のようなものであった。

喜んで読んでもらえたようなので安心しました。

「こんなことを書いて」と怒られるのじゃないかと心配でした。

私の心の中に鮮明に、あるいはぼんやりと残っていることを骨として、頭に浮かぶままに肉をつけていって作り上げたものが「初恋」だけでなく私のすべての作品です。

まったくの作り物は一つもありません。私の少年時代は、なにやかやといろいろありました。

誰もがそうなのだとは思いますが……。

「君が代」という作品の中の、四人で君が代を歌いながらおそるおそる小便をしたのも本当です。「古井戸」も、私が落ちたのではありませんが、私の同級生がいなくなって、捜していたら古い井戸に落ちていました。今少しで死んでしまうところでした。そういう事実を基に創作したのです。「縁の下」にしても、私は学校の縁の下に入って、珍しい拾いものをしたのも事実です。

秀子さんも話は聞いていたかどうか……。寛一君の家の近くに長田和子先生という女の先生がいて、秩父の方から来ていた宮田先生というこわい先生と結婚したことも事実です。奉安殿や二宮金次郎の像がいつの間にか無くなったことも事実です。そういうことを組み合わせて創作したのです。

（お許しください）

「初恋」も、創作部分は相当ありますが、真人の心情は嘘偽りのない真実そのものです。

秀子さんの達筆と比べると本当に恥ずかしいのですが、これぱかりはどうしようもありません。

ではまた

十二月二十四日

牧野真人

宮内秀子　様

秀子からすぐ手紙が来た

牧野真人　様

お手紙有難うございました。また『稜線』何冊もお送り頂き本当にすみません。

少し落ち込んで居たところでしたので、とても嬉しいです。

つまらないことを書いたり、お電話したりして、貴方様にはご迷惑をおかけしているのではないかと、一寸思いはじめて沈んでおりましたの。

もうお手紙書くのは止そうかと思って居ましたところです。

毎晩貴方様の作品を読んで居ります。

どの作品も素朴な少年らしい心が窺えて、またいろいろな遊びを知っているのに驚いています。

また景色に季節感があるのも楽しいです。真人君はタンポポ、スミレ、ツユクサ、ミズヒキ等も小さい時から好きだったなんて、何と優しい心の持ち主なのでしょう。

私も好きです。中でもミズヒキは特に好きです。夏の終わりにカサカサとした葉が少し虫に食われて穴があいていて、秋を感じさせてくれるのです。

ミズヒキの根元に近い部分に白い小花を短く添えて、備前の鶴首（形）の花入れにそっと入れ、古びた我が家の床の間に飾ると、なんとも落ち着いた素敵な空間になるのです。

私は家に居ることが一番好きなのです。ゆったりとした気分で家事をしたり、お客様をお迎えしたりして、楽しい時を過ごして居ります。

長田和子先生は私の母の妹です。

私は小さな時からカコちゃんと呼んで居りました。私が四、五歳のころだったか、母の実家へ行った時、カコちゃんは女学校に通っていて、夜、布団の中で、「花嫁御寮」をきれいな声で唄ってくれたことを私は鮮明に覚えて居ります。

宮田先生は十年ほど前に亡くなりました。

お手紙が着く頃には新しい年になっていますネ。

十二月三十日

宮内秀子

真人は驚いた。作品の中で、宮田先生は戦前の体罰教師であり、長田和子先生はその宮田先生と結婚する……。放課後の教室での情事を、真人が縁の下から見てしまう、という場面があるのである。長田和子先生が、秀子の母の妹つまり叔母さんであったとは知らなかった。もうこの話はしない。真人はそう思った。

その罪滅ぼしの意味もあって、文学仲間、十人ほどで五十枚ほどの短編を持ち寄って出した単行本を、彼女に送ることにした。これには真人の力作「かんかんのんの」という小品が載っていた。彼の子どもの頃、病気で妹を失った時の悲しみを、事実に基づいて書いたものである。

それにつけて送った手紙が次のものである。


本当にきれいなすばらしい文章の手紙、うれしく拝見させてもらっています。

字が上手などというだけでなく、文章そのものにあたたかさと情緒があります。

もう一つ、私の創作を読んでみてください。私の妹の死の思い出を綴ったものです。私の書いた小説（などと言えたものじゃありませんが）の中では、一番力を入れて書いたものです。

いや、他のものもいい加減に書いたつもりはありませんが……。

それから、お許し頂ければ、寛一君の御霊前に線香でも上げさせて頂ければと思っているのですが……、だめでしょうか……。

牧野真人
一月九日
宮内秀子　様

二日後には返事が来た。

牧野真人　様

年のはじめから大風邪を引いてしまい、やっと昨日熱も下がって起きてきましたところに、貴方様からお手紙とご本が届きました。

「かんかんのんの」早速読ませて頂きましたが、涙があふれて止まりませんでした。

家族構成がとてもしっかりしていて、それぞれの役割もきちんとしていて、私の家等とは比べものになりません。

私は両親にも先生にも会社の上司にも叱られた記憶がありません。そんな育ち方をした私は、その後の人生がどれほど辛く苦しいものだったことか。

早く年をとりたい。早くおばあさんになりたい。そう思い続けて、現在おばあさんになって、やっと安らかな毎日になりました。

主人のお参りに来てくださるとのことですが、わざわざ申し訳ございません。

一月十四日（木）は如何でしょうか。よろしかったら、Ｋ駅着三時（十五時）頃の電車でいらしていただけたらと思っております。

Ｋ駅に着きましたらお電話ください。東口にでましたら、タクシーで「Ｃ町一丁目のＪＲの踏切を渡ったところ」と言って頂ければ、私の家の近くですので、私が出迎えて居ります。

お逢いしてがっかりさせるだけかと思いますと気が重くなります。

一月十一日

秀子

十四日とは急な話だ。真人は丁度日程が空いていた。いや少しくらいの用事なら、秀子の方に行く。

もう、何年会わないのだろう。秀子のくれた手紙に、五十年くらい会っていないのでしょうか、と書いていたが……。まてよ。確か、真人が三十五、六の時だったと記憶しているが、風邪を少しこじらせて、町の日赤病院に行った時、待合室で偶然、秀子に会った時があった。あの時は驚いた。だだっ広い待合室はいっぱいであった。椅子は一つも空いていないで、仕方なく窓際や壁に寄りかかっている人さえいた。「この込みようじゃ一時間は待たされるか、いや二時間か」と思いながら、満杯の椅子に腰掛けている人達を、なんの気なしに見渡した時、その真ん中どころで、一人の若い女性が突然立ち上がった。真人は自分の目を疑った。だって、紛れもなく初恋の人、秀子であったから……。しばらく……、いや実際は四、五秒だったのかもしれない。二人はただ呆然と見つめ合っていた。秀子が夢遊病者のように真人の方へ歩き出した。その時であった。診察の順番を告げるアナウンスがあった。

「宮内秀子さん、宮内さん、二番の入り口からお入りください」

秀子が真人の傍へ来た。真人は体がこわばった。すぐそこから遠くへ逃げていきたかった。彼は満身の力を振り絞って言った。

「やあ、しばらく、元気ですか」

今、ここは病院だ。どこか体の調子が悪いから来ているのだ。元気のはずがない。真人だって、風邪をこじらせてここに来ているのではないか。しかし、秀子は言った。

「ええ、まあ、真人さんは」

「俺も……、まあ」

また、アナウンスがあった。

「宮内秀子さん、宮内さん」

「じゃ、呼ばれているから……、お元気で……」

「ありがとう……、お互いに……」

なぜ、「秀子さん」と呼べないのか、「お互いに」などと言ってしまうのか。真人の心臓は高鳴っていた。

それが、真人が秀子に会った一番直近の時だから、それから数えるなら三十年前ということになる。秀子はこの時のことは忘れているのか、故意に入れないのか、五十年くらい会っていないのでは、と言っていた。これを抜かせば確かに五十年ほど前に会ったきり会っていないことになる。

真人は十四日に行くことを電話で告げた。その電話では、この頃冷え込みが強いなどという時候のあいさつだけで余分なことは言わなかった。どうせ、二、三日後には会って、いくらでも話せるのだから……。秀子も「お待ちしています。なにもおかまいできませんが」と言っただけで、お互いに電話を切った。

二、三日後には、初恋の人に何十年ぶりに会う。その、口には言い表せない気持ちが、お互いに電話では、ただ会う日の約束をさせただけになったのだろうか。どんな顔をして行けばよいのか。どんな話をすればよいのか。「線香を上げさせてくれ」などと言わなければよかった。その前に、だいたい、手紙など出さなければよかったのだ。「年頭のご挨拶失礼」などの世間つきあい上のはがきなど無視すればよかったのだ。真人の行動は明らかにそれとは反対の方向に動いている。

前の晩、真人は眠れなかった。あのお下げ髪だった秀子が、どんな風に変わっているのか。三十年前、日赤病院で会った時の秀子は、少女時代の面影がそのまま残っていたっけ。だから、すぐわかったのだ。今でもそうだろうか。いやいや、そんなはずはない。そうだとしたら、それは化け物だ。じゃあ、どんな……。それはそれとして、どんな家にすんでいるのだろうか。子ども……。もう四十にもなろうという年齢だろうが、明日いるのだろうか。タクシーを降りて最初の挨拶はなんと言おうか。座敷に上がって、お悔やみはなんと言ったらいいのか。当たり前のことでいいのか……。

十時には床についたものの、十一時、十二時、一時……、目は冴えるばかり……。もう考えない、秀子にかかわることは考えない。一生懸命これ努めた。その甲斐あって、二時になったことは知らなかった。

真人は秀子に言われたとおり、三時にはK駅東口に立ち、携帯電話ですぐタクシーで行く旨を伝えた。「ハイ、ハイ、わかりました。C町一丁目のJRの踏切を超えたところ、と言ってください。わたしが出迎えています」手紙に書いてあったとおりのことをまた繰り返していた。ロータリーには二十台ほどのタクシーが客待ちをしていた。先頭のタクシーに乗った。タクシーは行く場所も聞かずに走り出しながら、「どこまで」とぶっきらぼうに聞いた。秀子に言われたとおりに言うと、ただ一言「ハイ、わかった」と応えた。

真人の心臓が早く鳴り出した。なんだ、お前はいい年をして……、自分で自分に言い聞かせたが、「自分」は言うことを聞いてはくれなかった。七、八分乗ったか乗らなかったかくらいの距離であったが、大変長くも感じたし、着いてみればあっという間だったような気もした。

一人の中年の女性が待っているのが、タクシーの中から見えた。そういうことになっていたから、あれが秀子かとわかったが、もし、予期もしないところで会ったとしたら、おそらく、いや絶対をつけてもいいほど秀子とはわからないだろう。三十年も会わなければ、それは当然のことということである。

タクシーは金を受け取ると、さっと行ってしまった。二人だけが残った。

「すみません、御世話になります」ぴょこんと頭を下げた。

「遠いところすみません。寒かったでしょう。すぐそこですから……」

秀子は顔をほころばせながら、丁寧に挨拶をした。そして、先に立って歩きはじめた。

本当にすぐそこだった。幅一間ほどの路地を三十メートルも歩かなかった。

「恥ずかしい家ですが、どうぞお入りください」

大きいと驚くような家ではないが、瀟洒なたたずまいの、一見、公家屋敷を思わせるような趣があった。しかし、周りは広々しているわけではなく、ぎしぎしと詰まって隣の家が建てられていた。玄関から道路（路地）までの距離は二メートルはないように思われた。玄関は一坪ほどの広さで、右手に傘立てと備えつけの下駄箱があった。脱ぎ捨ての靴などはなくきれいに片づいていた。下駄箱の上にはピンクの今や真っ盛りと咲いているシクラメンが置いてあり、バックに大きな鏡がはめ込まれていて、二重に映えて玄関を美しく飾っていた。秀子は真人の背中にまわってオーバーを脱がせた。オーバーを抱えながら彼女は玄関を上がり、真人にも早く上がるように急がせた。手早くオーバーを脇のハンガー掛けにつるした。そして真人が上がると真人の靴をくるっとつま先を外側に向けた。その手際のよさに真人は感心した。

玄関を上がると、そのまま廊下がまっすぐに延び……、といっても長いわけではない。五、六メートルくらいで縁側にぶつかる。その廊下の左右に部屋がある。右の方は一間だと思われた。真人は左側の部屋に導かれた。六畳の間であった。卓袱台が一つ置いてあった。襖の仕切りの向こうに八畳の間があった。襖が開けられていたので、八畳の間の床の間に梅とネコヤナギがよく調和されている生け花が見えた。その背景には一幅の水墨画が掛かっていた。

入った六畳の間には、左側に菊を中心にした美しい花がきれいに飾ってある仏壇があった。

真人はかしこまった。秀子はすぐ傍に用意してあった座布団を勧めながら、自分もかしこまって座った。

真人は両手を前について、鄭重に挨拶をした。

「なんと言っていいかわかりません。こんな遅くなって、お悔やみを申し上げるなんて……、すみません。線香を上げさせてください。」

秀子もきちんと座って、

「とんでもない。遠いところ、また寒いところ、本当にありがとうございます。主人も喜んでいると思います。ろうそくに火を点けますから」

と言って仏壇のろうそくに火を点けてくれた。

真人は線香を立てるとしばらく合掌した。脳裏を様々な思い出が巡った。

あの下宿での寛一との文学論、ウイスキーを飲みながら、太宰治について論じあったあの晩の思い出。しかし、真人の瞼に浮かぶのは中学時代の秀子の明るい澄んだ瞳と笑顔であった。どのくらい手を合わせていたのだろうか。真人にはわからなかった。

「ありがとうございました。一寸待ってください。ここに私の思い出のアルバムを置いておきますから見ていて……、ゆっくりしてください」

そう言って秀子は三冊のアルバムを真人の前に置くと、お勝手に行ってしまった。最初からの計画だったのであろう。しかし、真人にとっては願ったり叶ったりのことであった。見たかったのだ。このアルバムが。真人は秀子とは同級生ではなかった。だから彼女の写真は一枚も持ってはいない。戦後間もなくの、あの当時に写真などというものは滅多に撮らなかったし、同級生でもない、しかも異性の写真などは考えてもみなかった。

古いアルバムであった。その中でも一番古そうなアルバムを広げてみた。一ページ。そこには、中学時代……。多分そうであろう、秀子が一人にこやかにほほえんでいる写真があった。これだ、この顔だ。これが秀子だ。真人はすぐにでも自分の胸にその写真を抱きしめたかった。

しかし、次のページをめくった。友達と撮ったもの、姉妹で撮ったもの。そう、彼女には真人より一つ上に、香織とかいった姉さんがいた。右に写っているのがその姉さんだ。妹は真人の記憶にはない。左の子がそうなのだろう。

秀子は中学を卒業するとすぐにバスガールになった。当時のバスガールは女の子達のあこがれの仕事であり、簡単になれるものではなかった。その誇らしげな写真が何枚もあった。寛一と撮った写真は、一冊目のアルバムには一枚もなかった。

二冊目に移った。秀子の顔も中学時代と変わっていった。もちろん若さが消えたわけではない。ただ、化粧がはっきり目立ち、服装が派手になっていくのが写真の上でよくわかった。当然なことではあるが……。

この頃だったのだ。真人が高校を卒業してすぐの春、母校のT中学校の音楽室で、休みでちょっと来ていた秀子が、『旅愁』をピアノで弾いているのを偶然聞き、ばったり出会ったのが……。真人は驚いた。秀子の中学時代とのあまりにもの変化に。バスガールになっていた秀子が、口紅をつけ、白粉を塗り、パーマをかけるなど、あまりにも当然のことなのに……。

後すざりをして逃げるように帰ったっけ。その後一人で泣いたっけ。追憶に耽った。

「すみません。遅くなって……」

われに返った。秀子はお盆に、とっくり二本と三つほどの皿に、煮物、お新香、サラダなど盛って持ってきた。傍の卓袱台の上に置くと上手に引き寄せて、真人に杯を持たせ酒を注いだ。真人も「そんな、そんな」と言いながら杯を受けた。

「すみません、一人で飲んでてネ」

彼女はまたお勝手に行ってしまった。真人の「かまわないで、かまわないで」と言う言葉をまったく無視して……。

また、真人はアルバムをめくりだした。三冊目……、秀子のバスガール時代の同僚との旅行時の写真と思われるものもあった。きれいだった。秀子の顔である。あまりにも大人になって圧倒されたその頃の秀子を、こうして写真で見る時、まさに一人の女優を見るのと同じであった。

「すみません。ほったらかしで……」

真人はぱっとアルバムを伏せた。なにも伏せることなどないのに……。

秀子の持ってきたお盆の上には、魚の煮つけ、茶碗蒸し、刺身などが載っていた。ご馳走が過ぎる。秀子はとっくりを持った。

「あれ、飲んでないじゃない」

そう言いながら酒を勧めた。真人は「あっ、どうも」と言いながら受けた。

「私もいただこうかしら……」

秀子は自分から盃を持ち、真人の方に恥ずかしそうに向けた。

「あっ、すみません。はい、どうぞ」

真人は秀子にあわててとっくりを向けた。

差しつ差されつ、話は弾んだ。

アルバムを見ながら、彼女もなつかしそうに説明した。これは就職した頃のもの。これは主人と旅行した時のもの。これは仲のよい友達と箱根に遊びに行った時のもの。

真人にとっては、その時がどんな時だったかなどまったく関係なかった。若い頃の秀子の美しさが網膜を焼き尽くしているだけだった。

「真人さん、飲んでよ。真人さんが酒が強いくらい、私だってよく知っているンだから……」

秀子はそう言いながらにこやかな顔を真人に向け、ちょっと顔を左に傾け酒を勧めた。

一本、二本、三本……、六本。とっくりは空いていった。

秀子も結構飲んだ。真人がお猪口三杯空ける内に、一杯の割合くらいに飲んだ。

話は弾んでいった。生徒会役員会のこと。展覧会の準備での思い出。あの指と指とが触れたあの時のこと。でも秀子は真人が感じたほど強い思い出はなかったようだ。真人にとっては不満だったがいたしかたないことだ。宝登山での美術書道の展覧会で二人そろって入選した時の感動……。共通する思い出は尽きなかった。寛一のことはしばし忘れていた。

不思議だ。まったく不思議だ。さっきまで、秀子の若い頃と変わったことが気になっていたが、今、お互いに差しつ差されつ飲んでいくうちに、秀子の顔が、だんだんあの澄んだ黒い瞳の中学校頃のものに見えてくるではないか。そうだ、この顔だ、この声だ。これが紛れもなく山畑（旧姓）秀子だ。秀子の顔も桜色になっていた。

真人が座っている一メートルほど左側の仏壇の中には、善道寛徹居士の位牌が、二人の会話を妬むかのごとく、じっと見つめていた。

真人はふっとわれに返って、腕時計を見た。八時四十五分……。

「あれ、もうこんな時間か、そろそろ返らなくちゃ」

あわててかしこまった。

「ごめんね、すっかりご馳走になり、一人いい気になっちゃて……。（仏壇の方を見ながら）寛一君が怒っているかも」

大分、酔っている。自分でしゃべっている言葉が、なんだか別の人がしゃべっているような感じだった。ちょっと呂律が回らない。こんなことははじめてということではないから、心配と言うのではないが、秀子の前で醜態だけは晒したくなかった。

「まだそんなに遅いわけではないですよ。ゆっくりしていってよ。今夜は誰も来ませんから」

秀子はとっくりを軽く振りながら、

「もう一本つけるから……」

と立ち上がった。

「止して、止して、もう飲めないよ。帰る、帰る、もう帰るから」

真人は、立ち上がろうとした。と、ふらふらっとして、危うく倒れそうになったが、辛うじて踏ん張って、軽く卓袱台の端に両手をついて転ばずにすんだ。今少し強く倒れれば、卓袱台をひっくり返し、まだ大分残っていた料理をすっかり畳の上にぶち撒けるところだった。

「大丈夫?」

秀子がすぐ飛んできて真人を横から支えた。

「大丈夫、大丈夫、いやあ、すっかり酔っぱらっちゃやた。ごめんごめん……。だらしないところを見せちゃったなあ」

真人はまた、座り直した。

「そうだ、寛一君に挨拶をして帰らなくちゃ」

仏壇の前に座り、ろうそくに火をつけ、線香を一本立てた。なんとなくおぼつかない手つきではあったが、ことなきをえて合掌した。

真人の頭の中には、もう何年も会ったことのない寛一君の面影が、あの少女の頃の秀子の顔と交互に重なり、幻影となって揺れていた。仏壇に飾られている写真は、亡くなる直前のものだろうか。額が大分広くなっている寛一が、にこにこ笑いながら真人を見つめていた。

「ありがとうございました。主人もきっと喜んでいるでしょう」

秀子は真人の傍にきちんと座って挨拶をした。

「じゃあ、私は帰るから……。悪いけどタクシーを呼んでください」

「もちろんです。すぐ呼びます。五、六分で来ますよ」

真人は座り直し、帰りの挨拶をして、先ほどの失敗もあるので、慎重に立ち上がった。

秀子は「大丈夫ですか」と言いながら、真人を横から抱えるように支えて玄関に導いた。そして、オーバーを後ろから肩に掛けるようにして腕を通しやすいようにしてくれた。

玄関を出て、来た時、降りた場所に行くと、五、六分も経たずにタクシーが来た。

「じゃ、どうも今日は本当にすっかりご馳走になっちゃってすみませんでした。もう大分経っていますから大丈夫でしょうが、力を落とさずにがんばって……」

と別れの挨拶をしていると、それを遮って、

「早く乗って乗って……。私も駅まで送って行くから」

と言って、真人を後から押すようにしてタクシーに乗せ、自分も後から乗り込んできた。

タクシーの中で、秀子は真人の左脇にぴったりとくっつき、自分の右手で真人の左手をぐっと握ってきた。真人は驚いた。しかし、うれしかった。強く握り返していた。

駅に着いた。タクシーを降りるとすぐ、秀子は真人の手を握り、人混みの中を構わずにぴったりとくっついて歩いた。左手を秀子にしっかりと握られ、ちょっと周りを気にしながら、切符売り場に向かって歩いた。

「ねえ、また会ってくれる?」

秀子が真人の耳元でささやいた。真人は予期しない秀子の言葉にどぎまぎした。

しかし、売り言葉に買い言葉、真人の口からとっさに出た言葉は、

「ああ、もちろんだよ。私もぜひ会いたいよ」

切符売り場に来た。握っていた手を放し、真人は切符販売機の前に行った。と、秀子も切符を買っている。

「私も構内に入るから」

秀子は当然のことをしているように、自分から先に改札口を通っていった。真人はあわてて秀子の後を追った。

秀子はすぐ後から来る真人をちょっと待って、またぴたっとくっついてきた。もう真人も躊躇せずに秀子の手を握った。

「真人さんの手、暖かいね」

「そりゃあ、お酒をいっぱい戴いたもの」

ホームに降りていった。真人の乗る電車は間もなく来た。いよいよお別れか。真人は、寂しいような、なにかほっとするような、奇妙な感覚に襲われた。

「じゃ、秀子さん、本当に……」

来た電車に乗る前の手短な挨拶をはじめると、秀子もどんどん電車に乗り込むではないか。これには真人は面食らった。

「次の駅までね。電車はいっぱいあるから……」

「そうですか……、すみませんねえ……。こんなにまでしてもらっちゃあ」

真人は言葉に窮し、出まかせのことを言った。

「手紙出します。また会う日は手紙で打ち合わせましょう……。今日は本当にありがとうございました。楽しかったわ。主人が亡くなってから、親身になって話してくれる人がいなかったんだもの」

そんなこともなかろうと思ったが、これ以上の人を喜ばせる言葉はないだろうと思った。

次の駅で秀子は、真人の手を痛いほど強く握って降りていった。

真人はすぐ、お礼の手紙を出した。

本当に楽しい一時ありがとうございました。すっかり散財をかけてしまいすみませんでした。隣の駅まで送ってくれるなんて、考えてもみませんでした。秀子さんの手の感触が今も残っています。あの中学校時代の秀子さんの指の感触もまたよみがえってまいりました。

あのアルバムの若き日の秀子さんの写真、何度見ても飽きることがありませんでした。なつかしい、ただその一言に尽きます。

過ぎし日々は如何ともすることはできませんが、若き日の私の心に焼き付いて離れなった秀子さんと、ゆっくりと酒が飲めたなんて、夢ではないのかと思ったくらいです。

寛一君には悪いような気がしましたが、きっと許してくれるでしょう。

夢と言えば、あの二十数年前、いや三十数年前の、あの日赤病院での秀子さんとの出会い、私は鮮明に覚えているのに、秀子さんはあまりはっきり覚えていないとのこと、私の夢だったのかと思ったりしますが……、絶対に夢ではありません。話し合った内容まで鮮明に覚えているのですから……。

今度、何時、会えるかわかりませんが、お体には十分気をつけてください。では、まずお礼まで。

再会を楽しみにしています。

一月十五日

牧野真人

宮内秀子　様

秀子から、行き違いにすぐ手紙が来た。

昨日は遠路わざわざお越し頂き、仏前にはご丁寧にご芳志を賜りまして本当に有難うございました。

就きましては供養の印までに、いささか心ばかりの品ですがお送りいたしますので、ご受納くださいますようお願いいたします。

牧野真人　様

初めて向き合ってお逢いした訳ですが、昔からの友人の様に親しみを感じ、遠慮のない会話ができて本当に楽しい一時を過ごすことができ、有難うございました。

四十数年間も家族のことだけしか考えられなかった私が、急に先の見えない人生に変わってしまい、喪中葉書一枚で又違った出会いがあるなんて、考えたこともありませんでした。これも夫が私に与えてくれた「自由」という大きなプレゼントだと考えることにしました。私に残された時間を私らしく生きてゆけたらいいいナ、と思っています。

よろしくお願い致します。

宮内秀子

一月十五日

「喪中葉書一枚で又違った出会い」……、まさにそのとおりだ。真人にとっても、あの喪中葉書が来なければ、一〇〇パーセント秀子に手紙を出すこともなかったろう。

「これも夫が与えてくれた『自由』という大きなプレゼント」が秀子にとっては何を意味するのか。真人にはわからない。

そしてまた、三日とおかずに手紙が来た。

牧野真人　様

この少女は日本中何処を探してもいません。二度と逢うことはできません。

余りこだわらないでください。悲しくなります。

貴方様の思い出の頃の写真を送りますが、飽きるまでご覧になったら処分してください。

あれから五十余年、努力に努力を重ねて現在がある訳ですから。

人間の魅力は姿かたちではないでしょう。(やはり姿かたちでしょうか)

六十歳を過ぎれば、その人がそれまで、どう生きてきたかの集大成だと思いますから、魅力的になるもならないも、その人の歴史にあると思います。

(アラ　一寸生意気かナ)

今夜はめずらしく、たったひとりでビールをのんで、すこし酔って手紙を書いています。日赤病院での件、言葉が足りなくて誤解があったかと思いますので、機会がありましたら説明します。

秀子

一月十九日

きれいな文字はいつ見ても何度見ても飽きない。また、文章にしても、これが中学校を出ただけの人か、と思う中身である。

真人の文字を書く手筋は如何とも し難い。書く文字が下手だけでなく、その文章も秀子には及ばない。本気で真人は恥ずかしくなった。できるなら手紙も書きたくなかった。

真人が手紙を出すのに、間を置いたものだから、秀子が待ちきれずに書いた、次のような手紙が届いた。

牧野真人　様

今日は朝からどんよりとしたお天気で、今にも雨が落ちてきそうな空模様です。

まるで今の心のようです。

先日の手紙（十九日付）は、とりけしてください。後味が悪くてたまりません。

きっと、心が貧しくなってしまったのでしょう。

私以外の人がみな幸福（しあわせ）そうに見えて、本当に寂しくなってしまったのです。

こんな手紙を書くと、又自分がなお嫌になってしまうことはわかっているのですが、ペンを執ってしまいました。

本当にごめんなさい。気を悪くされたことでしょう。

毎日お忙しいこととは思いますが、何か一言お手紙ください。怒るでも叱るでもいいのです。本音でしたら。

ずっと、体調が思わしくありません。元気になれないのです。

先日お逢いした時、貴方様があんなに楽しいとおしゃって下さって、私も時を忘れるほど楽しかったのに……。なんでこんなに寂しくなってしまったのでしょう。

自分の思いが上手く書けません。

私が何を言いたいのかわからないでしょう。

今日の手紙も取り消して貰うようかしら。

さわやかな手紙が書けるよう心がけます。

つまらないことを書きましたが、許してください。

秀子

一月二十四日

真人が、なにか気にして手紙を出さなかったのではないかと、秀子は考えたのだろうか。真人にはそんなことは全然なかったのに……。

もちろん、真人はすぐに返事を書いた。


ご返事遅れたことお詫びします。

私の趣味（二十五目囲碁大会）を含めてちょっと日程が込み入っていたこともありまして……。あの写真「処分してください」なんてとんでもない、返さなくてよいなら、私の一生の宝にさせてもらいます。後にも先にも秀子さんの写真はこれ一枚しか持っていませんから。

それから、お礼を言うのがまったく遅くなってしまいましたが、先日はあんな立派なコーヒーカップまで頂いちゃって、本当にすみませんでした。

人生とは不思議なものですね。

「秀子」という名前は、いつも私をあたたかく包んでいてくれた、なつかしい思い出の名前でした。一月十四日のあんな一時が持てるなんて、夢にも思っていませんでした。

寛一君には何と言ってよいのかわかりませんが、寛一君だって怒ってはいないはずです。

だって、私と寛一君は、男同士のなつかしい青春の一こまをいつも共有していたんですから……。それから今日頂いた手紙（二十四日付き）私には意味がよくわかりません。先日戴いた手紙、うれしく、楽しく拝見した手紙だったのに……。そうです。何度も言いますが、十四日、私の一生の中であんなに楽しかった時間を味わったことは他に思い出せません。

寒さ厳しき折、体には十分気をつけてください。

一月二十六日

牧野真人

宮内秀子　様

それからも、秀子からは三日を空けずに手紙が来た。真人は、そのうちの一回うるぬくくらいに返事を出した。うるぬくというより、書く時間がなかったという方が正しい。書こうと思っているうちに次の手紙が来てしまう、といった状態であった。

秀子からの手紙はいつも美しく真人を和ませた。しかし、手紙の中身は一概に楽しいものとは言えなかった。いくつかの手紙を部分的に抜粋してみると、

「（自分の落ち込んでいる理由を）解りました。貴方様が私の少女の頃を懐かしがったりするものですから、昔の自分に嫉妬したのです。今さらどうにもならないのにバカネ。写真は見ていて飽きないとおっしゃて下さったので、焼き増しをしたものですからご自由に……。その言葉にも

嫉妬したのです。本当にお馬鹿さんネ。

（略）異性と食事を共にしたのは、結婚以来初めてです。異性と二人だけで車に乗ったことも、お茶を（外で）飲んだことも、一度もありませんでした。不思議なご縁です。（略）」（一月二十七日）


「（略）一周忌が無事にすみましたら、貴方様さえよろしかったらお逢いしましょう。

もう少し時が経てば私の家にお迎えし、私の手料理をご馳走することもできるかと思います。

あれほど嫌いだった活字が、今では私の唯一の友達になってしまいました。毎日活字に遊んでもらっています。許されることなら、恋文でも書きたいものです。

真人先生
　私は幼い生徒でしょうか
　手のかかる生徒でしょうか
　気難しい生徒でしょうか
　素直な生徒でしょうか
　優秀な生徒でしょうか
教師はなんでもわかるでしょう？　教えてください。」（二月七日）

真人も次のような手紙を出した。

「（略）私に明るく楽しく暖かく思い出を与えてくれた秀子さんに……。いや、寛一君にかな……。深くお礼申し上げます。

お手紙にあったように、一周忌がすみましたら、少しの時間でもいいですから、お会いできることを楽しみにしています。

手料理を戴けるなんて夢のようです。（もうすでに一度は戴いているけど）

秀子さんは、自分を「幼い」「手の掛かる」「気難しい」「素直な」「優秀な」といろいろ形容しましたが、いうなれば、そのすべてがあたるんじゃありませんか。それが一番人間らしく、いいんじゃないですか。

私は秀子さんが今でも好きです。ただ、それだけです。だから、普通に、昔の知り合いとしておつきあいください。

私は自分を飾らずに、無理につくらずに生きてきました。大した努力もせずに……、なんとなく生きてきたといった感じです。考えてみればまったくありきたりの人間です。

これからも、あと何年生きられるかわかりませんが、そう生きていきます。いや、それ以外生き方を知りません。（略）」（二月十日）

すぐ秀子から返事が来た。

「（略）今日は元気にドレスアップしてラウンドダンスのおけいこに行って来ました。

みんなで楽しく元気になってきました。
雁字搦めになっていた自分を解き放して、人生を変えていく気になりました。
　嫌なことはしない
　面倒なこともしない
　好きなことだけする
貴方様のお手紙を見てそうきめました。貴方様のように自然体で生きてこられたことが不思議です。私は無理に無理を重ねて生きてきたような気がします。
降り懸かって来たでき事に真剣に取り組み過ぎました。大げさに言えば命懸けのような生き方でした。すっかり疲れてしまいました。
この四十日間の病はきっと私の生き方を変える、考える時間だったのかも知れません。
何だか今日、外出しても大丈夫だったのがとても嬉しいです。（略）」（二月十三日）

真人と秀子との手紙の交換は延々と続いていった。

その中で真人に、秀子のことでわかったことは、主人の寛一君が亡くなってからは、すっかり落ち込んで外へは余り出なくなったことであった。もともと、寛一君は秀子の行動にはうるさい人で、夕方六時以後は絶対家にいなければならないと強制していたという。

でも、昼間の活動の茶道とか、書道とかの同好会には多少通ったことはあったという。それも、ここしばらく行っていない。家に閉じこもりがちな生活であったようだ。

そこで、真人は極力外へ出た方がよいと勧めた。

もともと、秀子はいろんな方面に優れている。書道は中学校時代から抜群であった。音楽にしても、あの戦後間もない頃、先生に勧められてピアノを弾いていたのだ。性格も決して内気というわけではない。

真人の勧めが効を奏したのか、秀子はいろんなところへ出るようになっていくのが、手紙が来るごとに、真人に伝わってきた。


三月十四日、主人寛一君の一周忌の法要も終わった。そのことを知らせた秀子の手紙は、

「（略）三月十四日に一周忌の法要も滞りなく営むことができ、又、お彼岸も雪に見舞われてしまいましたが、無事にすますことができました。その後の来客も一段落しましたので、今日は少し時間ができました。

先日、貴方様がお書きになった「初恋」をお貸ししました友達が、昨日返しに来てくださいました。心理描写が素晴らしくて、ほほえましい作品だと感動して居りました。

私のことを羨ましいとも言ってくれました。

（略）三月も終わろうという時に、雪などが降ったりして寒い日がありますのに、我が家の小さな庭には梅桃の花と庭桜が可憐に咲いていていて心をなごませてくれています。

前にも言いましたが、一周忌も終わりましたので、私の旨くもない手料理を近々食べに来ていただけませんか。（略）」（三月二十三日）

驚いた。秀子はあの「初恋」を友達にまで見せているのだ。真人が心配しながら送ったのに、彼女の気持ちを決して壊しはしなかったのだ。

それから、幾日かして秀子から電話が来た。いろいろ話はしたが、要は「いつ来られるか」ということであった。四月十三日に真人の仕事、公民館関係の会議が秀子のいる市であり、終わりが四時頃の予定なので、その後がよいということで決着した。

真人はこの頃、一抹の不安が心を過ぎることがあった。秀子との関係がこれからどうなるのかということである。別に普通につきあっていれば、なんでもないではないか。と言ってしまえばそれまでであるが、はたして……。真人にその自信があるのか。「ある」と言えば嘘になる。なんだ。お前はそんな人間なのか。と言われれば「人を馬鹿にするな」とも言いたくなる。

四月十三日はすぐやってきた。奇しくも一か月前の今日が、寛一君の一周忌の法要だったのだ。会議は予定通り終わった。真人は一旦駅に出て、この前の時と同じにタクシーに乗った。

複雑な道でないから迷わず秀子の家に着いた。呼び鈴を押す。

「ハーイ、待っていました」

明るい声がした。ガラス戸を開ける。すでに間取りも頭に入っている玄関に入る。にこやかに秀子が迎える。薄く塗った口紅、そしてあの魅力ある顔の薄化粧は、初老の美しさを余すことなく見せていると言っても過言ではない。

「遠いところ、また忙しいところすみません。どうぞ上がってください」

明るい適度なリズムを持った声が、心地よく真人の耳をまさぐる。

三か月前の一月十四日の時には、右側の下駄箱の上にはきれいなピンクのシクラメンがあった。今日は紫色のパンジーにピンク色のプリムラ・マラコイデス、白色のスイートアリッサムをあふれんばかりに使った寄せ枝えの鉢が鮮やかに、春の喜びを感じさせるように置かれてあった。

玄関を入ってすぐ左の仏壇のある部屋に入ると、真人は許しを得て、寛一の霊前にお線香を立て、しばし合掌した。仏壇に飾られている花は、菊を中心にした花瓶であった。

この前来た時は、この仏壇の前でご馳走になったのだったが、今日は奥の床の間のある部屋に通された。そこには、すでに卓袱台の上に、大小の皿にきれいに料理が盛られ、並べられていた。真人は床の間を背に座らされた。床の間には、時季的には少し早い八重桜の一メートルくらいある枝振りのよい大きなものが、大きな中国風の花瓶に挿してあった。

「今、お酒つけますから……、最初はビールがいいかな？」

彼女はいそいそとお勝手の方へ足早に行った。

もう用意してあったのだろう。すぐ、ビール二本とお燗したお銚子二本を、盆に載せて持ってきた。

秀子の料理の腕には驚いた。お刺身もきれいに皿に盛りつけてある。その種類も色の配色もなかなかいい。金目鯛の煮つけ、野菜の煮物。お浸しにしても、ただ茹でて皿に盛ったというのではない。その盛り方の形、量が皿の大きさ、模様とぴったり調和しているのだ。お新香にしてもしかりである。

真人はビールをコップに二杯ほど空けて、日本酒に移った。秀子はビールだけでと言って飲みはじめた。

話は前の時のことや電話、また交換していた手紙の中身と重複するものが多かった。すでに新しい話題はなくなっていたのだ。

一本、二本、三本……、酒は進んでいった。料理も旨い。刺身も上等の物だし、金目鯛の煮つけなどは一流の料理屋でもここまではと思われるものであった。真人はいい気持ちになってきた。秀子もうっすらと紅色が頬を染めてきた。時々たわいない冗談に二人はゲラゲラと笑いあった。酒の量が五本目に入った頃であった。真人の口がすべった。

「秀子さんとどこかいいところに、旅行にでも行きたいねえ」

秀子は、目を大きく開いて、

「ほんと、連れってくれる……、旅行に……。私、主人以外と旅行に行ったことないの。それに、主人が亡くなってから一度も行ってないの……。連れてって、連れてって」

少し間を置いて
「じゃ、指切りよ……、ハイ」

と言って右手の小指を立てて、真人の目の前に突き出した。もう「うそ、うそ」などと言うわけにもいかない。真人も右手を突き出し小指を出した。

「指切りげんまんウソついたら針千本飲ます、指切った……」

リズムに乗った、秀子の明るい声が部屋の中に響いた。

真人は我に返った。お前はなにを言い、なにをしているのだ。自分がどんな立場にいるのか、わかっているのか。酒の酔いが回ってくればくるほど、頭は冴えていくというおかしな現象が生まれていた。そして、無意識のうちに沈黙の時間が生まれた。

「どうしたの、真人さん……」

虚ろな目の真人を覗き込むように秀子が聞いた。真人は、はっとわれに返った。

「いや、いや、なんでもない、酒に酔ったかな……。今日はこのくらいにしておいた方がいいかなあ」

真人はとぼけた。

「ちょっとトイレ……」

この前来た時は本当によろけたのだったが、今日はわざとよろけて「おっとっとっと……」と言いながら立ち上がった。

「大丈夫ですか」

秀子がすぐ、そばへ飛んできて、真人を支えようとした。

「大丈夫……、大丈夫……。でも、大分酔ったなあ」

秀子の手を払うようにして、場所を知っているトイレによろよろしながら向かった。

(もう、帰ろう、今日は秀子さんに送ってもらうのはよそう。)

そう決めて席に戻った。

「秀子さん、ごちそうさま。今日はこれで帰るよ。大分酔っちゃった」

頭を傾げ、その頭をとんとん叩きながら言った。そして、またよろよろ立ち上がりながら、

「寛一君、ごめんね、秀子さんとこんなに酔うまで飲んじゃって……、許してね」

などと言いながら仏壇の前に行き、線香を上げ、しばらく合掌した。

「帰る、帰ります」

ゆっくりと玄関の方へ歩き出した。

「あっ、真人さん持って……。まだいいじゃない、今日はまだ早いよ」

真人もトイレに行った際に時計を見たから、今が七時ちょっと過ぎたところだくらいは知っていた。

「秀子さん、すみません、タクシーを呼んでくれる？　悪いなあ」

どこか不自然になるのを真人自身も感じていた。

「帰るの？　どうして？　まだ早いのに……」

秀子が怪訝そうな顔をして傍に来た。

「今日はちょっと体の調子が悪かったんだなあ、きっと……」

「そうなの……。じゃ、タクシー呼ぶわね」

真人はゆっくりと靴を履き、挨拶をして外へ出た。もちろん秀子もあわてて飛び出してきた。

「秀子さん、今日は送ってくれなくていいからね。後片づけだって大変なんだから」

しかし、秀子は真人の後を追ってきた。そしてぴたっと真人にくっついてきた。秀子が手を握るのを避けはしなかった。なせるままにしておいたが、強く握り返すことはしなかった。タクシーが来た。真人の後に秀子も乗ろうとしたが、真人が強引に押さえて、

「秀子さん、今日はいいよ、後かたづけだってあるんだから」

と言って乗せなかった。秀子は抵抗もせずすぐやめて、

「そう、じゃここでお別れね。さようなら、気をつけてね」

手を振った。真人も車の中から、大きく手を振った。

タクシーの中でも、電車に乗ってからでも、真人の頭の中は大きく混乱していた。

これでよかったのだろうか。あんなに一生懸命尽くしてくれている秀子の気持ちを、踏みにじってしまったのではないだろうか。多かれ少なかれそれは否定できない。これから秀子とどう付き合っていったらいいのか。真人にはわからなかった。

真人は怖いのだ。秀子がではない。自分が怖いのだ。秀子に会ってから、どんどん秀子に対する感情が変わっていく。忘れられない存在になっていく。秀子がどんな態度をとろうと、真人さえきちんとしていればどうということはない。そんなことは決まっている。しかし、真人にその自信がないのだ。

その晩、酔っているのに頭は冴えて、なかなか寝つかれなかった。くるくるくるくる同じことが頭の中を巡っていた。

秀子からはすぐ手紙が来た。

今までの手紙は、いつも一番最初に「牧野真人様」と記してあったが、今回の手紙はぶっつけ文が書かれていた。

先日は遠い所をよくいらっしゃいまして有難うございました。

私はゆったりとか、優雅とか、余韻とか、とても若い頃から好きでした。

晩年は貧しくても、優雅な気持ちで日々を過ごしたいと思って居ました。

貴方様は話の途中に急にサヨウナラになってしまう様な感じがして私は消化不良になってしまいそうです。

それは、貴方様のご都合もあるかと思いますが、もう少しお別れした後に、楽しい余韻が欲しいと思いました。

もう少しお付き合いして頂けたら、寂しい思いをしないですんだのに……。

それは無理なことと思いますので気にしないでください。只、私の気持ちを言ったまでです。

折角来て頂いたのに、何のおもてなしもできませんでしたが、楽しい時をありがとうございました。

秀子

真人　様

違う、明らかに違う。今までの秀子の手紙と……。秀子は真人のあの日の態度から、はっきりと真人の気持ちを感じ取っていたのだ。あの帰り際の真人の言葉、態度からなにも感じないとしたら、それはよほど鈍感と言わざるを得ないのかもしれない。

「優雅とか余韻とか、とても若い頃から好きでした」「話の途中から急にサヨウナラになってしまう様な感じ」「私は消化不良」「貴方様のご都合もあるかとも思いますが」「お別れした後に、楽しい余韻が欲しい」「もう少しお付き合いして頂けたら寂しい思いをしないですんだのに」

わかる。真人にはわかるのだ。わかっていたからそうしたのだ。それが、真人には恐ろしかったのだ。真人の心の中に、土足で入り込む秀子が恐ろしかったのだ。いや、秀子が恐ろしいのではない。真人の心の中に住む、恋の魔物の動き出すのが恐ろしかったのだ。秀子にそんなことがわかるはずがない。

他に方法はない。真人は秀子に別れの手紙を書くことにした。

秀子さん、この半年足らずの短い間でしたが、本当にありがとうございました。今日は別れのお手紙を書きます。好きです。好きです。好きだからこそ別れなければならないのです。あなたに会うごとに、あなたは私の心の中に入り込んで来るのです。

このまま、あなたとお付き合いしていたら、私の心はあなたの中に取り込まれてしまいます。私が悪いのです。勝手なのです。しかし、仕方ありません。今のお互いの生活を守るためには別れる以外方法はないのです。

あなたに罪はありません。私なのです。私がダメなのです。私はあなたの生活を壊す権利はありません。また私の生活も守らなければなりません。弱い私を笑ってください。

さようなら、さようなら、秀子さん。

付録　かんかんのんの

「ユンコ、いいか、よく拝むんだよ。ほら、この石っころで、かんかんのんののぽんぽんをよくたたいてな」

真人は妹の由美子を背中から脇の下に手を入れてかかえ、思い切り高く上げた。十歳の真人にとって、三歳の由美子をかかえ上げるのはたいへんであった。

かんかんのんの、それは道端に立っている石像の観音様のことである。真人の家の前から、隣村に通じる細い山道の、登りつめたところの右側に、高さ一・五メートル、幅一メートルほどの石垣を組んで、その上に五十センチくらいの石像の観音様が立っている。

観音様の後ろにはあまり大きくはないが形のいい松の木があって、その枝が道の上の方までせり出していた。その松の木の根元には一叢のつつじがあって、ちょうど真紅の花が、これ見よがしに咲き誇っていた。まわりには、クヌギやナラの木が、みずみずしい若葉を明るい日の光の中で、おりから吹いて来るさわやかな風にゆらし、気持ちよさそうにたわむれているようであった。足元には、木漏れ日がちらちらとさわいでいた。

この地方では、観音様のことをかんかんのんのと子ども達に教えている。観音様は、石でたたくとカンカンと金属的ないい音がする。頭が痛い時には頭を、腹が痛い時には腹をというように、自分の体の悪いところを観音様にあてはめて、そこをたたくと治るという言い伝えである。

真人は幼ない頃、よく祖母に連れて来てもらって、この観音様をたたいたものだ。

「いいか、マア坊、お前のコンコンが早く治るように、かんかんのんのをようく拝むんだぞ。ほれ、この石で、かんかんのんのの、喉のあたりをよくたたけ。よいしょっと」

祖母はそう言って、細い腕で真人を持ち上げ、観音様をたたきやすくしてくれたものだ。喉というのは、顎がじゃましてなかなかうまくたたけない。小さな子どもにとってはなおさらである。だから、みんな咳が出る時には喉のちょっと下の胸元あたりをたたくから、その辺が大分くずれていた。だいたいたたく場所は決まっている。頭が痛い時の額、腹の具合が悪い時の腹、それから喉を治すための胸元、当然その辺がくずれてくるということになる。

観音様の前には、誰が供えるのかおさご（米）や果物（と言っても家でとれる柿やすももなど）があった。庭先からとってきたと思われる生花なども空瓶や空缶に差してあることも珍しくなかった。

祖母も小さな真人の手を引いて、かんかんのんのに来る時には、一方の手にそのような供え物を持っていたものであった。

手を伸ばして、祖母が拾って渡してくれた石を持って、思い切りカンカンとたたく。力の弱い真人のたたくその音が、そんなに大きいはずはないのだが、気憶の中のその音は、カンカンとあたりの空気を震わすほど心地よい響きであった。

しかし、なぜか思い出の中にある、祖母とたたいたかんかんのんののまわりには、夕暗がたちこめているような薄暗い、ねずみ色の景色しか浮いてこない。今日のようなさわやかな春風の中の情景は浮いてこない。

今、真人は祖母との思い出の中の、祖母の役目をしている。妹の由美子を抱きかかえて、観音様をたたかせようとしている。

「ほら、ユンコ、かんかんのんのぽんぽんをたたくんだよ。そこのへっこんでいるとこだ」

もう、どのくらいたたかれたのだろうか。観音様のおなかのあたりは、ぺこりとへこんでいた。まわりは薄黒くなっていたり、ところによってはうっすらと緑色の苔さえ生えているというのに、腹のあたりは新しい石の肌が見方によっては無残にさえ思われるように削り落ちていた。

由美子は、抱えている真人の腕の中からのり出すようにして、空いている左手を観音様の前につき、右手に真人の渡した小さな石を持って、力いっぱいカンカンとぺこりとへこんでいるお腹のあたりをたたいた。

「よし、よし、ユンコは上手だ上手だ。これでかんかんのんのが、ユンコのおなかの痛いの、治してくれるかんね」

「うん」

由美子はうれしそうににこにこして、真人の腕から、地面に足を下ろして立った。カラカラとかわいい下駄の音がした。

「そうだ。ユンコ、父ちゃんが、戦争で死なないように拝んべえ。マサ兄ちゃんも本気で拝むかんな」

「うん、ユンコも拝む」

真人は観音様をたたこうと思って、由美子の持っていた石を右手に持ち、観音様の前に持っていったが、はたと困った。こういう時はどこをたたくんだろう。父ちゃんのどこが悪いというのではない。戦争で死なないようにということなんだから……。真人は、あっちこっちをたたくことにした。しかし、手を伸ばしても観音様の頭部に届かせるのがやっとであった。それも、観音様の前の石垣の、下の方の石にわら草履をはいている足の爪先を乗せて伸び上がってのことであった。

まず、観音様の頭、額のところをたたいた。カンカンカン、三つたたいた。次に肩のところをやはり三つたたいた。胸のところ、腹のところ、そして足の膝あたりのところと、みんな三つずつたたいた。カンカンカンと、快い音は、さわやかな五月の風に乗って流れていった。

「ユンコもたたく、ユンコもたたく」

由美子が両手を伸ばして、石垣にへばりつくようにして観音様を一生懸命たたいている真人に言った。

「そうかい、そうかい、ユンコもたたくかい。そうしな。今、兄ちゃんが抱っこしてやっからな」

真人はぴょんとリズムをつけて由美子のそばに下りた。そして、さっきしてやったように、後ろから抱きかかえて思いきり両手を伸ばした。由美子は、観音様の前に置いてあった石を持つと、真人がしたように、あっちこっちをたたいた。力の弱い由美子のたたく音は、真人と比べると大分小さかったが、それでもかろやかに響いた。由美子のおかっぱ頭の髪の毛が、木漏れ日の中でみどりの風に小さくなびいた。

「じゃ、ユンコ、兄ちゃんといっしょに拝んべ」

静かに由美子を下ろすと、観音様に向かって手を合わせた。

由美子もそれを見てまねた。小さなかわいい手を花柄模様の着物の、胸の衿《えり》のところで合わせた。

「父ちゃんが元気でいますように」

真人は言った。

「いますように」

下の部分だけ由美子がまねた。

その時であった。ウーウーウー、町中で鳴らすサイレンの音が空襲警報を知らせた。毎日のようにある空襲警報のサイレンの響きにもう慣れっこになっていた。幸いこの田舎の方までは、本当の空襲はなかった。東京はもう相当焼け野が原になっているという話は誰もがしていた。

観音様を背にして前を見ると、一面の緑であった。ここは小高い丘になっていて、前には広々とした田んぼが広がっていた。ほとんどの田んぼには裏作の麦がまだ青い穂を波打たせていた。田んぼをとり囲むようにしている低い山々には、ところどころに真っ赤につつじが燃えていた。緑の中に燃える真っ赤なつつじは、自然の作り出す見事な織物か、いや、錦絵と言ってもよかった。

由美子の腹痛はじき治った。

「かんかんのんのに、ありがとうしてくっか」
二、三日して、学校から帰ってきた真人は、庭で一人で土遊びをしていた由美子に言った。
「うん、行く、行く」

真人はカバンを上り端《はな》に放り出すと、すぐ由美子と手をつないで観音様に向かった。

「かんかんのんのさん、ありがとうって、よくお礼を言うんだよ」

すっかり晴れ上がった空から、さんさんと降り注ぐ日の光を浴びながら由美子に言った。

「うん、言う」

由美子は乾いた道に、小さな下駄のかわいい音を残しながら、真人の顔を見上げて言った。

結ばれた手が、しっとりと汗ばんでくるような陽気であった。

真人と由美子は「治してくれ」と拝んだ時と同じように、観音様の腹のあたりをたたきカンカンと快い響きを残しながら、何度も何度も「ありがとうございました」とお礼を言った。


真人の家は、昨年の暮れに、一家の中心である父親を兵隊にとられ、まさにてんてこまいであった。兄の信一は中学四年で松山町まで電車通学。姉の道子は女学校一年生で隣町まで徒歩で通っていた。休みの日以外は労働の手助けにはならない。それどころか勤労動員とかで兄などは川越市の工場に、朝早くから行かされていた。

家族は酒飲みの祖父、為三郎がいる。

この祖父が酒飲みになったのは、日露戦争で金鵄勲章をもらって帰ってきてからであった。戦争に行く前は酒など全然飲まず、働きものの為さんであった。

明治三十九年三月、二十七歳で金鵄勲章をもらって帰って来た為三郎は村の英雄であった。当時の金で年百五十円もの大金が恩給として出たのである。当時千円もあれば七、八十坪から百坪の大きな瓦屋の家が建ったのだから、その額は決して安いものではなかった。

いくら酒飲みでも、酒屋から買って飲むのだったら、仮に一日一升当て飲んだとしても使い切れるものではなかった。

周囲から「すごい、すごい」と言われ、おだてられ、気のいい為三郎は町の料亭に入りびたることになった。そして町のずる賢いたかり屋達の食い物にされてしまったのである。恩給の百五十円では足りずに、たくさんあった山林や田畑をも手離すはめになってしまったのである。

顔は四角で、体は筋肉質、胸板は厚く、強い足腰を持っていた。一目見て頑丈さの目立つ体格をしていた。

その上、鼻の下には逆八の字の髭を立て、隙さえあれば親指と人差し指でよじり上げ、形を整えているのである。

普段のにこやかにしている時の顔は目が細くなり、目尻には皺が寄り、見るからに人のいい顔なのだが、一度怒ると、目はらんらんと輝き、目尻ははね上がり、きりりとしめた口元と、その上に鼻の下から両頬にかけてピンとつっ立っている髭は、まさに鍾馗《しょうき》様そのものであった。

しかし、困っている人などには、そっと食べ物などを与えたりする思いやりのある情深い気持ちの持ち主でもあった。

この祖父も七十に近い。この頃は酒の配給もめっきり少なくなった。もう、かれこれ三か月も来ていないだろう。酒の配給が来ると、酒を飲まない家や、特に食物がなくて困っている家を見つけては、自分の家だってそんなにあるわけではないが、米を持ち出しては酒ととり替えて来た。そして、誰にも飲ませずに、一人チビチビやっているのだった。

酔が回ってくると、

「このバカめら。やくざ野郎。てめえらはみんな人形だ。人形とは人の形と書く。形だけ人間だって屁の役にもならねえ。小川、大河、八和田、竹沢（近隣の町村の名前）、俺ほど偉えもんがいるもんか。いたら連れてこい」

と、自分の膝を両手でこすりこすり、目を炯々《けいけい》と輝かせて言うのである。真人や由美子はそういう為三郎を見るのが怖かった。

この為三郎も、もうしばらく酒が口に入っていなかった。心なしか顔色も青く、とにかく元気がなかった。家の仕事にはあまり手を出さなかったが、母だけではどうにも手が足りないので、多少はやらざるを得なかったし、兄の信一や姉の友子なども休みの日には一生懸命に働いた。真人の役目は由美子の子守が中心であった。あとは風呂沸かしくらいのものであった。

昨年の九月、死んでしまったおばあさんでもいてくれれば、洗濯や食事作りなどはしてもらえたのだが、そういう家の中の仕事から野良仕事まで、全部母の上にのしかかってきているのだから本当に大変なことであった。母は、朝早くから夜遅くまで、それこそこまねずみのように動きまわっていた。よく体をこわさないものだと思われた。

それでも時には疎開に来ていた人が、少しでも穀物や野菜欲しさに手伝いに来てくれたが、若い人はみんな戦争に引っぱられていたんだから、残っているのはお年寄りだけ、たいした役にはたたなかった。

増産、増産の至上命令はくる。取れた米や麦は、ほとんど供出させられてしまう。まったくひどいものであった。しかし、農家はありがたいもので、さつまいも、じゃがいも、とうもろこしなど、なにかしらの食べる物はあったので、真人も腹が減っても食べる物が全然ないという経験だけはなかった。

六月に入ると、麦刈り、田植えと農家は大変な時季を迎えることになる。

特に手の足りない真人の家は、まさに戦場のようであった。

戦争はますます激しくなり、南の島々はすでに全滅。沖縄にもアメリカ軍が上陸した。真人達も、学校へ行ってもほとんど勉強らしい勉強はしていなかった。あの堅い運動場さえ、半分は開墾してさつま芋を植えた。肥料は学校の便所から汲み出した下肥だけ。よく実るはずがない。

真人は時々、由美子をつれて観音様のところへ来た。

「ユンコ。かんかんのんのへ行こ」

手を出すと、どこにいても飛んで来て、そのかわいい手を真人の手につないだ。

「父ちゃんが元気でいるように、かんかんのんの拝もうな」

「うん、拝む」

と言って、早く持ち上げてと言わんばかりに観音様に向かって両手を広げ、真人の手が脇の下に入れやすいようにした。抱きかかえて持ち上げてやると、観音様の方に乗り出し、どことはなくカンカンたたいた。

「父ちゃん、元気、父ちゃん元気」

小さいながらもさわやかな音が、快い響きをあたりにふりまいていた。


夏休みが来た。

戦争はいよいよ激しくなり……、というよりかは、毎日毎日、ただ一方的な空襲だけがあった。埼玉もあちこちが空襲に会い、丸焼けになったという話を聞くようになった。

八月六日には広島に、八月九日には長崎に恐ろしい爆弾が落とされたというニュースがラジオから流れた。

国民学校四年の真人にとっては、まったくわからないものであったが、子どもながら日本がどうなるのか心配であった。

おじいさんは、ますます不機嫌になっていった。

母は戦争などまったく関係ないように、朝早くから家の仕事に、田畑の仕事にと動き回っていた。

八月十四日の晩であった。

ドカン、ドカンという音、その度に大きくではないが家が揺れるので真人は目を覚ました。

「爆弾だ」

兄の信一の声がした。姉も起きた。ドカンドカン、パッパッパッという音が絶え間なく聞こえてくる。近くではない。家の中は灯火管制のために……、それもあるが、その時は停電だったのかもしれない。真っ暗であった。

真暗な中で、同じ部屋に寝ていたおじいさんが起き上がる気配がした。

「おじいちゃん、あの音はなに?」

真人は聞いた。

「うん、どうも空襲らしいな。あれは爆弾の音だ。だけんど近くじゃないから心配するな。熊谷あたりだんべ」

そう言いながら、真っ暗な中を裏の方へ出たらしい。真人もガバッとはね起きた。表座敷に来てみたら驚いた。お勝手のガラス窓が真っ赤ではないか。

(あれっ! 火事か)

暗闇の中を手さぐりならぬ足さぐりで下駄をつっかけると、急いで家の裏畑へ出てみた。兄も姉も来ていた。母だけは昼の疲れのせいか、由美子と寝ているせいかまだ来ていなかった。すごい。そう表現するより他に言葉がない。北の空に、十四、五キロも離れているこの辺まで昼間のように明るく照らす照明弾が七つも八つも、いやもっとあるのかもしれない。ふらふらふららと浮いているのだ。その上をＢ29爆撃機が何十機となく飛んでいるではないか。そして時々、ドカン、ドカンと地響きを立てて爆弾の炸裂する音が聞こえてくるのである。その時には、家のガラス窓が、ビリビリッビリビリッと音を立てて震えるのだった。

真人は怖いというよりかは、きれいだと思った。ふらふら浮いている照明弾、そしてその下で爆弾が炸裂するたびに、真っ赤な炎がばあっと上がる。空には花火のように火の粉が舞い上がる。

「これじゃ、熊谷が焼け野原になっちゃうだんべ」

兄が一人言を言った。あのあたりが熊谷なのか。真人にはそういう地理感覚はなかった。

（兵隊に行った父ちゃんは、ああいう空襲の下にいるんだろうか。だとしたら、死んじゃうかもしんねえな……）

真人は恐ろしくなった。体が震えてきた。

次ぐ日の八月十五日。正午。玉音放送があるということが、朝のラジオのニュースで放送された。

「玉音放送ってなんのこと」

国民学校四年生の真人にはわからなかった。

祖父や兄などの話し方から、相当大きなことであるらしいことだけはわかった。朝飯を食べながらおずおずと聞いてみた。

「玉音放送ってな、天皇陛下が直接放送することさ」

祖父が真人の方も向かずに答えた。

「なんだろう。まさか……、この戦争、負けるんじゃあんめえな」

一人言のように祖父はつぶやいた。箸の動きをぱたりと止めて……。目は虚ろであった。

正午には、祖父と兄、姉はラジオの前にきちんと座っていた。真人は縁側に寝ころんでいた。

「真人、なんだ、その格好は。玉音放送は寝っころがって聞くもんでねえ。こっちへ来てきちんと座れ」

祖父の大きな声が響いてきた。真人はびっくりしてはね起きた。そして、兄のそばへ急いでちょこんと座った。

正午の時報が鳴った。これから玉音放送がある旨のことがアナウンサーから聞こえてきた。と、急にザアザア、ザアザア雑音が入ってきた。その中から、

「耐え難きを耐え、忍び難きを忍び……」

などという言葉が聞こえてきたが、なにを言っているのかチンプンカンプン、全然わからなかった。祖父や兄の表情から、なにか大きなできごとがあったらしいということだけはわかった。

学校では、現人神と教わっている天皇陛下の放送である。校長先生でさえ、天皇陛下の写真の

前では深々と頭を下げるのだ。その天皇陛下が直接放送するというのだから、ただごとではないだろうくらいのことはわかる。天皇陛下の声などというものは、ラジオを通じてとは言え、真人にとってははじめてのことであった。

驚いた。とにかく驚いた。あの、鍾馗様の祖父の目に涙が浮いているのだ。それが一筋、頰をすっと流れた。祖父が泣いている。祖父の唇が小刻みに震え出した。

「バカヤロー。今の若えもんのやくざ野郎。アメ公になんか負けやがって。おっかなくて逃げてべえいやがったんだんべや。俺みてえに、敵の弾丸《たま》降る中だって吶喊《とっかん》していかなけりゃあ、だめなんだ。だから今の若えやつらは人形だというんだ。ほれみろ、天皇陛下が泣いてるじゃねえか。おらあ悔しい。日本は負けたんだ……。俺の、俺の金鵄勲章はどうなるんだ。天皇陛下からもらった、おれの金鵄勲章はどうなるんだ!!」

祖父の両目からはポロポロと涙があふれていた。

兄を見ると、しゃくりあげて泣いていた。姉もだ。

(父ちゃんは、父ちゃんはどうなるんだ)

急に立ち上ると下駄をつっかけ、かんかんのんのに向かって走り出した。庭で一人で遊んでいた由美子が、

「兄ちゃん、ユンコも、ユンコも」

と言って真人を追いかけてきた。真人は、

「よし、ユンコ、かんかんのんのに行こ。ほれ、おんぶするからおぶされ」

しゃがんで背中を向けると、由美子がどかっとぶつかってきた。


夏休みも終わった。八月二十一日、二学期がはじまった。

校庭に集合した生徒に向かって、青大将の異名を持つ、いが栗頭の校長は言った。

「日本は戦争に負けたのだ。これからどんなことが起こるかもしれない。しかし、日本国民として恥ずかしくない行動をとらなくてはいけない」

真人は、そんなことより、戦争に行った父ちゃんが帰ってくるのかどうか心配であった。

教室へ入ってガヤガヤしていると、担任の山田勝彦先生が入ってきた。陰での諢名《あだな》はカッピーである。

「先生が来たぞ」

誰かが言うと、しんとなった。

教壇に立った山田先生は、じろりと全員を見回すと話しはじめた。この先生に頭をはたかれなかった生徒はいない。何回もはたいたので、鞭の太い部分が割れてしまったくらいだ。この先生は、鞭の先の細い方ではたくのではない。細い方を持って、太く丸くなっている根本の方でびしびしはたく。実にいたい。

「先生は今日限り、先生を止める。もう学校へは来ない。みんなとも今日が最後だ。いいか。これからアメ公やチャンコロ（アメリカ人や中国人）の方がお前たちより偉くなったのだ。日本に来て、どんなことをするかもしれない。しかし、お前達は言うことをきかなければならないのだ。戦争に負けたんだからな」

いやな話だと思った。でも、あのすぐ鞭でたたくカッピー先生がいなくなることは内心うれしかった。この後、どんな先生が来るのかと心配であったが、カッピーほど人の頭をたたく先生は、この世にはいないだろうと思ったからだ。

八月中は先生が来なかった。隣の女組の教室との境の戸をとっ払って二教室続きにした。女組の担任の宮本先生という女の先生が一緒に授業をした。一〇〇人近い生徒である。ワアワア授業になどなりはしなかった。宮本先生もほとほとあきれ返って、どうにでもなれといった感じであった。

九月に新しい先生が来た。軍隊帰りの村山先生という若い先生であった。カーキ色の将校服を着て来た。なにか怖そうな先生であった。しかし、カッピー先生のように、生徒の頭をたたくことはしなかったし、教え方も上手であった。真人は安心した。

九月になっても、残暑は厳しかった。

真人にとって、うれしいことが一つあった。それは、運動場を半分開墾して、さつまいもを植えてしまったので運動会ができなくなったことだった。いつもビケを走っている真人は、運動会が大嫌いであった。運動会の日には、本当に病気にでもなって、出られないようになればいいと思っていたが、一回も病気になったことはなかった。よっぽど仮病でもつかおうかと思ったが、もともと正直者で、そんなうそなどつけるはずはなかった。

今年はそれが、運動会がないというのだ。こんなうれしいことはなかった。

厳しい残暑も、九月の中半にもなると、吹く風に、あれっと思うほどさわやかさを感じたりもするようになった。

そんな時であった。季節の変わり目というのは、かぜなどひきやすくなるものだが、由美子がクシュンクシュンはじめた。目は充血し鼻水をたらしはじめた。よくあることと誰もそんなに気にもとめなかった。ただ母が、

「なんだか山の上ん家（屋号）のみっちゃん（由美子より一つ小さい子）は、百日ぜきだというけんど、ユンコもそうでなけりゃいいけんど」

と言った。確かに百日ぜきが流行りはじめていたのだ。でも、真人のような子どもにとってはそんなことがわかろうはずがなかった。

学校から帰って来ると、由美子が元気なくごろんと畳の上に寝ていた。

「ユンコ、どうしたん。元気ねえな。そうだ、兄ちゃんとかんかんのんのに行くべえか。ユンコのコンコンが治るように拝んでくべか」

「うん、行く行く。かんかんのんの、行く」

と言って、だるそうにではあったが起き上がった。目が少し赤かった。

下駄を履いて外に出た。由美子はコンコンというより、ゴウゴウと聞こえるような咳をした。

「だいじょうぶか、ユンコ」

真人は背中をなぜてやった。いつもの花柄模様の着物を着ていた。おかっぱの髪の毛が風に吹かれて白い額が大きく現われた。真人は本当にかわいいと思った。手を出すと、由美子はその手をしっかりと握った。由美子の手は普段の時より温く感じられた。
二、三日前までは全然気づかなかった彼岸花が、道端や田んぼの畦道のあちこちに叢を作って咲きはじめていた。
手をつないでゆるやかな坂道を登りはじめた。由美子の歩き方が遅くなった。

「兄ちゃん、おんぶ」

由美子が、この坂で自分からおんぶを要求したことはこの頃ないことであった。真人はかぜのせいでだるいんだろうとすぐ思った。

「いいよ、いいよ。ハイ、おんぶ」

背中を由美子に向けると、すぐおぶさってきた。由美子をおぶって坂道を登りながら、その息使いなどに、普通でない由美子を感じた。時々、由美子は咳をした。口をとんがらかせるようにして、ゴウゴウというような咳であった。

観音様の前に着いた。まだ四時にはなっていない時間ではあったが、だいぶ日が短くなっていて、東向きの観音様のところは、後ろの西側がこんもりとした林になっているせいか、もう夕方のような感じであった。しかし遠くに見える田んぼの方には、明るく日が照っていて、まだ緑ではあるが出揃った稲穂が折からの風に大きく波打っていた。

「ようし、じゃ、ユンコ、ようく拝むんだよ。石はそこにあるよ。コンコンが出るんだから喉んところをたたくんだよ。頭も痛かったら頭のところもな」

いつものように、後ろから抱きかかえて由美子を思い切り持ち上げた。由美子は観音様の胸元のあたりや、手を伸ばして額のあたりをコンコンとたたいた。そしてまた、急に咳込みはじめた。

真人はあわてて道に下ろし、背中をなぜた。

「よし、よし、ユンコ、もうかんかんのんの拝んだから帰ろ」

「ううん、カンカンしたけど、まだ拝んでない」

と言って、いつものかわいい手を胸元に合わせ、

「コンコン、治してくだちゃい」

と、一生懸命拝むのであった。

由美子の症状は二、三日後には完全に百日咳のものとなった。咳はただゴウゴウいうだけでなく、爆発的、発作的になり、咳をする間、息をすることができないようであった。

夜になると咳はなおひどくなり、真人も由美子の咳で目が覚めた。続けざまにゴウゴウというような咳をし、息が吸えない。しばらく息が止まった状態でいたかと思うと鶏のようなヒューと

もキョーともとれるような音で息を吸い込む。それは苦しそうであった。

「おう、よしよし、我慢しな、じきよくなるかんな。明日はお医者さんに来てもらうかんな。ごめんな、ごめんな」

母ちゃんはこんなことを言いながら由美子の背中でもさすっているのだろう、眠っている間もないように看病しているのだった。

もっと早く医者にかければよいのに、かぜぐらいでは医者にかけないのが当時の農家であった。特に祖父は、

「医者などにかければ、体がなお〝やくざ〟になる」

と言って、下痢やかぜぐらいでは決して医者にかけさせなかった。しかし、この由美子の症状では、

「医者に見てもらえ」

と言いはじめたのだった。

次ぐ日、高田医師に来てもらった。

「こんなひどくなるまで、なぜ、ほっておいたのか」

と医者は言った。母親はただおろおろするばかりであった。

「すみません。すみません。よろしくお願いします。由美子を助けてやってください」

必死に頭を下げるのであった。そして、なによりも貴重な米を三升も医者に持たせるのだった。

由美子は百日咳だけでなく、肺炎もかかりはじめていると医者は言った。

「いい薬はみんな軍隊が持ってちゃったから、町医者なんかにはないんですよ。戦争が終わったといってもまだ一か月前のこと、薬の製造なんかはじまっちゃいないんですよ。薬がなくっちゃ医者はお手上げですよ。でも病気には、なんと言っても看病が大事ですから。頼みますよ」

下を向いたまま、母親の顔を見ないようにして帰って行った。どんな薬だかわからないが、目もりのついた七、八センチのガラス瓶に入った紫色の水薬を置いていった。

由美子は相変らずゴウゴウ咳をし、すっかり息をはき出してしまうと、ヒューと音を立てて息を吸い、そしてゲーと嘔吐するのだった。もう胃袋にはなにも入っていないのに、苦しそうにねばねばする黄色味がかった少量の粘液を吐いた。せっかく飲ませた水薬も、咳の後にほとんど吐いてしまうのだった。

顔を紅潮させ、口をとんがらかせ、充血した目をかっと開いて咳込む由美子の様子は、まったく地獄絵を見ているようであった。

真人は、隣の部屋でその咳を聞きながら、布団をかぶり泣いていた。

「神様、神様、観音様、観音様、お願いです。由美子の病気を治してください。由美子はいい子です。由美子はいい子です」

何度も何度も心の中で叫んだ。胸のところで両手をきっちり合わせながら……。

兄も姉も、由美子の苦しそうな咳を聞くのに堪えないようであった。兄などは「もっと早く医者に見せればよかったんだ」と母を責めた。母は黙っていた。

兄の信一が姉の道子と真人をそっと呼んで言った。

「なあ、三人でおさあさま（お諏訪様）でお百度参りをすべえや。由美子の病気が治るようによ」

もちろん道子も真人も反対するはずはない。明日の朝、四時半起きでやろうということになった。兄の信一が起こしてやるからと言った。

次日の朝、真人は兄に起こされ、諏訪神社に行った。四時半と言えばまだあたりは暗く、ただ東の空の山際だけがぼうっと明るくなっているだけであった。空にはまだ星が輝いていた。九月とは言え、彼岸を過ぎた早朝の冷気は、気持ちよさを通り越して、ひんやりと身震いさえ起こさせるものがあった。

三人は半ば駆け足で諏訪神社へ急いだ。神社の真ん前の道端に、コンクリート造りの大鳥居がある。大きな太い注連縄《しめなわ》からは、これまた大きな幣束《へいそく》が垂れ下がって、かすかに吹いている朝風に静かに揺れていた。明るさもだいぶ増してきた。三人はまず、大鳥居のところで柏手《かしわで》を打った。二十メートルを歩くと、二十段ほどの石段があって、神社の庭になる。そこには木で造った赤い鳥居がある。そしてそこから十五、六メートルで神殿となる。そこまでは幅一メートルほどのコンクリートの歩道があった。これがお百度参りで歩くところである。一人でするなら百往復、二人でするなら五十往復となる。今日は三人だから三十三往復と一人分ということになる。

神殿の前にはどこの神社にもあるように大きな賽銭箱があり、その上には、ドッヂボールほどの鈴が紅白の太い布の縄を垂らしてつるされていた。

三人は神社の前で鈴を鳴らし、大きく柏手を打った。

（由美子の病気が早く治りますように）

心の中で何度も何度も唱えた。

神殿のすぐ脇の柱には、お百度参りの時、お参りした数を記録するための「参拝回数記録機」とでもいうべきものがあった。そこには、横三、四センチ、縦七、八センチくらいの薄い板切れが百枚、一端をクルクル動くように止めてあって、一回参拝するごとに、その板切れを一枚、くるっと回すのである。最初、右なら右へ全部倒しておいて、左の方へ一枚ずつ回転させるのである。これなら数を絶対間違うことがない。

三人は一生懸命拝んだ。十回、十五回……、あたりはすっかり明るさを増し、鳥達の夜明けを喜ぶさえずりの声が聞こえてきた。

三人がお百度参りを終えた時には、あたりはすっかり明るくなり、さっきまで見えていたと思った星も、今は一つもなかった。東の空の山際からは、今や太陽が昇らんとしていた。そのあたりはきらきらと輝く光の祭典であった。しかし、そのきらびやかな情景も、今の三人に対してはなんの感動も与えはしなかった。

真人は、なんの味もしない朝飯を食べた。兄の信一は、電車の時間に忙しいとそそくさと出かけた。姉も女学校へ行く仕度をはじめた。真人は村の国民学校へ行けばいいのだから多少時間の余裕はあった。自然と由美子の寝ている奥の部屋に足が向いた。母が添寝をしていた。

「母ちゃん、ユンコの加減はどう？」

真人は小さい声で、心配そうに尋ねた。

「真人か。今朝は三人でお百度参りに行ってくれたんだって。ありがとな。ほら、見てみ、今朝はなあ、ユンコがあんまり苦しげでねえんよ。ユンコ。マサ兄ちゃんだよ」

母は由美子に話しかけた。由美子は静かに首を回して、真人の方を見た。すると、小さくではあったがにこっとした。

何日ぶりに見る由美子の笑顔だろうか。真人はうれしかった。顔は熱のためだろう紅潮していたし、目の充血もとれてはいなかった。しかし、そのにこっとした笑顔が、今の真人にとって、どんな贈物よりもうれしかった。

「ユンコ、よかったな。もうだいじょうぶだよ。治ったらな、今度はかんかんのんのに、ありがとうって、お礼参りに行くべえな」

「行く。かんかんのんの行く」

　力のない、小さい声ではあったが由美子の声であった。

「じゃあ、兄ちゃん、学校へ行くかんな」

　真人は家を飛び出して学校へ向かった。両手を挙げて、そこら中を走り回りたい気持ちであった。道端のところどころに、叢を作って咲いている真紅の彼岸花は、不吉な花と教わってからは、気味悪くさえ感じていた真人であったが、今はその色さえ明るくすばらしく、由美子の病気回復を祝ってくれているようにさえ思った。

　三時限目の算数の授業をしている時であった。

　教室の前の入口のガラス戸がノックされた。担任の村山先生が、ガラス戸を開けた。小使いさんであった。なにか村山先生にこそこそ話をした。村山先生の顔が真人に向いた。

「真人、ちょっと」

　村山先生は、持っていた鞭で真人においでおいでをした。不吉な予感が真人の脳裏を走った。いや、そんな馬鹿なことはない。真人はその予感を打ち消した。真人は村山先生のそばへ行った。

「妹さんの、容体が変わったって」

　真人は、黙って先生に一礼すると、

「帰ります」

　自分の席には戻らず、机の上の教科書もノートも広げっぱなしのまま教室を飛び出した。先生もなにも言わなかった。走った。走りに走った。足のろい真人であったが、息の続く限り、思い切り走った。家に着く。ガラリととぼ口（玄関）の障子を開ける。上り端に飛び上る。

「ユンコが、ユンコがどうかしたん」

ヘイハア、ヘイハア荒い息をしながら、母が片肘をついて添寝をしている奥の間へ飛び込んだ。祖父も口をへの字に曲げて眉間に皺を寄せ腕を組んで座っていた。

「ユンコ、ユンコ、もうすぐお医者さんが来るかんな。がんばってな。死んじゃだめだよ」

母は大きな声でどなった。

由美子は口をとがらかせて、苦しそうにいつもの咳をしそうになった。しかし、もう咳をする元気もないのか、虚な目をかすかに空けて、首を小さく動かしただけであった。

「ユンコ、ユンコ、元気出せ、今朝はあんなに元気だったじゃないか。死んじゃいやだ。死んじゃだめだ」

真人も顔中汗が吹き出しているのも忘れて、由美子におおいかぶさってどなった。由美子が真人の顔を見た。かすかではあるが、それは真人の気のせいかもしれないが、にこっとした。

「ユンコ、ユンコ、かんかんのんのだよ。かんかんのんの」

由美子の顔に、自分の顔を押しつけるようにして言った。その時であった。由美子の口がかすかに動いた。

「かん……かん……の……」

それはかすかな空気の流れにも似た小さなものであったが、真人にはわかった。

「うん、かんかんのんのな……。今な、今、兄ちゃんが、かんかんのんの拝んで来るかんな。かんかんのんの、拝んで来るかんな」

下駄をつっかけると外へ飛び出した。坂道も駆け続けた。小石を持つと、観音様の頭といわず顔といわず、胸、腹、足、どこでもかまわず狂ったようにたたき続けた。カンカンカンカンカン、カンカンカンカン。

金属的なその音は、澄んだ秋の空気の中に鳴り続けた。

「観音様、ユンコの病気を治してください。ユンコの病気を治してください」

もしも誰かが、この様子を見ていたとしたら、真人のことを少し頭のおかしい子だと思ったかもしれない。真人は手に疲れを感じ、たたくのを止めた。と、由美子の顔が頭に浮いてきた。持っていた小石を放り出すと一目散に坂を駆け下りた。道の端や田の畦には真っ赤な彼岸花があちこちに叢を作って咲き、かすかにではあるが黄色味を帯びてきた稲穂の波に和していた。

真人が、とぼ口に駆け込んだ時、号泣する母の声が耳を突き刺したのであった。

「父ちゃん、由美子が死んじゃったよ。父ちゃん由美子が死んじゃったよう」

プロフィール

一九三五年七月一七日、埼玉県比企郡竹沢村（現・小川町）大字笠原一七三番地に次男として生まれる。父・絲助、母・わか、共に二八歳であった。上に長男、長女がいた。その後、三男、四男、次女と生まれたが、幼児の時に病死。その後に三女が生まれ、大事に育てられた。家は自営農家でそれなりの耕作田畑を持ち、貧しいということはなかったが、忙しく働かねばならなかった。

一九四二年四月、竹沢村（現・小川町）立国民学校初等科に入学。その前の年の一二月八日、日本による真珠湾攻撃で太平洋戦争始まる。一九四五年八月一五日敗終戦。一九四七年学校教育制度が替わり、国民学校は廃止され、小学校・中学校となる。

一九四八年三月、優等賞をもらう成績で竹沢小学校を卒業し、竹沢中学校に入学。全ての学年が二学級という小さな学校。運動が苦手で、作文が得意だったのでクラブ活動は文芸部に入る。中学一年生の三学期、学芸会で『あ、無情』という劇でジャンバルジャンを演じ好評を博した。その次ぐ年から高校入試の時期を理由に中学生の学芸会は廃止となる。

担任の先生から囲碁の手ほどきを受け、夢中になり、教わって三カ月、卒業する時には先生を負かし有頂天になる。

一九五一年三月、卒業式で卒業生八〇名を代表して、卒業証書を受け取る。四月、埼玉県立小川高等学校に入学。在学中、上級生と一緒に数人の仲間と「土筆会」という地域や社会の問題を話し合ったり、学び合ったりするサークルを結成し、その中心になって活動を始める。機関紙『土筆』を発行し、その編集・発行の仕事のほとんどを担当する。卒業までに一八号まで発行した。

在学中に、囲碁を教えてもらいに行った元代議士が暴漢に襲われ傷を負った。暴漢が共産党員だと言われ、そんなひどいことをする共産党、共産主義なるものを調べてみようと図書館で本気になって調べてみた。日本共産党中央委員会は「共産党とは全く関係ない」と声明を出していた。それが元で共産党を心の中で支持するようになっていった。

大学受験は東北大学を受けた。学校の通信簿の成績では学級でトップクラスだったが、受験勉強をろくにやらないで合格するはずもない。当時あった「小中学校助教諭臨時教員採用試験」を受験し、希望していたろう学校に採用される。

一九五四年三月埼玉県立小川高等学校卒業。四月、埼玉県立坂戸ろう学校助教諭となった。次ぐ年（一九五五年）四月、大東文化大学日本文学科夜間部に入学。昼間はろう学校の先生、夜は大学生の生活に入る。志木町（現志木市）に下宿。

一九五四年三月大東文化大学卒業。助教諭から教諭になる。当時は教職員組合で勤評闘争が激しく、組合の役員にもなり組合運動にも熱を入れた。学校では中学部長に選ばれていた。ろう教育を一生の仕事と決めている中で、本当のろう教育は普通学校の経験なくしてできないのではないかと思うようになり、六、七年したらまたろう学校へ戻る考えで、思い切ってへき地の学校へでも行ってやろうと決意し、希望を出した。へき地への希望者はほとんどいないのですぐに決まる。児玉郡神泉村立矢納中学校（へき地二級）であった。

一九六一年四月、前記の神泉村（現・神川町）矢納中学校に転任。生徒数約五〇人、職員七人、校長は矢納小学校と掛け持ち。大きな古い、昔の村の長のような家の離れに下宿。村の人達の親切さに驚いた。それに甘えた。

山が好きだったから群馬県のたくさんの山に登る。珍しい鍾乳洞にも入った。二年目の夏休みには一カ月間、国学院大学の神道学科の講習を受け神主の資格をもらった。組合の役員にもなった。日教組の全国教育研究集会にも出た。思い切り自由に行動できた。子どもとのふれあいも楽しかった。矢納の三年間は瞬く間に終わった。

一九六四年四月、もう何年か普通学校でと思い、萱谷村（現嵐山町）立萱谷中学校に転任。生徒数約四〇〇人、各学年四学級。在任中生徒会担当をし、運動会等生徒会だけでやりきる力をつける。

一九六八年、埼教祖（埼玉県教職員組合）比企支部書記長（専従二年間）などもする。現場に戻り、依頼され、全生研全国常任（全国生活指導研究協議会常任委員）になる。そのため全国を飛び回ることも珍しくなくなる。

一九七七年四月、菅谷中学校で教頭をしていた先生が都幾川村（現・ときがわ町）立都幾川中学校の校長になっていて、「学校が荒れている来てくれ」と頼まれ都幾川中学校に行った。都幾川中の規模は菅谷中とほぼ同じ、確かに問題を起こす生徒が何人かいて、先生たちは手をこまねいていた。全生研全国常任は続けていた。

一九八四年、埼教組副委員長（専従二年間）になり、浦和市（現・さいたま市）にある埼玉教育会館まで通った。日教組定期大会、全国教育研究会など、全国あちこちに行くことになる。

一九八六年四月、現場復帰。

一九八七年四月、鳩山町立鳩山中学校に転任、生徒数千人を少し超す超大規模校。

一九八九年、総評が同盟と合併するということで、労働界は大荒れに荒れ。もちろん、埼玉の中にも影響した。埼教組は総評・同盟の合併に反対であり、日教組から除名された。そして新しく組織された全労連（全国労働組合連合会）に加盟した。しかし、日教組支持者もおり、少数ではあったが埼教組から離れて行く者もいた。比企支部はその離れた者の多い支部であった。

組合員が少数になった埼教組比企支部支部長、そして比企労連（比企地域労働組合連合会）議長も兼ねる。年金者組合県本部から働きかけがあり、日本年金者組合埼玉県連東松山支部を二八名で結成。小川町議会議員に立候補するよう、日本共産党から働きかけがあり決意する。

一九九五年三月定年より一年早く退職。一二月に町議選、定数二四名中一〇位で当選。議会で町民の要求達成のためがんばる。

一九九九年四月、県会議員選挙で小川町の若い町議が立候補。他に立候補者がなく、無投票で当選させないために、定数一の選挙区で立候補。当選には及ばなかったが、相手候補の買収行為が発覚し、現職町議四人逮捕、関連町議一〇数人が辞職、その上候補者の学歴詐称も発覚。そのため小川町議会は解散。

一九九九年九月、町議会選挙。再び立候補、きっかり一〇〇〇票、第五位で当選。

二〇〇三年八月、若い女性候補が替わりに出てくれることになり議員生活終了。すぐ行なわれた町議選で若い女性候補、八位当選。その間、飯田神社総代長、飯田長寿会会長など受け、地域の中で活動。また、続けていた年金者組合の活動の上に、退職教職員の会の役員など受けるようになる。

二〇一五年八月、若い女性議員が家庭の事情で県南の方へ越さなければならなくなり、替わりの候補がいないというので、また立候補するようすすめられ、八〇歳で立候補することとなる。得票結果は一一九三票、第四位の高成績。地域で問題になっている森林伐採、自然破壊の太陽光発電メガソーラー設置を許さない運動を本気ですすめる。

二〇一九年八月、議員任期満了となったが、八四歳となり替わりの候補が決まらず困っていたところ、元議員がやはり七九歳という高齢ではあったが決意してくれた。

二〇二三年、八八歳、米寿となるのを記念して、妻のすすめもあり、今まで生きてきた証しとして、同人誌などに発表してきた短編小説二十編ほどを一冊の本として出版してみようと決めた。

笠原 武（かさはら たけし）

1935 年 7 月 17 日、埼玉県比企郡竹沢村（現・小川町）に生まれる
1942 年 4 月、竹沢村（現・小川町）立国民学校初等科に入学
1948 年 4 月、竹沢中学校に入学
1951 年 4 月、埼玉県立小川高等学校に入学
1954 年 4 月、埼玉県立坂戸ろう学校助教諭となる
1955 年 4 月、大東文化大学日本文学科夜間部に入学。昼間はろう学校の先生、夜は大学生の生活に入る
1961 年 4 月、神泉村（現・神川町）矢納中学校に転任
1964 年 4 月、菅谷村（現・嵐山町）立菅谷中学校に転任
1977 年 4 月、都幾川村（現・ときがわ町）立都幾川中学校に転任
1984 年 4 月、埼玉県教職員組合副委員長（専従 2 年間）就任。浦和市（現・さいたま市）県庁前の埼玉教育会館に通う
1987 年 4 月、鳩山町立鳩山中学校に転任
1995 年 12 月、小川町議会議員に当選
1999 年 9 月、小川町議会議員に再選
2015 年 8 月、80 歳の時に小川町議会議員に再々選

『笠原武作品集 時代《じだい》の息吹《いぶき》』

2023 年 10 月 23 日 第 1 刷発行 ©

著者 笠原 武（日本民主主義文学会会員）
題字 小林 彩乃（著者の孫）
カバー絵・挿絵 根岸 君夫（埼玉平和美術会会員）
発行 東銀座出版社
〒171-0014 東京都豊島区池袋 3-51-5-B101
TEL：03-6256-8918 FAX：03-6256-8919
https://www.higasiginza.jp

印刷 モリモト印刷株式会社